山东大学文史书系

东晋文艺综合研究

张可礼 著

山东大学出版社

图书在版编目(CIP)数据

东晋文艺综合研究/张可礼著．—2版．—济南:山东大学出版社,2009.4

ISBN 978-7-5607-2213-9

Ⅰ．东…

Ⅱ．张…

Ⅲ．①古典文学-文学评论-中国-东晋时代

②艺术评论-中国-东晋时代

Ⅳ．I206.2

中国版本图书馆 CIP 数据核字(2001)第 86723 号

山东大学出版社出版发行

(山东省济南市山大南路 27 号　邮政编码:250100)

山东省新华书店经销

山东新华印刷厂印刷

720×1000 毫米　1/16　18.5 印张　301 千字

2009 年 4 月第 2 版　2009 年 4 月第 4 次印刷

定价:37.00 元

本书为中国社会科学基金项目

获得山东大学出版基金、山东大学“211 工程”的资助

目　录

第一章 东晋:一个文艺繁荣的朝代

东晋从晋元帝司马睿建武元年(317)开始建立,到晋恭帝司马德文元熙二年(420)为刘宋所取代,前后共104年。东晋的文艺在这一百多年里,人才辈出,佳作如林。王羲之、王献之父子的书法,顾恺之的绘画,戴逵、戴颙父子的雕塑,郭璞的《游仙诗》,孙绰、许询等人的玄言诗,陶渊明的田园诗等,超越以前,彪炳后世,不论在我国古代文艺史上,还是在世界文艺史上,都是光彩夺目的一页。可以毫不夸张地说,东晋是一个文艺非常繁荣的朝代。东晋一朝,文艺占据了整个文化的中心。

一、高质量的多数量

东晋文艺的繁荣,主要表现是,这一时期文艺作品的数量多、质量高。

稽查现存有关东晋的多种资料,可以发现东晋著名文人的作品的数量是相当可观的。这里仅举在东晋文艺领域里占有重要地位的书法和集部作品作为例证。

东晋时期,著名的书法家人数众多。为了证实这一问题,我们可以把南朝宋代的书法家羊欣在《采古来能书人名》一文中提供的资料作为重要的参照①。《采古来能书人名》可以视为现存我国最早的书法简史。文中收秦朝至东晋末年

① 参阅羊欣《采古来能书人名》,见《法书要录》卷一,张彦远辑,洪丕谟点校,上海书画出版社1986年8月第1版(下引此书,版本均同)。

640多年的著名书法家72人①。其中属于东晋的，按原文的先后顺序有羊忱、羊固、李式、李定、李公府、卫夫人、王廙、王导、王恬、王洽、王珉、王羲之、王献之、王玄之、王徽之、王淳之、王允之、王濛、王修、王绥、郗愔、郗超、庾亮、庾翼、谢安、许静民、张翼、谢敷和康昕，共29人，占所收总数的40%。这个比数是相当高的。谈到东晋书法家的人数，还有一个现象特别值得我们关注，就是东晋女书法家的人数也相当多。据陶宗仪《书史会要》记载②，东晋的女书法家有卫夫人、庾亮妻荀夫人、王羲之妻郗夫人、郗愔妻傅夫人、王洽妻荀夫人、谢道韫、王献之女仁爱、王珉妻、羊衡母蔡夫人和豫章女巫，共10人。而秦汉、三国、西晋和南北朝共700多年的女书法家，只有汉代的马夫人、蔡琰，曹魏的文昭皇后，西晋的武元皇后和陈朝的后主皇后，共5人。两相比较，可以明显地看到东晋女书法家人数之多。这表明东晋的书法艺术已经为更多的女性所热爱、所接受。我国古代，大概从母系制到父权制开始，在漫长的岁月里，男子居于统治地位，女性一直处于被压抑的处境。这种处境决定了她们的沉默。她们没有自己的历史，很少有自己的文学艺术，文学艺术被男性控制着。书法艺术更是这样。同男性相比，我国古代的女性接触书法艺术的有利条件更少，所以在不少朝代，女书法家往往是凤毛麟角，但东晋却出现了那么多的女书法家，而且有不少人成就卓著。这是东晋书法艺术繁荣的一种表现。

我国古代书法作品的数量，随着时间的推移，亡佚的相当多。基本的情况是，时间越早，亡佚得越多。拿东晋和宋、齐、梁、陈四朝相比，东晋亡佚得更多。张怀瓘《二王书录》云③：

> 古之名书，历代帝王莫不珍贵。齐、宋以前，大多散失。

即使如张怀瓘所言，东晋流传下来的书法作品的数量还是相当多的。为了证明这一点，我们可以把《淳化阁帖》④提供的资料作为重要的参照。在我国古代书法艺术史上，《淳化阁帖》是较早的、也是著名的丛帖。它是北宋淳化三年(992)，宋太宗赵炅命侍书学士王著选择内府所藏的历代书法摹刻而成的。《淳

---

① 原注："凡六十九人。"不确。

② 陶宗仪：《书史会要》，上海书店1984年11月第1版。

③ 张怀瓘：《二王书录》，载《法书要录》卷四。原题为《二王等书录》，《墨池编》卷四、《全唐文》卷四三二均题为《二王书录》。从内容看，当从《墨池编》和《全唐文》。

④ 《淳化阁帖》，上海书店1984年11月第1版(下引此书，版本均同)。

化阁帖》所收多是历代书法的精品。其中收东晋书法家39人,书法作品289件。我们把这一数量同该书所收南朝宋、齐、梁、陈四朝书法的数量加以比较,可以看到,东晋书法作品的数量是非常多的。宋、齐、梁、陈四朝前后共169年,《淳化阁帖》收四朝书法家18人,书法作品20件。四朝的时间长于东晋,又在东晋以后,但所收东晋的书法家为四朝的2.17倍,书法作品为四朝的14.45倍。《淳化阁帖》选收了这么多的东晋书法家和书法作品,而且远远地超过了南朝四朝,这从一个方面证明了东晋书法艺术的繁荣。

东晋文人集部作品的数量,我们可以根据《隋书·经籍志四》[①]的著录了解其大概。《经籍志四》著录东晋文人集部作品共106种[②],平均每年1.03种;著录南朝宋、齐、梁、陈四朝共178种,平均每年1.05种。集部作品同其他历史文献资料一样,其存留的数量往往与时代有关。一般的情况是,由于动乱的毁坏和文人对文集的态度的变化,时间愈久远,流传下来的文献资料愈稀少[③]。东晋的集部作品到唐朝显庆元年(656)长孙无忌写成《隋书·经籍志》时,散失的当会多于南朝。即使这样,东晋集部作品的数量到唐代还同南朝四朝大体相当。由此可以推想,东晋文人的集部作品的数量是相当多的。饶宗颐指出:"魏晋南北朝文学的最大发展,是'集部'的形成和推进。"[④]关于以集名书者,《四库全书总目》卷一四八云:

> 集部之目,《楚辞》最古。别集次之,总集次之。诗文评又晚出。词曲则其闰馀也。古人不以文章名,故秦以前书无称屈原、宋玉工赋者。洎乎汉代,始有词人。迹其著作,率由追录……至于六朝,始有编次。

① 《隋书》,中华书局1973年8月第1版(下引此书,版本均同)。

② 《隋书·经籍志》把《陶潜集》列于宋代。鉴于陶潜主要生活在东晋,故上面的统计把陶潜由宋代移至东晋。

③ 汪国垣《汉魏六朝目录考略》云:"《晋中经簿》一千百十九家,仅七百六十家存,亡三分之一。至宋以后书,不记亡数。盖世近大概存也。"引自袁咏秋、曾季光主编《中国历代图书著录文选》,北京大学出版社1995年10月第1版,第483页。《四库全书总目》(永瑢等撰,中华书局1965年6月第1版)卷一百四十八《别集类一》:"集始于东汉。荀况诸集,后人追题也。其自制名者,则始张融《玉海集》。其区分部帙,则江淹有《前集》,有《后集》;梁武帝有《诗赋集》,有《文集》,有《别集》;梁元帝有《集》,有《小集》;谢朓有《集》,有《逸集》。与王筠之一官一集,沈约之《正集》百卷,又别选《集略》三十卷(礼按:《隋书·经籍志四》作二十卷,未著姓名)者,其体例均始于齐梁。盖集之盛,自是始也。唐宋以后,名目益繁。然隋唐《志》所著录,《宋志》十不存一。《宋志》所著录,今又十不存一。"

④ 饶宗颐:《从对立角度谈魏晋南北朝文学发展的路向》,见《魏晋南北朝文学论集》,文史哲出版社1994年11月第1版,第1页。

《隋书·经籍志四》云：

> 别集之名，盖汉东京之所创也。自灵均已降，属文之士众矣，然其志尚不同，风流殊别。后之君子，欲观其体势，而见其心灵，故别聚焉，名之为集。辞人景慕，并自记载，以成书部。年代迁徙，亦颇遗散。其高唱绝俗者，略皆具存。

据上述记载，别集之名，当始于东汉。但从今存的文献来看，梁阮孝绪编撰《七录》，才正式名文集。梁之前的文集多是后人编次的。各种文集的作者都是“属文之士”，文集的内容虽然复杂，但“高唱绝俗”的以诗赋为代表的文学作品是主体。东晋有这么多文集传世，从一个方面显示了东晋文学的繁荣。

东晋文学的繁荣，我们还可以从《世说新语·文学第四》提供的资料得到印证[①]。《文学第四》共一百零四条，其中第一至第六十五条记载的是汉末魏晋的名士有关学术的言行。自六十六条至一百零四条，共三十九条，记载的是魏晋文人涉及文学的活动[②]。三十九条中，属于曹魏时期的有三条，属于西晋时期的有六条，属于东晋的有三十条。《世说新语》所记的内容，虽有厚近薄远的倾向，但所记东晋关于文学的言行为曹魏和西晋总和的三倍还多，这恐怕不仅仅是厚近薄远的原因，而是与东晋文学的繁荣有关。

上面列举的有关书法和集部作品的数字等现象，从数量上体现了东晋文艺的繁荣。但一个文艺繁荣的时代，主要不是体现在作品的数量上，更重要的是质量。因为文艺的繁荣，主要不是作品数量的添加，而是在数量较多的作品中，有一批是高质量的。只有高质量的作品，才会有生命，才会有持久的艺术魅力。东晋的文艺正是这样。东晋文艺的各个门类中，特别是书法、文学、绘画和雕塑等艺术，都有许多第一流的精品。正是这些第一流的精品，在很大程度上体现了东晋文艺的繁荣。近人马宗霍《书林藻鉴》[③]卷六说：

> 书以晋人为最工，亦以晋人为最盛。晋之书，亦犹唐之诗、宋之词、元之曲，皆所谓一代之尚也。

马氏所说的“晋人”，指的主要是东晋的文人。晋代的书法之所以能够同唐诗、宋

---

① 据《世说新语笺疏》，余嘉锡撰，中华书局 1983 年 8 月第 1 版（下引此书，版本均同）。

② 这里所谓的“文学”是广义的，其中包括历史。

③ 马宗霍：《书林藻鉴》，文物出版社 1984 年 5 月第 1 版。

词和元曲相提并论，成为一代风尚的艺术，主要是由于东晋以王羲之和王献之父子为代表的书法家，创作了许多被历代人们所珍重的优秀作品。王羲之的书法，"总百家之工，极众体之妙"，特别是他的楷书[①]、行书和草书，优秀作品更多。唐朝张彦远《法书要录》卷十收王羲之帖目465种，其中有楷书、行书和草书。王羲之楷书的代表作是《乐毅论》、《黄庭经》和《东方朔画赞》。梁朝陶弘景在《论书启》中把《黄庭经》和《乐毅论》视为王羲之书法的"名迹"，而《黄庭经》又是第一。王羲之行书的代表作是《兰亭序》。《兰亭序》被历代许多人誉为"天下第一行书"。明朝董其昌《画禅堂随笔》说：

> 右军《兰亭序》章法为古今第一，其字皆映带而生，或大或小，随手所如，皆入法则，所以为神品也。

其他如《快雪时晴帖》、《平安帖》、《丧乱帖》、《孔侍中帖》、《频有哀祸帖》等，都是流传千古的行书佳作。王羲之在草书方面，也创作了诸如《初月帖》、《行穰帖》、《远宦帖》和《十七帖》等优秀作品。这些作品"遒媚劲健，绝代更无"[②]。正是诸如上述优秀作品的创作，确立了王羲之在我国古代书法史上"书圣"的地位。

王献之的书法，也是兼善众体。他的行楷《廿九日帖》和《鸭头帖》，一笔书《中秋帖》和《十二月帖》，其他如《辞中令帖》、《鹅群帖》、《地黄汤帖》、《兰草帖》和《授衣帖》等，在书法史上都是为历代人们所称颂的上乘之作。

东晋的文学，也有不少高质量的作品。在这方面，首先值得我们称道的是郭璞和陶渊明。郭璞的诗赋都有一些名作，特别是他的《游仙诗》，不论是思想内容，还是艺术表现，都超越了以前的游仙诗，取得了很高的成就。清人陈沆说："景纯《游仙》，振响两晋。"[③]《昭明文选》选录游仙诗共八首，其中七首是郭璞的。这些可以证明郭璞《游仙诗》水平之高。陶渊明的作品，用质朴的语言、白描的手

---

① 晋时所谓的楷书，也称"今隶"、"正书"、"真书"。《晋书·王羲之传》：王羲之"尤善隶书"。这里所说的"隶书"指今隶，与汉代的古隶不同。《宣和书谱》卷三《正书叙论》："字法之变，至隶极矣，然犹有古焉，至楷法则无古矣。在汉建初有王次仲者，始以隶字作楷法。所谓楷法者，今之正书是也。"陶宗仪《论隶书》云："建初中以隶书为楷法，本一书而二名。钟、王变体，始有古隶、今隶之分，则楷、隶别为二书。夫以古法为隶、今法为楷可也。"（引自王原祁等纂辑《佩文斋书画谱》卷二，中国书店1984年9月第1版）张绅《论真书》云："古无真书之称，后人谓之正书、楷书者，盖即隶书也。但自钟繇之后，二王变体，世人谓之真书。执笔之际，不知即是隶法。"（引书同上）

② 赵构：《思陵翰墨志》引唐何延年语，《四库全书》本。

③ 陈沆：《诗比兴笺》卷二，中华书局1959年1月第1版。

法，通过叙写自己出仕和归田以及在田园生活中的种种体验，表现了晋宋之际一个心地高洁的知识分子对官场、对虚伪欺诈的世俗社会的鄙弃，表现了对自由的、自然的、和谐的人生的追求。他的作品有醇厚的诗意，也有深邃的哲理，能把诗意、形象和哲理融为一体。在我国古代文学史上，陶渊明的创作是继屈原之后的又一个高峰。王国维《文学小言》云："屈子之后，文学上之雄者，渊明其尤也。"[①]

论及东晋的文学，不少人常常诟病的是玄言诗。对东晋的玄言诗，从南朝的檀道鸾开始，历代有许多文人都是程度不同地予以否定。《世说新语·文学第四》第八十五条注引檀道鸾《续晋阳秋》曰：

> 正始中，王弼、何晏好《庄》、《老》玄胜之谈，而世遂贵焉。至江左李充尤盛。故郭璞五言始会合道家之言而韵之。询及太原孙绰转相祖尚，又加以三世之辞，而《诗》、《骚》之体尽矣。

沈约《宋书·谢灵运传论》曰：

> 有晋中兴，玄风独振，为学穷于柱下，博物止乎七篇，驰骋文辞，义单乎此。自建武暨乎义熙，历载将百，虽缀响联辞，波属云委，莫不寄言上德，托意玄珠，遒丽之辞，无闻焉尔。[②]

刘勰《文心雕龙·时序》曰：

> 自中朝贵玄，江左称盛，因谈余气，流成文体。是以世极迍邅，而辞意夷泰，诗必柱下之旨归，赋乃漆园之义疏。[③]

钟嵘《诗品序》曰：

> 永嘉时，贵黄、老，稍尚虚谈。于时篇什，理过其辞，淡乎寡味。爰及江表，微波尚传。孙绰、许询、桓、庾诸公诗，皆平典似《道德论》。建安风力尽矣。[④]

上引檀道鸾和沈约等人对东晋玄言诗的看法，虽然不尽一致，但有一点是相同

---

① 《王国维文集》第1卷，姚淦铭、王燕编，中国文史出版社1997年5月第1版（下引此书，版本均同），第27页。

② 《宋书》，中华书局1974年10月第1版（下引此书，版本均同）。

③ 参阅詹锳《文心雕龙义证》，上海古籍出版社1989年8月第1版（下引此书，版本均同），第1710页。

④ 参阅曹旭《诗品集注》，上海古籍出版社1994年10月第1版（下引此书，版本均同），第24页。

的，就是基本上都持否定的态度。其实，檀道鸾等人的观点是相当偏颇的。今天我们评价东晋的玄言诗，不必囿于檀道鸾等人的见解，而应当实事求是地重新加以分析。对东晋的玄言诗，至少有以下几点值得我们注意：

第一，谈玄明道是当时许多文人的一种审美心态的流露，是他们襟怀的表现。《世说新语·赏誉第八》第一四四条载：

> 许掾尝诣简文，尔夜风恬月朗，乃共作曲室中语。襟怀之咏，偏是许之所长。辞寄清婉，有逾平日。简文虽契素，此遇尤相咨嗟。不觉造膝，共叉手语，达于将旦。

许掾指的是许询，他和简文帝司马昱都长于玄谈。许询又是当时玄言诗坛上执牛耳的人物。上面引文中所谓的"襟怀之咏"，意思当是借玄谈来抒发胸怀，彼此得到愉悦。这一点，南北朝时期有的文人看得很清楚。颜之推在《颜氏家训·勉学》中就指出："清谈雅论，剖玄析微，宾主往复"，是为了"娱心悦耳"。[①] 玄言诗实际上是玄言诗人的"襟怀之咏"，是玄言诗人审美心态的重要表现。玄言诗人常常把写作玄言诗作为一种"任乐"的方式。《世说新语·容止第十四》第二十四条云：

> 庾太尉在武昌，秋夜气佳景清，使吏殷浩、王胡之之徒登南楼理咏。音调始遒，闻函道中有屐声甚厉，定是庾公。俄而率左右十许人步来，诸贤欲起避之。公徐云："诸君少住，老子于此处兴复不浅！"因便据胡床，与诸人咏谑，竟坐甚得任乐。

殷浩、王胡之和庾亮都是当时热衷于玄谈的名流。他们在"气佳景清"的秋夜，登上南楼，"理咏"唱和，不只他们，而且其他的参与者，都为之放怀，得到了快乐。这里所谓的"理咏"，指的应是吟咏玄言诗。他们的玄谈和"理咏"大多是非功利的，表现了一种审美的意味。这一点，孙绰在为玄谈名士王濛所作的诔文中有所透露：

> 余与夫子，交非势利。心犹澄水，同此玄味。[②]

孙绰把"玄"同"味"联及，说明玄谈不完全是抽象地辨名析理，而是含有审美的

---

① 参阅王利器《颜氏家训集解》(增订本)，中华书局 1993 年 12 月第 1 版。

② 刘义庆：《世说新语·轻诋第二十六》第二十二条，思贤讲舍刻本，上海古籍出版社 1982 年 11 月第 1 版(下引此书，版本均同)。

意味。

粗略地看，东晋的玄言诗多理寡情，其实这在很大程度上是后人的见解，当时的情况并非全是如此。在理与情这两方面，东晋有些玄言诗人往往表现出重理轻情，甚至时有主张以理去情的偏向。孙绰《答许询诗》九章其一说：

智以利昏，识由情屈。

其八又说：

愠在有身，乐在忘生。余则异矣，无往不平。理苟皆是，何累于情。

不过像孙绰这样重理轻情，只是问题的一方面。另一方面，东晋的玄言诗人并不是、也不可能完全否定情，他们当中的许多人是很有感情的，也是很重感情的。许询的"高情"，为世所重[①]，特别受到了简文帝和孙绰的首肯。简文帝说，许询"才情，故未易多有许"[②]。《世说新语·品藻第九》第五十四条载：当支遁问孙绰同许询相比如何时，孙绰回答说："高情远致，弟子蚤已服膺。"孙绰虽然承认在"高情远致"方面，自己不如许询，但实际上，他也是相当重感情的。他曾赞许卫君长"神情都不关山水，而能作文"[③]。当他谈及名士刘惔死亡一事时，痛哭流涕，因讽咏曰："人之云亡，邦国殄瘁。"为此，还遭到了褚裒的斥责。[④] 看来东晋以许询和孙绰为代表的玄言诗人，都是有感情的。这一点同其他文人并没有什么不同。不同的是，他们注意寻理释情，以免为情所累，故他们的感情有时显得比较"高"、"远"。他们写的玄言诗表现的也多是这种"高"、"远"的感情。这种"高"、"远"的感情，在后人看来不合乎人们的普通的感情，但在当时的文人当中却是一种真实的感情，而且具有普泛性。

第二，从今存东晋的玄言诗来看，其中虽然有一些"淡乎寡味"之作，但也有不少蕴涵意味的作品，如王羲之、谢万各自创作的《兰亭诗》。王羲之诗云：

三春启群品，寄畅在所因。仰望碧天际，俯瞰绿水滨。寥朗无崖观，寓目理自陈。大矣造化功，万殊莫不均。群籁虽参差，适我无非新。

谢万诗云：

肆眺崇阿，寓目高林。青萝翳岫，修竹冠岑。谷流清响，条鼓鸣音。玄

① 参阅刘义庆《世说新语·品藻第九》第五十四条。

② 刘义庆：《世说新语·赏誉第八》第一四四条。

③ 刘义庆：《世说新语·赏誉第八》第一〇七条。

④ 参阅刘义庆《世说新语·轻诋第二十六》第九条。

崿吐润，霏雾成阴。

又如孙绰《秋日诗》云：

萧瑟中秋月，飚戾风云高。山居感时变，远客兴长谣。疏林积凉风，虚岫结凝霄。湛露洒庭林，密叶辞荣条。抚菌悲先落，攀松羡后凋。垂纶在林野，交情远市朝。澹然古怀心，濠上岂伊遥。

这些诗或侧重于景物描写，或把写景、抒情和悟理融为一体，从不同方面表现了当时许多文人在自然和玄理中追求“逍遥”、“散怀”的恬淡心态。即使一些重在阐发玄理的篇章和诗句，如王羲之《答许询诗》中的“争先非吾事，静照在忘求”，李充《送许从诗》中的“离合理之常，聚散安足惊”等，也能化老庄思想之旨意，蕴涵哲理，耐人寻味。

第三，在语言方面，有些玄言诗比较重视辞采。刘勰《文心雕龙·明诗》说，袁宏和孙绰等人的玄言诗“各有雕采”。《时序》论简文帝的玄言诗又说：“澹思浓采，时洒文囿。”刘勰所说的“雕采”和“浓采”，意思相近，指的都是袁宏和孙绰等人的玄言诗具有文采。

第四，诗歌的发展是一个连续的、辩证的过程。一种诗歌的产生和发展，有新的、同过去诗歌不相容的一面，同时也有承前启后的一面。从我国古代诗歌发展的历程来看，玄言诗是一个不可缺少的环节。东晋的玄言诗把玄理纳入诗歌，尽管产生了一些寡情之作，但它“历载将百”，盛行诗坛，从创作实践上，突破了先前长期居于统治地位的以政治伦理教化为主的诗歌理论和创作实际，也突破了先前人们所推崇的悲慨之音和穷苦之作以及哀怨感伤的基调，拓展了诗歌的领域，同时也是后来在更高层次上的哲理和情感相融合的诗歌的先导。此外，玄言诗对自然山水的描写和对辞采的重视，对后来田园诗的创作、山水诗的兴盛以及“俪采百字之偶，争价一句之奇；情必极貌以写物，辞必穷力而追新”的诗风的形成，有不可忽视的作用。没有玄言诗的盛行，很难设想会有后来陶渊明的田园诗和谢灵运的山水诗。基于上述理由，可以认为，被历代一些人所基本否定的玄言诗，实际上是东晋文学繁荣的一种表现。

东晋在绘画艺术方面，也有许多优秀的作品。这从唐代张彦远《历代名画记》[①]提供的资料可以得到印证。《历代名画记》是我国古代绘画论著中的重要著作。近人余绍宋认为它是"画史之祖","画史中最良之书"[②]。《历代名画记》中的史传部分,搜集了自传说时代至晚唐会昌元年(841)众多画家的事迹和绘画画目,排列是以朝代为序。唐前部分主要是依据流传来的作品和文字记录。和唐以后的绘画著作相比,张彦远离东晋较近,他本人又是著名的收藏家,他搜集的资料,应当说可靠性很大。他评论古代的画家和作品比较公允。据初步考证,《历代名画记》卷五收录东晋画家十三人[③]。他们是王廙、温峤、司马绍、王羲之、王献之、康昕、顾恺之、王濛、江思远、史道硕、戴逵、戴勃和戴颙。十三人中,被定为上品的有三人,他们是王廙、顾恺之和史道硕,占上品六人中的50%。在上品六人中,被定为上品上的有三人,其中东晋有二人,他们是王廙和顾恺之,占上品上总数的67%。从上面的数字不难发现,东晋绘画作品的质量,起码在隋代以前是首屈一指的。

在东晋众多著名的画家中,成就最突出的是顾恺之。《历代名画记》卷五录顾恺之画目多达40种,其数量在隋代以前的画家中,仅次于宋代的陆探微。顾恺之绘画的题材非常丰富,并且有新的突破。在他的绘画中,有关魏晋名士和山水的内容所占的比重相当大。他的壁画维摩诘在当时和后来都被视为珍宝。他画人物特别重视"点睛",认为眼睛能够"传神写照"[④]。他著有《论画》、《魏晋胜流画赞》和《画云台山记》等画论,其中强调"以形写神"和"妙想迁得"的论点尤为重要。[⑤] 顾恺之的绘画和绘画理论,在我国古代绘画史上具有划时代的地位。

与绘画相近的雕塑,在东晋也有不少为历代人们所嘉许的成功之作。著名

---

① 参阅张彦远《历代名画记》,秦仲文、黄苗子点校,人民美术出版社1963年5月第1版(下引此书,版本均同)。

② 引自张彦远《历代名画记·历代名画记简介》。

③ 《历代名画记》原收东晋画家十四人,其中有谢稚,并云:"(稚)初为晋司徒主簿。"谢稚实为宋人,应列入宋代。《南史·谢裕传》附其孙《谢孺子传》:"孺子,少与族兄庄齐名。""孺子",《宋书·谢裕传》作"稚",《南史》避唐高宗小名而称其字"孺子"。《宋书·谢庄传》:"(庄)泰始二年卒,时年四十六。"据此上推,庄当生于永初二年(421)。庄为稚族兄,是稚必生于谢庄之后。又《南史·谢孺子传》:"(孺子)为新安王主簿,出为庐江郡。辞。宋孝武帝谓有司曰:'谢孺子不可屈为小郡。'乃以为司徒主簿。"由此可知,《历代名画记》所云稚"初为晋司徒主簿",应为"宋司徒主簿"。

④ 刘义庆:《世说新语·巧艺第二十一》第十三条。

⑤ 参阅俞剑华、罗尗子、温肇桐编著《顾恺之研究资料》,人民美术出版社1962年3月第1版(下引此书,版本均同)。

艺术家戴逵不仅"善图贤圣,百工所范"[①],而且同他的儿子戴颙还特别擅长雕塑,创作了许多雕塑艺术精品。《高僧传·释慧力传》[②]载:东晋建康(今南京)瓦官寺[③]有戴逵"所制五像,及戴颙所治丈六金像"。戴逵雕制的佛像同顾恺之画的维摩诘像壁画以及师子国所献的四尺二寸玉佛,被时人"谓为三绝"。[④]

在东晋,爱好音乐成了一种风尚。见于记载的,诸如王廙、王敦、王羲之、王徽之、王献之、纪瞻、贺循、谢鲲、谢尚、谢安、桓伊、戴述、戴逵、戴勃、戴颙、羊昙、袁山松、张湛和陶渊明等,都特别爱好音乐。他们当中,有不少人分别在不同方面、不同层次上作出了贡献。谢鲲、桓伊、羊昙、袁山松和张湛等以声乐著称。其中"羊昙善唱乐,桓伊能挽歌,及山松《行路难》继之,时人谓之'三绝'"[⑤]。弹琴在东晋的文人中,相当普泛。王羲之、王徽之、王献之、谢鲲、谢安、戴述、戴逵、戴勃、戴颙和陶渊明等,在琴艺方面都有相当高的造诣。此外,王敦能击鼓,谢尚善抚筝,桓伊能吹笛。上述事实说明,东晋在音乐领域里,也取得了重要的成就。

以上我们概略地评述了东晋在书法、文学、绘画、雕塑和音乐等艺术中所取得的成就,有些特别列举了作品的数量和质量情况,虽然不很全面,但综合起来,可以看到,东晋的文艺作品数量多,而且是有质量的多数量,东晋确是一个文艺十分繁荣的朝代。

二、多元共荣·创新·主观内容的增强

百多年的东晋文艺是相对稳定、相对独立的文艺。东晋文艺的繁荣是众多文艺家共同努力的结果。虽然东晋的艺术家的经历和学养不同,在文艺上都有自己的独特性,但是他们大体上是在共同的历史条件下生活的,不少人有相近的

---

① 谢赫:《古画品录》,见于安澜编《画品丛书》,上海人民美术出版社 1982 年 3 月第 1 版(下引此书,版本均同)。

② 释慧皎撰:《高僧传》,汤用彤校注,汤一玄整理,中华书局 1992 年 10 月第 1 版(下引此书,版本均同)。

③ 瓦官寺为东晋建康著名之寺。"官",《历代名画记》卷五、宋张敦颐撰《六朝事迹编类》卷十一"升元寺"条均作"棺",误。《建康实录》卷八引南朝宋代沙门释昙宗所著《京师寺记》(《高僧传》卷十三《释昙宗传》作《京师塔寺记》),《高僧传》卷一《安清传》、卷五《竺法汰传》、卷十三《释慧璩传》和《释昙宗传》均作"官",是。参阅张忱石点校《六朝事迹编类》校勘记,上海古籍出版社 1995 年 1 月第 1 版,第 118 页。

④ 参阅《梁书·海南诸国传》,中华书局 1973 年 5 月第 1 版(下引此书,版本均同)。

⑤ 《晋书·袁山松传》,中华书局 1974 年 11 月第 1 版(下引此书,版本均同)。

思想感情和审美追求，他们的创作又是在东晋这一共同的文化背景中进行的，这就使东晋文艺的繁荣在总体上呈现出一些新的特点。东晋的文艺正是以其本身的特点，为我国的传统文艺增添了新的光彩。这些特点主要是：

第一，多种文艺共同繁荣的总体格局。我国古代的文艺，从先秦到西晋，虽然人们在各种艺术上在不同程度上都作出了贡献，但成就比较突出的，应当说一直是文学，如先秦的诗歌和散文，汉代的辞赋、史传文学和乐府诗，三国和西晋的诗歌等。相比之下，书法和绘画等艺术，则由于多方面的原因，或者萌发不久，或者比较朴拙，或者有待规范，成就都不能与文学相抗衡。在东晋之前的文艺百花园中，繁茂的主要是文学之花。到东晋，这种格局有了很大的变化。在东晋，文学不再“独尊”，书法、绘画和雕塑等艺术开始同文学平分园地。在东晋，作家、书法家、画家和雕塑家等都是文艺百花园中的重要园丁，都纷纷出场献艺，形成了一种多种文艺共同繁荣的新格局。

东晋时期，文学在继续发展，诗歌、辞赋、散文和小说等都取得了新的成就。诗歌中的游仙诗、玄言诗、山水诗和田园诗，小说中的志怪小说和志人小说等，有的茁壮成长，有的蔚为大观，有的破土而出，使东晋的文苑呈现一派生机。

我国古代的书法艺术，经过漫长的、稳定的发展，到魏晋南北朝进入了繁荣时期，而东晋则是繁荣的顶峰。东晋时期，书法艺术具有相当的普泛性，从皇帝到大臣，从门阀士族到一般文人，从男性到女性，从佛僧道徒到世上俗人，有不少人爱好书法，并且有许多人以能书闻名。书法艺术成了当时的一门“显艺术”。

东晋的绘画也显示出前所未有的繁荣景象，以王廙、顾恺之和戴逵等为代表的一大批画家，有自己的个性，有自己的追求，创作了许多在我国古代绘画史上堪称第一流的作品。在绘画种类方面，卷轴画、壁画、屏风画、扇面画和画像砖等，都呈现出勃勃生机。

雕塑作为一种造型艺术，有悠久的历史，早在原始社会后期就出现了。但是在东晋之前，发展得比较缓慢，远没有像文学那样受到重视。到了东晋，情况有所变化。在东晋，雕塑有了很大的发展，特别是以戴逵、戴颙父子为代表的雕塑家雕塑的多尊佛像，受到了时人的尊崇，在我国古代雕塑史上，写下了光辉的一页。

纵观我国古代的文艺发展史，可以看到，有的朝代基本上是一花独荣，有的则是百花盛开。东晋属于后者。在我国古代文艺发展史上，东晋是第一个文艺全面繁荣的朝代。东晋多种文艺共荣的总体格局,只有后来的唐朝能够与之相比。

第二,富于创新。由于文艺创作自身具有不可逆转的规律,因此文艺从来都是同创新相依为命的。文艺如果没有创新,只是依傍、模仿、重复、袭旧,就会引起接受者唤醒功能和审美感受的减退,甚至使接受者产生厌烦,出现负的审美效应,最后会导致文艺的衰亡,所以"艺术决不纯粹重复已经既定的东西"①,它需要不断地创新。从这一点来考虑,当我们面对一个时代的文艺时,常常想到的一个问题是,在人类的文艺宝库中,这个时代的文艺提供了哪些新的、有价值的东西。我国古代的文艺,在东晋之前,不论是先秦、两汉,还是三国和西晋,都有不同程度的创新,各自在文艺史上都写下了新的一页。到了东晋,这种创新又有了迅速的发展,不论是在范围上,还是在程度上,都远远地超越了以前的各个朝代。东晋文艺自身地位的确立,自身价值的体现,自身作用的发挥,都与它的创新紧密地联系在一起。

东晋文艺的创新,主要体现在许多优秀作品上。东晋的文学,富于创新的作品不断涌现。以许询、孙绰为代表的玄言诗人所写的玄言诗,用多种形式把老庄玄理、自然山水和自己的情感融入其中,增加了玄言诗的内容,把玄言诗推向了峰巅。以王羲之为代表的兰亭诗人和庾阐等写作的山水诗,为我国古代山水诗之先。东晋山水诗的不断出现,表明东晋的诗人开始相当自觉地把自然山水作为审美的对象,他们注重把眼光投向自然,追求人与自然的浑然如一,追求自然与文化的融合。东晋的诗人关注、描写自然山水,极大地拓展了诗歌的领域。随着佛教在东晋的发展,以支遁和释慧远等为代表的佛教文人,写作了不少与佛教相关的诗文。这些诗文在我国古代佛教文学史上,具有开创的意义。陶渊明在我国古代诗歌史上,第一次发现并用"田家语"描绘了田园生活,为我国古代田园诗派的开山之祖。陶渊明把追求自然作为自己的文艺理想②。他创造的冲淡自然的艺术风格,在我国古代文艺史上也是前所未有的。

我国古代,从先秦开始,就是一个宗法式的农业社会。支撑这一社会的主要

---

① 玛克斯·德索:《美学与艺术理论》,兰金仁译,中国社会科学出版社 1987 年 12 月第 1 版,第 171 页。

② 参阅袁行霈《陶渊明的哲学思考》,见《国学研究》第 1 卷,北京大学出版社 1993 年 3 月第 1 版。

是小农经济和宗法礼教。宗法式的农业社会,重视的是现实。这反映在文艺上,就是现实的、世俗的内容较多,而理想的、超现实的成分较少。到了东晋,随着儒学和宗法礼教的松弛,随着宗教的发展,上述状况有了很大的改变。主要表现是东晋有不少文人创作了许多新的神秘文学作品。东晋的神秘文学作品,如游仙诗、志怪小说和带有文学色彩的宗教诗文,基于现实的、世俗的"此岸"世界,宣扬去寻找超现实的、超自然力的"彼岸"世界。郭璞的《游仙诗》、干宝的《搜神记》和许多以宗教为主要内容的诗文,在这方面都有创造。他们的创造拓展了文学的空间,开辟了新的寄寓人生理想的审美世界。

我们说东晋的书法是我国古代书法艺术的一个高峰,主要是因为东晋的书法家能够通变,创作了许多超越前人的优秀作品。东晋的书法家在创新方面是相当自觉的。王廙评价自己的书画说:

> 画乃吾自画,书乃吾自书。吾余事虽不足法,而书画固可法。[①]

王廙追求自己的艺术个性,对书画的艺术创新极为重视,也十分自负。在这一方面,王羲之、王献之父子的表现也相当突出。王羲之的书法,"俱变古形"[②],"贵越群品,古今莫二"[③]。王献之早在十几岁时,就劝其父王羲之的书法应"改体"。他说:

> 古之章草,未能宏逸。今穷伪略之理,极草纵之致,不若藁行之间,于往法固殊,大人宜改体。且法既不定,事贵变通,然古法亦局而执。[④]

王献之自己的书法,也是"改变制度,别创其法",也能够在"行、草之外,更开一门"[⑤]。他的"非草非行"的行草书,优游神纵,挺拔秀出。在书法艺术风格上,东晋也有独到之处,这就是历代被人们所称许的"以韵胜"。由于东晋的书法"以韵胜",所以后人常常从东晋的书法艺术中领悟到"书法当观韵"的审美体验。和其他艺术相比,书法是一种易于趋向守成的艺术,而东晋的书法艺术却有很大的变革,这说明东晋的书法家具有一种鲜明的创新意识。

---

① 引自张彦远《历代名画记》卷五。原注:"见廙本集。"

② 王僧虔:《论书》,见《法书要录》卷一,张彦远辑,洪丕谟点校。

③ 羊欣语,引自庾肩吾《书品》,见《四库艺术丛书·谢赫等撰〈古画品录〉》,上海古籍出版社 1991 年 8 月第 1 版(下引此书,版本均同)。

④ 引自《法书要录》卷四张怀瓘《书议》。同卷《书估》亦载此文,内容有出入:"未能宏逸"后有"颇异诸体"一句;"大人宜改体"后无"且法既不定"三句。

⑤ 《法书要录》卷四张怀瓘《书议》。

东晋的绘画、雕塑艺术家在自己的创作中，也有一种创新的勇气。他们注重拓展，另辟路径。他们绘画的内容，不再拘于道德教化和权贵的生活，而是在不同程度上把魏晋名流、隐逸高士、佛僧道人、诗文内容和自然山水引进了绘画。其中特别值得我们注意的是山水画。东晋的顾恺之、戴逵、戴勃和释慧远等，都绘有山水画。汤用彤指出：

> 从人物画到山水画，可谓为宇宙意识寻找充足的语言。
>
> 人类觉悟到发揭生命源泉、宇宙秘密，山水画比人物画为更好的媒介或者语言。①

揭示“生命源泉”和“宇宙秘密”，是文艺的重要内容。自然山水是有生命的，自然山水被东晋许多文人发现和表现，说明人们已经体悟到自然山水的生命。而艺术一旦表现了自然山水的生命，就会进一步唤醒人们的生命意识，激扬人们的生命意识，就会丰富人们的审美世界，满足人们对精神生命的追求。在绘画艺术形式方面，东晋的画家冲破了以往写实、朴拙的框框，而主张形神兼备、“以形传神”，注意追求新巧，追求创新。顾恺之长于人物画。他画人物，特别注重“以形传神”。他的绘画，“若夫殷仲堪之眸子，裴楷之颊毛，精神有取于阿堵中，高逸可置之丘壑间者，又非议论之所能及，此画者有以造不言之妙也”②。顾恺之在建康瓦官寺“首创维摩诘像”③，开后来许多维摩诘画像之先河。顾恺之画的《女史箴图》和《洛神赋图》，是我国古代连环画的滥觞。顾恺之在《画云台山记》中，谈及画山水时说：“下为涧，物景皆倒作。”第一次提出了“倒影”画法。顾恺之在绘画方面的创新，特别是他强调的“以形传神”，在我国古代绘画史上作出了卓越的贡献。因为“传神，已接精神界生命本体，自然之美，造化之工”④。

东晋绘画艺术的创新在画像砖上也有表现。1957 年在南京万寿村发掘出东晋永和四年(348)墓中的画像砖。砖上印有龙、虎、兽面和菱形几何纹等，其中龙和虎的纹饰较为突出。墓中的画像砖打破了东汉以来一砖一画的格局，第一

---

① 汤用彤：《魏晋文学与思想》(讲演提纲)，见汤一介编《国故新知：中国传统文化的再诠释》，北京大学出版社 1993 年 8 月第 1 版(下引此书，版本均同)，第 15 页。

② 《宣和画谱》卷五《人物叙论》，见于安澜编《画史丛书》第 2 册，上海人民美术出版社 1963 年 10 月第 1 版。

③ 张彦远：《历代名画记》卷二。

④ 汤用彤：《魏晋文学与思想》(讲演提纲)，见汤一介编《国故新知：中国传统文化的再诠释》，第 15 页。

次出现了用两块或三块砖拼镶的砖画[①]。多砖拼镶砖画的创新，拓展了画面，有助于表现丰富的内容。同时，多砖拼镶砖画需要较高的技术。东晋多砖画的出现综合反映了当时工艺水平的提高。

雕塑作为一种造型艺术，早在原始社会的后期就出现了。它是我国古代艺术宝库中的瑰宝之一。但是在东晋之前，它并没有像文学和绘画那样受到重视，就其自身来说，创新的成分也较少。然而到了东晋，随着多方面条件的改变，特别是随着佛教的传播，雕塑艺术尤其是与佛教关系密切的雕塑多有创新。主要表现是注重形式，世俗化的成分有明显的增长。与此相联系的是，东晋著名的雕塑家大都具有相当自觉的创新意识。长于雕塑佛像的戴逵认为，以前的佛像"朴拙，至于开敬不足动心"。为了改变古制的欠缺，他细致钻研，终于雕塑成具有新的风神的佛像[②]。他还首创夹纻佛像[③]，开辟了我国古代制作佛像的新途径。

东晋的音乐，在乐器的制造和乐曲的创作等方面都有不少创新。《晋书·谢尚传》记载：谢尚"善音乐"，他任镇军将军时，"采拾乐人，并治石磬，以备太乐。江表有钟石之乐，自尚始也"。又《宋书·戴颙传》记载：

> 颙及兄勃，并受琴于父。父没，所传之声，不忍复奏，各造新弄。勃五部，颙十五部。颙又制长弄一部，并传于世。

又《乐府解题》记载：

> 谢尚为镇西将军，尝着紫罗襦，据胡床，在市中佛国门楼上弹琵琶，作《大道曲》。[④]

谢尚的《大道曲》收入《杂曲歌辞》，五言四句，篇幅短小，歌词一直流传到今天。

东晋的各种文艺虽然都有所创新，但创新的程度并不一样。大体说来，书法、绘画和雕塑创新的成分多，而在文学方面，除了郭璞的《游仙诗》、一部分玄言诗和陶渊明的诗歌以外，创新的成分相对地少一些。从文艺家的社会政治地位

---

① 参阅南京市文物保管委员会撰《南京六朝墓清理简报》，载《考古》1959年第5期。

② 参阅张彦远《历代名画记》卷五。

③ 沈福文编著《中国漆艺美术史》载：两晋南北朝为"扩大宣传佛教，制造夹纻佛像，作为行像，便利车载游行于街衢。晋雕塑家戴逵，手造招隐寺五夹纻像，并相好无比(辩正论三)并制造了夹纻行像。晋代虽然是继承了汉代夹纻漆胎做法，发展为制造夹纻佛像，即由夹纻制造小件日用器皿的制胎技法，用来制造大型的夹纻佛像，这在技术要求上要复杂得多，确是一件大胆的创造"。人民美术出版社1992年5月第1版，第67页。

④ 引自郭茂倩《乐府诗集》卷七十五，中华书局1979年11月第1版。

来看，东晋书法艺术的创新，主要是由门阀士族的文人来完成的；而绘画、雕塑和文学的创新，则多是由一般的官吏、隐士和一些受压抑、不得志的文人来体现的。产生上述现象的原因是多方面的，下文有关部分将作初步探讨。

第三，个体主观因素的增强，社会客观因素的弱化。一般来讲，文艺作品总是包含着主观因素和客观因素，文艺作品实际上是主观因素和客观因素的融浃。但是不同时期的文艺作品，就总的趋向来看，两种因素所占的比重并不相同。从我国古代文艺的主要倾向来看，先秦时期，两种因素大体上比较均衡。两汉时期，客观的因素有明显的增强，主观的因素则相对地减弱了。三国西晋时期，主观因素有所增强，但并没有占据主导地位。到了东晋则发生了较大的变化，这在东晋的文学、书法和绘画中，有明显的表现。

综观东晋的文学，“感于哀乐，缘事而发”的作品不多，诗史式的、反映社会重大事件的诗文也较少。文学所表现的内容与社会现实的直接联系显得比较薄弱。东晋文人重视的主要是抒发自己的内心世界，关注的是写玄理，咏佛性，以玄佛观照山水，描写山水。他们的山水之作，大多不重客观的描绘，而是渗透着感悟、构想和抽象等主观情志。陶渊明的田园诗，表面上看，有不少田园风光的描写，但其主旨却并不在田园，而是借描写田园，抒发自己追求自由、不为世俗名利所牵累的高洁胸怀，表现自己对自然、对和谐的认同和归宿，这种认同和归宿主要是情趣和哲理的融合。可以说，在陶渊明的田园诗中，主观的情趣压倒了客观的内容。

东晋文学上述的这一特点既是东晋文学的长处所在，也是东晋文学的短处所在。之所以谓之长处，是因为东晋文学表现的浓重的主观色彩，不是诗人对外在客观世界的歪曲，而是用一种玄虚的、恬淡的心态去观赏外在的客观世界，表现了诗人对自然的、自由的生活的向往。这在一定程度上体现了人的高层次的精神需求。东晋文学由过去文学的重外转到重内，从对外在客观世界的关注转到对内心世界的体味，主体性地位在文学中得到了极大的提升。这有利于促使文学不再过多地受政治和伦理道德的束缚。说它表现了短处，主要是由于东晋的不少文人过于清高，过于自负，不像过去的一些文人那样关注社会，而是过分地让自我向上升腾。其结果是，他们的许多作品淡化了社会内容，淡化了与人民的联系，很少有慷慨悲壮的激情。南宋著名诗人陆游在《夜归偶怀故孤景略》一诗中写道：“刘琨死后无奇士，独听荒鸡泪满衣。”东晋的大多数文人的确消解了以前许多文人所具有的那种枕戈待旦、奋发激越的情怀和为国为民的忧患意识。蕴涵丰富的社会内容，与人民保持千丝万缕的联系，忧世重民，奋发有为，是我国古代文学的一个重要的特点，也是一个突出的优点。而东晋的文学，在很大程度上弱化了这一特点和优点。上述东晋文学的长处和短处相依共存，说明文学的发展和繁荣并不会像人们所理想的那样完美。文学的发展和繁荣，常常要付出一定的代价，甚至伴随着出现某些畸形。而一旦认识了代价，矫正了畸形，又会有新的发展和繁荣。东晋文学的发展和繁荣，蕴藏着值得我们进一步探索的理论。

书法艺术是一种“线的艺术”，本来就具有很强的表现性。它所表现的主要是人的意趣和情感。在我国古代各种艺术当中，书法最容易表现作者的意趣和情感。这一点，东晋的书法家较之过去，认识更明确，表现更突出。《法书要录》卷一载王羲之《论书》云：

须得书意转深，点画之间，皆有意，自有言所不尽。

王羲之的书法作品呈现给人们的，不仅是表层的意义，更主要的是其中蕴涵的复杂的情感。唐人孙过庭在论及王羲之的书法作品时说：

写《乐毅》则情多怫郁；书《画赞》则意涉瑰奇；《黄庭经》则怡怿虚无；《太师箴》又纵横争折；暨乎《兰亭》兴集，思逸神超；私门诫誓，情拘意惨。所谓“涉乐必笑，言哀已叹”。①

王羲之书写《乐毅》等作品是否表现了像孙过庭分析的那样的情感，难以考究，但由于内容不同，他所追求和表现的都不是外在的社会功利，而是自己各种感情的自由宣泄，这一点当是不成问题的。类似的特点，在王献之的书法中也有鲜明的表现。宋人欧阳修跋王献之法帖云：

所谓法帖者，其事率皆吊哀、候病、叙睽离、通讯问，施于家人朋友之间，不过数行而已。盖其初非用意，而逸笔馀兴，淋漓挥洒，或妍或丑，百态横生，披卷发函，烂然在目，使人骤见惊绝，徐而视之，其意态愈无穷尽。故使后世得之以为奇玩，而想见其人也。②

王献之的许多书法作品，开始时并非是有意为之，而是临事情愫满怀、纵笔挥洒

① 孙过庭：《书谱》，见《四库艺术丛书·书苑菁华》卷八。

② 《欧阳文忠公文集》卷一百三十七《集古录跋尾》卷四，《四部丛刊》本。

的结果。王献之的书法之所以多采用“非行非草”的书体，主要是因为这种书体线条奔放而又流畅，如行云，似流水，特别适合临事而发，情驰神纵，淋漓挥洒。

东晋之前的绘画，特别是人物画，多以指事为主，重视叙述故事。画家所关注的主要是人物外在的真貌和活动的场景，通过叙述事件、描绘外形和场景，使观者可法可戒。上述情况在东晋虽然有所承续，但已逐渐退居次要地位。东晋的著名画家从理论到实践，着意追求的已经不是外在形貌的真实，不是空间的描摹，而是“以形传神”，表现对象内在的精神和生命。晋明帝司马绍的绘画，“略于形色，颇得神气”[①]。顾恺之的绘画，如上所述，非常自觉地把“以形传神”作为自己绘画的主要原则。他的绘画重神而得其神。为了传神，他特别注意突出对象的特点，尤其留心画人物的眼睛，有时甚至运用虚构的手法。《晋书·顾恺之传》说，顾恺之“每写起人形，妙绝于时，尝图裴楷象，颊上加三毛。观者觉神明殊胜”。类似这样的例子，在顾恺之的绘画创作中还可以举出一些。

三、多种因素综合作用的结果

东晋的文艺是一种特殊的文化现象。它的繁荣，既是东晋及其以前文化整体的发展和丰富，也是东晋及其以前文化整体作用的产物。所谓文化整体的作用，包括文艺发展的外部因素和内部因素的作用，也包括文人自身的因素的作用。东晋文艺的繁荣是多种因素形成合力、综合作用的结果。

从古至今，人们常说魏晋南北朝是一个动乱、灾难深重的时代。其实，对这种说法，还可以作一些具体分析。如果从“长时段”的角度来观察，把魏晋南北朝同它前后的两汉和唐朝相比，上述说法是完全可以成立的。但如果从“短时段”的角度来考虑，可以发现，整个魏晋南北朝时期，并非都是那么动乱不已，那么灾难深重。在整个魏晋南北朝时期，诸如建安前后的军阀混战、西晋的“八王之乱”、永嘉前后的战乱和梁朝的侯景叛乱，确实是动乱严重，社会各方面都遭到了惨重的破坏。至于其他时期，虽然也有分裂，有战争，但却不能简单地一概说成是动乱不已、灾难深重。对东晋前后一百多年来说，东晋占据南方，北方被少数民族所控制，形成了南北分裂的格局。一百多年，南北之间也有战争，但对东晋

---

① 谢赫：《古画品录》。

的影响并不太大。就东晋内部来说，尽管君弱臣强，但政权大体是稳定的；尽管前期有王敦之乱和苏峻之乱，后期有桓玄的篡权和孙恩起义等，但时间都不很长。整个东晋时期，社会比较稳定，国势并不衰弱。诚如沈约所说：

> 自晋氏迁流，迄于太元之世，百许年中，无风尘之警，区域之内，晏如也。[①]

清人王鸣盛说：

> 东晋君弱臣强，势则然矣。而其立国之势，却不为弱。刘琨、祖逖志在兴复，陶侃、温峤屡有诛翦，桓温之灭李势，谢安之破苻坚，刘裕之擒慕容超、姚泓，朱龄石之斩谯纵，皆奇功也。裕之入关中，几几欲混一矣。[②]

相对稳定的社会条件，使东晋的经济在以前的基础上，有了很大的发展。经济的发展在物质方面为文艺的繁荣提供了有利的条件，像东晋造纸工业的发展[③]，就为东晋的文学艺术特别是书法艺术的繁荣创造了物质基础。东晋相对稳定的社会条件和经济的发展，也使许多文人的生活比较安定，较少受到动乱的威胁。在这样的社会条件下，东晋的文人有可能用自由的、恬淡的、安闲的心态去体悟外在的宇宙和自然山水，去体悟内在的精神世界，进而去从事文学艺术活动。

在东晋的文人当中，陶渊明是较为贫困的，但是由于社会相对的稳定和他自

---

① 《宋书》卷五十四"史臣"语。

② 王鸣盛:《十七史商榷》卷五十二"东晋国势不弱"条，中国书店 1987 年 8 月第 1 版。

③ 《三国志·魏书·陈群传》裴松之注引《魏书》:"群前后数密陈得失，每上封事，辄削其草，时人及其子弟莫能知也。"陈群为魏国御史中丞，据上述记载，他上书时仍用简牍。又 1996 年在长沙走马楼发现了大量三国时的简牍。足见三国时纸张比较缺乏，书写多用简牍。葛洪《抱朴子外篇·自叙》:"饥寒困瘁，躬执耕穑……益破功日，伐薪卖之，以给纸笔……坐此之故，不得早涉艺文。常乏纸，每所写反覆有字，人鲜能读之。"(杨明照《抱朴子外篇校笺》下册卷五十，中华书局 1997 年 10 月第 1 版)臧荣绪《晋书》卷十五《王隐》:"王隐始著国史，成八十九卷。免官，家贫，未能就，遂南游陶侃。又诣江州投庾元规。元规给其笔札，其书遂成。"(汤球辑、杨朝明校补《九家旧晋书辑本》，中州古籍出版社 1991 年 8 月第 1 版)据此知东晋前期，造纸业有所发展，纸张已开始被贫寒之士所用，同时也说明，当时纸张仍较少，著史还要用木札。《初学记》卷二十一《纸第七》引裴启《语林》:"王右军为会稽令，谢公就乞笺纸。库中唯有九万枚，悉与之。"又引虞预《清秘府纸表》:"秘府中有布纸三万余枚……愚欲请四百枚，付著作吏，书写起居注。"(《初学记》，中华书局 1962 年 1 月第 1 版)从上述两条资料可以推想，东晋中期，造纸业在继续发展。《太平御览》卷六百零五《文部二一·纸》引《桓玄伪事》:"古无纸，故用简，非主于敬也。今诸用简者，皆以黄纸代之。"又曰:"玄令平准作青、赤、缥、绿、桃花纸，使惣精。令速作之。"(《太平御览》，中华书局 1960 年 8 月第 1 版)东晋后期，桓玄用法令禁止用简，说明当时的造纸业有了很大的发展，纸张已经基本上取代了简札。和简牍相比，纸张轻便，价格低廉，容易书写。东晋造纸业的发展为东晋书法的繁荣创造了有利条件。同时，东晋书法的繁荣也促进了造纸业的发展。参阅尹韵公《长沙走马楼简牍与三国时代书写材料》，载 1997 年 10 月 7 日《光明日报》。

己还有一定的家产,因此他还能够从事正常的劳动,还能维持生活。他在劳动之余,还有酒喝,尚可读书,还能弹琴,还能写作和欣赏诗文。陶渊明如果没有这样的条件,而一直是"倾壶绝余沥,窥灶不见烟。诗书塞座外,日昃不遑研"[①],常常处于极端贫困之中,恐怕"他老人家""早已在东篱旁边饿死了"[②],哪还能绰有余裕的生命力去赋诗为文呢!今存陶渊明的不少重要作品是在他闲暇时写的,也证明了这一点。

东晋社会的相对稳定和经济的发展,使得许多文人不必为物质生活的需要而奔忙、而焦虑,较少为生活所累。他们有较多的闲暇和较为静寂的心态。这一点对文学创作十分重要,对书法艺术尤为重要。书法作品的创作,特别需要闲暇和静寂的心态。蔡邕《笔论》说:

> 书者,散也。欲书先散怀抱……若迫于事,虽山中兔毫不能佳也。

这里,蔡邕着重指出了怀抱闲散是书法创作的重要条件。一般的书法创作是这样,对于运笔急速的草书也是这样。皇象《与友人论草书》说:

> 如逸豫之余,手调适而心佳娱,可以小展。

皇象特别强调了"逸豫之余"、"心佳娱"是草书创作的前提。参照蔡邕和皇象的论述,可以设想,如果不是东晋社会的相对稳定和经济的不断发展,为许多书法家提供了较多的空闲,使他们具有一种相当恬淡愉悦的心态,东晋恐怕很难在书法艺术上取得登峰造极的艺术成就。绘画也是这样。18 世纪下半叶法国画家高庚说:

> 我们这些画家,我们这些被宣告为一贫如洗的人,除了在物质生活方面的困难无处抱怨外,更为苦恼的是这种物质困难造成了我们画画的障碍。为了寻找每天的面包,我们失去了多少时间啊!低三下四的工作,破烂不堪的画室,加上其他种种困难,所有这些都令人气馁,而跟着来的是软弱、不满和暴怒。[③]

---

① 陶渊明:《咏贫士》七首其二,见逯钦立校注《陶渊明集》,中华书局 1979 年 5 月第 1 版。本书所引陶渊明诗文,均据本集。

② 鲁迅:《且介亭杂文二集·隐士》,见厦门大学中文系编《鲁迅论中国古典文学》,福建人民出版社 1979 年 10 月第 1 版(下引此书,版本均同),第 87 页。

③ 引自杨身源、张弘昕编著《西方画论辑要》,江苏美术出版社 1990 年 4 月第 1 版(下引此书,版本均同),第 423 页。

高庚讲的是18世纪法国一部分画家因贫穷对绘画造成的障碍。这从反面证明了必要的物质生活条件是绘画创作不可缺少的。试想东晋像顾恺之和戴逵这样的著名画家,如果不是生活稳定,物质条件比较优裕,恐怕是很难在绘画上有所成就的。

还有,东晋社会的相对稳定和经济持续的发展,使当时夭折和死于非命的文人比曹魏和西晋时少得多。东晋的许多著名文人的寿命都比较长。如卫铄享年七十八岁,王羲之五十九岁,孙绰五十八岁,戴逵六十七岁①,顾恺之六十二岁,陶渊明六十三岁。当然,人的寿命延长有多方面的原因,但社会的稳定和经济的发展,是一个非常重要的原因,这已为古今许多国家和地区的事实所证明。生命是社会存在和发展的根基。没有生命,生命得不到保护,就不可能保存文艺和发展文艺。东晋许多文人寿命的延长,使他们有更多的时间去从事文学艺术活动,去提高自己的艺术水平。这在东晋的几位大文艺家的创作历程中表现得比较明显。"羲之书,初不胜庾翼、郗愔,及其暮年方妙"②。"戴安道中年画行像甚精妙"③。陶渊明的作品,有许多是作于中年以后④。可以肯定,王羲之、戴逵和陶渊明等文人,如果长期生活在动乱之中,或死于非命,或处境险恶,就不可能有很多时间去从事书法、绘画和文学创作,也不可能给后人留下那么多的优秀作品。这一点,我们如果把东晋和西晋加以比较,就会更加清楚。西晋的文坛,本来是"人才实盛"⑤,但是文学的成就和"人才实盛"并不相称,原因之一是"运涉季世,人未尽才"⑥。西晋的著名文人张华、陆机、陆云、潘岳和刘琨等都在战乱中惨遭杀害,挚虞则在荒乱中饿死。西晋社会的不稳定,西晋一些文人过早地死亡,从负面影响了西晋文学的发展。

过去有些论著,在论及魏晋南北朝文艺发展和繁荣的原因时,往往简单地归

---

① 戴逵生卒年,未详。《晋书·戴逵传》载:太元十二年(387),谢玄上疏中有戴逵是年"年垂耳顺"句,据此知逵本年近六十岁。又本传载:"太元二十年(395),皇太子始出东宫,太子太傅会稽王道子、少傅王雅、詹事王询又上疏曰:'逵执操贞厉,含味独游,年在耆老,清风弥劭。东宫虚德,式延事外,宜加旌命,以参撩侍……'会病卒。"综上所记,逵卒时约六十七岁。

② 《晋书·王羲之传》。

③ 刘义庆:《世说新语·巧艺第二十一》第八条。

④ 据逯钦立《陶渊明事迹诗文系年》,今存陶渊明四十岁以后写作的诗文63篇,约占今存其诗文总数的47%。见《陶渊明集》附录二。

⑤ 刘勰:《文心雕龙·时序》。

⑥ 刘勰:《文心雕龙·时序》。

结为社会的大动乱。实际上,这种观点并不准确。建安文学的繁荣确与社会的动乱有关系,而东晋文艺的繁荣则主要是社会稳定的结果。在我国古代,有时社会的动乱促进了文艺的繁荣,但有时社会的相对稳定也带来了文艺的繁荣。如果只是执于一端,甚至把它视为规律,恐非信然。

从政治方面来分析,东晋表面上是皇权政治,但实际上东晋的皇权十分软弱,主要执掌朝政大权的是相继出现的几个门阀士族。《晋书·姚兴载记》记京兆韦华对姚兴说:

> 晋主虽有南面之尊,无总御之实。宰辅执政,政出多门。权去公家,遂成习俗。

沈约在《宋书·武帝纪》中也说:

> 晋自社庙南迁,禄去王室。朝权国命,递归台辅。君道虽存,主威久谢。

韦华和沈约所说的"宰辅"和"台辅",指的主要是大的门阀士族。东晋的政治是典型的门阀政治[①]。由于上述这一政治特点,所以东晋一朝,皇室和门阀士族之间、门阀士族和门阀士族之间,特别是几个大的门阀士族之间互相矛盾,也互相钳制,谁也没有可能取代皇权,独霸天下,其结果是东晋的政治形势比较稳定。这一点,梁启超有准确的概括:

> 东晋一代的政治,常有悍将构乱,跟着也有名将定乱。所以向来政象虽不甚佳,也还保持水平线以上的地位。[②]

另外,从东晋的门阀士族来看,他们大体上还是一个有作为的统治阶层。也正是因为他们的作为,使司马氏得以南渡,使起初国势虚弱的东晋逐渐得到巩固,并能享国一百多年,使北方的少数民族不能窥视江、汉,并且取得了淝水之战的胜利。清人赵翼说门阀士族的重要代表王导和谢安,是"柱石国家者"[③],并非溢美之言。

东晋门阀士族的重要作用,形成了东晋特殊的政治格局。这种格局在很大程度上削弱了长期保持的以皇权为中心的中央封建集权制度,削弱了与之相联系的文化专制主义,使东晋的政治气候和文化氛围比较宽松。在政治思想上,礼

① 参阅田余庆《东晋门阀政治》,北京大学出版社1989年1月第1版。

② 梁启超:《陶渊明》,商务印书馆1923年排印本(下引此书,版本均同)。

③ 赵翼著、王树民校证:《二十二史劄记》卷十二,中华书局1984年1月第1版。

治、法治和无为而治,可以并存互容。对人们不同的生活方式,不论基本上是传统的,还是基本上是趋新的,统治者大多采取比较宽容的态度。他们倡导儒学和玄学,也支持佛教和道教的传播。东晋的政局的相对稳定和政策的比较宽松,使国家和社会对个人有较多的尊重,不过分地关注和限制文人的某一方面。由于东晋的文人受到的压抑较少,所以同正始和西晋的文人相比,东晋文人表现出的那种畸形、病态、极端不健康的生活方式大为减少,以"狂"、"怪"、"癫"等相标榜的现象也有所收敛。东晋的文人在思想上和行动上有较多的自由。在时间上,他们有较多的属于自己把握和支配的时间,不再像以前的一些文人那样自觉或不自觉地把自己当作工具,终日为统治者、为功利而消耗自己。在空间上,他们不再像过去的许多文人那样,把自己局限于社会,局限于官场,而是扩大了生活的空间,由社会投向了自然山水。即使在社会上,文人与文人、文人与上层统治者之间的交往也较为广泛和频繁,没有太多的顾忌。东晋的文人可以自由地信奉宗教,也可以自由地不信奉宗教。文人可以自由地组织文学艺术活动,很少受到限制。出处是古代文人面临的一个重要的问题。东晋之前,隐居与出仕经常被视为两种对立的处世方式。魏晋之际,不少名士崇尚自然,轻蔑名教。他们不管是隐逸,还是其他类似的行为,常常被视为对当权者的反抗。名士争取自由的精神与当权者往往表现为严峻的对抗,有些人的命运是以悲剧而告终。上述情况在东晋有所改变。东晋文人的出处是较为自由的。王羲之先是做官,曾任右军将军、会稽内史等要职,后来执意辞官不仕。对此,皇室和门阀士族并无芥蒂。王羲之《与谢万书》云:

> 古之辞世者或被发阳狂,或污身秽迹,可谓艰矣。今仆坐而获逸,遂其宿心,其为庆幸,岂非天赐![1]

看来王羲之对自己能够遂心隐退,隐退以后不必像过去的隐者那样"阳狂"和"污身秽迹"十分欣慰。《世说新语·品藻第九》第三十六条记载孙绰回答简文帝司马昱的提问时,以赞赏的态度说自己"时复托怀玄胜,远咏《老》、《庄》,萧条高寄,不与时务经怀"。简文帝对此并无异议。《晋书·戴逵传》载:戴逵崇尚隐逸,不愿出仕。孝武帝曾下书,征他出任散骑常侍、国子博士。后来尚书仆射王珣又上疏请为国子祭酒,加散骑常侍。结果都被戴逵拒绝了。但皇帝和士族听之任之,

① 引自《晋书·王羲之传》。

并不责难他。陶渊明的一生，或仕或隐，在行动上也是相当自由的，受到外部的压力和约束比较少。可见在东晋，文人隐士有着很多的自由。东晋有较多的自由，在女性方面也有所反映。在东晋，妇女一方面继续受着礼教的统治，很少有独立的地位，另一方面，随着政治的宽松，随着礼教出现的裂缝，和过去相比，有了一些自我意识，有了一定程度的解放和自由①。不少统治者和士大夫心目中的女性标准，不再拘于"唯德论"，而是重视才华和文艺。这一点，当与东晋出现了许多女书法家有密切关系。

从某种意义上说，文艺是自由的王国，文艺作品是文艺家自由心态的产物。陈寅恪在《论再生缘》一书中说："六朝及天水一带思想最为自由，故文章亦臻上乘……故无自由之思想，则无优美之文学。"文艺发展史告诉我们，文艺家受到的束缚愈少，愈易表现出自己的个性，愈易表现出独创性。独创性是以独特的个性的发挥为前提的。如果个性被束缚，独创性就很难实现。而个性的发挥又往往取决于自由的程度。自由虽不是文艺发展的唯一因素，但却是不可缺少的重要条件之一。就绘画艺术来说，两汉时期，画家的依附性很大，很少有独立的人格，绘画的审美价值受到了实用价值的制约。到了东晋，画家有了相对独立的人格，他们关注更多的是用绘画表现自己的情感，是绘画的审美作用。这就使我国古代的绘画，在东晋向前推进了一大步。东晋政治上比较宽松，不少文人避免了卷入严酷的政治斗争的旋涡，较少受宗法制度的羁轭，名教与自然的对立得到了缓解。文人拥有较多的自由，他们不必为自己的出处或从事艺术活动与政治、与伦理道德相悖而担心。这就使东晋的不少文人常常能用自由的心灵去体悟和表现艺术的对象。王羲之的《兰亭序》是思想自由的产物。戴逵和戴颙父子不信佛教，不划界自封，旁行以观，能够没有顾忌地去体察佛教艺术，雕塑出许多为人们

---

① 这方面的史实，古代文献多有记载。葛洪《抱朴子外篇》卷二十五《疾谬》："今俗妇女，休其蚕织之业，废其玄纨之务。不绩其麻，市也婆娑。舍中馈之事，修周旋之好。更相从诣，之适亲戚，承星举火，不已于行。多将侍从，暐晔盈路，婢使吏卒，错杂如市，寻道亵谑，可憎可恶。或宿于他门，或冒夜而反。游戏佛寺，观视渔畋，登高临水，出境庆吊。开车褰帷，周章城邑，杯觞路酌，弦歌行奏。转相高尚，习非成俗。"（杨明照撰《抱朴子外篇校笺》上册，中华书局 1991 年 12 月第 1 版）葛洪对上述现象是持批评态度的，但从中可以看到，当时妇女有一定程度的解放。《世说新语·轻诋第二十六》第十七条："孙长乐兄弟就谢公宿，言至款杂。刘夫人在壁后听之，具闻其语。谢公明日还，问：'昨客何似？'刘对曰：'亡兄门，未有如此宾客。'谢深有愧色。"《世说新语》中有关刘夫人的记叙，共有五条，都是肯定和赞颂之词。刘夫人：谢安妻，刘惔妹。孙长乐：孙绰。从上面引的一条来看，刘夫人敢于批评名士孙绰兄弟和地位显赫的丈夫，这不仅表现了她的超俗的思想境界，而且也说明妇女的地位有了提高。

所仰慕的佛像。顾恺之心无绳索，自由自在，结果画出了不少被人们所赞赏的作品。陶渊明辞去官职，如鸟飞出樊笼，如鱼游离池渊，他耕耘，他读书，他弹琴，他写作，行动和思想相当自由，使他写出了流传千古的不朽之作。当然，文艺作为一种社会意识形态，在阶级社会里不可能不受政治和道德的影响，文人也不可能完全脱离政治和道德而有绝对的自由，只是其表现有时是比较明显的，有时则是比较隐曲的。综观我国古代的文艺，特别是文学，不关涉政治和道德的比较罕见，而与政治和道德相参会的则比比皆是。但文艺毕竟是文艺，文艺是一种特殊的社会意识形态，它有自己独立存在的条件和价值，文艺作品毕竟是文艺家个人的创造。如果政治上不宽松，文人没有较多的自由，常常受他人的主宰，他们的创作受到了致用于政治和道德的束缚，就很难出现文艺的繁荣。在这方面，东晋是否能为我们提供一点有益的启示？

东晋文艺的繁荣是在皇帝和门阀士族的统治下出现的。东晋的皇帝和门阀士族在行使他们的权力时，对文艺也有干扰，但就总的倾向来看，还是支持的。

东晋前后有十个皇帝，其中有八个爱好文艺，并且身体力行，在文艺的不同方面和不同层次上取得了成就。晋元帝司马睿“善正、行书”①，《淳化阁帖》卷一辑有他的《安军帖》和《中秋帖》。晋明帝司马绍“雅好文辞”②，“善书画”③。他为了学习绘画，曾拜王廙为师。《淳化阁帖》卷一辑有他的《墓次安稳帖》。晋成帝司马衍“善草书”④。晋康帝司马岳，“善行、草书”⑤，《淳化阁帖》卷一辑有他的《书女郎帖》。晋穆帝司马聃“颇爱文义”⑥。晋哀帝司马丕“善行书”⑦，《淳化阁帖》卷一辑有他的《中书帖》。晋简文帝司马昱爱好文学和书法。《隋书·经籍志三》载有他撰写的《简文谈疏》六卷。《经籍志四》载：梁有《简文帝集》五卷，录一卷，亡。《文心雕龙·时序》说他“澹思浓采，时洒文囿”。《书小史》卷一称赞他“工行、草书”，《淳化阁帖》卷一辑有他的《庆赐帖》。晋孝武帝司马曜对文艺也很感兴趣，他能诗能文。《隋书·经籍志四》载：梁有《孝武帝集》二卷，录一卷，亡。

---

① 陈思：《书小史》卷一，见《四库艺术丛书·陈思〈书苑菁华〉》。

② 《晋书·明帝纪》。

③ 张彦远：《历代名画记》卷五。

④ 陈思：《书小史》卷一。

⑤ 陈思：《书小史》卷一。

⑥ 《晋书·庾羲传》。

⑦ 陈思：《书小史》卷一。

《书小史》卷一说他“善行、草书”，《淳化阁帖》卷一辑有他的《谯王帖》。

和东晋的皇帝有些相似，东晋的门阀士族，特别是先后左右朝政的琅邪王氏、高平郗氏、颍川庾氏、陈郡谢氏和龙亢桓氏等几个大的门阀士族，都重视文艺，爱好文艺。在他们的门第中，文人辈出，许多人分别在书法、文学、绘画和音乐等方面作出了贡献。①

东晋的不少皇帝和门阀士族在爱好文艺并且身体力行的同时，对文人也比较重视。他们注意选拔文才，让其担任比较重要的职位。《文心雕龙·时序》说：

元皇中兴，披文建学。刘、刁礼而宠荣，景纯文敏而优擢。

《晋书·明帝纪》载，晋明帝早在为太子时，就十分钦爱王导、庾亮、温峤、桓彝和阮放等人。他当了皇帝以后，对他们又委以重任。这对东晋文艺的发展有促进作用，所以《文心雕龙·时序》特别肯定了晋明帝，把他比作西汉时的汉武帝。

晋明帝以后，简文帝与文人的关系更为密切。简文帝是晋元帝的少子。他先是担任抚军大将军和丞相等要职，长时间总揽朝政；后又登上皇帝的极位。他有“令德”，即皇位之前曾被称为“国之周公”②。他“清虚寡欲，尤善玄言”③。他与当时的重要文人许询、孙绰、王羲之、支遁、王濛、刘惔、王坦之和范启等，关系相当亲近。他支持清谈，他的居处常常成为清谈的重要场所④。他了解当时许多文人的为人和为文的特点。如他称颂许询的五言诗，“可谓妙绝时人”⑤。东晋文艺的发展，同简文帝有相当重要的关系。

东晋的不少门阀士族对文人也比较重视。他们注意接近文人，把一些文人或向朝廷荐举，或延揽在自己的周围，为文人发挥其才能，提高其声誉创造了有利条件。《晋书·干宝传》载，“中兴草创，未置史官”，中书监王导上疏荐举干宝等撰写国史。干宝“于是始领国史”。《世说新语·文学第四》第八十八条注引

---

① 参阅本书第三章。

② 《世说新语·言语第二》第五十四条注引《晋阳秋》载东晋吏部尚书刘遐语。

③ 《晋书·简文帝纪》。

④ 《世说新语》有多处记载文人在简文帝处清谈。如《文学第四》第四十条：“支道林、许掾诸人共在会稽王斋头。支为法师，许为都讲。支通一义，四座莫不厌心。许送一难，众人莫不抃舞。但共嗟咏二家之美，不辩其理之所在。”第五十一条：“支道林、殷渊源俱在相王许。相王谓二人：‘可试一交言。而才性殆是渊源崤、函之固，君其慎焉！’支初作，改辙远之，数四交，不觉入其玄中。相王抚肩笑曰：‘此自是其胜场，安可争锋！’”

⑤ 《世说新语·文学第四》第八十五条。

《续晋阳秋》说:袁宏"少孤而贫,以运租为业"。后来由于得到谢尚的赞赏而"名誉日茂"。顾恺之先是受到桓温的重视,后来又为桓玄和谢瞻所赏识。《世说新语·言语第二》第八十五条载:顾恺之曾因用"遥望层城,丹楼如霞"两句描绘江陵城而受到桓温的奖励。后来又被"桓温引为大司马参军,甚见亲昵"。[①] 桓温卒后,顾恺之同桓玄关系密切,曾同桓玄一起排调[②],一起博戏[③]。谢瞻对顾恺之的赏识,见于《晋书·顾恺之传》:义熙初,顾恺之"为散骑常侍,与谢瞻连省,夜于月下长咏,瞻每遥赞之,恺之弥自力忘倦"。可以想见,干宝等文人,如果没有门阀士族的荐举和赏识,他们在文艺上难以取得那么大的成就,即使取得了成就,也不会产生大的影响。

在东晋,皇室和门阀士族是最高统治者,他们占有多方面的主宰社会的权力和一般人无法具备的声望,再加上他们对文艺的重视和实践,这些都很容易把许多文人引向文艺领域。他们和被他们所肯定的审美情趣以及文艺作品,也比较容易受到社会的重视和效法。上述这些对东晋文艺有负面的影响,但促进作用当是主要的。

从文化的视角来观察,东晋文艺的繁荣,应当说是与东晋多元文化的彼此相容、互融互动分不开的。这里所谓多元的文化,既有中国传统的文化,也有外来的文化。在东晋之前,我国的文化主要是以儒、道为重要内容的传统文化的演进。在演进过程中的不同时期,儒、道两种文化有升有降;有分流,也有融合;有增加,也有削减。就总的倾向来看,两汉时期从汉武帝"罢黜百家,独尊儒术"以后,基本上是以儒家为主的文化。到东汉末年,汉代的儒家文化失去了活力,渐趋衰退,玄学开始萌发。曹魏正始前后,玄学盛行,到西晋,又有了进一步发展,至东晋,则呈衰退之势。在这种形势下,文化要发展,需要新的异质因素的刺激,而佛教在东晋的传播,正好在这方面提供了有利的条件。东晋虽然是长期偏安江南,但在文化上并不封闭,对佛教这种外来文化的接受就是一个证明。东晋之世,随着佛教的传播,"佛法遂深入中华文化,人民对之益为热烈"[④]。我国的古代,很早就注意吸收外来的文化,但是第一次敞开博大的胸怀,大量地接受外来

---

① 《晋书·顾恺之传》。

② 《世说新语·排调第二十五》第六十一条。

③ 《渚宫旧事》卷五,《丛书集成》本。

④ 汤用彤:《汉魏两晋南北朝佛教史》上册,中华书局 1983 年 3 月第 1 版,第 266 页。

文化，还是在东晋时期。这表明，东晋的文化有明显的开放性的品格。值得注意的是，佛教在我国的传播，从开始到后来，一直都在借用我国原有的文化，在不断地"中国化"。"学者们一致认为，中国人为自己的目的和需要吸收印度的佛教，这并没有使中国'印度化'，相反倒造成了'佛教的中国化'。"[①]东晋也是这样。东晋在接受外来佛教文化时，并没有遗弃原有的文化。原有的儒学、玄学和道教等文化都依然存在，都继续在展示自己的优势，有的在继续发展。佛教在东晋的迅速传播，并没有从根本上改变东晋文化的性质。作为人们精神基石的传统文化并没有被怀疑、被贬值，而是与外来的文化集合在一个共时的体系中。它们没有互相替代。它们之间有彼此对立、相互克制的一面，但更多的是交融和互补，注意向对方吸取，而不是已为本位，排斥对方。东晋的文人对待不同的文化有不同的观点，有辩论，但并没有形成集团与集团之间、人与人之间的对抗。东晋的这种多元文化并存的特点，使当时的很多文艺家能没有戒心、没有顾忌地对多种文化加以甄别和认同，吸收对自己有益的东西，同时也不拘守一端。就他们对宗教而言，他们或信奉宗教，或尊敬名僧、名道，但缺乏宗教的炽烈感情，很少受宗教的束缚，没有完全用宗教的感情替代家国宗族之情。他们大多是用宗教充实了自己的思想，丰富了自己的生活。另外，东晋多元文化的并存，还使东晋成为我国古代能把哲学、宗教和艺术等加以整合的一个重要朝代，使它们能在很大程度上彼此渗透和融合。在哲学、宗教和艺术三者当中，哲学又是核心。哲学是从最高层次上去探讨宇宙和人生，它一般不被低层次的物质世界所迷乱。东晋的哲学思想，主要有儒家的，有玄学的，有佛教的，有道教的。它们都有自己的主体思想。有的侧重在人伦方面，有的侧重在天人关系方面，有的侧重在心性方面，有的追求现实的"此岸"，有的向往超现实的"彼岸"。即使对同一对象，它们把握、认识的角度、层次也有所不同。东晋的不少文人，他们的注意力主要不是在各种哲学思想的区别上，而是在趋同上，重视的是取其所需，兼容互补，尽力把各种哲学思想同自己的思想和生活融为一体。东晋有卓越成就的文艺家，应当说都受到了当时开放的多元文化特别是哲学思想的影响。他们当中，有不少人，如王羲之、孙绰、戴逵、陶渊明等，虽然在思想和言行上有不少差异，但总的风貌是

---

① 塞缪尔·亨廷顿：《文明的冲突与重建世界秩序》，转引自张弓《汉唐佛寺文化史》（上），中国社会科学出版社 1997 年 12 月第 1 版，第 13 页。

似儒非儒，似道非道，又兼有佛家的心态、隐士的逸趣。从《晋书·王羲之传》的记载来看，在王羲之的思想中，有儒家倡导的仁义观念和入世精神，有老庄追求的超越世俗、崇尚自然的出世思想；他和佛教关系密切，又信奉道教，雅好服食。这些在他的作品中，常有表现。孙绰自称"少慕老庄之道"[①]，后来亦"时复托怀玄胜，远咏《老》、《庄》，萧条高寄，不与时务经怀"[②]。但他一直做官，未曾退隐。他关心政事，在《与庾冰诗》中，主张为政应当"宽猛相革"。他尊重佛僧，深通佛理。他的一些作品不仅含有佛理，而且在体制上也受到了佛经的影响[③]。据《晋书·戴逵传》记载：戴逵服膺儒家，"性高洁，常以礼度自处，深以放达为非道"，同时他又遵从道家，认为"道家去名者，欲以笃实也"。他超然脱俗，终生隐居。他曾撰《释疑论》批驳佛教的因果报应之说。但他热爱佛教艺术，创作了许多有很高艺术价值的佛像。陶渊明的一生，接受的主要是儒家思想和道家思想。他一方面是"少年罕人事，游好在《六经》"[④]，另一方面又是"少有高趣，任真自得"[⑤]，"质性自然"[⑥]。他与佛僧有来往，但他否定佛教的神不灭之说。他曾经三次出仕，但最终走上了归田躬耕的道路。他辞官归田以后，儒家的"穷则独善其身"、"忧道不忧贫"和老庄的超脱尘网、自然冲淡等思想同他的田园生活融化在一起。他关注社会、关注政治，也思考宇宙和人生。他追求自由，但能做到"从心所欲，不逾矩"[⑦]。上述这些，在他的许多优秀作品中都有或显或隐的表现。以上列举的事实表明，东晋的多元文化的主流是互融互动、并行不悖。东晋的著名文人心胸开阔，程度不同地容纳了多种文化。"有容乃大"，没有多元文化的哺育，东晋恐怕很难出现文艺的繁荣。

从文艺发展的内在机制来分析，东晋文艺的繁荣，又是东晋文人重视继承文艺遗产的结果。东晋之前，在文艺领域里，经过长时期无数人的努力，积累了丰富的文艺遗产。这些文艺遗产，尽管长期以来主要在中原一带，但是在西晋永嘉

---

① 《世说新语·言语第二》第八十四条注引孙绰《遂初赋叙》。

② 《世说新语·品藻第九》第三十六条。

③ 黄侃《文心雕龙札记·明诗第六》转录《诗品讲疏》："若孙、许之诗，但陈要妙，情既离乎比兴，体有近于伽陀。"中华书局1962年9月第1版。

④ 陶渊明：《饮酒》二十首其十六。

⑤ 《晋书·陶渊明传》。

⑥ 陶渊明：《归去来兮辞序》。

⑦ 《论语·为政》，见《诸子集成》第1册，上海书店1986年7月第1版(下引此书，版本均同)。

前后，随着中原士人的不断南移，后来随着西晋的灭亡和东晋王朝的建立与巩固，有不少传到了江南。唐代史学家刘知几指出：

自咸、洛不守，龟鼎南迁，江左为礼乐之乡，金陵实图书之府，故其俗犹能语存规检，言喜风流，颠沛造次，不忘经籍。而史臣修饰，无所废功。[①]

刘知几讲的主要是史学，其实文艺也是这样。近人马宗霍《书林藻鉴》卷六说：

书以晋人为最工，亦以晋人为最盛……夷考其故，盖有三焉：一则时接汉、魏，诸体悉备，无烦极虑，便可兼通。择要而从，尤易专擅，不独为之华藻也，又从而绣其鞶帨，济成厥美，亦固其所。一则隶奇草圣，笔迹多传，服儗有资，师承匪远，酌其馀烈，自得新裁，挹彼遗规，成吾楷则。信埏埴之无穷，斯挥运之入化。虽曰前修已妙，转觉后出弥妍。一则好清淡，风流相扇……

马氏分析晋人书法"最工"、"最盛"有三方面的原因，其中第一、第二讲的都是书法积累和书法遗产的继承问题。马氏所讲的"晋人"，包括西晋和东晋的书法家，实际上东晋尤为明显。我国古代的书法发展到汉、魏，已经有很高的艺术成就。经过西晋，又有了新的发展。以前的书法艺术成就，为东晋的书法家提供了许多范本和经验。东晋著名的书法家不过是收获以前书法家撒播的种子所结出的硕果。这在一些著名的书法家那里有明显的表现。卫夫人的书法是在学习钟繇书法的基础上自成一家的。这在她的《书稽首和南帖》中有清楚的表述：

卫随世所学，规模钟繇，遂历多载。

书法家王导也特别珍爱并且注重师法钟繇的书法作品。王僧虔《论书》说：

亡高祖丞相导，亦甚有楷法，以师钟、卫，好爱无厌，丧乱狼狈，犹以钟繇《尚书宣示帖》衣带过江，后在右军处。

王廙曾效法许多前人的书法艺术。羊欣《采古来能书人名》说王廙"能章、楷，谨传钟法"。陈思《书小史》卷五说王廙"工草、隶、飞白，祖述张、魏遗法，亦好索靖之风。尝得索七月二十六日书一纸，每宝玩之。遭丧乱乃四迭缀衣中，以过江"。王羲之不仅直接师从卫铄，而且也十分敬佩钟繇、张芝。《采古来能书人名》说：

卫夫人善钟法，王逸少之师。

虞龢《论书表》录王羲之书云：

顷寻诸名书，钟、张信为绝伦……吾书比之钟、张当抗行。

---

① 刘知几撰：《史通·内篇·言语》。

王献之的一笔书也深受张芝草书的影响。《历代名画记》卷一《论画六法》说：

> 昔张芝学崔瑗、杜度草书之法，因而变之，以成今草。书之体势，一笔而成，气脉通连，唯王子敬明其深旨，故行首之字，往往继其前行。

据《晋书·李充传》记载，李充之所以"善楷书"，一个重要原因是他能"妙参钟、索"。以上列举的事实说明，东晋的书法家非常尊重并且注意从多方面向前辈学习。应当说，东晋的书法家是踏着前辈书法家的肩膀，才登上了书法艺术的高峰。

东晋绘画艺术的繁荣也与以前的艺术积累和画家注意继承前人的优秀成果有重要关系。戴逵和顾恺之的绘画作品，在题材方面，有许多是取自以往的文史记载，特别是曹魏和西晋时期的历史和文学作品。如戴逵的《嵇阮像》、《嵇阮十九首诗图》、《七贤》、《嵇轻车诗》，顾恺之的《洛神赋》、《陈思王诗》、《七贤》、《嵇阮》、《阮咸像》、《阮修像》和《女史箴图》等。东晋的佛教绘画之所以得到了长足的发展，一方面是受到了外来佛教艺术的影响，另一方面也是继承我国东晋之前佛教绘画艺术成就的结果。三国时期东吴的曹不兴是我国古代的"佛画之祖"。蜀僧仁显《广画新集》说：

> 昔竺乾有康僧会者，初入吴，设像行道，时曹不兴见西国佛画仪范写之，故天下盛传曹也。[①]

西晋的画家卫协享有"画圣"之誉，他的绘画"师于曹不兴"[②]。孙畅之《述画记》说，卫协曾画有《七佛图》[③]。后来的顾恺之又师于卫协[④]，特别赞赏卫协画的《七佛》和《大列女》，认为它们"伟而有情势"[⑤]。从曹不兴、卫协和顾恺之之间的师从传授关系来看，可以发现，如果没有曹不兴和卫协作先导，东晋以顾恺之的作品为代表的佛教绘画，恐怕很难取得那样光辉的成就。顾恺之绘画，特别重视点睛，认为画人物，只要点睛，人物就会说话。稽考画史，绘画重点睛，在顾恺之之前就有之。王嘉《拾遗记》卷四载：

> 始皇元年骞霄国献刻玉善画工名裔……画为龙凤，骞翥若飞。皆不可

---

① 引自郭若虚《图画见闻志》卷一《论曹吴体法》，《古画品录》本。

② 张彦远：《历代名画记》卷二《叙师资传授南北时代》。

③ 参阅张彦远《历代名画记》卷五。

④ 参阅张彦远《历代名画记》卷二《叙师资传授南北时代》。

⑤ 引自张彦远《历代名画记》卷五。

点睛，或点睛，必飞走也。始皇嗟曰："刻画之形，何得飞走？"使以淳漆各点两玉虎一眼睛，旬日则失之，不知所在。

王嘉上述显系荒诞之说，不足置信。但绘画点睛之说，值得我们重视。又，《历代名画记》卷五说，卫协绘画"人物不敢点眼睛"。从上面的记载可以想见，顾恺之绘画强调点睛的要妙，是与受前人的润泽分不开的。

东晋文学的成就，主要体现在诗歌方面。从诗歌的形式来看，东晋基本上沿用的是以前的四言和五言，并没有新的创造。从诗歌的内容来看，"历载将百"的玄言诗，或表现哲理，游心老庄，或借自然山水来论道谈玄，在诗歌史上是十分独特的一章。东晋的玄言诗是当时文化土壤的产物，同时也是以往文学因子衍生的结果。玄言诗盛行于东晋，但其滥觞至少可以追溯到汉末。汉末仲长统的《述志诗》，其主旨宣扬的是老庄的自然无为、逍遥世外的思想。所以古直说：

寻诗用道家之言，始于汉末仲长统《述志诗》。①

到正始时期，玄言诗兴起。正始以后的西晋，仍有一些文人继续写作玄言诗。上面的事实说明，玄言诗在东晋之前，至少已有七十多年的历史了。因此，从诗歌本身演进的历程来看，东晋玄言诗的盛行，实际上是以前玄言诗的继续。这主要体现在东晋玄言诗的内容上。东晋玄言诗的内容，有对自然山水的描写，有情感的抒发，但其主导方面，仍然是以老庄思想为核心的玄学。当然，东晋的玄言诗对正始以来玄言诗的继承，不是简单的、机械的重复，而是带有东晋自己的时代特点，也有东晋玄言诗人自己的创造。

上面我们列举了东晋文人注意继承以前文化遗产的部分事实。这些事实告诉我们，东晋的文人在创作时，内心深处不仅有他们所处的时代给他们提供的东西，而且还含有先秦、两汉特别是三国和西晋所创造的多方面的文化成果。没有东晋以前的文化积累，没有东晋文人自觉或不自觉地继承以前优秀的文化遗产，很难有东晋文艺的繁荣。从这一角度来分析，东晋文艺的繁荣，并不是单独地具有自己完全的意义，它有许多因素早潜伏在过去的时代里，它是以往文化传统在新的历史条件下的发展和丰富。

以上我们着重从社会、经济、政治、文化和对以前文化遗产的继承等角度，探讨了东晋文艺繁荣的原因。这些原因是非常重要的，因为东晋文艺的繁荣，首先

---

① 古直：《钟记室诗品笺》，上海聚珍仿宋印书局刊行本。

是东晋社会、经济、政治、文化和以前文化成果综合作用的结果。从这方面来分析，东晋文艺的繁荣，不是东晋文人的个人行为，而是与他们所处的时代和传统文化息息相关，是时代各种条件和传统文化综合作用的产物。而且东晋这一特殊的时代，也要求文艺反映自身，要求用文艺的形式来表现其多方面的生活，来满足社会多方面的需要。综观东晋一朝，可以认为，东晋时期，社会状况、封建王朝、文人的命运与文化的发展大体是谐和的、一致的，这就为东晋文艺的繁荣提供了良好的土壤。东晋的文艺正是适应这种需要而繁荣起来的。但是我们的探讨，如果就此止步，那还是不全面的。因为假若只囿于上面的见解，就容易把东晋的文艺当作东晋社会、经济、政治和文化等的一种点缀，也容易忽视促进文艺繁荣的其他的一些重要的、偶然的因素。东晋的社会、经济、政治和文化等多方面的条件，为东晋文艺的繁荣提供了历史的可能性，提供了某些艺术可以迅速发展的可能性。但是这种历史的可能性，还不是现实的。要把这种历史的可能性变成现实的，还要通过文艺家的体验、理解和实践。实际上，东晋文艺的繁荣，是由文艺家个人来完成的。东晋的社会、经济、政治和文化等外在条件，只有同文艺家个人交汇，只有经过文艺家由外到内、由远及近的转化和整合，才能起作用。从文艺家的一些创作来看，也有一些情况很难完全用当时的客观条件来解释。在一般情况下，艺术作品的产生与否，艺术作品质量的高低，取决于文艺家自身的优劣。因此，我们探讨东晋文艺繁荣的原因时，有必要顾及东晋文艺家的自身。

文艺家并不是单一的类型。东晋著名的文艺家都有自己独特的生活行为和个性，他们的品格又都各相殊异，但他们作为文艺家，又有一些共同的特点。这些共同的特点直接或间接地影响着他们的文学艺术活动。

东晋的文艺家大多富有才气和智慧。《世说新语·捷悟第十一》记有捷悟者四人，其中东晋有三人，他们是东晋的著名文艺家王导、郗超和王珣。又《夙惠第十二》共录夙惠者八人，其中除陈寔、何晏是汉、魏人外，其他六人都是东晋人。这六人中，司马绍、司马曜和桓玄，又都是东晋颇有影响的文人。其他，如诗人郭璞"有高才"①。他"太兴元年奏《南郊赋》，中宗见赋嘉其才"②。刘勰在《文心雕

① 《晋书·郭璞传》。

② 《太平御览》卷二百三十四引《晋中兴书》。

龙·时序》中,赞美郭璞"文敏而优擢"。书圣王羲之也很有才华。他的叔父王廙在《画赞序》中称赞他"幼而岐嶷","书画过目便能"。《晋书·王羲之传》说:"羲之既少有美誉,朝廷公卿皆爱其才器。"玄言诗人孙绰"少以文才垂称"[①]。另一位玄言诗人许询也是"有才藻,善属文"[②]。雕塑家兼画家戴逵的才华表现在多方面。《历代名画记》卷五称他"幼有巧慧","为儿童时,以白瓦屑鸡卵汁和溲作小碑子,为郑玄碑,时称词美书精,器度巧绝"。"十余岁时,于瓦官寺中画[③],王长史见之云:'此儿非独能画,终享大名……'"画家顾恺之的才气也为人所称。《晋书·顾恺之传》说他"有才气"。又说"俗传恺之有三绝",其中第一绝就是"才绝"。史载顾恺之有些言行相当滑稽,甚至显得有些疯傻,但他一点都不愚拙,恰恰相反,他是一个智者。他能随机应变,他反应敏捷,富于想象,有高度的艺术概括力。王献之的才智在儿童时就有所显露。《晋书·王献之传》说他"七八岁时学书,羲之密从后掣其笔不得,叹曰:'此儿后当复有大名。'"一个七八岁的儿童学书握笔,竟能如此得法而遒劲,如果没有才气,恐怕是难以做到的。陶渊明也是一位天才的诗人。宋人姜夔说:陶渊明"天资高"[④]。王国维在《文学小言》一文中特别标举了我国古代四位天才诗人,认为他们是"旷世而不一遇也",陶渊明是其中之一。[⑤] 陶渊明的作品,写的多是田园生活中十分平常的事物,但写得非常成功。这与其独具的天才和创造力有关。因为"愈伟大天才,乃愈好向平凡处表现"[⑥]。陶渊明写作诗文,不讲究方法、规矩,无固无必,信手写来,语言质朴,自然从胸中流出,表现了迥异他人的精神境界,把魏晋风度推向了极致。这也与天才有关。因为"天才作品,无一不表现极自然、不费力,不带有雕刻之工用"[⑦]。冯友兰说:"魏晋人称风度","都是精神境界的表现","陶渊明的精神境界是怎样得来的?大概只能说是天才"。[⑧] 文艺家成就的大小,并不是由天才决定的,但

---

① 《晋书·孙楚传》附《孙绰传》。

② 《世说新语·文学第四》第八十五条注引《续晋阳秋》。

③ 瓦官寺,"官"原作"棺",误,今改为"官"。

④ 《白石道人诗集》,《四部丛刊》影印江都陆氏刊本。

⑤ 《王国维文集》第1卷,第26页。

⑥ 宗白华:《美学》,见《宗白华全集》第1册,安徽教育出版社1994年12月第1版(下引此书,版本均同),第501页。

⑦ 宗白华:《美学》,见《宗白华全集》第1册,第505页。

⑧ 冯友兰:《关于〈美的历程〉的一封信》,见《三松堂全集》卷十三,河南人民出版社1994年1月第1版。

是“艺术家需要一种不可缺少的天赋，便是天大的苦功天大的耐性也补偿不了一种天赋，否则只能成为临摹家与工匠”[①]。天才使文艺家“创作情调（Production temper）丰富，内心生活较多，精神集中之时多，而且久不与彼艺术有关系者，彼常忽视之，故每不善处世，非不能也，乃不暇为、不屑为耳。眼光极清楚，观察极明晰，因精神之集中及内敛，对于世务常不去做，凡人重此则轻彼，天才者精神生活既多，其苦与乐，较常人为深刻，盖非谓彼各部分皆较常人为高，然有几部分特别发达者，遂使全体亦起剧烈之变化也”[②]。天才常常使文艺家具有艺术的悟性和敏感。“天才和创造力很接近”[③]。天才有助于文艺家形成自己的风格。从天才的角度来审视东晋的文艺，应当说东晋文艺的繁荣是与东晋许多文艺家的天才分不开的。

当然，“天才必须以文化给出的物质、在文化设定的框架内起作用”[④]。东晋文艺家的天才的发挥，离不开当时社会的相对稳定和经济、文化的发展，离不开当时比较宽松的、自由的政治条件和多元并存的文化氛围。因为社会的稳定，经济、文化的发展，是天才活跃的必要条件。因为“人之智虑自不能出于绳约之内”[⑤]。东晋文人的才华大多可以得到发挥，与当时重才的社会氛围也有着直接的关系。东晋之世，在舆论方面，“才性”是玄谈的重要内容之一。在选官方面，也相当重才。《世说新语·文学第四》第五十三条云：

> 张凭举孝廉出都，负其才气，谓必参时彦。

注引宋明帝《文章志》曰：张凭“有意气，为乡闾所称。学尚所得，敏而有才。太守以才选举孝廉，试策高第”。另外，天才离不开群体。这一点，歌德在临死前不久，结合自己的经历和体验，有一段富有启发性的夫子自道：

> 事实上我们全都是这些集体性的人物，不管我们愿意把自己摆在什么地位。严格地说，可以看成我们自己所特有的东西是微乎其微的，就像我们个人是微乎其微的一样。我们全都要从前辈和同辈学习到一些东西。就连

---

① 丹纳：《艺术哲学》，傅雷译，安徽文艺出版社 1991 年 7 月第 1 版（下引此书，版本均同），第 69 页。

② 宗白华：《美学》，见《宗白华全集》第 1 册，第 501～502 页。

③ 爱克曼辑录：《歌德谈话录》，朱光潜译，人民文学出版社 1978 年 9 月第 1 版（下引此书，版本均同），第 164 页。

④ 罗伯特·F·墨菲：《文化与社会人类学引论》，商务印书馆 1991 年 11 月第 1 版，第 247 页。

⑤ 顾炎武著，黄汝成集释，栾保群、吕宗力校点：《日知录集释》卷九，花山文艺出版社 1990 年 8 月第 1 版。

最大的天才,如果想单凭他所特有的内在自我去对付一切,他也决不会有多大的成就……我不应把我的作品全归功于自己的智慧,还应归功于我以外向我提供素材的成千成万的事情和人物。[①]

歌德这段话具有普遍意义。东晋的杰出的文艺家,如果没有其先辈和同辈的文艺成果,如果不注意向他们学习,自觉或不自觉地把自己置于群体之中,单凭自己的天才,恐怕不可能取得那样卓越的艺术成就。就文艺家个人来说,天才总是与勤奋相伴,"又须济之以学问,助之以德性"[②]。只有这样,才能创作出富有生命力的作品。

东晋的著名文艺家在文化品格方面,也有一些相近的特点,主要表现是:

第一,有鲜明的独立自主意识。东晋的文艺家大都非常自信,勇于自我肯定,有着独立的认识能力和开创能力。这在王廙、王羲之、王献之、戴逵、顾恺之和陶渊明等著名文艺家那里,都有相当突出的表现。王廙对自己的书画艺术是非常自负、非常自信的,如前所述,他充分地肯定了自己的书画,认为自己的书画本来就应当被他人所效法。王羲之在儿童时,就有一种独立意识。出仕以后,对许多重大的问题都有自己独特的见解。王献之同他父亲相似,也有一种鲜明的独立意识。《世说新语·品藻第九》第七十五条载:

谢公问王子敬:"君书何如君家尊?"答曰:"固当不同。"公曰:"外人论殊不尔。"王曰:"外人那得知?"

王羲之、王献之父子的书法在当时都负有盛名。王献之尊重他的父亲,但并没有因此而否定自己的书法。他坦诚地认为自己的书法和父亲相比,本来应当不同,并自信自己的书法有与其父不同的特点。戴逵的独立自主意识也极为突出。《晋书·戴逵传》说:"(戴逵)性不乐当世,常以琴书自娱……太宰、武陵王晞闻其善鼓琴,使人召之。逵对使者破琴曰:'戴安道不为王门伶人!'"司马晞是晋元帝的第四子,地位显赫,但戴逵却偏偏不买他的账,并且当着他的使者的面破琴,严词予以拒绝,鲜明地表现了他的独立的人格。顾恺之年轻时,就对自己的绘画艺术充满自信。《京师杂记》说:

兴宁中,瓦官寺初置,僧众设会,请朝贤鸣刹注疏。其时士大夫莫有过

---

① 爱克曼辑录:《歌德谈话录》,朱光潜译,第250页。

② 王国维:《文学小言》。

> 十万者。既至长康,直打刹注一百万。长康素贫,时以为大言僧。后寺成,请勾疏。长康曰:'宜备一壁。'遂闭户往来,一百余日,所画维摩诘一躯,工毕,将欲点眸子。谓寺僧曰:'第一日开见者,责施十万。第二日开,可五万。第三日,可任例责施。'及开户,光明照寺,施者填咽,俄而累百万钱也。[①]

兴宁年间,顾恺之不满二十岁[②],但是他敢想敢说,好强自信,最后如愿以偿,创作了非常成功的维摩诘壁画。顾恺之对自己的文学创作也是相当自负的。《晋书·顾恺之传》说:"尝为《筝赋》成,谓人曰:'吾赋之比嵇康琴,不赏者必以后出相遗,深识者亦当以高奇见贵。'"陶渊明的一生,都在努力追求和保持自己独立自主的品格。他"少无适俗韵,性本爱丘山"[③]。在物质生活和精神生活两方面,他也关心物质生活,但两者相比,他更重视自己的精神生活。在物质生活方面,他往往能委屈自己,但对自己的精神生活却十分维护。他追求的不是外在的功业、地位和名声等,而是超逸、潇洒、自由和冲淡。为此,他不愿意"心为形役",他"不为五斗米折腰向乡里小儿"[④]。陶渊明也很少有这样那样的顾忌。他不看当权者的脸色行事,也不计较个人的得失。他在归田躬耕的平凡生活中,铸造着个人独立自由的人格,找回了曾经被扭曲的"自我"。

上面胪列了东晋几个著名文艺家的事实,从中可以看到,东晋的文人确有一种相当鲜明的独立自主意识。这种独立自主意识,对文艺创作是十分重要的。如果一个文人把自己交给了某些权威或某种神力,没有自信,他的独立自主意识就会受到损害,就很难设想能够创作出优秀的艺术作品。

需要补充说明的是,东晋的不少著名文人虽然具有独立自主意识,也相当自

① 许嵩:《建康实录》卷八《太宗简皇帝》原按引,中华书局 1986 年 10 月第 1 版(下引此书,版本均同)。

② 顾恺之生卒年,未详。严可均校辑《全上古三代秦汉六朝文·全晋文》(中华书局 1958 年 12 月第 1 版)卷一百三十五录顾恺之《祭牙文》云:"维某年某月日,录尚书事,豫章公裕,敢告黄帝蚩尤五兵之灵……"《建康实录》卷十《安皇帝》:义熙五年三月,"刘裕表伐南燕。甲午,建牙诫严"。由此可定义熙五年三月恺之尚在。恺之卒年之上限当在本年三月。又《晋书》卷九十二《顾恺之传》:"义熙初,为散骑常侍……年六十二,卒于官。"恺之卒于义熙初,具体时间不会晚于义熙五年(409)。如定于五年,以卒年六十二岁推之,当生于永和四年(348)。《京师寺记》载兴宁中顾恺之于瓦官寺画维摩诘。兴宁共三年。《建康实录》卷八《哀皇帝》:兴宁二年(364),"诏移陶官于淮水北,遂以南岸窑处之地施僧慧力,造瓦官寺"。顾恺之画维摩诘像是在瓦官寺建成之后,时间当是在兴宁二年的下半年或兴宁三年,顾恺之十七岁或十八岁时。

③ 陶渊明:《归园田居》五首其一。

④ 《晋书·陶渊明传》。

信和自负，但是他们一般不狂纵、不桀孤，也很少走极端。另外，他们的独立自主意识，往往都是以不损害当时的法制，不损害皇朝和家族的根本利益为前提的。他们的独立自主意识，从根本上看，并没有脱离他们所处的时代。

第二，言行浪漫，蔑视陈规陋习，有怪癖，不矫饰，对神秘事物感兴趣。《晋书·郭璞传》说：郭璞"好古文奇字，妙于阴阳算历……洞五行、天文、卜筮之术，攘灾转祸，通致无方，虽京房、管辂不能过也……性轻易，不修威仪，嗜酒好色，时或过度"。看来郭璞有许多特殊的爱好，他的习性和行为非常浪漫，有时浪漫得有些过分。王羲之的浪漫在年轻时就有明显的表现。《晋书·王羲之传》记载：

> 时太尉郗鉴使门生求女婿于导。导令就东厢遍观子弟。门生归，谓鉴曰："王氏诸少并佳，然闻信至，咸自矜持。惟一人在东床坦腹食，独若不闻。"鉴曰："正此佳婿邪！"访之，乃羲之也。遂以女妻之。

王羲之得知郗鉴派人择婿的消息以后，和"诸少"不同。他不矫饰，不矜持，表现得是那样的坦荡，那样的自然！这表明王羲之并没有把世俗的清规戒律放在眼里。同王羲之相比，顾恺之的言行更怪癖，更浪漫。《晋书·顾恺之传》说：

> 恺之好谐谑，人多爱狎之……恺之每食甘蔗，恒自尾至本。人或怪之。云："渐入佳境。"……恺之矜伐过实，少年因相称誉以为戏弄……尤信小术，以为求之必得。桓玄尝以一柳叶绐之曰："此蝉所翳叶也，取以自蔽，人不见己。"恺之喜，引叶自蔽，玄就溺焉。恺之信其不见己也，甚珍之。初，恺之在桓温府，常云："恺之体中痴黠各半，合而论之，正得平耳。"

从上面的记载来看，顾恺之的怪癖和浪漫常常伴随着天真、痴迷和狡黠。王献之的言行，也常常表现得超俗和奇异。《晋书·王献之传》说：王献之"少有盛名，而高迈不羁……尝与兄徽之、操之俱诣谢安，二兄多言俗事，献之寒温而已……尝与徽之共在一室，忽然火发，徽之遽走，不遑取履。献之神色恬然，徐呼左右扶出"。王献之的高超不拘、不言俗事和在危急关头表现出的坦然，也与一般人迥然有别。陶渊明的一生，除短时间出仕以外，大部分时间是农耕、读书和吟诗。他的生活相当的平实，但却不乏浪漫情趣。他好饮酒。他喜读《山海经》和《穆天子传》之类的"异书"。他爱孤松，也爱采菊。他的《闲情赋》写得很大胆，表现了对爱情的渴望。

以上我们择录的是东晋几个著名文艺家的部分言行。这些言行证明，东晋的著名文艺家确有一些怪癖和浪漫情趣。不过值得注意的是，他们虽然有怪癖，很浪漫，但总的来看，他们还没有滑向癫狂，没有走向极端，没有流于放荡。这就使他们的怪癖和浪漫，既有助于冲破陈规和陋习，使他们富于想象，能用非同寻常的情怀和视角，去体察社会，去观赏人生，去领悟自然。同时他们又能控制、内敛自己的感情。如果他们的怪癖和浪漫不加以遏制，让自己的感情像野马一样到处奔驰，那他们也不可能创作出优秀的文艺作品。

第三，关注朝政，留心国事。和过去的文人相比，东晋的不少文人对朝政和国事的忧患意识有所淡化，但这并不是说，对朝政和国事毫不关心。事实上，东晋的著名文艺家，程度不同地都在关注朝政，留心国事。郭璞的主要经历是在两晋之际度过的。他对西晋末年的动乱和灾难，非常痛惜。他拥戴东晋王朝的建立。他反对王敦的叛乱，结果被王敦杀害。东晋中兴，王廙奏《中兴赋》，歌颂东晋王朝的建立。王羲之任官期间，关心朝政，体恤百姓。据《晋书·王羲之传》记载：永和八年(352)，殷浩上疏北伐，王羲之鉴于过去的教训和当时的情势，数次致书殷浩，并致书司马昱，劝其停止北伐。王羲之任会稽太守时，忠于职守，务实宽简，主张省刑罚，薄赋税，减轻劳役，断酒救民。孙绰尽管赞赏刘惔的"居官无官官之事，处事无事事之心"[①]，但他自己并非如此。《晋书·孙绰传》说：隆和元年(362)，"大司马桓温欲经纬中国，以河南粗平，将移都洛阳"。从当时的情势来看，东晋并不具备移都洛阳的条件，但朝廷上下由于畏于桓温的权势，"不敢为异"，"莫敢先谏"。而孙绰却无所畏惧，公然上疏反对迁都，表现出他在政治上的卓越胆识。[②] 王献之为官时没有什么政绩，但他关心朝政中的重大事件，并敢于陈述己见。《晋书·王献之传》说：谢安卒后，"赠礼有同异之议"，而本来与谢安有矛盾的王献之，却不顾众议，认为谢安"潜跃始终，事情缱绻，实大晋之俊辅，义笃于曩臣矣"，对谢安作出了正确的评价。顾恺之一生曾先后任大司马桓温的参军、殷仲堪的参军和散骑常侍等职。桓温卒前，曾想篡夺皇位，此事当时颇遭非议。但桓温卒后，顾恺之曾拜桓温墓，并作诗表示对桓温的仰慕和哀悼。这固然与他曾受到桓温的"亲昵"有关，同时也表明他对桓温有自己的评价。陶渊明被钟嵘称为"古今隐逸诗人之宗"[③]，但他对政事和社会还是相当关心的，他并没有

---

① 《晋书·刘惔传》。

② 参阅《陈寅恪魏晋南北朝史讲演录》，万绳楠整理，黄山书社 1987 年 4 月第 1 版，第 238 页。

③ 引见曹旭《诗品集注》中。

超然世外。鲁迅先生说:"《陶集》里有《述酒》一篇,是说当时政治的。"[①]陶渊明对社会"真风告逝,大伪斯兴"[②],非常愤慨。他希望人们能过着"春蚕收长丝,秋熟靡王税","童孺纵行歌,斑白欢游诣"[③],没有剥削,幸福欢乐的生活。

我国古代的著名文艺家关心朝政和国事的程度不同,但都没有完全忘怀朝政和国事,总是同朝政和国事有千丝万缕的联系。东晋的不少著名的文艺家也是这样。对朝政和国事的关心,促使东晋的文人在不同程度上持有积极的人生态度。这种态度有时能使他们超越自我,使他们有至哀,也有真乐,容易引发创作的激情,并且用文艺的形式把它们表现出来。文艺家和政治家不同,文艺不等于政治,我们不要求文艺家都从事政治,不要求文艺家都成为政治家,也不要求文艺作品都要反映政治,但是文艺家应当关心政治。这是否具有普遍意义,有待进一步研究,但至少东晋的一些卓有成就的文艺家是关心朝政国事的。

第四,关注人生,有浓重的生命意识。我国古代的文化有一个鲜明的特点,就是关注人生,有浓重的生命意识。这一点在东晋的许多文艺家那里,有突出的表现。东晋的文艺家重视追求自由,但自由是有限的。他们知道,人总是要死的,他们企慕长寿,但生命毕竟是短暂的。因此,他们大都特别关注人生问题。他们对个体生命的终极关怀,相当自觉,这种关怀表现在不同层次上。

王羲之热爱生命,他在《兰亭序》中说:

> 死生亦大矣,岂不痛哉……固知一死生为虚诞,齐彭殇为妄作。

在王羲之的心目中,生命是极其重要的。他认为庄子所宣扬的"一死生"和"齐彭殇"是"虚诞",是"妄作"。他知道都城建康是多事之地,为了保全自己的生命,他"不乐在京师",愿意到会稽任职。[④] 为了延长自己的生命,他笃信道教。他知道人生易逝,所以重视人生的享受,有时主张及时行乐。他游赏山水,弋钓自娱。他任率自然,飘逸放达,不愿自己的自由和人生受到外在的限制。不过,王羲之对人生的态度,并没有停留在自然生命和情欲生命的低层次上,而是能够向高层次上提升,提升到理性和对人格及人生价值的追求上。一个人的生命,如果锢蔽

---

① 鲁迅:《魏晋风度及文章与药及酒之关系》,见厦门大学中文系编《鲁迅论中国古典文学》,第196～212页。

② 陶渊明:《感士不遇赋》。

③ 陶渊明:《桃花源诗》。

④ 《晋书·王羲之传》。

在低层次上，没有理性的支撑，没有人格和人生价值的追求来滋润，就会溃颓，就会干枯。理性，对人格和人生价值的追求，能够使生命向上升华，向外、向下扩展，能够同时代、同民族相契合、相呼应。王羲之正是这样。他为人坦荡、刚直、公正。他主张一个人应当“行其道，忘其为身”[①]。如上所述，他在为官时期，有忧患意识。他关心朝政，体察民情，想方设法解除人民的苦难。这些都表明，他不想虚度自己的一生，他希望建功立业，并且有实际行动。

谢安有超脱的胸怀，同时也有浓重的生命意识。《世说新语·言语第二》第六十二条载：

> 谢太傅语王右军曰：“中年伤于哀乐，与亲友别，辄作数日恶。”王曰：“年在桑榆，自然至此，正赖丝竹陶写。恒恐儿辈觉，损欣乐之趣。”

人在少年时，由于人生刚刚启程，还难以体悟到生命的短暂，到了中年则不同。人到中年，年近桑榆，比较容易觉察生命的短暂和生命的意义，并由此产生不同程度的“哀乐”。谢安正是这样。对待生命，谢安有保全性命、追求逍遥和享乐的一面，也有对家庭对社会负责、积极进取的一面。据《晋书·谢安传》记载，谢安“处家常以仪范训子弟”。他年四十余，赍志出山从政，历任桓温司马、吏部尚书、中护军等职。简文帝死时，他阻止了桓温篡权。后来又“总管中书事”，执掌朝中大权。太元八年(383)，他派遣谢石、谢玄率军，在淝水破前秦军，取得了以少胜多的辉煌战绩。他从事政务，“镇以和靖，御以长算。德政既行，文武用命，不存小察，弘以大纲，威怀外著”。在他执政期间，社会稳定，国力增强，在整个东晋一朝呈现出鼎盛的局面。看来，谢安在生命问题上，也超越了自然生命和情欲生命的低层次，而能上升到道德和事业的高层次上。

桓温的生命意识，文献上也有记载。《世说新语·言语第二》第五十五条载：

> 桓公北征经金城，见前为琅邪时种柳，皆已十围，慨然曰：“木犹如此，人何以堪！”攀枝执条，泫然流泪。

桓温任琅邪内史是在二十四岁时，北征经金城是在五十八岁时，前后相距三十四年。他在琅邪时所栽的柳树，如今都长得粗壮十围。柳树的变化，时光的流逝，使桓温抚今追昔，不胜悲慨，以至“泫然流泪”。他的悲慨，他的流泪，是源自生命意识的激发。这种生命意识，蕴涵着自然生命和情欲生命的内容，也蕴涵着建功

① 《全晋文》卷二十三。

立业方面的内容。在东晋，桓温是一个非凡的人物。从《晋书·桓温传》提供的资料来看，他为人豪爽，“少有雄略”。他出仕以后，志在立勋，曾不畏蜀地险远，亲率军队，平定李势。他任太尉，掌握朝廷内外大权以后，先后率军北伐，于伊水败姚襄，定中州，又擒杀苻坚将袁瑾等。诸多事实说明，桓温不像当时的一些名士那样重安逸，尚玄谈，而是一个图进取、想功业、能“弘济艰难”的人物。没有这样的人物，东晋偏安的局面是难以维持的。桓温重视文艺，爱好文艺。《隋书·经籍志四》载：“《桓温集》十一卷。梁有四十三卷。又有《桓温要集》二十卷，录一卷……亡。”《宣和书谱》卷七说他“颇长于行、草”。由上述可以看到，桓温重生命，且突破了保全生命的范围，既能向上提升，又能向外拓延，使生命有意义，有价值。

关注人生、生命问题，也是陶渊明思考和吟咏的一个重要内容。[①] 他知道由生到死是自然现象，谁也无法违背。他懂得宇宙无穷，人生短暂。面对人生必死和人生短暂，陶渊明热爱生命，珍惜生命。他有时及时行乐，借以消磨人生。但这只是一方面。另一方面，陶渊明的生命意识也没有拘限于低层次上。陶渊明并非一直是飘飘然，他也有志向，想用有限的生命立善留名，干一番事业，让自己的生命放出光彩。

中外文艺史上的许多事实告诉我们，文艺创作，离不开作者对人生的关注，对生命的体悟。文艺作品作为一种特殊的精神产品，它蕴涵着生命，它是生命的光辉。文艺作品有深厚的个人色调和独创性，它离不开作者的体验。而体验本来就是源于个体生命的存在，是个体的一种心理活动。东晋文人对人生的关注，对生命的重视，使他们的生命意识相当深沉。对内，他们常常思考自己的生命。为了自己的生命，注意付诸实践。对外，他们热爱生命，以至延及他物。《世说新语·黜免第二十八》第二条载：

> 桓公入蜀，至三峡中，部伍中有得猿子者。其母缘岸哀号，行百余里不去，遂跳上船，至便即绝。破视其腹中，肠皆寸寸断。公闻之，怒，命黜其人。

一猿之死，使桓温十分恼怒，结果黜免了得猿者。桓温之所以这样做，当是生命意识使然。东晋的不少著名的文人，还特别注意从生命的角度去观察和体悟他人和事物。他们在观察和品评他人时，十分重视与生命息息相关的外露的形体、

① 参阅本书第二章。

气色、语言、声音，进而深入到内在的才能、神情、气量和风韵等。他们在观赏景物时，留心的是景物的生命，也常常把人的生命意识灌注其中。《世说新语·言语第二》第六十一条载：

> 简文入华林园，顾谓左右曰："会心处，不必在远。翳然林水，便自有濠、濮间想也。觉鸟兽禽鱼，自来亲人。"

鸟兽禽鱼均具生命，这是常识，但简文帝看到它们以后，觉得"自来亲人"，这就赋予它们以人之情性了。类似的情况也体现在一些文人对山水的体悟上。

东晋文人对人生、对生命的关注，在不同的层面上影响了文艺。东晋的文学作品，有的直接吟咏人生和生命，著名诗人郭璞和陶渊明的诗歌中就有不少有关生死的内容。东晋有些文人在描绘山水时，也特别重视赋予山水以流动的、盎然的生命。《世说新语·言语第二》第八十八条载：

> 顾长康从会稽还，人问山川之美，顾云："千岩竞秀，万壑争流，草木蒙笼其上，若云兴霞蔚。"

草木是有生命的，而山川则无所谓生命，但在顾恺之看来，山川也是富有生命的。顾恺之还特别选用了"竞"、"争"、"蒙笼"、"云兴"、"霞蔚"等词语，形象而准确地写出了山川草木的生命及其呈现的特点。四句话，极其精练，但却形神兼具，突出地表现了会稽山川的生命之美。东晋的书法艺术，常常被人们誉为"以韵胜"。其所以能够如此，一个重要的原因是以二王为代表的书法家的笔端饱含着生命。张怀瓘《书议》评二王的行草时说：

> 挺然秀出，务于简易。情驰神纵，超逸优游。临事制宜，从意识便。有若风行雨散，润色开花。笔法体势之中，最为风流者也。逸少秉真行之要，子敬执行草之权，父之灵和，子之神俊，皆古今之独绝也。①

张怀瓘的论述，特别强调了王献之行草的"情驰神纵，超逸优游"和"神俊"，还揭示了王羲之真行的"灵和"。他所谓的"神"、"情"、"意"和"灵"等都是基于生命，又是生命的升华。

东晋的绘画，如前所述，不论是创作实践，还是理论阐发，都是在形神兼备的基础上，特别强调神。顾恺之所说的"传神写照"，就准确而深刻地概括了这一点。形和神相依相存，缺一不可。但二者相比，神更为重要。因为只有神才能区

① 引见《法书要录》卷四，张彦远辑，洪丕谟点校。

分生命的层次，才能显示生命的个性。由此可以肯定，东晋在绘画领域里之所以能擘划出新的天地，是与许多文人有浓重的生命意识相胶合的。

第五，兴趣广泛，知识渊博，思想活跃，善于在不同的方向上进行探索。《晋书·郭璞传》说：郭璞"好经术，博学"，喜爱词赋，对其他著述也很感兴趣。他的著作之多，是魏晋时期其他文人难以望其项背的。[①] 王羲之酷爱书法，同时对绘画、文学和音乐等也有浓厚的兴趣。他谙熟经史子集，言谈为文，可以随时引用。他笃信道教，对名僧也相当尊重。在书法上，王羲之喜好多种书体，但又不囿于前人的书体，注重在学习前人书体的基础上进行新的探索。《晋书·孙绰传》说：孙绰少年"有高尚之志。居于会稽，游放山水，十有馀年"。他"博学善属文"。他熟悉儒学、玄学，并精通佛理。对儒、玄、佛三种思想，他入乎其里，出乎其中，力主调和，圆融无碍。王献之除爱好书法之外，还喜游山水，对文学、绘画和樗蒲之类的游戏也有浓厚的兴趣[②]。他在书法艺术方面，如前所述，有自觉的创新意识，勇于探索新的道路。戴逵"少博学"，爱好绘画、雕塑、书法、音乐和文学，而且都有很深的造诣。他能自觉地运用自己的"巧思"突破前人的一些框框，雕塑了许多新的、感人的佛像。顾恺之"尤信小术，以为求之必得"[③]。他相信隐身法，可能与接触道教有关[④]。他关注佛教，愿意为佛教效力，他创作维摩诘壁画时，人们曾称他为"大言僧"。他"博学"，好游赏山水。他热爱绘画，在文学上也有很高的热情。他在绘画创作和理论等方面，积极探索，能够在前人取得的成就的基础上，有所开拓，有所前进。陶渊明也是一位博学者。他"好读书"[⑤]，熟悉文化典籍，写诗作文，可以随时引用、化用。他对诗歌有极大的热忱，始终坚持不懈地写作，常常陶醉于诗歌当中。他"少学琴书"[⑥]；青年时，"委怀在琴书"[⑦]。他退居

---

① 参阅拙著《东晋文艺系年》，山东教育出版社 1992 年 7 月第 1 版（下引该书，版本均同），第 107～109 页。

② 《世说新语·方正第五》第五十九条："王子敬数岁时，尝看诸门生樗蒲。见有胜负，因曰：'南风不竞。'门生辈轻其小儿，乃曰：'此郎亦管中窥豹，时见一斑。'子敬瞋目曰：'远惭荀奉倩，近愧刘真长！'遂拂衣而去。"

③ 《晋书·顾恺之传》。

④ 道教相信隐身术。葛洪《神仙传·彭祖》："或耸身入云……或出入人间而不识；或隐其身而莫之见。"

⑤ 陶渊明：《五柳先生传》。

⑥ 陶渊明：《与子俨等疏》。

⑦ 陶渊明：《始作镇军参军经曲阿》。

田园以后，“衡门之下，有琴有书。载弹载咏，爰得我娱”[①]。陶渊明还爱好绘画，曾撰有《扇上画赞》。

东晋的著名文艺家兴趣广泛，学识渊博，注重探索。他们的视野比较开阔，对自然事物，对各种文化，有比较，有鉴别，能从多方面、多渠道得到动力，吸取营养。他们的精神生活丰富，创造机制活跃。这些都有利于他们在文学艺术活动中开拓深入，取得优异的成就。

东晋的著名文艺家同我国古代其他时代的文艺家一样，都是独一无二的，在许多重要方面异于他人。同时，他们当中的每个人都有自己隐秘的一面和公开的一面。他们的个性是极其复杂、极其丰富的。上面我们只是概述了他们公开一面的几个相似点，这些相似点之间的交叉、渗透和整合，并经由个体化，特别是与他们所处的社会条件和生活环境相结合以后，才使他们在文艺领域里作出了贡献。

综上所述，可以认为，东晋文艺的繁荣有多方面的、复杂的因素，而不是在某一方面，也不是在某一条线上。如果把东晋文艺繁荣的原因，视为单一的某种因素，如所谓的文艺发展的“外部”条件，或者文艺发展的“内部”条件，或者是文人自身的条件的产物，都是不可想象的。当然，各种因素的作用，不管是从外在的条件来看，还是从文艺家个体自身来看，都不会是均衡的。就外在条件来说，社会的相对稳定、政治的比较宽松、文化的多元互补，所起的作用更大，更有利。如果我们把上述的外在条件看成是东晋文艺繁荣的必然因素的话，那么，这些必然的因素要通过许多偶然的因素，才能产生作用，才能产生文艺实践和文艺成果。另外，东晋文艺繁荣的各种因素尽管有独立的一面，有“可离性”，彼此不能互相取代，但独立的因素很难独自地发挥作用。各种因素中的任何一种因素，都不能起决定一切和指导一切的作用。实际上，东晋文艺繁荣的各种因素之间互相融贯一致，互动互补，如果缺少哪一种因素，或者各种因素不能互补互动，恐怕都会制约东晋文艺的繁荣。当然，上述各种因素的地位并不相同，有一种因素居于统辖地位，这就是社会现实。是社会现实作为一种纽带，把多种因素联系在一起，没有哪种因素能完全离开社会现实而独自起作用。值得我们注意的是，和过去的朝代相比，在东晋，文艺繁荣的多种因素的出现、会合和互补是前所没有的。东晋文艺的繁荣是多种因素交融互动、形成合力、综合作用的结果。文艺要繁

---

① 陶渊明：《答庞参军》。

荣，应当立足于社会现实，从多方面创造条件，并且使这些条件互融互补，形成一种合力，产生综合的作用。在这方面，东晋文艺的繁荣是否能为我们提供一些有益的启示？

第二章　东晋文艺发展的历程

从时间的角度来看,东晋的文艺是一个流程。在这个流程中,有衍变,有发展,在不同的时期形成了不同的特点。这些特点主要是通过一些著名的、有影响的文人的作品来体现的。正是这些不同的特点,使东晋文艺的衍变和发展呈现出阶段性。因此,我们有可能从纵向上把东晋文艺分成几个阶段来进行探讨。根据上面的认识,本文试把东晋文艺的发展分成了三个阶段。

一、第一阶段:东晋前期

第一阶段是东晋前期,具体的时间大致是从东晋建立前后到咸和中期,前后有十几年。东晋的文艺在这十几年里取得了引人瞩目的成就。

就书法和绘画来说,这一时期出现了几位著名的艺术家,如晋元帝司马睿、晋明帝司马绍、王廙、王导、王敦、郗鉴和郭璞等,都有作品传世。其中成就特别突出的是王廙和司马绍。(关于王廙、王导、王敦和郗鉴,请参阅本书第三章“琅邪王氏”和“高平郗氏”部分;关于郭璞,可参阅下面的论述。)

司马睿,字景文,是东晋的第一个皇帝。他“少而明慧”[①]。《晋书·元帝纪》说他“年十五,嗣位琅邪王。幼有令问。及惠皇之际,王室多故,帝每恭俭退让,以免于祸。沉敏有度量,不显灼然之迹”。元康二年(292)任员外散骑常侍。累迁左将军。太安中加平东将军,镇下邳。不久,迁安东将军。永嘉初,始镇建邺,

---

① 《世说新语·言语第二》第二十九条注引朱凤《晋书》。

加镇东大将军。孝愍帝建兴元年(313)任左丞相,后又进位丞相。建兴五年(317)即晋王位。次年,即皇帝位。司马睿崇尚玄虚,尊重佛僧。《世说新语·方正第五》第四十五条注引《高逸沙门传》云:

晋元、明二帝,游心玄虚,托情道味,以宾友礼待法师。

司马睿长于书法。《书小史》卷一称赞他"善草、行"。他首创章草凤尾诺[①]。《淳化阁帖》卷一辑有司马睿二帖。

司马绍,字道畿,是司马睿的长子。他"幼而聪哲,为元帝所宠异"[②]。建兴初,任东中郎将。建兴五年(317),立为晋王太子。太兴元年(318),为皇太子。永昌元年(322),即皇帝位。《晋书·明帝纪》赞扬他"性至孝,有文武才略,钦贤爱客,雅好文辞"。他赞赏《老》、《庄》[③],喜爱玄谈,"尝论圣人真假之意,(王)导等不能屈"[④]。他同他的父亲一样,尊敬佛僧,"雅好佛道"[⑤]。司马绍重视书法,有作品传世。《书断下》赞扬他"工书"。《淳化阁帖》卷一辑有他的《墓次安稳帖》。同书法相比,他在绘画方面取得的成就尤为显著。《历代名画记》卷五说:"善书画,有识见,最善画佛像。《蔡谟集》云:'帝画佛于乐贤堂,经历寇乱,而堂独存。显宗效著作为颂。'……谢云:'虽略于形色,颇得神气,笔迹超越。'"张彦远注引司马绍的绘画作品二十八件。《贞观公私画史》说:隋朝官本有司马绍的绘画作品八卷。在东晋前期,司马绍传世的作品是最多的。又《历代名画记》卷五说:

廙画为晋明帝师。

王廙,字世将,是晋元帝司马睿的姨弟。司马绍在绘画上能取得上述的成就,应当说是与王廙这位老师的培养分不开的。

东晋前期的重要书画家在自己从事书画创作的同时,还十分注意培养后继

---

① 刘有定《衍极》注云:"晋以后有凤尾诺,亦出于章草。唐人不知所出,有老僧善读书,太常博士严厚本问之,僧云:'前代帝王各有僚史笺启上陈本府,旨为可行,是批凤尾诺之意,取其为羽族之长,始于晋元帝批焉。'周越云:'元帝初执谦,凡诸侯笺奏,批之曰"诺",皆"若"字也。'按章草变法,'若'字有尾,故曰凤尾诺。"

② 《晋书·明帝纪》。

③ 《晋书·阮放传》:阮放,"中兴,除太学博士、太子中舍人、庶子。时虽戎车屡驾,而放侍太子,常说《老》、《庄》,不及军国。明帝甚友爱之"。

④ 《晋书·明帝纪》。

⑤ 《全晋文》卷三十八庾阐《乐贤堂并序》。

者。王廙对王羲之的培养就是一个典型的例证。王羲之是王廙的侄子，王廙教他学习书画自然会尽心尽力。这一点，《历代名画记》卷五有较为具体的记载：

> 时右军亦学画于廙。廙画孔子十弟子赞云："余兄子羲之，幼而岐嶷，必将隆余堂构……就余请书画法。余画孔子十弟子图以励之。嗟尔羲之，可不勖哉……欲汝学书，则知积学可以致远，学画可以知师弟子行己之道，又各为汝赞之。"

书画艺术有很明显的继承性。学习书画，直接接受师长的教育相当重要。王廙对王羲之的热心培养和谆谆教诲，是后来王羲之在书画艺术上有成就，特别是在书法艺术上成为书圣的一个重要原因。

从整个东晋文艺发展的历程来看，东晋第一阶段的书画艺术虽然有成就，在某些方面也为后来文艺的发展创造了有利的条件，但由于像王廙、司马绍这样的卓越的书画家很少，再加上王廙在东晋只活了六年①，司马绍于太宁三年(325)去世，在东晋的经历只有十一年，其他的一些书画家正在成长，所以在东晋文艺发展的第一阶段，书画艺术的成就并不突出。而文学与书画不同。东晋的第一个皇帝司马睿和他的继位者司马绍以及以琅邪王氏为代表的门阀士族中的头面人物，都爱好文学，也懂得文学在卫护刚刚建立起来的东晋政权中的重要性。因此，他们都相当重视文学。这一点，刘勰在《文心雕龙·时序》中有概括的论述：

> 元皇中兴，披文建学，刘、刁刁吏而宠荣，景纯文敏而优擢。逮明帝秉哲，雅好文会，升储御极，孳孳讲艺，炼情于诰策，振采于辞赋。庾以笔才逾亲，温以文思益厚。揄扬风流，亦彼时之汉武也。

由于司马睿和司马绍等统治者对文学的重视，所以东晋王朝从一开始就采取各种措施招揽文人，结果使当时许多著名的文人都先后集聚在东晋王朝的周围。这些著名的文人，除了刘勰上面提到的刘隗、刁协、郭璞、庾亮和温峤之外，还有王廙、干宝和梅陶等。其中成就特别突出的是郭璞、干宝、王廙和温峤。是他们，从不同的角度在文学创作上作出了自己的贡献。关于王廙，详见本书第三章。下面对郭璞、干宝和温峤作一简单介绍。

郭璞，字景纯，河东闻喜(今山西闻喜)人。他是两晋之际的重要诗人和训诂学家。他有高才，学识渊博，但言语迟钝。他好经术，通古文奇字、阴阳算历和地

---

① 据《晋书·元帝纪》，王廙卒于永昌元年(322)十月己丑。

理之学。他“性轻易，不修威仪，嗜酒好色，时或过度”[①]。惠帝末、怀帝初，河东首先遭遇战乱，郭璞避地东南。途经庐江，过江到宣城，太守殷祐引为参军。后随殷祐至建邺，深受王导的器重，引作参军。由于郭璞的卜筮迎合了东晋王朝的建立，所以特别受到了晋元帝司马睿的重视。太兴元年(318)，任佐著作郎[②]，参与撰写《晋史》。他曾上疏，建议元帝改变刑狱繁兴的状况，迁尚书郎。永昌元年(322)，王敦因郭璞有才术，用他为记室参军。太宁二年(324)，被王敦杀害。郭璞的作品和著作十分丰厚。《隋书·经籍志一》载：“《尔雅图》十卷，郭璞撰。梁有《尔雅图赞》二卷，郭璞撰，亡。”卷三十三《经籍志二》载：“《山海经图赞》二卷，郭璞注。”郭璞长于解诂，他注释《尔雅》和《山海经》并画图相配，表明他在绘画方面有相当的造诣。郭璞工诗善文，《晋书·郭璞传》说他“所作诗、赋、诔、颂亦数万言”。称赞他的“辞赋为中兴之冠”。李充在《翰林论》中把郭璞的诗歌列为“诗首”[③]。《隋书·经籍志四》载：“《郭璞集》十七卷，梁十卷，录一卷。”

干宝，字令升，新蔡(今属河南)人。他有才气，少年时即勤勉好学，博览群书。他喜好阴阳术数，相信神怪。怀帝永嘉五年(311)渡江后，被召为佐著作郎。愍帝建兴三年(315)，因平杜弢有功，赐爵关内侯。元帝建武元年(317)，兼领国史。因家贫，补山阴令，迁始安太守。明帝太宁元年(323)，任司徒右长史。后迁散骑常侍，领著作。他和郭璞相似，著述很多。他长于文史写作，编撰《晋纪》二十卷，“其书简略，直而能婉，咸称良史”[④]。他编写的《搜神记》是魏晋志怪小说的代表作。

温峤，字太真，太原(今属山西)人。《晋书·温峤传》云：

> 峤性聪敏，有识量，博学能属文，少以孝悌称于邦族。风仪秀整，美于谈论，见者皆爱悦之。

他开始进入仕途，司隶命为都官从事，后补上党潞令。平北大将军刘琨是温峤的姨夫，请温峤为参军。后任上党太守，领兵讨伐石勒，屡建战功。刘琨迁司空，温峤先是任右司马，后为左长史。建武元年(317)，晋元帝司马睿在江东称制，刘琨

---

① 《晋书·郭璞传》。

② 另有一说是任著作郎。《晋书·王隐传》：“太兴初，典章稍备，乃诏隐及郭璞俱为著作郎，合撰《晋史》。”

③ 引自钟嵘《诗品中》“郭璞”条。

④ 《晋书·干宝传》。

遣温峤奉表至建康劝进，受到元帝的器重和嘉许，留而不返，任散骑侍郎。太兴元年(318)，任王导骠骑长史。太兴三年(320)，迁太子中庶子。太宁元年(323)，明帝即位，任侍中。温峤有栋梁之任，明帝亲近他，倚重他，为王敦所忌恨。王敦因请为左司马。温峤伪装恭顺王敦。王敦表为丹杨尹。王敦反叛，温峤率兵迎击，有功。太宁三年(325)，明帝病重，温峤与王导、郗鉴和庾亮等同受遗命，辅佐幼主。成帝咸和元年(326)，为江州刺史。第二年，苏峻反叛，温峤与陶侃等举兵攻伐苏峻。苏峻之乱被平定后，拜骠骑将军，加散骑常侍，封始安郡公。温峤善文能诗，《隋书·经籍志四》载："《温峤集》十卷，梁录一卷。"《晋诗》卷十二辑有温峤《回文虚言诗》二句。

东晋第一阶段的文学有一个特点，就是与当时的社会现实和政治事变关系比较密切。这一阶段的不少文人生活在两晋之际，亲身经历了永嘉之乱和西晋的覆灭。中原沦丧，异族入主，亡国离乡的痛楚，收复失地的希望，常常萦绕在他们的心上。《世说新语·言语第二》第三十六条载：

> 温峤初为刘琨使来过江，于时江左营建始尔，纲纪未举。温新至，深有诸虑。既诣王丞相，陈主上幽越，社稷焚灭，山陵夷毁之酷，有《黍离》之痛。温忠慨深烈，言与泗俱，丞相亦与之对泣。叙情既毕，便深自陈结，丞相亦厚相酬纳。既出，欢然言曰："江左自有管夷吾，此复何忧？"

温峤对西晋灭亡的慷慨陈述，王导与温峤的相对而泣，说明对西晋灭亡的难以抑制的悲痛，对刚刚建立起来的东晋政权的担心和忧虑，相当沉重地压在当时一些文人的心上。又《晋书·王导传》载：

> 过江人士，每至暇日，相要出新亭饮宴。周顗中坐而叹曰："风景不殊，举目有江河之异。"皆相视流涕。惟导愀然变色曰："当共戮力王室，克复神州，何至作楚囚相对泣邪！"众收泪而谢之。

由中原到江左的周顗等人闲暇时到新亭，本来是想在一起饮宴消遣，但他们由眼前的处境联想到中原还在异族的控制之下时，触景生情，禁不住"相视流涕"。为此，受到了王导的严厉批评。周顗等人的悲泣和王导对他们的批评，思想感情虽然不同，但都表现了他们身在江左而心系中原的忧国情思。这种家国之忧、飘寄之感，在这一阶段的王侯、士人和平民百姓中，在很大程度上具有普遍性。《世说新语·言语第二》第二十九条载：

> 元帝始过江，谓顾骠骑曰："寄人国土，心常怀惭。"

沈约《宋书·序志》云：

自戎狄内侮，有晋东迁，中土遗氓，播迁江外，幽、并、冀、雍、兖、豫、青、徐之境，幽沦寇逆。……人伫鸿雁之歌，士蓄怀本之念，莫不各树邦邑，思复旧井。

社会的变化产生了强大的思想需求和审美动力，这些常常不同程度地反映在不少文人的作品中。在这方面，郭璞的诗赋具有代表性。

郭璞长期生活在江北。据《世说新语·术解第二十》第七条注引《璞别传》记载："永嘉中，海内将乱"，郭璞"结亲昵十余家，南渡江，居于暨阳"。郭璞由河东避难江左的途中作有《流遇赋》。赋中诸如"戒鸡晨而星发，至猗氏而方晓。观屋落之隳残，顾但见乎丘枣。嗟城池之不固，何人物之希少"等句，写出了逃难的艰辛，也描绘了战乱对城乡的严重破坏。类似上面的内容，郭璞在后来写的《答贾九州愁诗》和《与王使君诗》中，也有表现，而且有所拓展。《答贾九州愁诗》云：

顾瞻中宇，一朝分崩。天网既紊，浮鲵横腾……惟其崄哀，艰辛备曾。庶睎河清，混焉未澄。自我徂迁，周之阳月。乱离方燃，忧虞匪歇。四极虽遥，息驾靡脱。

《与王使君诗》说：

方恢神邑，天衢再廓。

上面的诗句，有对天下分崩离析、纲纪紊乱的痛惜和忧伤，也有收复失地、和平统一和尽快恢复正常的封建秩序的殷切期望。东晋第一阶段，像郭璞上面这样内容的辞赋和诗歌流传下来的不多，但却具有典型意义。它从一个方面反映了东晋建立前后的社会现实。

东晋政权的建立和巩固是东晋前期社会现实中至大至重的问题。东晋是司马氏建立的。从宗族关系来看，它是西晋的继续，不属于沧桑易朝。因此东晋的文人不存在改朝换代的选择问题，也没有失节与否的精神负担。加上东晋前期的许多文人经历过亡国之痛，这就使他们对东晋政权的建立感到由衷的兴奋。他们希望东晋的政权能够得到巩固。他们大多积极入世，参与了东晋政权的建立。当王敦和苏峻先后发动军事叛乱时，他们用不同的方式参加了平定叛乱的斗争，为维护和巩固刚刚建立起来的东晋政权作出了贡献。与此同时，他们写作诗文，为维护东晋政权制造舆论。王廙、郭璞、梅陶和温峤等，在这方面都写了一些作品。

建武元年(317),司马睿为晋王时,王廙写了《白兔赋》。第二年,司马睿正式登基,他又写了《中兴赋》。《白兔赋》是因"有白兔之应"而写作的。赋中"固坤厚以为基兮,廓乾维以为纲","建中兴之遐祚兮,与二仪乎比长"等句,直接歌颂了司马睿在江左建立的政权。《中兴赋》已佚,从今存的《奏中兴赋上疏》来看,王廙写这篇赋旨在颂扬晋元帝中兴的"盛美",以尽自己"嗟叹咏歌之义"。

郭璞在这方面的作品主要有《南郊赋》和《江赋》。《南郊赋》作于太兴元年(318)。全赋极力铺陈晋元帝称帝后举行郊祀的盛况,"穆穆以大观"①,热情地赞颂了刚刚建立起来的东晋政权。《江赋》的具体写作时间不详,当作于东晋建立前后。这是一篇大赋,全赋近一千七百字。此赋视野开阔,从多角度描绘了长江的雄伟气势和博大胸怀。《晋书·郭璞传》嘉许此赋"其辞甚伟,为世所称"。关于这篇赋的写作动因,《文选》卷十二郭景纯《江赋》李善注引《晋中兴书》说:"璞以中兴,王宅江外,乃著《江赋》,述川渎之美。"郭璞关心朝政,热爱长江。他对长江的描绘,当蕴涵着对晋朝中兴的歌颂,蕴涵着东晋政权能够巩固的信心。② 梅陶籍贯不详③。元帝时任大将军咨议参军,明帝时为尚书④。他在《鹏鸟赋序》中说自己"既遭王敦之难,遂见忌录居于武昌"。《隋书·经籍志三》载:"《梅子新论》一卷,亡。"《经籍志四》载:"《梅陶集》九卷,梁二十卷,录一卷。"梅陶对东晋中兴的赞美,见于他写的《赠温峤诗》。诗中"巍巍有晋,道隆虞唐。元宗中兴,明祖重光"等句,颂扬了晋元帝的中兴之功和晋明帝对前业的光大。

东晋政权的建立和巩固,是与当时许多大臣的拥戴分不开的。对建立和巩固东晋政权的有功之臣,郭璞、梅陶和孙绰等都写有作品予以称颂。郭璞在《与王使君诗》中用了不少笔墨写王使君,诸如"英英将军,惟哲之秀","化扬东夏,勋格宇宙","怀远以文,济难以略"等句,都表现了对东晋有功重臣王使君的敬仰和赞美。东晋的前期,温峤在军政上有不可磨灭的功绩。对这一点,梅陶和孙绰有深切的感受。因此,他们在各自写作的《赠温峤诗》中,用了不少诗句歌颂温峤。

---

① 刘勰:《文心雕龙·才略》。

② 叶嘉莹云:清朝人"把郭璞的作品编入一本《乾坤正气集》,这个集子所收的都是忠义之士的作品"(见其所著《汉魏六朝诗讲录》,河北教育出版社 1997 年 7 月第 1 版,第 527 页),清朝人之所以这样做,当是基于郭璞忠于晋朝和上述之类的作品所表现的思想感情。

③ 晋祖纳称他为"汝颍之士",见《晋书·祖纳传》。敖士英说他"字叔真,西平人",见《中国文学年表》第一编卷三,立达书局 1935 年 10 月第 1 版。

④ 据《隋书·经籍志四》,梅陶曾为光禄大夫,时间未详。

梅陶诗云：

> 台衡增耀，元辅重辉。泉哉若人，之颜之徽。知文之宗，研理之机。入铨帝评，出纲王维。

孙绰诗云：

> 狡哉不臣，拒顺称兵。矫矫君侯，杖钺斯征。鲸鲵悬鳃，灵浒载清。净能弘道，动□功成。

温峤忠于东晋，关心朝政，特别是在平定王敦和苏峻先后发动的叛乱中，他施展自己的大智大勇，出谋划策，披坚上阵，功勋卓著。后来他在江州病逝时，"江州士庶闻之，莫不相顾而泣"[①]。梅陶和孙绰在诗中对温峤的歌颂，虽有溢美的成分，但在一定程度上反映了当时人们对他的崇敬和爱戴。

温峤不仅在东晋的建立和巩固的过程中有重要的贡献，而且他还是东晋前期的一位著名的文人。温峤除能写诗作赋外，还特别长于写作表疏奏启之类的应用散文。刘勰在《文心雕龙·才略》中赞许他这方面的文章写得"循礼而清通"，并认为他是这方面的写作高手。温峤留心朝政大事，他写作表疏奏启的目的都是为了维护和巩固东晋王朝，结果也确实起到了相当重要的作用。在这方面，《晋书·温峤传》提供了不少资料。如当太子司马绍兴建"西池楼观，颇为劳费"时，温峤得知后，就上疏说："朝廷草创，巨寇未灭，宜应俭以率下，务农重兵。"由于上疏表现了温峤的一片忠心，又写得诚恳而痛切，结果司马绍采纳了他的建议。梅陶在上面的诗中称赞温峤为"知文之宗"，并非虚美之辞。

上面我们列举的王廙、郭璞和梅陶等人的作品，总的来看，除了《江赋》以外，大多属于庙堂文学，有些带有明显的应制文学的色彩，是流行的风气，是暂时的东西，质量并不高。但是值得注意的是，文人写这些作品，并非完全是出于讨好东晋政权，也并非完全是为了得到皇帝和大臣的重用与奖赏，而是在很大程度上表现了他们对社会、对政治的关注和感受。因此，这类作品的产生有其历史的必然性和现实性。这些作品描写的是社会变革中的外在方面，是迅速变化的现象，缺乏长期支配人们的思想和能长期影响人们的情感，再加上缺乏艺术特点，因此，潜在的艺术力量不大。它们在当时有重要的地位和意义，但是随着时间的推移和读者的变化，则逐渐退居次要的地位，它们的意义也逐渐弱化，甚至会受到

① 《晋书·温峤传》。

人们的冷遇。

东晋王朝的建立，同其他封建王朝的建立有些相似，也是依托谶言、借用神学迷信来制造舆论的。司马氏及其拥戴者极力把东晋政权的建立幻化为神的旨意而昭示天下。《六朝事迹编类》卷十二《庙宇门·晋阴山庙》载：

> 《旧经》云：建武中，丞相王导于冈阜间，隐约见数十骑驻立于垅上，导怪之，使人致问，俄失其所。夜见梦于导曰："我乃阴山神也。昨随帝渡江，寓泊于晨见之所，卿为我置祠，当福晋祚。"导乃以事闻上，乃置庙于此，仍名其冈为阴山。

由于当权者的宣传，再加上以往神学迷信和当时宗教等思想的影响，致使东晋前期在社会上弥漫着一种神学迷信的氛围，有些文人也常常沉溺于神学迷信之中，写了一些带有浓重的神学迷信色彩的文学作品。上面我们提到的王廙和郭璞的辞赋中就含有不少神学迷信方面的内容，更为典型的是干宝撰写的《搜神记》。干宝是一个有神论者，他在《驳魂葬》一文中"以为人死神浮归天，形沉归地"。此外《晋书·干宝传》说：干宝"性好阴阳术数，留心京房、夏侯胜等事"。他重视并且记载了许多灾异，用灾异比附推论治乱得失。他认为"帝王之兴，必俟天命。苟有代谢，非人事也"[①]。东晋的建立是顺应天命的，"故大命重集于中宗元皇帝"[②]。干宝在建武元年(317)开始撰写《搜神记》，把"古今神祇灵异人物变化"之事集于书中。干宝在东晋刚刚建立时就开始撰写《搜神记》，原因当是多方面的。他撰写《搜神记》是为了"发明神道之不诬"[③]。而这一点正好适应了东晋政权建立前后在舆论上的需要。正是由于这一主要原因[④]，他写完《搜神记》以后，

---

① 干宝：《晋纪·论晋武帝革命》。

② 干宝：《晋纪总论》。

③ 干宝：《搜神记序》。《晋书·干宝传》云："宝父先有所宠侍婢，母甚妒忌，及父亡，母乃生推婢于墓中。宝兄弟年小，不之审也。后十余年，母丧，开墓，而婢伏棺如生，载还，经日乃苏。言其父常取饮食与之，恩情如生。在家中吉凶辄语之，考校悉验，地中亦不觉恶。既而嫁之，生子。又宝兄尝病气绝，积日不冷，后遂悟，云见天地间鬼神事，如梦觉，不自知死。宝以此遂撰古今神祇灵异人物变化，名为《搜神记》。"《晋书》云干宝因感于父婢和其兄死而复生而撰写《搜神记》，不足为信，当为后人附会伪造。参阅大平幸子《关于〈搜神记〉著述动机的考察》，载安徽大学古籍所等主办《古籍研究》1997年第4期。

④ 干宝《搜神记序》云："群言百家，不可胜览；耳目所受，不可胜载。今粗取足以演八略之旨，成其微说而已。幸将来好事之士录其根体，有以游心寓目而无尤焉。"干宝撰写《搜神记》也有为"将来好事之士"提供"游心寓目"、以求愉悦的目的。

又写了《进搜神记表》，把《搜神记》献给了皇帝。[①]《搜神记》所写的虚妄荒诞的神怪故事，都是非现实的，但是干宝撰写《搜神记》的目的和在当时的作用却是现实的。这说明《搜神记》和当时的社会与政治有不可分割的联系。

同干宝有些相似，郭璞也是一个有神论者。他有浓重的神学迷信思想。《晋书·郭璞传》说：郭璞“妙于阴阳算历”，“洞五行、天文、卜筮之术，攘灾转祸，通致无方”。郭璞还在《谏留任谷中疏》一文中明确宣示：“夫神聪明正直，接以人事。”郭璞的神学迷信思想，在他的部分《游仙诗》中也有所表现：

> 赤松临上游，驾鸿乘紫烟。左挹浮丘袖，右拍洪崖肩。（其三）
>
> 杂县寓鲁门，风暖将为灾。吞舟涌海底，高浪驾蓬莱。神仙排云出，但见金银台。陵阳挹丹溜，容成挥玉杯。姮娥扬妙音，洪崖颔其颐。升降随长烟，飘飖戏九垓。奇龄迈五龙，千岁方婴孩。燕赵无灵气，汉武非仙才。（其六）
>
> 寻仙万余日，今乃见子乔。振发晞翠霞，解褐被绛霄。（其十）

郭璞的这些诗句描绘了长生不死的群仙的游乐生活，表现了郭璞相信神仙和对神仙生活的向往。郭璞之所以这样，一个重要的原因是他感到人生短暂而易逝：“临川哀年迈，抚心独悲吒。”（其四）他羡慕神仙的长命不死：“永偕帝乡侣，千龄共逍遥。”（其十）郭璞悲叹人生的短暂，向往神仙的长命不死，一方面表现了他求生长存的本能，同时也与当时的社会现实有关。郭璞生活在两晋之际，亲身经历过永嘉之乱和西晋的灭亡。东晋建立以后，政权又不巩固，各方面的矛盾还相当尖锐，文人常常面临着朝不保夕的危险，随时都有惨遭杀害的可能。如王敦叛乱前后，多害忠良，郭璞、周顗等人就死在王敦的刀下。郭璞在被杀之前就已经敏锐地意识到他所处的危险境地。由此可以想见，郭璞《游仙诗》对神仙生活的描绘，虽然是那样虚无缥缈，但究其根柢，主要方面仍在当时动荡不定的社会现实当中。

东晋政权的建立，顺应了当时的历史趋势，受到了人们的拥戴，但是由于这一政权同西晋一样，在本质上仍是封建的，再加上东晋朝政一开始就被以琅邪王氏为代表的门阀士族所左右，致使当时一些地位比较低下的文人在维护东晋政

---

① 干宝并非名门士族，他起家佐著作郎。佐著作郎多为寒门子弟进仕之职。他写《进搜神记表》，是想把《搜神记》作为史书的补充献给皇帝，同时当含有企求仕进之意。

权的同时，也感到受压抑，因此产生了对现实的不满和厌弃。在这方面，郭璞是一个典型。据《晋书·郭璞传》记载：郭璞曾积极参与建立和巩固东晋的政权，但是因为他并非是世家大族出身，所以地位比较低下。他又"好卜筮，缙绅多笑之"。他感到"才高位卑"，胸中多有不平之气，加上老庄思想的影响，使他不愿随俗浮沉，时有退隐和求仙的思想。这明显地反映在他的不少《游仙诗》中：

京华游侠窟，山林隐遁栖。朱门何足荣，未若托蓬莱。临源挹清波，陵冈掇丹荑。灵溪可潜盘，安事登云梯！漆园有傲吏，莱氏有逸妻。进则保龙见，退为触藩羝。高蹈风尘外，长揖谢夷齐。（其一）

笑傲遗世罗，纵情任独往。（其八）

四渎流如沮，五岳罗若垤。寻我青云衣，永与时人绝。（佚句）

在郭璞的心目中，人间是那样狭小，社会如同网罗，高官厚禄不值得钦羡。相比之下，山林和仙境是美好的。在那里，有清波可饮，有灵芝供食，没有任何束缚，可以纵情独往。人与其生活在狭小的人间和世俗罗网当中，不如隐居山林和去追求神仙世界。郭璞的不少游仙诗把隐逸山林和游仙结合在一起，表现了当时地位比较低下的一部分文人受压抑、有志不得伸展、厌弃现实的悲愤情怀。郭璞的这些诗歌，使他在很大程度上成为东晋第一阶段被压抑的文人的代言者。

东晋第一阶段的文学在表现形式方面，值得我们特别重视的也是郭璞的作品。《晋书·郭璞传论》云：

景纯笃志绨缃，洽闻强记，在异书而毕综，瞻往滞而咸释；情源秀逸，思业高奇。

又本传具体说：郭璞"好古文奇字"，注有"《三苍》、《方言》、《穆天子传》、《山海经》及《楚辞》、《子虚》、《上林赋》数十万言，皆传于世"。深厚的文化修养和对古代神话传说的特别爱好，使他的辞赋和诗歌尤其是他的《游仙诗》在艺术表现方面颇具特色。郭璞的《游仙诗》运用浪漫的艺术手法，把隐逸和游仙融合在一起，精神超越，语言艳逸，词采丰蔚，意象奇妙，创造了一个使读者既能够理解又感到陌生，可以驰骋想象、脱离世俗的艺术世界。这样的世界，对人没有任何的干预和威慑，是在现实世界中无法找到的。从抒发的思想感情和表现形式的结合来看，郭璞的《游仙诗》在我国古代游仙诗的演进历程中是一个高峰。

尽管郭璞的作品在艺术表现方面成就卓著，但从东晋第一阶段文艺作品的整体来看，不论是文学，还是书法和绘画等艺术，一般都不太重视艺术表现形式，新的创获并不多。这种现象的产生，与当时的社会政治条件有密切关系。如上所述，东晋第一阶段的许多文人经历了西晋覆灭的重大变故，面对的又是刚刚建立起来而极不稳定的东晋政权，社会还处于动荡之中。生活在这样的环境里，不少文人关心的主要是东晋政权，他们当中有很多人自觉或不自觉地被卷进了当时的政治斗争。社会不稳定，“帑藏空竭”[①]，俸禄低，有时甚至无俸禄[②]，做官心理不平静，使许多文人难以有更多的时间去从事艺术活动，也来不及去理解和追求艺术表现形式。这不是东晋第一阶段文人的疏忽或过失，而是社会政治条件在很大程度上制约了他们。

总括上面的论述，可以看到，东晋第一阶段的文艺有三点值得我们关注：其一，有不少作品带有浓重的社会政治意识，有明显的政治上的实用性，与社会关系比较密切。其二，自汉末、三国、西晋到东晋，从文艺演进的过程来思考，东晋第一阶段的文艺带有过渡的性质。它承续了以前的文艺，同时又在文艺实践和人才培养等方面为东晋下一阶段文艺的发展和繁荣创造了一些条件，作好了一些准备。其三，这一阶段文艺的主要成就和特点，大体上是由这一阶段的王廙、司马绍、郭璞和温峤等重要文人的作品来体现的。到咸和中期，随着社会的变化，随着上述文人的相继去世，东晋文学发展的第一阶段也就结束了，相继而来的是东晋文学发展的第二个阶段。

二、第二阶段：东晋中期

第二阶段是东晋的中期。这一阶段的时间比较长，大致是从咸和中期到太元末年(396)，前后约七十年。这一阶段的文艺在第一阶段取得成就的基础上，随着社会现实的变化和新的文人的出现，有了明显的演进，呈现出空前繁荣的新局面，这在文学、书法和绘画等领域都有突出的表现。

从文学方面来说，这一阶段的创作十分活跃，出现了孙绰、庾阐、许询、袁宏、王羲之、支遁、谢安、戴逵、顾恺之、王献之等一大批文人。其中影响比较大的是孙绰、许询、支遁、袁宏和王羲之。

---

① 《晋书·王导传》。

② 《晋书·刘胤传》载：成帝时，“朝廷空罄，百官无禄，惟资江州运漕”。

孙绰，字兴公，太原中都（今山西平遥）人。九岁丧父。《晋书·孙绰传》说他少年“有高尚之志。居于会稽，游放山水，十有余年”。他初任著作佐郎，袭爵长乐侯。后任征西将军庾亮参军，补章安令，太学博士。永和初，迁尚书郎。殷浩任扬州刺史、建武将军，用他为建武长史。王羲之任会稽内史、右军将军，引为右军长史。转永嘉太守，迁散骑常侍，领著作郎。后又任廷尉卿，领著作。孙绰仰慕老庄之道，同时尊敬沙门，通晓佛理，宣扬佛道通融[①]。孙绰对儒家经学也相当熟悉[②]，极力调和儒家和佛教，认为“周、孔即佛，佛即周、孔”[③]。他推崇隐遁，但一直没有离开仕途。他爱好游赏山水，自称“屡借山水，以化其郁结”[④]。孙绰“博涉经史，长于属文”[⑤]，为“一时文宗”。孙绰早在第一阶段就写有作品，但他的重要的文学创作活动是在这一阶段。《晋书》本传说：

> 绰少以文才垂称，于时文士，绰为其冠。温、王、郗、庾诸公之薨，必须绰为碑文，然后刊石焉。

孙绰不仅“志在于碑”[⑥]，以碑诔之类的应用文著称于当时，而且长于多种文体。《隋书·经籍志二》录孙绰撰《至人高士传赞》二卷、《列仙传赞》三卷。《经籍志三》录孙绰撰《孙子》十二卷。《经籍志四》录《孙绰集》十五卷，梁二十五卷。孙绰的辞赋和诗歌也颇负盛名。他的重要辞赋有《游天台山赋》、《望海赋》和《遂初赋》等，其中《游天台山赋》尤其著名，《文选》卷十一特别选录了这篇赋。在诗歌方面，他传下来的作品也比较多。他写了不少玄言诗，是东晋著名的玄言诗人。

许询，字玄度，高阳（今属河北）人。他曾被“征为司徒掾，不就，号为征君”[⑦]。父为琅邪太守，怀帝永嘉时随元帝过江，任会稽内史，家居山阴。许询同孙绰一样，“皆一时名流”[⑧]。他幼年秀慧，被众人称为“神童”。长而喜好简素，崇尚玄谈，能清言，深受名士支遁、刘惔和简文帝的赏识。他“好神仙、游乐”[⑨]，

---

① 释慧皎《高僧传·竺昙摩罗刹传》云：“孙绰制《道贤论》，以天竺七僧，方竹林七贤。”

② 据《隋书·经籍志一》载，孙绰《集解论语》十卷。

③ 僧佑编纂《弘明集》卷三孙绰《喻道论》，上海古籍出版社 1991 年 8 月第 1 版。

④ 《艺文类聚》卷四孙绰《三日兰亭诗序》，上海古籍出版社 1982 年新 1 版。

⑤ 刘义庆：《世说新语·品藻第九》第六十一条刘孝标注引宋文帝《文章志》。

⑥ 刘勰：《文心雕龙·碑诔》。

⑦ 《文选集注》卷六十二《许征君询》名下引《文选钞》，载《唐钞文选集注汇存》，上海古籍出版社 2000 年 7 月第 1 版（下引此书，版本均同）。

⑧ 刘义庆：《世说新语·品藻第九》第六十一条。

⑨ 《文选集注》卷六十二《许征君询》名下引《文选钞》，载《唐钞文选集注汇存》。

爱山林泉石，在会稽同谢安、支遁和王羲之等游赏山水，弋钓啸咏。他隐居不仕，“于永兴西山，凭树构堂，萧然自致”[①]。后舍永兴、山阴二宅为寺，家财珍异，均舍寺中。既而移居皋屯之岩。许询“有才藻，善属文，时人士皆钦爱之”[②]。与孙绰并为“一时文宗”。《隋书·经籍志四》载：

《许询集》三卷，梁八卷，录一卷。

许询也是东晋的一个重要的玄言诗人。他特别长于五言诗，简文帝称赞他的“五言诗，可谓妙绝时人”[③]。

支遁，字道林，本姓关，河内林虑（今河南林县）人，另一说是陈留（今河南开封南）人。他是名僧，也是名士和诗人。他聪明秀彻，少年时任心独往。支遁家世事佛，很早就悟到非常之理。他隐居余杭山，深思佛典。咸康四年(338)，二十五岁时出家。后游京师建康，受到王洽、刘惔、殷浩、许询、孙绰、袁宏等名流的赏识，在白马寺谈《庄子·逍遥篇》，为群儒旧学所叹服。后还吴，建支山寺，深受谢安和王羲之的赞许。不久，又至剡，于沃州小岭立寺行道。升平五年(361)，哀帝即位，应召至建康，居东安寺。他在建康接近三年，返回东山。太和元年(366)卒。支遁崇尚玄谈，常以佛理释《庄》、《老》。他喜居山岭，爱游林泽。他爱马的神骏，又重鹤的冲天。支遁不仅有许多佛学方面的著作，而且长于诗文。《隋书·经籍志四》载《支遁集》八卷，梁三十卷。他的诗文或演说释义，或会合佛理、玄学和山水，在当时有相当大的影响。在我国古代，文学与佛教的联姻盛行于东晋的这一阶段，主要代表就是支遁。从文学方面来看，支遁的名篇佳构并不多，但他却为后来文学与佛教、与山水在更高层次上的交融开了先河。

袁宏，字彦伯，小字虎，陈郡（今河南太康）人。他少年孤贫，以运租为业。起家建威参军。永和初年，桓温为安西将军时，任命他为安西参军。后来，谢尚为安西将军和豫州刺史时，均用他参其军事。永和末年或升平初年，袁宏南下，先后任安南将军谢奉司马和南海太守。兴宁元年(363)，桓温加大司马，袁宏为桓温府记室。海西公太和四年(369)，随桓温北征，被责免官。后历任吏部郎、骁骑将军、东阳太守。太元初，卒于东阳。袁宏性格强正亮直，有逸才，学识渊博，应

① 许嵩：《建康实录》卷八《孝宗穆皇帝》。

② 《文选》卷三十一江文通拟许征君《自序诗》，李善注引《晋中兴书》，见《世说新语笺疏·言语第二》。

③ 刘义庆：《世说新语·文学第四》第八十五条。

对敏捷，涉足清谈[①]，倾向名教[②]。他长于写作，于经、史、子、集四部皆有著述，当时被誉为“一时文宗”。《晋书》本传说他“撰《后汉纪》三十卷及《竹林名士传》三卷[③]、诗赋诔表等杂文凡三百首”。《隋书·经籍志四》载：“《袁宏集》十五卷，梁二十卷，录一卷。”他青年时创作的《咏史诗》，负有盛名。钟嵘评此诗云：“虽文体未遒，而鲜明紧健，去凡俗远矣。”后来他写作的《东征赋》和《北征赋》也为时人所推重。《文心雕龙·诠赋》评价袁宏的辞赋说：“彦伯梗概，情韵不匮，亦魏晋之赋首也。”

王羲之是东晋卓越的书法家，也是著名的文学家。王羲之在第一阶段生活了一段时间，但他的主要文艺活动是在这一阶段。他能写诗歌，尤工散文。他的《兰亭集序》是一篇脍炙人口的名篇。此外他还写了许多书简杂帖，其中有不少是优秀之作。具体情况，请参阅本书第三章“琅邪王氏”部分。

这一阶段的文学创作活动，有一个现象特别引人注目，就是文人各种形式的集会比较多。这方面最有代表性的是兰亭集会。兰亭集会是由王羲之主持的“群贤毕至，少长咸集”的一次盛会。这次集会有修禊的内容，同时又是一次重要的诗歌创作活动。在参加集会的四十二人中，有二十六人即时赋诗。从今存的诗歌来推测，参加作诗的，每人当作两首，一首为四言，一首为五言，共作诗五十二首。今存三十七首，其他已经亡佚。一次集会写了这么多诗歌，而且大部分流传至今，这是前所未有的。参加这次集会的文人志趣相近，都是为了“散怀”和“逍遥”[④]。他们“散怀”、“逍遥”，主要依靠的不是丝竹和美酒，而是兰亭附近的“崇山峻岭，茂林修竹”，“清流急湍，映带左右”[⑤]。他们的审美情趣，有对宇宙和人生的玄思，但更多的是投向了自然山水，这就使他们的诗歌中有关山水的内容占的比重相当大，其中有不少优秀的篇章。同时，他们在集会上唱和诗歌，此起

---

① 《晋书·范坚传》：“子启，字荣期，虽经学不及坚，而以才义显于当世。于是清谈之士庾龢、韩伯、袁宏等，并相知友。”

② 袁宏在《后汉纪序》中说：“夫史传之兴，所以通古今而笃名教也。”又说：他自己撰写《后汉纪》的目的是“因前代遗事，略举义教所归，庶以弘敷王道”。

③ 刘义庆《世说新语·文学第四》第九十四条：“袁彦伯作《名士传》成。”刘孝标注：“宏以夏侯太初、何平叔、王辅嗣为正始名士，阮嗣宗、嵇叔夜、山巨源、向子期、刘伯伦、阮仲容、王浚仲为竹林名士，裴叔则、乐彦辅、王夷甫、庾子嵩、王安期、阮千里、卫叔宝、谢幼舆为中朝名士。”据此知，《晋书·袁宏传》名为《正始名士传》是以部分代全体，不确。应从《世说新语》作《名士传》。

④ 参阅拙著《东晋文艺系年》，第319～322页。

⑤ 王羲之：《兰亭集序》。

彼应，不仅展示了才华，抒写了胸怀，而且直接交流了情感。兰亭集会上空前的群体诗歌创作，表明文学活动是当时文人追求的一种重要的生活方式，也表明当时的一些文学创作，不再受政治和伦理道德的束缚，而具有相对独立的意义。

这一阶段的绘画、雕塑和音乐等艺术也取得了前所未有的重要成就。这方面有代表性的艺术家是戴逵和顾恺之。

戴逵字安道，谯国铚（今安徽宿县西）人。约生于咸和四年（329）[①]，卒于太元二十一年（396）。他少年时即博学，好谈论，有清操，恬和通任，为名士刘惔所知。后到豫章师事著名儒士范宣，受到范宣的熏陶和器重。他乐于游燕，多与高门名士交往。徙居会稽剡县，征为国子博士，未就。郗超为他建筑了十分精整的住宅，如同官舍。戴逵常与王徽之和谢安等贵盛来往。孝武帝太元十二年（387），让他任散骑常侍、国子博士，被辞谢。为了避免郡县的敦迫，他逃到了吴国，住在吴国内史王珣武丘山的别馆内。会稽内史谢玄上疏请成全戴逵隐居不仕的志向，经孝武帝许可，回到了剡县。太元十五年（390），王珣为尚书仆射，复请征为国子祭酒，加散骑常侍，又未就职。戴逵屡辞朝廷征召，终生隐居未仕，一直乐于隐逸生活。对当时人们关注的自然和名教问题，他倾向于名教[②]。他不信佛教，但对名僧支遁和慧远却十分尊重。戴逵多才多艺。《晋书・戴逵传》称赞他“善属文，能鼓琴，工书画，其余巧艺靡不毕综”。在文这方面，戴逵的著述较多，载于《隋书・经籍志》的即有：《经籍志一》载《五经大义》三卷；《经籍志二》载《竹林七贤论》二卷；《经籍志三》载《老子音》一卷；《经籍志四》载“《戴逵集》九卷，残缺，梁十卷，录一卷”。在众多的艺术门类中，戴逵特别长于雕塑、绘画和音乐。他雕刻了不少佛像，有些佛像，在唐代末年还在流传[③]。《贞观公私画史》载：隋朝官本有戴逵的绘画作品十一卷。《历代名画记》卷五录戴逵的绘画作品十八件。戴逵在音乐方面有很高的造诣。朱长文《琴史》卷六云：戴逵能自制乐曲，并传于后世。戴逵在自己从事艺术创作的同时，还十分注意培养后继者。他的儿

---

① 戴逵生年未详。《晋书・戴逵传》载太元十二年（387）谢玄上疏中有逵是年“年垂耳顺”句，据此上推，逵约生于咸和四年（329）。

② 戴逵师事范宣。范宣尊儒学，诋老庄。《晋书・戴逵传》说：戴逵“常以礼度自处，深以放达为非道”。

③ 张彦远《历代名画记》卷五：“今亦有逵手铸铜佛并二菩萨，在故洛阳城白马寺，隋文帝自荆南兴皇寺取来。”

子戴勃和戴颙在戴逵的培育下，都是著名的音乐家。戴颙的佛像雕刻，也受到了戴逵的沾溉。他曾参与其父刻制佛像的创作。父亲死后，他在佛像的雕刻上，又有所创造。此外，《宋书·沈道虔传》记载：道虔曾“受琴于戴逵”。又《梁书·柳恽传》记载：“宋世有嵇元荣、羊盖，并善弹琴，云传戴安道之法。”

顾恺之(一作“凯之”)，字长康，小字虎头，晋陵无锡(今属江苏)人。约生于永和四年(348)，卒于义熙五年(409)。他先是随桓温为客，后来任大司马参军，与桓温十分亲昵。宁康元年(373)，桓温卒后，顾恺之曾拜谒桓温墓。太元十七年(392)，殷仲堪任荆州刺史，引为参军，深受爱重。义熙初，任散骑常侍[①]。顾恺之交游广泛，既能同上层权贵密切相处，又能与一般人相互称誉，彼此取笑。他博学有才。他有多方面的兴趣，喜谐谑，好文学，爱艺术。《晋书·顾恺之传》载：“所著文集及《启蒙记》行于世。”[②]《隋书·经籍志》所载顾恺之的著述有：《经籍志一》载《启蒙记》三卷，《启疑记》三卷；《经籍志四》载《顾恺之集》七卷，梁二十卷。此外，据《世说新语·文学第四》第六十七条注，顾恺之著有《晋文章记》。在多种艺术中，顾恺之“尤好丹青，妙绝于时”[③]。他的绘画题材丰富，诸如神仙、佛僧、古今人物、列女、名士、禽兽风物、自然山水和神话传说等都收入笔底。《历代名画记》卷五录有他的绘画作品四十件，是收录先秦两汉和魏晋时期作品最多的一位画家。他的维摩诘壁画与戴逵雕塑的文殊菩萨像以及从狮子国传来的玉像，被当时称为瓦官寺“三绝”。顾恺之在绘画理论上也有许多建树，撰有《魏晋胜流画赞》、《论画》、《画云台山记》和《魏晋名臣画赞》等重要论著。顾恺之从创作实践和理论建树两方面，把我国古代的绘画推向了第一个高峰。

书法艺术在这一阶段也取得了辉煌的成就。这一阶段的书坛，人才辈出，群星灿烂。这从羊欣撰写的《采古来能书人名》中提供的资料可以得到印证。羊欣是晋宋之际的著名书法家，他曾亲受王献之传授书法。他提供的资料，应当说可靠性很大。羊欣在《采古来能书人名》中，收有主要活动在东晋时期的书法家共二十八人，其中有十九人主要生活在这一阶段，约占东晋书法家总数的70%。

---

① 慧皎《高僧传·竺法旷传》：“元兴元年(402)卒，春秋七十有六，散骑常侍顾恺之为作赞传云。”顾恺之官至散骑常侍。此处称顾恺之为散骑常侍，当是后来的称谓，并非元兴元年顾恺之已任散骑常侍。

② 《启蒙记》，《三国志·魏书·明帝纪》裴松之注引作《启蒙注》，《文选》卷十一孙兴公《游天台山赋》李善注引作《启蒙记注》。

③ 刘义庆：《世说新语·巧艺第二十一》第七条刘孝标注引《续晋阳秋》。

这十九人是王恬、王洽、王珉、王羲之、王献之、王玄之、王徽之、王允之、王濛、王修、郗愔、郗超、庾翼、谢安、许静民、张翼、谢敷、康昕和李公府。这一阶段的书法家不仅人数众多，在数量上远远超过上一阶段和下一阶段，更重要的是这一阶段出现了具有划时代意义的王羲之和王献之。

王羲之在第一阶段生活了一个时期，也有书法作品传世。虞龢《论书表》说："羲之所书紫纸，多是少年临川时迹。"但他在第一阶段毕竟是一个青少年，在书法上主要还是学习。到了这一阶段，从咸和末年(334)开始，他的书法艺术臻于成熟，并开始在社会上产生重大的影响。《晋书·王羲之传》记载：在这一阶段，征西将军庾亮曾请王羲之任其参军，王羲之"以章草答庾亮，而翼深叹服，因与羲之书云：'吾昔有伯英章草十纸，过江颠狈，遂乃亡失，尝叹妙迹永绝。忽见足下答家兄书，焕若神明，顿还旧观。'"庾翼是东晋相当有名的书法家①，他如此叹服王羲之的书法，说明王羲之这时的书法已经受到了社会的高度重视。此后，王羲之不断有佳作问世。到了晚年，他的书法成就更高。陶弘景《与梁武帝启》说：

> 逸少自吴兴以前，诸书犹未为称。凡厥好迹，皆是向会稽时、永和十许年者。从失郡告灵不仕以后，略不复自书。

陶弘景说王羲之在永和之前的书法"犹未为称"，有些失实；说王羲之不仕以后，"略不复自书"，也并不准确。但他认为，王羲之的书法"好迹"是写在永和期间，确是事实。彪炳千秋的《兰亭序》就是永和九年(353)写的。升平五年(361)，书坛巨星王羲之陨落，但当时的书坛并没有因为王羲之的去世而荒寂。这是因为早在王羲之谢世之前，另一颗巨星王献之已在书坛上冉冉升起。

关于王献之的身世和经历，请参阅本书第三章"琅邪王氏"部分。王献之在文艺上的成就是多方面的，其中最为卓著的是书法。王献之童年时的书法，就被王羲之所赏识。后来他的书法艺术又不断提高。他的书法在继承前人和他父亲书法成就的基础上，有新的创获。《书断中》说：王献之"尤善草、隶，幼学于父，次习于张，后改变制度，别创其法"。由于王献之的书法有自己的创获，所以他的书法同他父亲的书法一样，也是妙绝时伦，极负盛名。王献之十八岁时，王羲之去

---

① 《宣和书谱》卷十五载：庾翼"善草、隶，与王羲之并驰争先……兄亮……尝就羲之求书法，羲之答云：'翼在彼，岂复假此！'是知翼之书固自超绝，其为当日书家名流所推先如此"。

世,他为王羲之书写了碑文[1]。又《晋书·王献之传》载:

太元中,新起太极殿,安欲使献之题榜,以为万代宝。

谢安本人是很有成就的书法家[2],他把王献之的题榜视为"万代宝",这说明王献之的书法在当时有很高的声誉。

这一阶段,以王羲之和王献之为代表的书法艺术,在我国古代文艺发展史上,第一次把书法艺术推向了高峰。东晋的书法之所以能同唐诗、宋词和元曲比肩而论,也主要是由于东晋在这一阶段以二王为代表的书法家创作了许多卓越的艺术瑰宝。

和第一阶段相比,第二阶段的文艺在发展的过程中,表现出一些新的特点:

第一,崇尚玄虚,对社会现实表现出程度不同的疏远。这一特点在文学、书法和绘画等艺术中,在不同程度和不同层面上都有所体现。

在文学上,这一阶段也有少数与社会关系比较密切的作品,如袁宏的《咏史诗》、《东征赋》、《北征赋》以及其他文人写作的政论散文等,但像上面这样的作品毕竟不是主流。这一阶段文学的主流,应当说是玄言文学。《文心雕龙·明诗》说:

江左篇制,溺乎玄风;嗤笑徇务之志,崇盛亡机之谈。袁、孙已下,虽各有雕采,而辞趣一揆,莫于争雄。

刘勰在这里所讲的"江左篇制,溺乎玄风",主要是在东晋的这一阶段。在第一阶段,郭璞和温峤等文人的作品中也有玄言,但占的成分不大。到了这一阶段,玄言文学有了迅速的发展。钟嵘《诗品序》论东晋玄言诗说:

孙绰、许询、桓、庾诸公诗,皆平典似道德论。

又《诗品下》说:

爰逮江表,玄风尚备,真长、仲祖、桓、庾诸公犹相袭,世称孙、许,弥善恬淡之词。

钟嵘上面论列的东晋的重要玄言诗人,几乎都是主要生活在这一阶段。他们有时独自写作,有时集会联吟,有时彼此赠答,用多种形式把玄言诗推向了空前绝

---

① 见《太平御览》卷四十七引孔晔《会稽记》。

② 羊欣《采古来能书人名》:谢安"善隶、行"。《书断中》:"安石尤善行书,亦犹卫司马风流名士,海内所瞻。"

后的地步。与此相联系的是，这一阶段还出现了不少玄学和佛理相融合的作品。其中颇有影响的是名僧支遁和玄言诗人孙绰、许询的一些诗文。支遁精通玄学，孙、许对佛学也有深入的理解。他们的作品常常兼有玄佛二道。这一阶段的玄言文学和佛理文学，涉及的内容比较复杂，但其主旨不外三方面：一是祖述老庄，演说虚无。二是阐发佛理，寻虚逐空。三是描写自然山水。而这三方面，又在玄虚这一点上，相互通融。玄言文学和佛理文学在这一阶段的迅速发展，从一个方面表现了这一阶段文学对社会的疏远和在审美情趣上对玄虚的崇尚。

从书法艺术来看，这一阶段的书法家大多热衷于玄谈。他们重玄谈，也重艺术，不少人是玄艺双修。他们重艺，在一定程度上是为了体玄。要体玄，就要像王羲之在《答许询诗》中所说的那样：

> 争先非吾事，静照在忘求。

这两句诗既是名士道德修养的追求，也微妙地表达了审美体悟的特点。在审美的过程中，审美主体要用虚静的、无我的心态，通过不假思索的直观与审美客体浑融为一。书法本来是一种相当玄虚的艺术，王羲之《书论》说：

> 夫书者，玄妙之伎也，若非通人志士，学无及之。

书法艺术要求书法家摆脱世俗的功利欲求，具有一种玄静的心态。这一点，王羲之有明确的认识。他在《题卫夫人〈笔阵图〉后》一文中说：

> 夫欲书者，多干研墨，凝神静思。

又在《笔阵图》中强调：

> 凡书之贵，贵在沉静。

这一阶段之前的书法家，在创作上取得了不少成就，但对书法艺术的特点还缺乏认识。到这一阶段，书法家的尚玄和对书法艺术重要特点的认识，使他们把玄虚同书法艺术很自然地融合在一起，把书法艺术推向了一个高超的境界。这突出体现在王羲之和王献之的书法创作中。二王的书法，不拘内容，运笔自如，淋漓挥洒。他们借用汉字的特殊字形和结构，而又延伸、拓展了字形和结构蕴涵的意义，由有限到无限，最后通向了玄虚的审美境界。他们的精神也由虚静开始，结果达到了超尘离俗的地步。

这一阶段重要画家和雕塑家的创作，也表现出疏远社会和崇尚玄虚的特点。他们大多重视佛教，创作了不少有关佛教的绘画和雕塑作品。戴逵和他的儿子戴颙雕刻的无量寿等佛像，曾使许多善男信女顶礼膜拜。顾恺之青年时就绘有维摩诘壁画。佛教作为一种宗教，它本身就是虚幻的。佛教所谓的“佛”和“真谛”，是至高至大、神妙莫测的。与此相联系的是，这一阶段有关佛教的绘画和雕塑作品，特别重视的也是玄虚的神气。这一点，本来在第一阶段的佛教绘画作品中就有表现。《历代名画记》卷五说：晋明帝司马绍“最善画佛像”，他画的佛像是“略于形色，颇得神气”。到了这一阶段，这一点又有了明显的进展。顾恺之“首创维摩诘像”，没有采用写实的手法，而是根据有关的记载，把他加以变形。《历代名画记》卷二说顾恺之画的维摩诘的形象是：

有清羸示病之容，隐几忘言之状。

顾恺之笔下的维摩诘是当时崇尚玄虚的名士心目中的维摩诘，而不单是佛教典籍中的维摩诘。顾恺之画的维摩诘，表现了作为佛的维摩诘和当时名士的融合，突出了维摩诘超越世俗的玄虚心灵。

这一阶段的著名画家还对汉末以来的名士表现出浓厚的兴趣。据《历代名画记》所载：这方面的作品，戴逵有《孙绰高士像》、《嵇阮像》、《嵇阮十九首诗图》；顾恺之有《中朝名士图》、《谢安像》、《阮修像》和《阮咸像》①。戴逵和顾恺之之所以绘画这些名士，主要是这些名士多好老庄，宅心玄远。他们一般都是遗世超俗，习性简任，追求通脱。顾恺之为了突出自己所画的名士的特点，不再像以前的许多绘画那样注重描绘人物的故事，通过故事表现其意义和价值，而是在形神兼顾的前提下，特别强调传神。《世说新语·巧艺第二十一》第十二条说：

---

① 有关描绘嵇康、阮籍和阮咸等“竹林七贤”的绘画，从60年代到现在，先后在江苏出土了墓砖壁画四幅。《文物》1960年第8、9期合刊载：1960年4月，江苏文物工作队南京分队在南京西善桥宫山北麓发掘了六朝时期的一座砖室墓。在墓室的南北两壁上拼砌有“竹林七贤”与荣启期的大型砖印壁画。南壁自外而内为嵇康、阮籍、山涛、王戎；北壁自外而内为向秀、刘灵（伶）、阮咸和荣启期四人。《文物》1974年第2期载：1965年11月南京博物院在丹阳胡桥鹤仙坳山冈南麓发掘了南朝的一座大墓。墓室东西两壁砌有多种砖刻壁画，其中有残缺的“竹林七贤”图。《文物》1980年第2期载：1968年8月和10月，南京博物院在胡桥吴家村和建山金家村又发掘了两座南朝大墓。两座墓内都有“竹林七贤”和荣启期砖印壁画。壁画残缺，有的人物姓名和人物画像不符。关于上述“竹林七贤”和荣启期壁画的作者，学术界主要有四种看法：一为顾恺之；二为戴逵；三为陆探微；四为当时的工匠。（南京博物院《试谈“竹林七贤及荣启期”砖印壁画问题》，载《文物》1980年第2期）笔者同意第四种说法，认为“竹林七贤及荣启期”壁画出自顾、戴、陆之手的可能性不大。顾、戴、陆为六朝时期的卓越画家，其重要画目，《历代名画记》等著作均有著录。如为他们所画，应见史载。另外，据考古发掘报告，上述壁画画像和题刻的姓名多有差异。由这一点推测，似也不当为顾、戴、陆所画。顾恺之《魏晋胜流画赞》云：“七贤惟嵇生一像欲佳，其余虽不妙合，以比前竹林之画，莫能及者。”据此可知，魏晋时期，除戴逵和顾恺之画过有关“竹林七贤”的绘画外，在顾恺之之前，就有这方面的绘画。南朝墓室“竹林七贤”壁画的发现，表明属于社会上层的墓主对“竹林七贤”的仰慕。这与受时代和顾恺之、戴逵绘画的影响有关。

顾长康画谢幼舆在岩石里。人问其所以，顾曰："谢云：'一丘一壑，自谓过之。'此子宜置丘壑中。"

有才华的艺术家不想也无法做到表现描写对象所具有的多样的个性特点和特点的总和，而是择取最典型的、最能表现个性的东西。顾恺之也是这样。他画名士谢鲲，并没有从多方面去描绘谢鲲的个性特点，而是有意把他置于岩石里，这就把谢鲲不求功名、爱好自然山水的玄虚情怀鲜明地表现出来了。

第二，自然山水所占的比重有明显的增长。第一阶段的作品也涉及了自然山水，如郭璞所写的《江赋》。但这样的作品并不多见。上述情况到了这一阶段有了明显的变化。描写秀丽的山水，是这一阶段许多作品的重要内容之一。

从文学创作来看，这一阶段的不少文人程度不同地描绘了山水。其中特别突出的是庾阐、孙绰和王羲之等人写作的《兰亭诗》。庾阐今存比较完整的诗歌，如《三月三日临曲水诗》、《三月三日诗》、《登石鼓诗》和《衡山诗》等，许多内容都是描绘山水的。孙绰除了在一些诗歌中描写了山水之外，还在《游天台山赋》中从登山的艰险和山水的奇妙等角度，描绘了天台山美丽的风貌。赋中"赤城霞起而建标，瀑布飞流以道界"两句，写天台山的入口赤城，色彩如同红霞，立起一座标柱；白色的瀑布飞流直下，画出一道界限。形象鲜明，成了古今传诵的名句。从今存的《兰亭诗》来看，有关山水的内容所占的比重相当大，其中有不少优秀的篇章和诗句。诸如"修竹阴沼，旋濑萦丘"[①]；"迥霄垂雾，凝泉散流"[②]；"青萝翳岫，修竹冠岑。谷流清响，条鼓鸣音。玄崿吐润，霏雾成阴"；"碧林辉英翠，红葩擢新茎。翔禽抚翰游，腾鳞跃清泠"[③]；"回沼激中逵，修竹间修桐。因流转轻觞，泠风飘落松。时禽吟长涧，万籁吹连峰"[④]。这些诗句，可以和后来谢灵运山水诗中的名句相媲美。

在绘画方面，这一阶段也有不少描绘山水景物的作品，如戴逵的《吴中溪山邑居图》，顾恺之的《庐山图》、《山水》和《画云台山》等。由于这些作品早已失传，我们无法确定它们的具体内容，但从今存的这些绘画的题目来看，描绘的主要是自然山水，应当是没有问题的。

---

① 孙绰:《兰亭诗》二首其一。
② 谢安:《兰亭诗》二首其一。
③ 谢万:《兰亭诗》二首。
④ 孙统:《兰亭诗》二首其二。

值得注意的是，这一阶段的文人在描绘自然山水时，重视的常常是整体的、旷远辽阔的山水，而较少具体、细微的山水。《世说新语·言语第二》第八十三条云：

> 袁彦伯为谢安南司马，都下诸人送至濑乡。将别，既自凄惘，叹曰："江山寥落，居然有万里之势。"

袁宏在濑乡与诸人将别，他关注的并不是濑乡附近的具体景物，而是万里江山的旷远之势。这种情况也常常表现在当时的一些诗歌中。庾阐《衡山诗》写道：

> 北眺衡山首，南睨五岭末。寂坐挹虚恬，运目情四豁。翔虬凌九霄，陆鳞困濡沫。未体江湖悠，安识南溟阔。

袁宏《从征行方头山诗》写道：

> 峨峨太行，凌虚抗势。天岭交气，窈然无际。

上面的诗句写的都是诗人面对的山水，但诗人重视的不是眼前有限的、具体的山水，而是把眼光投向了远方，无限延伸，写出了广阔和高远的山水。

第三，重视艺术表现形式。这一阶段的一些著名的文人对文学的表现形式相当留意。《晋书·袁宏传》说：

> （袁宏）从桓温北征，作《北征赋》，皆其文之高者。尝与王珣、伏滔同在温坐。温令伏滔读其《北征赋》，至"闻所传于相传，云获麟于此野。诞灵物以瑞德，奚授体于虞者。疚尼父之洞泣，似实恸而非假。岂一性之足伤，乃致伤于天下"。其本至此便改韵。珣云："此赋方传千载，无容率耳。今于'天下'之后，移韵徙事，然于写送之致，似为未尽。"滔云："得益写韵一句，或为小胜。"温曰："卿思益之。"宏应声答曰："感不绝于余心，诉风流而独写。"珣诵味久之，谓滔曰："当今文章之美，当共推此生。"

袁宏有才华，能文笔。桓温、王珣和伏滔都是当时著名的文人。他们为了使袁宏的《北征赋》能"传千载"，读了这篇赋以后，饶有兴趣地对它的"移韵徙事"、"写送之致"等问题进行了认真的切磋，提出了具体的修改意见。而性格"强正亮直"的袁宏竟虚心地采纳了他们的意见，增写了赋句，得到了王珣高度的评价。这件事发生在太和四年(369)袁宏等随从桓温北征的途中。当时的文人在征战途中尚且这样注意文学的表现形式，而在闲暇时对表现形式自然会更加重视。这在这一阶段的玄言诗中有明显的体现。

沈约在《宋书·谢灵运传论》中批评东晋玄言诗云："莫不寄言上德，托意玄珠，遒丽之辞，无闻焉耳。”沈约说东晋玄言诗无遒劲之辞，符合实际，而云不见“丽”辞，则并不确切。事实是，玄言诗从肇始时，就有“丽”辞。在阮籍、嵇康和西晋的一些文人所写的玄言诗中，程度不同地都有辞采。在这方面，写有玄言诗的陆机还表现了相当的自觉意识。《太平御览》卷一引陆机失题诗云：

太素卜令宅，希微启奥基。玄冲慕懿文，虚无承先师。

陆机一面追求玄虚，一面又仰慕“懿文”，说明他已经把玄学同美的形式联系在一起了。到了东晋，上述现象又有了发展。孙绰《兰亭诗》写道：“携笔落云藻，微言剖纤毫。”两句诗说明东晋的玄言诗人很注意在藻饰上下功夫。这在他们的玄言诗描写山水的诗句中表现得尤为明显。王羲之和孙绰《兰亭诗》中的“仰观碧天际，俯瞰渌水滨”，“莺语吟修竹，游鳞戏澜涛”等诗句，讲究遣词造句，用骈俪的句式，写观赏碧蓝的天际、清澈的水滨，咏春天莺语吟唱、游鱼戏水，语言优美，富有文采。

每一种艺术都有其独特的艺术表现形式，书法艺术也是这样。书法是从汉字的实用过程中生成出来的一种艺术。书法作为一种艺术始终包涵着文字性和艺术性两部分，这两部分是不可分割的。因此，几乎所有的书法家都十分重视艺术表现形式。王羲之和王献之在这方面表现得尤为突出。早在第一阶段，王羲之开始学习书法时，就相当重视书法的技巧。他学习前人的用笔法，以卫夫人和王廙为师，其中一个重要的内容，就是学习书法的表现形式。到了这一阶段，王羲之随着阅历的增长，对书法艺术的表现形式更加重视。《晋书·王羲之传》说：王羲之“曾与人书云：‘张芝临池学书，池水尽黑。使人耽之若是，未必后之也。’”这是说，学习书法，只要像张芝那样肯下功夫，就可以达到张芝一样的艺术水平。王羲之为了提高自己的书法艺术造诣，还特别有选择地学习以前的范式。虞龢《论书表》曰：

羲之书云：“顷寻诸名书，钟、张信为绝伦，其余不足存。”

看来，王羲之对汉魏以来的书法，特别推尊钟繇和张芝。他从钟繇和张芝的书法中，吸取了不少艺术营养。王羲之对当时的书法艺术也相当重视。《书小史》卷五载：荀舆“工隶书、章草。尝写《狸骨方》一纸，右军见以为绝伦，拟效数十通”。这里所说的“拟效”，当主要指的是艺术形式上的学习。《晋书·王羲之传》说：王羲之的书法“及其暮年方妙”，其所以能如此，当与他中年以后仍孜孜矻矻提高自己的书法艺术水平密切相关。

王献之同他的父亲王羲之一样，也非常重视书法艺术形式。据虞龢《论书表》记载：在书法方面，王献之自幼年时就得到其父的教授，重技法，有相当过硬的基本功。他除了向他父亲学习书法以外，还特别注意研习张芝的草书。《书断中》说：献之"尤善草、隶，幼学于父，次习于张"。王献之在学习他人书法范式的基础上，十分重视创造新的书法艺术形式。前面曾经提到，王献之在十五六岁时就认为张芝的今草，虽然发展了章草，但仍不如行草书。行草书既能保持张芝今草的特点，又"与往法固殊"，有新的形态。王献之的这一见解，把书法艺术的继承性和创新性辩证地统一在一起，顺应了书法艺术的发展趋势。草书的书法艺术，从张芝变章草为今草以后，随着时代的演进，会因其重复和大量模仿而逐渐失去生命。如果不加以变革，就会逐渐衰亡。王献之对章草、今草和行草的研究和比较，表现了他在学习前人书法范式时视野的开阔、洞察的深细和创新精神。没有这一点，他在书法艺术上，不可能"改变制度，别创其法"①，也不可能如宋明帝所云：

> 献之善隶书，变右军法为今体，字画秀媚，妙绝时伦，与父俱得名。②

这一阶段绘画和雕塑对艺术形式的重视，比较明显地体现在戴逵和顾恺之的理论主张和创作实践中。

前面曾经述及，戴逵在塑造佛像方面贡献很大。他的贡献之一，就表现在艺术形式上。戴逵认为：以前的佛像之所以不能感动人心，原因是表现形式"皆朴拙"。为了改变"朴拙"的形式，他"注虑累年"，巧思妙想，刻制了具有新的艺术形式的佛像，"致使道俗瞻仰，忽若亲遇"③。

和戴逵相比，顾恺之对艺术形式的重视更加自觉。顾恺之今存画论三篇，其中的《论画》和《画云台山记》两篇，论述的主要内容都是绘画方法方面的问题。《论画》一文，讲的是绘画的"模写要法"。文中对模画所用的材料、用笔方法，如何保持原作不变样，注意人物与布置等具体问题，都作了明确而切要的论述。《画云台山记》一文，阐明的主要是有关山水画的画法。从中可以看到顾恺之画山水时，在设色、画天空、画倒影、插置人物、点缀鸟兽和整个布局等方面的一些

---

① 《书断中》。

② 刘义庆：《世说新语·品藻第九》第七十五条刘孝标注引宋明帝《文章志》。

③ 释道世：《法苑珠林》卷二十一，《四部丛刊》本。

方法和技巧。对人物绘画，顾恺之提出了“以形写神”的重要方法。绘画中人物的形神问题，早在西汉时期的论著中就有所涉及。《淮南子·说山训》云：

画西施之面，美而不可说；规孟贲之目，大而不可畏：君形者亡焉。

高诱注曰：

生气者，人形之君。规画人形无有生气，故曰君形亡。

上面的言论，尽管没有使用“神”这一概念，但提到了画眼睛和“生气”问题，这些都与“神”有密切关系。到东汉末年，人们在品评人物时，也常常涉及人物的形神问题。延及西晋，“画圣”卫协的作品注意气韵。谢赫《古画品录》云：

古画皆略，至协始精。六法颇为兼善，虽不备该形似而妙有气韵。凌跨群雄，旷代绝笔。

到了东晋，特别是到了这一阶段，画家在继承前人成就的基础上，更加重视气韵，重视“以形传神”。其突出代表是顾恺之。顾恺之《论画》说：

凡生人亡有手揖眼视而前亡所对者。以形写神而空其实对，荃生之用乖，传神之趋失矣。

顾恺之在这里不仅提出了画人物要以形写神，而且认为以形写神，手揖眼视前面要有对应物，不这样就会失去传神的趋向。同时他论及模画人像时，还特别强调注意点睛。点睛若“有一毫小失，则神气与之俱变矣”。在顾恺之看来，人的神气主要是通过眼睛传示出来的，因此绘画人像时，对眼睛不能有丝毫的差失[①]。顾恺之上述的有关理论，充分体现在他的绘画实践上。顾恺之在绘画人物时，为了取得以形传神的艺术效果，极其留心画人物的眼睛。《世说新语·巧艺第二十一》第十三条载：

顾长康画人，或数年不点眼睛。人问其故，顾曰：“四体妍蚩，本无关于妙处；传神写照，正在阿堵中。”

又《北堂书钞》卷一百三十四引沈约《俗说》云：

顾虎头为人画扇，作嵇、阮，都不点眼睛，便送还扇主，曰：“点睛便能语也。”

顾恺之特别重视人物画中的点睛之笔。为了这一点睛之笔，他有时拖延的时间很长。顾恺之这样作，可能与受卫协的影响有关。《历代名画记》卷五引孙畅之

---

① 参阅俞剑华、罗赤子、温肇桐编著《顾恺之研究资料》第2章《顾恺之画论注解》。

《述画记》云："《上林苑图》，协之迹最妙。又《七佛图》，人物不敢点眼睛。"顾恺之长期不点眼睛，看起来有些滑稽可笑，实际上当有多方面的考虑。眼睛能传神，而传神往往是短暂的，不易捕捉。[①] 顾恺之要点睛，要有一定的涵养，此其一。其二，从接受的角度来看，顾恺之不马上点睛，也可能是为了引起人们的关注。

这一阶段文艺的全面繁荣及其特点的形成有多方面的原因。

和上一阶段相比，这一阶段的社会状况发生了较大的变化。这一阶段，东晋的政权得到了巩固，内部的矛盾较为缓和。北方的少数民族政权无力征服东晋，东晋也很少想北伐统一。社会相对稳定，经济持续发展，政治上、思想上比较宽松。上述状况通过各种途径对这一阶段的文艺产生了相当大的影响。

这一阶段的文人，大体上是由三部分名士组成的：一是终生不仕的，如许询、支遁和戴逵；二是时隐时仕的，如王羲之和谢安；三是一直居官未退的，如孙绰、顾恺之和王献之。这三部分名士虽然有出处的不同，对社会和政治的态度也有区别，但由于他们大多没有经历过永嘉和两晋之际的动乱，有的虽然经历过，但因当时年纪幼小，还没有深切的体验。到了这一阶段，随着社会的相对稳定，他们的生活比较优裕。他们不再像他们的前辈那样关注社会，留心政治，也不再常怀激越悲壮之情。他们的思想松弛了。他们向往的是栖迟衡门、隐遁世外的安逸生活。他们常常是以出世的心态待人处世，赞美的是"出处同归"[②]、"居官无官官之事，处事无事事之心"[③]的处世态度，努力泯灭出处的矛盾，调和隐心隐迹的界限，企羡投足皆安的境界。他们思索宇宙，关注生命。他们考虑较多的是如何摆脱人间的苦恼和审美化的生活。他们的精神由外向内聚敛，不太注重形迹，努力摆脱形迹对人的缠牵。他们的心态和行迹，有些像后来唐代的释皎然和韦应物在诗中所写的那样。释皎然《偶然作》五首之三云："隐心不隐迹，却欲住人

---

① 刘义庆《世说新语·排调第二十五》第四十二条："桓豹奴是王丹阳外甥，形似其舅，桓甚讳之。宣武云：'不恒相似，时似耳。恒似是形，时似是神。'"

② 刘义庆《世说新语·文学第四》第九十一条："谢万作《八贤论》。"注："万《集》载其叙四隐四显，为八贤之论……其旨以处者为优，出者为劣。孙绰难之，以为体玄识远者，出处同归。"孙绰此论，承袭了正始和西晋清谈持名教与自然同一之说。《晋书·阮瞻传》云："见司徒王戎。戎问曰：'圣人贵名教，老、庄明自然，其旨同异？'瞻曰：'将无同。'戎咨嗟良久，即命辟之。时人谓之'三语掾'。"又郭象注《庄子·逍遥游》云："夫圣人虽在庙堂之上，然其心无异于山林之中，世岂识之哉！徒见其戴黄屋，佩玉玺，便谓足以缨绂其心矣。见其历山川、同民事，便谓足以憔悴其神矣。岂知至至者之不亏哉！"孙绰主张"出处同归"在当时颇有代表性。

③ 孙绰：《刘真长诔》。

寰……居喧我未错，真意在其间。”韦应物《春月属称始憩东西林精舍》云：“道妙苟为得，出处理无偏。心当同所尚，迹岂辞缠牵。”

这一阶段的文人大多崇尚玄谈，喜游山水。他们的玄谈和以前的玄谈有所不同。在这一阶段的文人中，玄谈具有普泛性。玄谈不仅是一种经常性的活动，而且常常带有群体的性质，参加的人员相当广泛，上自会稽王司马昱，下到一般文人，甚至还包括一些童子少年。玄谈是这一阶段许多文人的生活的重要内容之一。他们的玄谈“只为口中或纸上之玄言，已失去政治上之实际性质，仅作名士身份之装饰品者也”[①]。他们的玄谈的内容除老庄和佛理之外，“宛转关生，无所不入”，还涉及了才性、自然、认识、梦幻、文学和情感等多方面的内容。[②] 他们有时候借玄谈辨析玄道，但更多的不是为探求玄道。《晋书·殷浩传》引庾翼贻殷浩书谈到当时的玄谈说：“高谈《庄》、《老》，说空终日，虽云谈道，实长华竞。”他们常常利用玄谈示才斗胜，表现自己的艺术水平，追求内心的愉悦。请看《世说新语·文学第四》第三十八条、四十条、五十六条的记载：

许掾（询）年少时，人以比王苟子（王修）。许大不平。时诸人士及于法师并在会稽西寺讲，王亦在焉。许意甚忿，便往西寺与王论理，共决优劣。苦相折挫，王遂大屈。许复执王理，王执许理，更相覆疏，王复屈。许谓支法师曰：“弟子向语何似？”支从容曰：“君语佳则佳矣，何至相苦邪？岂是求理中之谈哉！”

支道林、许掾诸人共在会稽王斋头，支为法师，许为都讲。支通一义，四坐莫不厌心；许送一难，众人莫不抃舞。但共嗟咏二家之美，不辩其理之所在。

殷中军、孙安国、王、谢能言诸贤，悉在会稽王许。殷与孙共论《易象妙于见形》。孙语道合，意气干云。一坐咸不安孙理，而辞不能屈。会稽王慨然叹曰：“使真长来，故应有以制彼。”既迎真长，孙意己不如。真长既坐，先令孙自叙本理。孙粗说己语，亦觉殊不及向。刘便作二百许语，辞难简切，孙理遂屈。一坐同时拊掌而笑，称美良久。

---

① 陈寅恪：《陶渊明之思想与清谈之关系》，见《陈寅恪史学论文选集》，上海古籍出版社 1992 年 7 月第 1 版（下引此书，版本均同），第 117 页。

② 《世说新语·文学第四》前半部分主要记载东晋的玄谈，可参阅。

从上面的记载可以看到，这一阶段的玄谈如支遁所批评的那样，常常不是为“求理中之谈”，而是意气用事，借以争高低，比胜负，求愉悦。这一点，正像南北朝时期的颜之推所指出的那样：“直取其清谈雅论，剖玄析微，宾主往复，娱心悦耳，非济世成俗之要也。”[①]他们对“美”的叹赏和称颂，已经基本上取代了对“理”的关注。他们在很大程度上把玄谈审美化了。也正因为此，这一阶段的玄谈尽管相当普泛，但没有出现著名的玄学家和玄学著作，却产生了不少兼玄谈与艺术于一身的文人和带有浓重玄学色彩的文艺作品。

与上述情况相联系的是，这一阶段的玄谈特别重视语言美。《世说新语·文学第四》第五十五条载：

> 支道林、许、谢盛德，共集王家。谢顾谓诸人：“今日可谓彦会，时既不可留，此集固亦难常。当共言咏，以写其怀。”许便问主人：“有《庄子》不？”正得《渔父》一篇。谢看题，便各使四坐通。支道林先通，作七百许语，叙致精丽，才藻奇拔，众咸称善。

许询、谢安和王濛等听了支遁通论《渔父》之后，一致“称善”，其中一个重要原因是支遁在语言方面“叙致精丽，才藻奇拔”。玄谈如此重视语言艺术，自然会推动当时文人对丽辞巧语的爱好和重视，使这一阶段的不少作品呈现出了“藻以玄思”的特色。

这一阶段的许多文人在热衷于玄谈的同时，对自然山水表现出浓厚的兴趣，特别爱好自然山水。第一阶段的重要文人，大多是在永嘉之后，因避难由中原流离到江南的。他们到了江南，有时也注意到江南秀丽的山水风光，但许多文人由于西晋覆亡之痛犹在胸中，再加上东晋前期的社会还很不稳定，因此他们没有更多的时间和宁静玄虚的心态去观赏和描写江南秀丽的山水。上述情况到了这一阶段有了明显的变化。王羲之在《蜀都帖》中对他的朋友说：

> 要欲及卿在彼，登汶岭、峨眉而旋，实不朽之盛事。

在王羲之之前，不少文人推尊的是立德、立功和立言三“不朽”，而王羲之却把登山游览视为“不朽之盛事”，足见游赏山水在当时的一些文人的心目中占有多么重要的地位。这一阶段的不少文人生活的地方，有明显的择向性和区域偏好，他

---

① 《颜氏家训集解》卷三《勉学第八》。

们大多喜居“有佳山水”的地方，特别是会稽一带。这一带山水景观多样、丰富[①]，容易吸引他们的目光和心情。他们游赏山水，不像以前的许多文人那样是偶尔为之，而是屡屡不断，“尽山水之游”。游赏山水成了他们生活中的重要内容之一。他们有条件时，总是亲临其境；无条件时，则往往“神游”之。他们有时独自游赏，有时结伙而行。如王羲之任会稽内史时和辞官以后，经常与一些名士一起游山玩水。《晋书·王羲之传》载：

会稽有佳山水，名士多居之。谢安未仕时亦居焉。孙绰、李充、许询、支遁等皆以文义冠世，并筑室东土，与羲之同好……羲之既去官，与东土人士尽山水之游，弋钓为娱。又与道士许迈共修服食，采药石不远千里，遍游东中诸郡，穷诸名山，泛沧海，叹曰：“我卒当以乐死！”

王羲之喜游山水，与他崇尚玄虚有关，也与他笃信道教密不可分。道教尊崇名山，认为名山有仙道，有仙药，可以为求仙者提供通向神仙、长生的条件。[②]

这一阶段之前的不少文人隐居或游赏山水，往往是被动的，或为了逃避现实，或为了消除忧伤。到了这一阶段，上述现象仍然存在，但又出现了新的情况，这就是许多文人并不是由于受到了社会的压抑而投向山水，而是主动地亲近山水，带着一种审美的情趣去“逍遥”，把山水作为安顿人生、养怡身心和净化心灵的理想境地。这一点，戴逵在《游闲赞序》中表现得非常清楚：

然如山林之客，非徒逃人患避争斗。谅所以翼顺资和，涤除机心，容养淳淑，而自适者尔。况物莫不以适者为得，以足为至。彼闲游者，奚往而不适，奚待而不足！故荫映岩流之际，偃息琴书之侧，寄心松竹，取乐鱼鸟，则澹泊之愿，于是毕矣。

又《世说新语·言语第二》第八十一条载：

王司州至吴兴印渚中看，叹曰：“非唯使人情开涤，亦觉日月清朗。”

王司州是王廙之子王胡之。从王胡之观赏吴兴的印渚时的感受来看，游赏山水能使当时的文人胸襟更加开阔，神情得到澡雪和净化。他们游赏山水时，一般都

① 会稽一带的山水之美，东晋文人多有描绘。刘义庆《世说新语·言语第二》第八十八条载：“顾长康从会稽还，人问山川之美。顾云：‘千岩竞秀，万壑争流，草木蒙笼其上，若云兴霞蔚。’”王羲之《兰亭集序》记会稽山阴兰亭周围的山水云：“此地有崇山峻岭、茂林修竹，又有清流激湍映带左右。”

② 《抱朴子·内篇》：“凡为道合药，及避乱隐居者，莫不入山……山无大小，皆有神灵，山大则神大，山小则神小。”见王明《抱朴子内篇校释》(增订本)，中华书局1985年3月第2版。

是全神贯注，达到了与山水亲和无间、交参互涵的审美境界。《全晋文》卷二十七辑王献之杂帖云：

镜湖澄澈，清流泻注，山川之美使人应接不暇。

王献之不只看到了“山川之美”，而且感到“山川之美”主动同自己亲和，向自己走来，以致使自己来不及应接。

在我们考察人和自然的关系时，常常可以发现，当人主动地和自然亲近时，往往会用一种抽象的、玄虚的心态去观赏自然。这在这一阶段的文人中表现得尤为明显。孙绰《庾亮碑文》云：

公雅好所托，常在尘垢之外。虽柔心应世，蠖屈其迹，而方寸湛然，固以玄对山水。

王羲之说：“从山阴道上行，如在镜中游。”

像庾亮和王羲之这样以玄虚的胸怀面对山水，在这一阶段的文人中是比较普遍的。以玄虚的胸怀去面对山水，不是像一般人那样用感官去观看，而是用玄学化了的心灵去体悟山水，使玄学化了的心灵在山水中找到对应物，从美好的、未经人为熏陶的自然山水中，去进一步领悟或发现某种玄理。从某种意义上说，这一阶段的许多文人是泛玄论者。他们认为有山水即有玄。他们对山水的观赏和对玄理的体悟经常是融合为一的。因此，他们经常把山水同玄虚、“道”和“理”联系在一起。顾恺之《虎丘山序》说：

吴城西北有虎丘山者，含真藏古，体虚穷玄。

孙绰云：

山水是道。

王羲之《兰亭诗》二首其二说：

仰观碧天际，俯瞰渌水滨。廖阒无涯观，寓目理自陈。

郗超《答傅郎诗》说：

森森群象，妙归玄同。

在顾恺之等人的心目中，山水是有形的，但其本体则是具有玄虚之道，这种道就是自然。由于当时许多文人认为山水能够“体虚穷玄”、藏道寓理，因此他们重视的常常不是具体的、细微的山水，而是旷远的、辽阔的山水。

这一阶段的文人在喜游山水时，还特别注意把山水同文学联系起来。《世说新语·赏誉第八》第一〇七条载：

> 孙兴公为庾公参军，共游白石山。卫君长在坐。孙曰："此子神情都不关山水，而能作文。"

在孙绰看来，神情关注山水，是写作不可或缺的条件。而卫君长不是这样却能写作，这使孙绰感到惊喜。这一阶段有关山水的内容在作品中有明显的增长，与上述这些因素的影响息息相关。

从文艺的角度来考察，这一阶段文人对文艺的重视和爱好，超过了以往任何时期。这在士族文人中表现得尤为明显。前面曾经提到，王羲之主持的兰亭集会的主要内容就是作诗。《晋书·谢安传》载：谢安与王羲之寓居会稽时，"出则渔弋山水，入则言咏属文"。《世说新语·赏誉第八》第一〇八条注引《续晋阳秋》说：谢安"以敷文析理自娱"。又《文学第四》第五十二条云：

> 谢公因子弟集聚，问："《毛诗》何句最佳？"遏称曰："昔我往矣，杨柳依依；今我来思，雨雪霏霏。"公曰："讦谟定命，远猷辰告。"谓此句偏有雅人深致。

像王羲之和谢安这样重视、爱好和乐于文学，在这一阶段的士族文人中，是屡见不鲜的。他们对文学是这样，对其他艺术也是如此[①]。

上述事实说明，在这一阶段，文学艺术活动已经成了文人特别是上层士族文人生活的重要内容之一，成了他们生活的一种需要。他们对文艺的重视和浓厚兴趣，不仅促进了他们自身的文艺实践，而且有助于形成一种关注和热爱文艺的文化氛围。这种文化氛围有利于这一阶段文艺的繁荣，当然也带来了某些弊端。

文学的发展及其特点，常常与审美理想的影响有直接的关系。这一阶段的文艺也是这样。宗白华指出：中国美学史上有两种不同的美感或美的理想，一种是"镂金错采，雕缋满眼"，另一种是"初日芙蓉，自然可爱"。他又指出：我国古代的美学，"魏晋六朝是一个转变的关键，划分了两个阶段。从这个时候起，中国人的美感走到了一个新的方面，表现出一种新的美的理想，那就是认为'初日芙蓉'比之'镂金错采'是一种更高的美的境界……这是美学思想上的一个大解放"[②]。宗先生的话是就整个魏晋六朝来说的，再具体地加以分析，可以发现，魏晋六朝时期主要以自然为美的审美理想，发轫于正始时期。从正始到东晋前期，这种审

---

① 参阅本书第一章。

② 宗白华：《中国美学史中重要问题的初步探索》，见《宗白华全集》第3卷，第450～451页。

美理想虽然并未断绝，但并没有受到特别的关注。这主要是人生条件的限制。因为“人类之兴味，实先人生，而后自然”[①]。到了这一阶段，随着社会的相对稳定和经济的发展，随着政治上的宽松和思想上的自由，特别是随着玄学的普泛化和生活化，以自然为美的审美理想有了适宜的土壤，受到了文人的空前重视，得到了很大的发展，成了当时的重要思想。在这一阶段之前，没有哪一个时期的文人能像这一阶段的文人那样，把以自然为主的生活看得那样重要，并且付诸实践。这一阶段的不少文人，对封建礼法的羁绊有不同程度的突破，较少受功名利禄的缠缚。他们企羡自然的人生。他们从做人到游赏山水，到品味艺术，看重的主要是自然的境界。这里，我们仅举当时著名的文人谢安、谢道蕴、庾阐、顾恺之、桓温为例：

《晋书·谢安传》说：谢安隐居时，“自然，有公辅之望”。他出世以后，仍坚持以自然处事。《世说新语·忿狷第三十一》第六条载：

> 王令诣谢公，值习凿齿已在坐，当与并榻。王徙倚不坐。公引之与对榻。去后，语胡儿曰：“子敬实自清立，但人为尔多矜咳，殊足损其自然。”

谢安认为，王献之自恃清高，矜持拘执，有损自然。看来谢安在人际关系上，倡导的是自然相处。

谢道蕴和庾阐对自然的重视，在他们描写山水的诗歌中有所展示。谢道蕴《泰山吟》写道：

> 岩中间虚宇，寂寞幽以玄。非工复非匠，云构发自然。

庾阐《观石鼓诗》写道：

> 鸣石含潜响，雷骇震九天。妙化非不有，莫知神自然。

在谢道蕴和庾阐的心目中，山水景象是自然的，它们之所以值得观赏，也是因为它们是自然的。

顾恺之对自然的强调，在他的画论中时有表述。他在《魏晋胜流画赞》中评《小列女》说：“面如恨，刻削为容仪，不尽生气，又插置丈夫支体，不以自然。”

顾恺之对《小列女》这幅画是持批评态度的。原因是它“不尽生气”，画中又插置了男人的肢体，其结果是“不以自然”。由此可见，顾恺之评论绘画是把自然作为一个重要标准的。桓温对自然的首肯，见《世说新语·识鉴第七》第十六条

---

① 王国维：《屈子文学之精神》，见《王国维文集》第1卷，第31页。

注引《(孟)嘉别传》:桓温问孟嘉曰:"听伎,丝不如竹,竹不如肉,何也?"孟嘉答曰:"渐近自然。"桓温听音乐,感到弦乐不如管乐,管乐又不如人的歌唱,但并不理解其中的道理。而孟嘉却看到了这一现象的奥妙在于"渐近自然"。桓温的感受和孟嘉的解释,虽然有感性和理性的区别,但却从不同的角度表现了当时人们在欣赏艺术时对自然的崇尚。

这一阶段的文人所说的自然,其内涵不尽一致,但其根本是相同的,就是强调事物和人的天然的、自在的和自由的属性。这种审美理想,极大地冲破了长期以来儒家以道德教化为主的美学思想的束缚,弱化了人们对"镂金错采"美学思想的追求。这种审美理想扩大了人们的审美视野,提高了人们的审美素质,从多方面促进了这一阶段文艺的繁荣及其特点的形成。这一阶段的文人对脱俗的、自由的人格的追求和赞扬,对自然美的深入的体悟,对山水美的青睐,文学和绘画对自然山水的描绘,书法艺术中表现的那种自然的、潇洒的神韵[①],他们重视艺术表现形式,但又不钻砺过分,所有这些,在不同程度上都与以自然为美的审美理想的浸润和渗透有密切关系。当然,同任何事物都有复杂性一样,这一阶段的文人过分地强调以自然为美的审美理想,也有负面的作用,这主要是使文人和文艺疏远了社会现实生活。这一阶段的文学对社会现实反映得较少,就证明了这一点。

这一阶段的文人还有一点和上一阶段的文人不同,就是他们大多是成长和生活在江南的建康、会稽、江州和荆州等地。这些地方气候温暖湿润,土地肥美,川流纵横,湖泊星罗,山岩秀丽,河水清澈。一般地讲,这样的自然环境,给人的感受是温存而不是凶暴,是柔和而不是刚悍。这些不止使人们热爱这里的自然山水,同时还影响了人们的性格和感情,更会影响对环境极为敏感的文人,特别是那些原籍是江北的文人。优越的物质、文化条件和秀丽湿润的自然环境,从而使得这一阶段的不少文人轻忽实际而崇尚玄虚[②],沉稳冷静而较少惊躁不安,他

---

① 书法和自然的关系,我国古代较早的书法理论著作有所论及。蔡邕《九势》云:"夫书肇于自然,自然既立,阴阳生焉;阴阳既生,形势出焉……势来不可止,势去不可遏。"又其《笔论》云:"书者,散也。欲书先散怀抱,任情恣性,然后书之;若迫于事,虽中山兔毫不能佳也。"前者从原生的角度论述了书法和自然的关系,后者从书法创作者的修养和创作心态等方面指出:书法是一种自然的、自由的艺术,书法创作应当从容不迫、涤除世俗的功利欲求。

② 刘师培《南北文学不同论》云:"南方之地水势浩洋,民生其间,多尚虚无。"见《刘师培中古文学论集》,陈引驰编校,中国社会科学出版社 1997 年 6 月第 1 版,第 261 页。

们闲适快活而少见匆忙忧伤，他们平和退让而不太勇猛好斗，他们有处世的才干而少有贪求的野心，他们重视精神生活，比较能节制自己的物欲。而所有这一切，特别地适合于书法和绘画艺术的发展。东晋这一阶段的书法和绘画之所以能取得辉煌的成就，而且形成了比较鲜明的特点，应当说是与上述的条件分不开的。当然，自然地理环境对这一阶段的文艺的影响，不是孤立的，它只有同其他条件相结合，才能产生作用[①]。否则，我们就会陷入自然环境决定论的谬误之中。

综合上面的论述，能够发现，这一阶段文艺的发展及其主要特点，大体上是由这一阶段的一些有影响的文人的作品来体现的。这些文人主要有孙绰、许询、支遁、袁宏、王羲之、谢安、王献之、戴逵和顾恺之等。他们当中，大多人几乎完全生活在这一阶段，有些则主要生活在这一阶段。他们的为人和艺术活动，既有个人的特点，又有不少相近之处。是他们，以及受他们沾溉的其他文人，使这一阶段的文艺发生了明显的变化，形成了一个高峰。他们当中，虽然有的谢世较早，如许询[②]，但大多数人活的时间比较长。这一阶段的时间跨度相当长，同这一点有关系。随着社会、经济、政治和文化等条件的变化，随着这一阶段许多重要文人的相继去世，东晋文学发展的第二个阶段也就结束了，接踵而来的是第三个阶段。

三、第三阶段：东晋后期

第三阶段是东晋的后期，时间大致是从太元末年到东晋结束，前后二十多年。随着社会的变化和一些新的文人的出现，东晋后期的文艺，不论是书法和绘画，还是文学创作，都发生了明显的变化，呈现出新的风貌。

书法仍是这一阶段的一种重要艺术。这一阶段的不少豪强和著名文人对书

---

① 法国近代知名地理学家阿·德芒戎云：历史学素养精深的卡尔·李特尔指出："在人文地理学中自然不是唯一的原因力量，人类自身也是地球表面上改变和生活的因素。"因此，自然和人类按李特尔的说法是"自然和历史"，是两个永远结合在一起的条件。见阿·德芒戎《人文地理学问题》，葛以德译，商务印书馆 1993 年 6 月第 1 版，第 4 页。

② 许询生卒年不详。刘义庆《世说新语·言语第二》第六十九条刘孝标注引《续晋阳秋》云：许询"蚤卒"。

法艺术相当关注。就豪强来说,颇有影响的是桓玄、卢循和刘穆之。

桓玄是桓温的少子,字敬道,小字灵宝,谯国龙亢(今安徽怀远、蒙城间)人。他出生以后,就受到其父桓温的宠爱。桓温临终前,命他为嗣。七岁时,袭封南郡公。后来,朝廷疑而未用。太元十六年(391),始任太子洗马。第二年,出补义兴太守,郁郁不得志,弃郡还荆州,常与殷仲堪玄谈言理。隆安元年(397),受命任广州刺史,未就。次年,举兵反叛。元兴元年(402),击败司马元显等,进入建康,自封太尉、录尚书事、扬州牧。二年,自号相国、楚王,篡位称帝。三年(404),刘裕率兵讨伐桓玄。桓玄兵败被杀,时年三十六岁。桓玄为了实现个人夺权篡位的野心,举兵反叛,篡位以后,骄奢急暴,给朝野造成了深重的灾难。桓玄爱好文艺,他"博综艺术,善属文"①,史称他"文翰之美,高于一世"②。《隋书·经籍志一》载桓玄注《周易系辞》二卷,《经籍志四》载《桓玄集》二十卷。桓玄还特别爱好书法。《书断中》云:桓玄"尝与顾恺之论书,至夜不倦"。桓玄自己也长于书法,《书断中》说他"尝慕小王,善于草法"。王僧虔《论书》云:

> 桓玄书,自比右军,议者未之许,云可比孔琳之。

庾肩吾《书品》称赞桓玄的书法"筋力俱骏"。桓玄认为自己的书法可以同王羲之的相比,当是负才自诩。但他的书法有相当的造诣,并且受到后人的重视,则是事实。

卢循对书法的爱好与桓玄有些相似。《晋书·卢循传》说他"善草、隶、弈棋之艺"。又虞龢《论书表》云:

> 卢循素善尺牍,尤珍名法。西南豪士咸慕其风。人无长幼,翕然尚之。家赢金币,竞远寻求。

从上面的记载可以知道,西南豪士在卢循的影响下,爱好书法已成为一种风尚,这种风尚有利于书法的发展。

刘穆之本人是一个知名的书法家。《书小史》卷五赞许他"善草、隶"。他不只自己重视书法,同时还谏劝刘裕学习书法。《宋书·刘穆之传》载:

> 高祖书素拙。穆之曰:"此事虽小,然宣彼四远,愿公小复留意。"高祖既不能厝意,又禀分有在。穆之乃曰:"但纵笔为大字,一字径尺,无嫌。大既

① 《晋书·桓玄传》。

② 刘义庆:《世说新语·文学第四》第一〇二条刘孝标注引《晋安帝纪》。

足有所包，且其势亦美。”高祖从之。一纸不过六七字便满。

刘穆之劝刘裕学习书法，主要是为了提高和维护刘裕的名声，含有政治目的，但也含有审美的内容。从这一史实，也可以窥测当时朝野对书法的关注。

由于以前书法艺术的沾溉，由于这一阶段不少豪强对书法的重视等多种原因，从而使得这一阶段的书坛上，也出现了一些较有名的书法家，如韦昶、袁山松、殷仲堪、诸葛长民、孔琳之、朱龄石、羊欣、宗炳和裴松之等。在上述书法家中，成就特别突出的是羊欣。

羊欣，字敬元，泰山南城（今山东费县西）人。他是晋宋之际的书法家。他享年七十三岁，其中在东晋生活了五十年。羊欣少年时喜欢静默，与人无争，博览经籍，尤长隶书。被他的舅父王献之所知爱。他初任辅国参军，府解回家。隆安时期，朝政渐乱，羊欣不再出仕。司马元显让他书扇，屡被拒绝。司马元显因此恼怒，于是以羊欣为后军府舍人。此职本来是用出身寒门的人担任，但羊欣淡然自若。元兴元年（402），桓玄辅政，领平西将军，以羊欣为平西参军，转主簿，参与机要。次年，桓玄又用他为楚台殿中郎。他任职不久，称病自免，长期隐居里巷。羊欣曾见过领军将军谢混，深受谢混敬重，从此更加知名。约在义熙七年（411），羊欣补右将军刘藩司马，转长史。义熙十年（414），任中军将军刘道怜咨议参军。后出为新安太守，在郡四年，以简惠著称。宋永初元年（420），刘裕代晋，使其任临川王义庆辅国长史、庐陵王义真车骑咨议参军，均被辞谢。元嘉元年（424），文帝刘义隆即位，又使其任新安太守。他前后在新安郡十三年，“游玩山水，甚得适性”[①]。转义兴太守，时间不长，称病免归。任中散大夫，以不堪拜伏，不朝觐。羊欣“素好黄老，常手自书章，有病不服药，饮符水而已”[②]。元嘉十九年（422）去世。羊欣能文，《隋书·经籍志四》说：梁有《羊欣集》七卷。羊欣在书法艺术上的贡献尤为突出。虞龢《论书表》说：

> 欣年十五六，书已有意，为子敬所知。子敬往县，入欣斋，欣衣白新绢裙昼眠，子敬因书其裙幅及带。欣觉，欢乐，遂宝之。

又王僧虔《论书》说：

> 羊欣书见重一时，亲受子敬。

---

① 《宋书·羊欣传》。

② 《宋书·羊欣传》。

王献之是羊欣的近亲，羊欣的书法直接受到了王献之的教导。《述书赋》云：

敬元亲得法于子敬，虽时移而间出。手稽无方，心敏奥术。宁磅礴而不忘本分，纵横而粗得师骨。

由于羊欣的独特才能和渊博知识，再加上与王献之的特殊关系，亲身受到了王献之的指导，结果使他成了一位知名的书法家。《书断中》载：

沈约云："敬元又善于隶书，子敬之后，可以独步。时人云：'买王得羊，不失所望。'"《论书》说羊欣"行、草尤善"。

羊欣留心书法史评。他撰有《采古来能书人名》一卷[①]。此文采录自秦丞相李斯至东晋能书者七十二人[②]，大体以时代为序，略书其籍贯、官职、长于的书体、师承等，具有重要的史料价值。同时对他们书法的特点进行了品评，开启了以后品评书法的风气。文中评钟繇和胡昭说："二子俱学于德升，而胡书肥，钟书瘦。"羊欣第一次用"肥"、"瘦"两个概念来评论书法艺术。后来，人们受羊欣的影响，经常使用这两个概念。

在这一阶段的书坛上，虽然有不少书法家，但从总体上看，成就远不如上一阶段。其主要标志是，这一阶段没有出现成就卓越的书法家。羊欣尽管在王献之之后"可以独步"，但他的书法艺术远没有达到王献之的水平。羊欣的书法作品，除《淳化阁帖》卷三载有他的行书《暮春帖》流传至今以外，其他都没有传下来。羊欣的书法在晋宋之际有一定的影响，原因之一是他继承了王献之的书法[③]。

书法艺术的发展，离不开社会的稳定。这一阶段书法艺术的成就之所以不及上一阶段，一个重要原因是社会的动荡。这一阶段，战乱频仍，先后发生了司马道子、王国宝专权，桓玄叛乱篡权，孙恩和卢循起义，刘裕同刘毅的争斗等重大

---

① 《采古来能书人名》，一作《古来能书人名录》。卷首有王僧虔启云："昨奉敕，需古来能书人名。臣所知局狭，不办广悉，辄条疏上呈羊欣所撰录一卷，寻按未得，续更呈闻。"《说郛》以"辄条疏上呈"断句，定为王僧虔所作。《法书要录》卷一收录，题为《宋羊欣〈采古来能书人名〉》，其题下注云："齐王僧虔录。"定为羊欣所作，王僧虔录。细察王僧虔的启文，确有含糊。不过，不管如何断句，羊欣"所撰录一卷"是没有疑义的，此其一。其二，《采古来能书人名》所收书法家至东晋末，未及宋代。《书小史》卷六收宋代书法家三十人，其中有些成就也是相当高的。如确为王僧虔所作，不会不收宋代的书法家。综上所述，应从《法书要录》。

② 《法书要录》注云："凡六十九人。"不确。

③ 《南齐书·刘休传》云："元嘉世，羊欣受子敬正、隶法，世共宗之。"中华书局 1972 年 11 月第 1 版(下引此书，版本均同)。

事变。这些事变直接破坏了社会的稳定。在接连的事变中，许多书法家被卷进去了。这不仅使他们常常很难以平静的心态去从事书法艺术创作活动，而且他们当中有一些人在动乱中被夺去了生命。据现在看到的有关资料，可以确定在这一阶段死于动乱的书法家有王凝之、袁山松、司马道子、桓玄、卢循、诸葛长民和殷仲堪七人。在二十多年的时间里，有这么多的书法家死于非命，这是上一阶段不曾有过的。

这一阶段的绘画和雕塑的内容，大致是沿着山水和佛教两方面延续与发展的。从山水方面来看，这一阶段有代表性的画家是戴勃。戴勃是戴逵的长子。戴勃同他的弟弟戴颙“并隐遁有高名”[①]，而且都像其父那样热爱艺术。戴勃擅长绘画。据《贞观公私画史》和《历代名画记》记载，他流传下来的绘画有六幅：《曹长孺像》、《三马图》、《九州名山图》、《秦皇东游图》、《朝阳谷神风水图》、《风云水月图》。从上面六幅画的题目来看，《秦皇东游图》和《朝阳谷神风水图》，可能除画人、神外，就是画山水。而《九州名山图》与《风云水月图》，则当是山水画。六幅传世之作中，有关山水方面的内容占的比重这么大，这是以前的绘画所罕见的。《历代名画记》卷五引孙畅之云：戴勃“山水胜顾”。孙氏认为：戴勃的山水画超过了顾恺之。由此可以想见，戴勃在山水画方面作出了前所未有的贡献。戴勃之所以能够如此，与他长期隐遁、生活在多名山的地方和热爱山水有密切的关系。《宋书·戴颙传》记载：“会稽剡县多名山。”戴勃一家“世居剡下”。戴逵卒后，戴勃与其弟又游止“多名山”的桐庐县。剡县和桐庐县的“名山”，陶冶了戴勃的情操，又为他的绘画提供了丰富的山水题材。

从佛教绘画来看，这一阶段值得我们重视的是慧远在庐山主持绘制的庐山佛影。

慧远，一作惠远，本姓贾，雁门楼烦(今山西宁武附近)人，世为冠族。永和二年(346)，“年十三，随舅令狐氏游学许、洛，故少为诸生，博综六经，尤善《庄》、《老》”[②]。永和十年(354)，出家，师从道安。他独立开讲佛理，“引《庄子》义为连类，于是惑者晓然”[③]。后随道安到襄阳。太元六年(381)，至寻阳，见庐山清静，

---

① 《宋书·戴颙传》。

② 释慧皎《高僧传·释慧远传》作“年十三”，刘义庆《世说新语·文学第四》第六十一条注引张野《远法师铭》作“年十二”。

③ 释慧皎：《高僧传·释慧远传》。

于是定居庐山。慧远在庐山三十多年，“影不出山，迹不入俗”，义熙十二年(416)去世，享年八十三岁[①]。慧远精通般若性空之学，又是我国佛教净土宗的开创者，他学问渊博，见识高远，注重对儒、佛、道三者的统一。他重视艺术，长于写作，“辞气清雅”[②]，是这一阶段有相当影响的文艺家。

佛教本来是重视像教的。在东晋，随着般若实相学的发展，更加看重像教。由于般若实相学的影响，许多佛僧认为：“佛”、“真谛”虽于旷代之外，神妙莫测，但却又平易亲切，无处不在，无时不在。人可以同它交流，可以借助于一定的艺术形式描写其形象。与此有关，东晋后期出现了佛身显影之说。佛身显影之说的出现，促进了佛像艺术的发展。在这方面，庐山的名僧慧远起到了很大的作用。据《高僧传·释慧远传》和慧远《万佛影铭序》所载，佛影本来是在“北天竺月氏国那竭呵城南，古仙人石室中”。慧远过去听西域沙门说过，但没有见到。至义熙八年(412)慧远在庐山见到罽宾禅师、南国律学道士，详问其所亲见，佛徒“叙其光相”。慧远“于是悟彻其诚，应深其信”，援其同契，“发其真趣”，背山临流，筑龛立台，让匠人根据西域佛徒的叙述，画成了佛像。所画佛像是“淡采图写，色疑积空，望似烟雾，若隐若显”。看来这幅佛像是虚实结合，有浓重的神秘色彩。佛像画成以后，“道俗欣之，感遗迹以悦心”，“挥翰之宾，佥焉同咏”。慧远不只自己写了《万佛影铭并序》，同时还特别让其弟子远至江东嘱谢灵运作铭。谢灵运写了《佛影铭并序》，以充刻石。上述史实说明，慧远在庐山主持绘制的佛像，在当时产生了相当大的影响。

在佛教雕塑艺术上，这一阶段有所贡献的是戴颙。戴颙是戴逵的次子，是晋宋之际的重要艺术家。戴颙在艺术上有多方面的造诣。《历代名画记》卷五称赞他“巧思亦逵之流”。戴颙小的时候就同他父亲一起制作佛像。《宋书·戴颙传》云：

> 自汉世始有佛像，形制未工，逵特善其事，颙亦参焉。

---

① 此据释慧皎《高僧传·释慧远传》。关于慧远的卒年及年龄，尚有他说。刘义庆《世说新语·文学第四》第六十一条刘孝标注引张野《远法师铭》：“年八十三而终。”未言卒于何时。《广弘明集》卷二十三载谢灵运《庐山慧远法师诔》：“春秋八十有四，义熙十三年秋八月六日薨。”王祎《经行庐山记》谓卒于义熙十二年，年八十二。《祐录·慧远传》谓卒于义熙末，年八十三。

② 释慧皎：《高僧传·释慧远传》。

戴逵谢世以后，戴颙不仅复修其业，“能继其美”[①]，而且在佛像的雕刻方面有很大的拓展。李焯《尚书故实》说：

佛像本胡夷朴陋，人不生敬。今之藻绘雕刻，自戴颙始也。

戴颙为了使佛像能为人所敬，能感人，克服了以往佛像朴陋的弊病，特别重视表现形式，注意藻饰。《尚书故实》说他“尝刻一像，自隐帐中，听人臧否，随而改之。如是者积十年，厥功方就”。这说明他同他的父亲一样，创作态度也是非常严肃认真的。又《宋书·戴颙传》载：

宋世子铸丈六铜像于瓦官寺[②]，既成，面恨瘦，工人不能治。乃迎颙看之。颙曰：“非面瘦，乃臂胛肥耳。”既错减臂胛，瘦患即除。无不叹服焉。

上面的事实告诉我们，戴颙具有丰富的创作经验，他深谙雕塑艺术在形体方面的比例。我国古代的绘画和雕塑艺术，常常有家庭传承的方式。戴逵和他的儿子就是一个典型。他们以极大的热忱，投入了很多的精力，创作了许多前所未有的珍贵的佛像，在我国古代绘画史和雕塑史上写下了光辉的篇章。

同书法、绘画和雕塑相比，这一阶段的文学取得的成就超过了书法等艺术，呈现出的变化和特点也非常明显。其主要表现有三：一是湛方生、殷仲文、谢混的诗歌创作和玄言诗的衰退；二是以慧远为中心的庐山文人集团的诗文；三是陶渊明的田园诗的产生。

玄言诗经过上一阶段的兴盛以后，到这一阶段渐趋衰退。这一点，南朝宋檀道鸾和沈约都有所论述。《世说新语·文学第四》第八十五条注引《续晋阳秋》在谈论东晋中期许多文人效法许询和孙绰写玄言诗之后说：“至义熙中，谢混始改之。”沈约在《宋书·谢灵运传论》中也有近似的见解：“仲文始革孙、许之风，叔源大变太元之气。”檀氏和沈氏的论述比较简单，也不全面，我们有必要作一些具体分析。

一种诗风的衰退，往往离不开时代背景和文人的变化。玄言诗也是这样。如上所述，在东晋后期之前，许多著名的玄言诗人都先后去世。到了后期，社会

---

① 谢赫：《古画品录》，见于安澜编《画品丛书》。

② 据《宋书·少帝纪》，“宋世子”指的是宋少帝刘义符，宋武帝刘裕之长子，义熙十四年(418)“宋台建，拜宋世子”。刘义符铸铜像，当在这一年。第二年，元熙元年，刘义符“进为宋太子”。

动荡，战乱较多，经济遭到破坏，人们的生活不像中期那样安定，百官俸禄减少一半[①]。在这些重大的事变中，人多凋残，王恭、殷仲堪、袁山松和桓玄等文人都死于战乱。这些文人，特别是殷仲堪和桓玄，他们不仅是当时政局上举足轻重的人物，同时在文坛上也占有重要的地位。《晋书·殷仲堪传》说：

> 仲堪能清言，善属文，每云三日不读《道德论》，便觉舌本间强。其谈理与韩康伯齐名，士咸爱慕之。

关于桓玄，《世说新语·文学第四》第六十五条注引周祗《隆安记》说他“善言理，弃郡还国，常与殷荆州仲堪终日谈论不辍”。桓玄在诗歌方面，长于写作玄言诗，诸如“理不孤湛，影比有津。曾是名岳，名秀超邻。器栖荒外，命契响神”等诗句[②]，与孙、许的玄言诗大体上是一脉相承的。如果说孙绰和许询等玄言诗人的去世，使东晋的玄言诗坛失去了重要的支柱的话，那么殷仲堪和桓玄等文人的死于非命，则更加促使了玄言诗的开始衰退。

东晋这一阶段的动乱，还直接影响了不少文人的心态。淝水之战以后，东晋的门阀政治日趋衰落。此后，接连发生的动乱，又严重地削弱了门阀士族的政治地位。与此同时，以刘裕为代表的寒门素族凭借着自己的武功挤进了皇室，逐渐控制了朝政。刘裕不再像东晋的许多帝王那样较多地依靠门阀士族，而是重才务实，选用了不少出身于寒门素族的文官武将，如刘穆之、傅亮和徐羡之等。刘裕这样做，对门阀士族是一种抑制，但却给不少寒门素族出身的文人带来了希望，激发了他们建功立业的进取精神。东晋中期的玄谈和玄言诗的盛行，本来是与社会的相对稳定和门阀士族优越的地位密切相连的。到了后期，上述条件有了很大的改变。长期养尊处优的门阀士族一旦失去了安稳的乐园，加以佛教的发展[③]，他们难以继续维持玄学化、艺术化的生活方式了，也难以像以前那样用玄虚的心态去对待外在的世界和内心的世界了。他们的感情复杂了，不再、也不可能像上一阶段的一些文人那样常常沉浸在“高”“远”、虚淡冲和的情感之中。

---

① 《宋书·武帝纪下》载：永初元年六月，诏曰：“百官事殷俸薄，禄不代耕。虽国储未丰，要令公私周济。诸供给昔减半者，可悉复旧。”

② 桓玄：《登荆山诗》，见《晋诗》卷十四。

③ 陈寅恪《陶渊明之思想与清谈之关系》云：“东晋、刘宋之际天竺佛教大乘玄义先后经道安、慧远之整理，鸠摩罗什师弟之介绍，开震旦思想史从来未有之胜境，实于纷乱之世界，烦闷之心情具指迷救苦之功能，宜乎当时士大夫对于此新学说惊服欢迎之不暇。回顾旧日之清谈，实为无味之鸡肋，已陈之刍狗，遂捐弃之而不惜也。”载《陈寅恪史学论文选集》，第131页。

他们不同程度地渐渐疏远了玄言诗，而自觉或不自觉地去开拓诗歌的新天地。这一阶段以湛方生、殷仲文和谢混为代表的具有新特点的诗歌，正是在上述情况下出现的。

湛方生，生平不详。他在《庐山神仙诗序》中记有太元十一年(386)事，说明他至少在太元十一年还在世，还在写作。《隋书·经籍志四》称他为卫军咨议，这是他担任官职的唯一的记载。今存的作品中，有不少记及荆州宜都郡的景物和人事，据此可以推想他在宜都任职的时间可能比较长。他在《怀归谣》中开头两句云："辞衡门兮至欢，怀生离兮辛苦。"又在《后斋诗》中说自己的故居是"门不容轩，宅不盈亩"。看来他的家庭当是属于寒门素族。他虽身入仕途，但常怀羁旅思归之情。从《后斋诗》中的"解缨复褐，辞朝归薮"等诗句来看，他最后很可能是过着辞官归田的生活。他推崇老庄[①]，又赞颂孔子[②]。就笔者所见，在东晋和南北朝的文献中，没有发现有关湛方生的记载。这说明他在当时和南北朝期间，是一个被冷落和被遗弃的文人。他的被重视始于唐初。唐初武德年间编纂的《艺文类聚》中，收有湛方生的诗文共二十三篇。这个数目，在东晋的文人当中，仅次于郭璞和庾阐。另外，《隋书·经籍志四》载有《湛方生集》十卷，录一卷。湛方生长于诗、赋、赞、颂等多种文体。其题材广泛，涉及了山水、玄理、游仙、隐逸、田园等多方面。山水、玄理等题材，下面将要论及。这里着重对有关隐逸和田园的诗文作一简单的分析。湛方生相当向往隐逸的生活。他写的《七欢》最后一段云：

> 抚往运而长揖，因归风而回轩。挂长缨于朱阙，反素褐于丘园。靡闲风于林下，镜洋流之清澜。仰浊酒以箕踞，闲丝竹而晤言。

湛方生对归隐田园生活的描写，比较集中的是《后斋诗》和《庭前植稻苗赞》两篇作品。《后斋诗》除了前面引用的四句之外，还有：

> 茂草笼庭，滋兰拂牖。抚我子侄，携我亲友。茹彼园蔬，饮此春酒。开棂攸瞻，坐对川皐。心焉孰托？托心非有。素构宜抱，玄根难朽。即之非远，可以长久。

《庭前植稻苗赞》云：

> 蒨蒨佳苗，离离阶侧。弱叶繁蔚，圆朱疏植。清流浸根，轻露濯色。

① 参阅《艺文类聚》卷七十八载湛方生所作《老子赞》、卷三十六载《北叟赞》。

② 参阅《艺文类聚》卷二十载湛方生所作《孔公赞》。

上面两篇作品,从多角度描绘了田园生活的乐趣和玄虚的心态。湛方生这一类作品虽然不多,但已经蕴涵着陶渊明田园诗的某些意味。湛方生田园诗的出现,说明陶渊明田园诗的写作并不是一个十分孤立的现象[①]。上面说过,南北朝时期没有人提到湛方生,更没有人把他同陶渊明相联系,但是到了唐代,情况有了变化。《艺文类聚》有时把他们二人的作品联系在一起。如卷二十七《人部十一·行旅》先引湛方生的《帆入南湖诗》、《还都诗》,后面又引陶渊明的《赴假还江陵夜行涂口作诗》;又如卷三十六《人部二十·隐逸上》先录湛方生的《北叟赞》,紧接着录陶渊明的《张长公赞》、《周妙珪赞》等五篇作品。这说明从唐初开始,有些文人就发觉了他们二人有相通的地方。

殷仲文是"能清言,善属文"的殷仲堪[②]的从弟,其家世属名门贵族。他"少有才藻,美容貌。从兄仲堪荐之于会稽王道子,即引为骠骑参军,甚相赏待。俄转咨议参军,后为元显征虏长史"[③]。殷仲文的妻子是桓玄的姐姐,当桓玄与朝廷有矛盾时,殷仲文左迁新安太守。桓玄起兵攻占京师以后,殷仲文离弃西南新安太守之职投靠了桓玄,受到了桓玄的宠爱和重用,以为咨议参军,过着非常奢侈豪华的生活。桓玄兵败以后,殷仲文因奉送两皇后返回建康而无罪。此后,他虽在朝中任镇军长史、尚书等职,但由于他"素有名望",对自己的职位并不满意,"常怏怏不得志"[④]。义熙二年(406)被刘裕贬为东阳太守。第二年,因何无忌告他与桓胤谋反而被杀。殷仲文一生热心于政事,在文学上也很有才华。《世说新语·文学第四》第九十九条注引《续晋阳秋》说:"仲文雅有才藻,著文数十篇。"《晋书·殷仲文传》云:"仲文善属文,为世所重。"《隋书·经籍志四》载:《殷仲文集》七卷,梁五卷。殷仲文在仕途上的亨达与跌落,在心态上的得意与怨恚,同他的文才相结合,使他的诗歌创作出现了新的风貌,开始改变玄言诗风,这在他的现存诗歌中有所体现。殷仲文今存诗歌三首,其中《入剡诗》仅存两句,难以窥其全豹。另外两首是《南州桓公九井作》和《送东阳太守》。前者由描写清秋九井山

---

① 前面曾经谈到,湛方生至少太元十一年还在世。太元十一年,陶渊明二十二岁。湛方生比陶渊明年长的可能性很大。另外,可资参考的是《艺文类聚》。《艺文类聚》同类体裁所录的作品,一般都是按作者时代的先后顺序编排。卷二十七、卷三十六同类体裁录湛方生和陶渊明的作品,都是湛方生在前,陶渊明在后。

② 《晋书·殷仲堪传》。

③ 《晋书·殷仲文传》。

④ 《晋书·殷仲文传》。

的景物开始，进而颂赞其妻弟桓玄的明智、脱俗和泛爱，最后表述了自己对桓玄的钦慕和忠诚。后者今存六句，主要是写送别时依依不舍的情怀。其中“虚亭无留宾，东川缅逶迤”两句，写客走亭空，客人顺着遥远曲折的江河走到远方，有景有情，情景相融。上面两首诗的思想和艺术价值虽然不同，但都是抒发个人的独特的情怀。这样的诗歌和玄言诗不同，能起到改变玄言诗的作用。

与殷仲文一起改变玄言诗风的还有谢混。谢混是陈郡谢氏家族的后代。在谢安和谢玄相继去世以后，谢混成了谢氏家族的代表。谢混十分重视文学。据《南史·谢弘微传》记载，谢混为了培养谢氏子弟，常常在建康乌衣巷同族子谢灵运、谢瞻、谢晦、谢曜和谢弘微等以文艺赏会。谢混本人也长于写作。《晋书·谢安传论》云：“混曰风流，竟以文词获誉。”《七录》载有《谢混集》五卷。《隋书·经籍志四》录有他的《文章流别本》十二卷。《新唐书·艺文志四》载有他的《集苑》六十卷。足见谢混撰写的作品是相当多的。在上述作品中，有多少是属于诗歌，难以推断。但南朝的檀道鸾、沈约、刘勰和钟嵘评述东晋诗歌时，都特别论及了谢混。由此可以推测，谢混创作的诗歌当是十分可观的。谢混创作的诗歌多已散佚，流传至今的只有五首。其中一首失题，仅存“昔为乌衣游，戚戚皆亲侄”两句，诗当是回忆与其亲侄在乌衣巷生活的情境。另外四首是《诫族子》、《送二王在领军府集》、《秋夜长》和《游西池》。《诫族子》是义熙前乌衣之游时的作品，内容主要是写奖劝谢灵运等人。《送二王在领军府集》是谢混在义熙年间任中领军时的作品。全诗六句，用浅显清丽的语言抒发了饯送二王时难以割舍的情感。这首诗受到了钟嵘的赏识。钟嵘在《诗品下》把它列为“篇章之珠泽，文采之邓林”之一。《秋夜长》通过写秋夜之景，表现了谢混对时光流逝、生命倏忽的忧伤。《游西池》是一首游苑诗。诗中虽有景物描写和时光易逝的感伤，但其主旨，诚如《文选》卷二十二谢叔源《游西池》李善注所云，是“思与友朋相与为乐也”。从今存谢混的诗歌来看，尽管《游西池》中还有借老庄哲理来排遣忧伤的诗句，但就主体来说，他的诗歌已不再沿袭玄言诗的路子，而是以新的风貌出现在义熙诗坛上。正因为此，钟嵘《诗品·总论》在论述郭璞、刘琨的诗歌改变了玄言诗风之后，说：“逮义熙中，谢益寿斐然继作。”谢混“凭借世资，超蒙殊遇”[①]，在当时有很高的社会地位。《宋书·谢方明传》说：谢混“有重名”。《南史·谢晦传》说：“时

---

① 《晋书·刘毅传》载安帝诏。

谢混风华为江左第一。”谢混是知名诗人，再加上他有很高的社会地位，所以他的诗歌在改变玄言诗风方面，自然会产生相当大的影响。

从上面我们对殷仲文和谢混诗歌的分析中，可以发现，他们诗歌的内容虽然涉及了自然山水，可是占的比例并不大。他们的诗歌重在抒发感情，他们抒发的感情与玄言诗不同。萧子显在《南齐书·文学传论》中曾用“情新”来概括谢混诗歌的特点。萧子显在当时看到的谢混的诗歌比今存的当要多得多，他的看法很值得我们重视。此外，《文心雕龙·才略》论殷仲文和谢混时，特别标举殷的“孤兴”、谢的“闲情”。看来殷仲文和谢混主要不是凭借山水诗来改变玄言诗，而靠的是具有“孤兴”、“情新”特点的诗歌。

东晋后期，殷仲文和谢混的诗歌虽然开始改变“历载将百”的玄言诗风，但他们并没有同玄言诗绝缘。《南齐书·文学传论》说：“仲文玄气，犹不尽除。”萧子显的见解持之有据。殷仲文的《南州桓公九井作》一诗，开头“四运虽鳞次，理化各有准”两句，就明显地含有玄气。谢混在这一点上，同殷仲文有些相似。谢混喜好玄谈《庄子》①，并在他的诗歌中有所体现。《游西池》中“无为牵所思，南荣戒其多”两句，表现的就是《庄子》里的思想。由于殷仲文和谢混没有与玄谈和玄言诗绝缘，由于他们的诗歌在当时“得名未盛”，再加上他们都过早地死于非命，因此，他们的诗歌并没有、也不可能从根本上取代玄言诗。玄言诗的被取代主要是由稍后的陶渊明和谢灵运来完成的。晋末宋初的文坛，随着陶渊明田园诗和谢灵运山水诗的大量出现，发生了重大的变化。一种诗风的衰退，往往伴随着新的有影响的诗歌的产生。玄言诗的衰退，也是这样。

这一阶段以慧远为中心的庐山文人集团，在文学方面是相当活跃的。

慧远定居庐山以后，在政治上，对当权者采取了若即若离的态度。他既不同于那些过多地依附皇室和权贵的佛教徒，也有别于那些完全隐居山林、不问世事的道人。由于慧远学识渊博，“内通佛理，外善群书”，于佛理有所发展，再加上受到了皇室和权贵的保护，因而他成为在东晋继道安之后最负盛名的佛教领袖。这使他的佛教活动在东晋后期的动乱中一直能够正常进行，也使他结交了许多名士。他广收徒众，吸引了四方人士。《莲宗宝鉴》卷四载：慧远在庐山“徒众往

---

① 《南齐书·王僧虔传》载王僧虔《诫子书》云：“设令袁令命汝言《易》，谢中书挑汝言《庄》……”谢混曾任中书令。据此知谢混喜谈《庄子》。

来三千，真信之士，一百二十三人”。谢灵运《庐山慧远法师诔》载：

> 昔释安公振玄风于关右，法师嗣沫流于江左。闻风而悦，四海同归。尔乃怀仁山林，隐居求志。于是众僧云集，勤修净行，同法餐风，栖迟道门。可谓五百之季，仰绍舍卫之风，庐山之崀，俯传灵鹫之旨，洋洋乎未曾闻也。

在群集庐山的慧远的徒众中，有不少是当时的著名文人，如雷次宗、宗炳、刘遗民、周续之和张野等，他们并“弃世遗荣，依远游止”①。此外，还有一些文人，如殷仲堪和谢灵运，虽然没有随慧远隐居庐山，但却与慧远保持着相当亲近的关系。殷仲堪任荆州刺史时，曾上庐山展敬慧远，同他“共临北涧，论《易》体要，移景不倦”②。“陈郡谢灵运负才傲俗，少所推崇”，而对慧远却“肃然心服”。慧远卒后，“谢灵运为造碑文，铭其遗德”③。此外，王乔之今存《奉和慧远游庐山诗》，当同慧远关系密切。慧远对文学的重视，当时一些文人对慧远的依从和敬仰，使东晋后期的庐山不仅是当时最大的佛教圣地，而且也是当时文学活动的中心之一。慧远和依从他的著名文人，或自己写作，或互相唱和，不少人有文集传世。《高僧传·释慧远传》称慧远“善属文章”，“所著论序铭赞诗书集为十卷，五十余篇，见重于世”。《隋书·经籍志四》录《释惠远集》十二卷、《雷次宗集》十六卷、《宗炳集》十六卷，梁有《刘遗民集》五卷、《周续之集》一卷、《张野集》十卷。上面的事实说明，以慧远为中心的庐山文人十分重视和爱好写作，他们的文集也是相当可观的。

从今存庐山文人诗文的内容来看，大致有两类：一类基本上是宣扬佛教和释义的，有些近似于偈语，如慧远的《报罗什诗》和庐山诸沙弥的《观化决疑诗》等。这类诗文阐述的主要是渊深难解的佛理，实际上没有多少文学意味。另一类是描绘山水和阐发玄理、佛理相结合的作品。佛僧大多喜居山林之中，爱好山水。慧远之所以定居庐山，一个重要原因是庐山“清静”。他在庐山“创造精舍，洞尽山美，却负香炉之峰，旁带瀑布之壑”④。雷次宗《与其子侄书》说自己“爰有山水之好”。宗炳“栖丘饮谷，三十余年”，“好山水，爱远游”⑤。庐山是天下的名山之

① 释慧皎：《高僧传·释慧远传》。
② 释慧皎：《高僧传·释慧远传》。
③ 释慧皎：《高僧传·释慧远传》。
④ 释慧皎：《高僧传·释慧远传》。
⑤ 《宋书·宗炳传》。

一。慧远及其徒众常常游赏庐山。他们除自己游赏之外，有时集体行动，规模很大。庐山诸道人《游石门诗序》云：

释法师以隆安四年仲春之月，因咏山水，遂杖锡而游。于时交徒同趣三十余人，咸拂衣晨征，怅然增兴。虽林壑幽邃，而开途竞进。虽乘危履石，并以所悦为安。既至则援木寻葛，历险穷崖。猿臂相引，仅乃造极。

这次游山活动，其人数之多，其兴致之高，其历程之险，在游赏庐山的活动中，当属罕见。到唐代，杜甫《题玄武禅师屋壁》诗中有"得似庐山路，真随慧远游"二句，赞美慧远游赏庐山，可见慧远等佛僧游赏庐山的影响所及。

慧远和庐山诸道人游赏庐山山水时，多是伴随着诗文写作。慧远的《庐山东林杂诗》、庐山诸道人的《游石门诗并序》和张野的《庐山记》等，是这方面的重要作品。

慧远的《庐山东林杂诗》一作《游庐山》，写的是游庐山时的见闻和感受。开头四句写得相当出色：

崇岩吐清气，幽岫栖神迹。希声奏群籁，响出山溜滴。

四句诗写庐山的高峻清幽、群籁吹奏和山水溜滴的响声，有形象，有声音，以声响现寂静，堪称描写庐山的佳句。

庐山诸道人的《游石门诗序》是一篇记叙游石门山的优美散文。文中有一段写得尤为精彩：

于是拥胜倚石，详观其下，始知七岭之美蕴奇于此。双阙对峙其前，重岩映带其后，峦阜周回以为障，崇岩四营而开宇。其中则有石台石室，宫馆之象，触类之形，致可乐也。清泉分流而合注，渌渊镜净于天池。文石发采，焕若披面。柽松芳草，蔚然光目。其为神丽，已亦备矣。

这段文字写诸道人登上了石门山峰巅以后，居高临下，看到的石门山及其周围的景象：形态各异的崇岩峦阜，流注的清泉，镜净的天池，光彩的纹石，柽柳青松，芳草繁茂。着笔不多，却多角度、多层次地绘出了石门山和它周围"神丽"的景观。

张野的《庐山记》，全文已佚。从今存的一些片段来看，有的写得相当成功：

庐山天将雨，则有白云，或冠峰岩，或亘中岭，俗谓之山带。[①]

寥寥几笔，画出了庐山雨前白云冠亘峰岭的独特景象。

---

① 引自《太平御览》卷四十一。

上面列举的事实说明，东晋后期以慧远为中心的文人群体，已经比较自觉地把山水作为审美对象了。他们游赏山水，“因咏山水”，与阐述玄理和佛理相融合。东晋后期以慧远为中心的庐山文人群体的出现，不只扩大了佛教的影响，促进了隐逸风气的发展，同时加深了佛学向文学的渗透，从一个方面推动了山水文学的兴起。

陶渊明，一名潜[①]，字元亮，自号五柳先生，寻阳柴桑（今江西九江）人。曾祖父侃，晋大司马。祖父茂，武昌太守。父亲崇尚虚淡[②]，母亲是“冲默有远量”的孟嘉的女儿。陶渊明早年丧父。他青少年时，即不慕荣利，闲静少言，爱琴书，好饮酒。太元十八年(393)，因亲老家贫，出任江州祭酒。不久，自己解职回家。隆安四年(400)，在荆州刺史桓玄幕中任职。次年，母亲去世，归田躬耕。元兴三年(404)，入刘裕幕，任镇军参军。义熙元年(405)，任江州刺史、建威将军刘敬宣参军，至八月，任彭泽令。居官八十多天，辞官归田，直至元嘉四年(427)逝世[③]。

陶渊明是晋宋之际最重要的诗人。他的一生，大部分时间是在东晋后期。陶渊明历来被称为隐逸诗人，但他的隐逸同一般的隐士不同。陶渊明曾经三次出仕，对政事和官场有亲身的体验。他摆脱了官场以后，如羁鸟归林，似池鱼入渊，在很大程度上得到了解放和自由，可是他并没有“超然世外”。他一方面轻忽世事，过着比较潇洒超脱的生活；另一方面又不忘朝政，关注生命和存在，思索宇宙和自然，内心有许多矛盾和痛苦。他追求超越，而又难以超越。他要消解痛苦，但又不易消解。表面上，他的思想感情是相当平静的，实际上常常是处在一种矛盾复杂的状态中。陶渊明归田以后，虽然有酒喝，能弹琴，能读书和欣赏“奇文”，但由于他没有比较富足的物质生活条件，所以不可能像某些隐士那样，过优哉游哉的清闲生活。他要经计衣食，他参加了田园劳动，他体验到劳动的愉悦，也感受了劳动的艰辛和贫困生活的煎熬。这就使他对平民的生活有许多真切的感受。陶渊明是诗人，也是哲人。他复杂矛盾的思想感情和丰富的人生体验一直蕴藏在心底，同时他能够经常地对它们作玄妙的深思，能够战胜心魔，使内心

---

① 陶渊明的名字，有关传记，称谓不同。《宋书·陶潜传》：“陶潜字渊明，或云渊明字元亮。”《南史·陶潜传》：“陶潜字渊明，或云字深明，名元亮。”“深明”当是唐避讳改“渊”为“深”。吴仁杰《陶靖节年谱》认为：陶渊明在晋名渊明，入宋更名潜。

② 陶渊明《命子诗》云：“于穆仁考，淡然虚止。寄迹风云，冥兹愠喜。”

③ 陶渊明去世的时间和岁数，有多种说法。此据《宋书·陶潜传》。

的紧张和矛盾得到消解，进而化为真情实感与哲理相融合的诗篇。

据逯钦立校注的《陶渊明集》，陶渊明今存诗歌123首，辞赋三篇，记传述赞祭疏九篇。在这一阶段的文人中，陶渊明流传下来的诗歌最多，内容也非常丰富。他的诗歌通过叙写自我、人事和景物，表现了他对人生和宇宙的整体感悟和思索，其中最重要的是对自由、自然和和谐的人生的追求与赞颂。陶诗的许多内容都与此有关。

陶渊明"少无适俗韵，性本爱丘山"[①]，有一种爱好自由的本性。后来他三次出仕，固然与他追求有为之域有关，与他对官场还缺乏认识有关，但也是为生活所迫。自由是有条件的，通常必须以生存为前提。陶渊明"家贫，耕植不足以自给"[②]。为了生活，他不得不出仕，其内在的驱动力当蕴涵着对自由的追求[③]。当他进入官场以后，他看到了官场的险恶，同时也深深地感到做官使自己失去了自由。在《归园田居》五首其一中，他把官场看成是"尘网"，把自己做官比作失去"旧林"的"羁鸟"和离开"故渊"的"池鱼"。而这些都是他在官场中生活了一段时间以后才会有的深切的体验。为了得到自由，陶渊明最终退出了官场，走上了一条归田躬耕的生活道路。他的归田躬耕的生活，尽管有时相当艰辛，有饥寒的煎熬，有灾难的袭击，但因为他解除了官场的羁轭，心不再为形所役，所以获得了很大的自由。陶渊明之前的大多数文人对统治者有很大的依附性。他们或是为了仕进，或是为了生活，不得不依靠统治者的保护和支持。这种依附性，常常迫使文人与统治者要保持一致，很少有个人的自由。陶渊明辞官以后，依靠自己的田产和劳动，可以生活下去。他不再依附官场和统治者，他得到了过去许多文人想得而没有得到的自由。他的不少田园诗，从不同方面描绘了自由的天地，表现了诗人热爱自由、追求自由的情思：

户庭无杂尘，虚室有余闲。[④]

野外罕人事，穷巷寡轮鞅。白日掩荆扉，虚室绝尘想。[⑤]

---

① 陶渊明：《归园田居》五首其一。

② 陶渊明：《归去来兮辞》。

③ 陶渊明在《饮酒》二十首其十中回忆自己出仕时的心情云："此行谁使然？似为饥所驱。倾身求一饱，少许便有余。恐此非名计，息驾归闲居。"他出仕是为贫困所迫，一旦稍为宽余，即归田闲居。

④ 陶渊明：《归园田居》五首其一。

⑤ 陶渊明：《归园田居》五首其二。

采菊东篱下，悠然见南山。山气日夕佳，飞鸟相与还。此中有真意，欲辨已忘言。①

息交游闲业，卧起弄书琴……春秫作美酒，酒熟吾自斟。②

上面这些诗句，写退避官场的余闲，写脱离尘世的恬静，写观赏自然景象时的超脱，写玩赏琴书和酒熟自斟的逸趣，都表现了诗人在平凡的田园生活中得到的自由，表现了诗人在挣脱了官场的束缚之后，找回了曾经被扭曲的自我。

为了自由，陶渊明在有与无、人与物、心与形之间，执著追求的是空无，是不为物累和心闲：

人生似幻化，终当归空无。③

不觉知有我，安知物为贵。④

形迹凭化迁，灵府长独闲。⑤

在《归去来兮辞》中，他懊悔自己为了免除"饥冻"，为了"口腹"，"尝从人事"，深愧曾经"心为形役"。上述这些都表明陶渊明在追求自由时，厌弃的是物欲，重视的是内在的精神，追求的是心灵的自由，用心灵的自由去消解生活中的各种痛苦。陶渊明辞官归田以后对自由的追求是持之以恒的，他并没有因别人的劝说或生活的贫困而有所改变。他把自由作为自己的终极关怀，用自由的生活来安身立命。他追求自由，但并没有完全放弃责任。他关心政事，他耕种，他教育后代。他的自由伴随着德性修养，受到了伦理规范的制约。在魏晋的文人中，只有陶渊明在很大的程度上在田园生活和玄思中找到了人生的自由和心灵的安慰。我们知道，自由本是永远不会完全的，它是历史的、具体的，不同时期有不同的内涵。陶渊明所追求的自由，只能是古代的朴素的自由，带有自在的性质。这种自由使人不再成为统治者、社会集团和他人的工具；这种自由使人能保持自己的尊严、志向和爱好，有助于弘扬人的主体性，有助于唤醒人们去寻求不受压抑的生存方式；这种自由不是放纵，而是有所节制，能做到"随心所欲，不逾矩"。这种自由是以尊重他人、承认他人的自由为前提的。

---

① 陶渊明：《饮酒》二十首其五。

② 陶渊明：《和郭主簿》二首其一。

③ 陶渊明：《归园田居》五首其四。

④ 陶渊明：《饮酒》二十首其十四。

⑤ 陶渊明：《戊申岁六月中遇火》。

陶渊明对自由的追求，有多方面的原因，其中重要的一点是受到了现实社会生活负面的影响。陶渊明生活的时代，多压迫、剥削、杀害，等级森严，多不人道。这对从小就喜欢自由，后来又在官场里生活了一段时间、了解了许多事实真相的陶渊明来说，是刻骨铭心和难以忍受的。因此，他企羡自由，希望能过自由的生活。当然，由于时代的局限，真正的个体还没有形成，陶渊明对自由的认识是不全面的。他的自由带有明哲保身的特点。自由原本是和斗争相伴的，追求自由的热忱与斗争精神密切相关。但陶渊明主要是以退避求自由。这种退避虽然避免了偏激，但在客观上会使社会萎缩，会不自觉地帮助那些侵犯他人自由的罪人。我们这样说，并不是苛求陶渊明，而是要超越陶渊明。

我国古代的不少文人注重追求自由，但是在社会现实中，礼法繁苛，名利缠缚，自然局限等，给人们提供的自由是十分有限的。因此他们在追求自由的同时往往同向往自然的生活结为伴侣。在这方面，陶渊明既有继承，又有发展。陶渊明的不少作品，从多角度表现了他对自然生活的追求和赞颂。他有时在作品中直接使用"自然"一词，但更多的是蕴涵在作品的内容上。

陶渊明说自己"质性自然，非矫厉所得"[①]，又说自己"性本爱丘山"[②]。看来陶渊明生来就有一种随顺自然和热爱自然山水的质性。后来由于生活的逼迫和入世思想的驱动，他离家出仕。官场的经历，使他深切地感到损伤了自己自然的质性。为了找回自己自然的质性，能过一种自然的生活，他最后辞去了县令，归田躬耕。官场的经历和田园生活的对比，使他更加热爱"无世情"的、自然的田园生活。他热爱田园自然的生活环境。他对周围的"南山"、"平泽"、"斜川"、"山涧"，对"秋菊"、"青松"、"幽兰"、"林竹"，对"余霭"、"微霄"、"泠风"、"微雨"、冬雪等自然景色，表现了深深的爱慕。他对诸如"方宅十余亩，草屋八九间。榆柳阴后檐，桃李罗堂前。暧暧远人村，依依墟里烟。狗吠深巷中，鸡鸣桑树颠"[③]等带有人迹化的田园风物，是那样的亲切，是那样的爱好。这些都表现了他对自然的生活环境的追求。

陶渊明出仕以后，形体尽管在官场，但内心却在不断地思念自然的生活，为

---

① 陶渊明：《归去来兮辞序》。
② 陶渊明：《归园田居》五首其一。
③ 陶渊明：《归园田居》五首其一。

自己的自然的质性受到扭曲而惭愧。《乙巳岁三月为建威参军使都经钱溪》云：

伊余何为者，勉励从此役。一形似有制，素襟不可易。园田日梦想，安得久离析。

又《始作镇军参军经曲阿作》云：

目倦川途异，心念山泽居。望云惭高鸟，临水愧游鱼。真想初在襟，谁谓形迹拘。聊且凭化迁，终返班生庐。

上面诗中所说的"素襟"和"真想"的含义与自然相同。看来陶渊明在官场时，也不想改变自己的自然的质性，也念念不忘自己的自然的质性。陶渊明归田以后，尽管思想感情常有矛盾，也有这样或那样的烦扰，但他一直在努力保持自己自然的质性。这在《饮酒》二十首其九一诗中有所形绘：

清晨闻扣门，倒裳往自开。问子为谁与？田父有好怀。壶浆远见候，疑我与时乖。褴褛茅檐下，未足为高栖。一世皆尚同，愿君汩其泥。深感父老言，禀气寡所谐。纡辔诚可学，违己讵非迷。且共欢此饮，吾驾不可回。

陶渊明辞官归田以后，好心的田父怪他不合时宜，劝他出仕。但是他谢绝了。他认为自己"禀气寡所谐"，出仕是"违己"的。他所谓的"禀气寡所谐"指的就是上面所说的"质性自然"和"少无适俗韵"。所谓"违己"，意思是出仕是违背自己的"质性自然"。上面的诗篇表明，陶渊明不论是外出为官，还是辞官归田，都在注意保持自己的自然的质性，并把它作为自己的重要的行为原则。

陶渊明是一位富于哲理的诗人。他对自然的追求还有一个突出的表现，就是凡事注重遵从自然之理。这在他有关生命内容的诗篇中有许多明显的叙写。生命问题是陶渊明经常思索和咏唱的一个重要内容。在陶渊明的作品中，涉及生命内容的作品占的比例相当大[①]。在他的作品中我们常常能够看到他同生命的对话：

天地长不没，山川无改时。草木得常理，霜露荣悴之。谓人最灵智，独复不如兹！适见在世中，奄去无归期。[②]

宇宙一何悠，人生少至百。[③]

---

① 今存陶渊明的作品中，涉及生命的作品的数量如下：诗歌 46 首，占诗歌总数的 37%；辞赋 3 篇，占 100%；文 6 篇，占 67%。

② 陶渊明：《形影神·形赠影》。

③ 陶渊明：《饮酒》二十首其十五。

一生复能几，倏如电流惊。[①]

老少同一死，贤愚无复数。[②]

陶渊明不相信神仙不死的说法：

运生会归尽，终古谓之然。世间有松乔，于今定何间？[③]

陶渊明基于对宇宙运行自然法则的认识，知道宇宙无穷、人生有限，知道由生至死是自然规律，不管是谁，都无法违背。

陶渊明的这种人生必死、寿命有限的认识和感慨，随着年渐衰老变得尤为深重：

气力渐衰损，转觉日不如。壑舟无须臾，引我不得住。前途当几许，未知止泊处。古人惜寸阴，念此使人惧。[④]

日月不肯迟，四时相催迫。寒风拂枯条，落叶掩长陌。弱质与运颓，玄鬓早已白。[⑤]

人生本来是有限的，但在这有限的人生当中，陶渊明还常常感到"人生实难"[⑥]，感到人生是那样的漂泊不定和盛衰无常：

人生无根蒂，飘若陌上尘。分散逐风转，此亦非常身。[⑦]

荣华难久居，盛衰不可量。[⑧]

衰荣无定在，彼此更共之。……寒暑有代谢，人道每如兹。[⑨]

面对生命的短暂和荣衰的难以估量，陶渊明内心深处往往充满着矛盾复杂的思想感情。他焦虑，他忧伤：

万化相寻绎，人生岂不劳。从古皆有没，念之中心焦。[⑩]

生民鲜长在，矧伊愁苦缠。[⑪]

---

① 陶渊明：《饮酒》二十首其三。

② 陶渊明：《形影神·神释》。

③ 陶渊明：《连雨独饮》。

④ 陶渊明：《杂诗》十二首其五。

⑤ 陶渊明：《杂诗》十二首其七。

⑥ 陶渊明：《自祭文》。

⑦ 陶渊明：《杂诗》十二首其一。

⑧ 陶渊明：《杂诗》十二首其三。

⑨ 陶渊明：《饮酒》二十首其一。

⑩ 陶渊明：《己酉岁九月九日》。

⑪ 陶渊明：《岁暮和张常侍》。

陶渊明热爱生命，珍惜时日，有时想用有限的生命有所作为：

忆我少壮时，无乐自欣豫。猛志逸四海，骞翮思远翥。①

当他想到自己的志向得不到施展时，内心又十分痛苦：

日月掷人去，有志不获骋。念此怀悲凄，终晓不能静。②

陶渊明有时也感到人生如梦，不应为世事所束缚：

吾生梦幻间，何事绁尘羁。③

有时他想及时行乐，借游赏、清歌和饮酒等来排遣生活的痛苦和死亡的忧伤：

今我不为乐，知有来岁不？命室携童弱，良日登远游。④

感彼柏下人，安得不为欢！清歌散新声，绿酒开芳颜。⑤

中觞纵遥情，忘彼千载忧。且及今朝乐，明日非所求。⑥

用人生如梦、及时行乐去消解由于人生短暂和盛衰无常给人们带来的痛苦，这些也能使陶渊明心理平衡，但往往是短暂的，并不能使他从内心深处消除痛苦。拿饮酒来说，他知道饮酒可以忘怀一切，同时他也知道，饮酒是有害的：

日醉或能忘，将非促龄具？⑦

看来要泰然地接受生命的有限性和生活的痛苦并非容易做到。但陶渊明在很大程度上做到了。陶渊明是富于哲理的诗人。如上所说，他不相信神仙，他也怀疑善恶有报的观念。《饮酒》二十首其二云：

积善云有报，夷叔在西山。善恶苟不应，何事空立言！

他也不认为“仁者必寿”⑧。对于容易使人感伤的人生问题，他不去追求神秘的或宗教的信仰，他常常能睿智地从各种感伤中把自己解放出来，这就是把人和自然视为一体，用委运任化的思想来对待人生：

甚念伤吾神，正宜委运去。纵浪大化中，不喜亦不惧。应尽便须尽，无

① 陶渊明：《杂诗》十二首其五。
② 陶渊明：《杂诗》十二首其二。
③ 陶渊明：《饮酒》二十首其八。
④ 陶渊明：《酬刘柴桑》。
⑤ 陶渊明：《诸人共游周家墓柏下》。
⑥ 陶渊明：《游斜川》。
⑦ 陶渊明：《形影神・神释》。
⑧ 陶渊明：《晋故征西大将军长史孟府君传》。

复独多虑。[1]

穷通靡攸虑，憔悴由化迁。[2]

寓形宇内复几时，曷不委心任去留……聊乘化以归尽，乐夫天命复奚疑！[3]

上面这些诗句表明，陶渊明对生命问题，最终是落实到随顺自然上。这样他就把自己送给了自然，把自己同自然圆融为一。正是这种生命意识，涵养着陶渊明的精神，缓解了他的人生悲剧感，使他能过着一种比较自然的生活。

陶渊明顺从自然、委运任化的生命意识，一方面表现了汉末以来伴随着人的觉醒、人的自我意识的不断深化，人们愈来愈认识到人的生命是最重要的实在，表现了对神学迷信和功名利禄的否定，有助于使人们泰然地去对待生死祸福问题。另一方面，这种顺从自然、委运任化的生命意识，又有消极的作用。因为它蕴涵着一种个体的无所为思想和人生价值的虚无，在一定程度上它把个人的存在同历史和时代割裂开来。人的社会责任、人的创造和进取精神都被取消了。

陶诗中有关和谐的内容，大体表现在两方面：一是人与山水自然的和谐；二是人与人之间的和谐。

在我国古代文学史上，自先秦以来就有不少作品不同程度涉及了自然山水，如果粗略地对这些作品加以分析，大体有三种类型：一是人与自然的相分；二是人对自然的借用；三是人与自然的和谐。综观陶诗，可以看到，陶渊明追求的主要是人与自然的和谐。在陶渊明的心目中，山水自然同自己一样都是有生命的。山水有情，遇物成趣。陶渊明在观赏和叙写山水自然时，浑一物我，常常能情不自禁地把自己融化在其中：

袭我春服，薄言东郊。山涤余霭，宇暧微霄。有风自南，翼彼新苗。[4]

与二三邻曲，同游斜川。临长流，望曾城，鲂鲤跃鳞于将夕，水鸥乘和以翻飞。[5]

采菊东篱下，悠然见南山。山气日夕佳，飞鸟相与还。此中有真意，欲

---

① 陶渊明：《形影神·神释》。

② 陶渊明：《岁暮和张常侍》。

③ 陶渊明：《归去来兮辞》。

④ 陶渊明：《时运》。

⑤ 陶渊明：《游斜川序》。

辨已忘言。[①]

策扶老以流憩，时矫首而遐观。云无心以出岫，鸟倦飞而知还。……既窈窕以寻壑，亦崎岖而经丘。木欣欣以向荣，泉涓涓而始流。[②]

陶渊明是以自己的生命去体认自然山水的生命的。在陶渊明的作品中，作为客观的自然山水和作为人的主观的思想情感是互动的，两方面达到了一种水乳相融、归于本真的审美境界。在陶诗中，这种境界随时而异、随物而异，具有多样的、丰富的内容。它不只表现在现实之中，也反映在桃花源之中。《桃花源记》写在桃花源那里：

土地平旷，屋舍俨然。有良田、美池、桑竹之属。阡陌交通，鸡犬相闻。其中往来种作，男女衣著，悉如外人。黄发垂髫，并怡然自乐。

桃花源是陶渊明创造的理想世界。在桃花源里，人与原始的自然和带有人迹化的自然相亲相和，人是质朴的，自然也是质朴的，一点也看不到人与自然的隔阂，看到的是人与自然的和谐。在陶渊明之前，曾有不少文人想达到人与自然的和谐这种境界，但他们没有实现。到了陶渊明，才在很大程度上实现了。

在人与人的关系上，陶渊明向往的也是和谐。陶渊明认为，周衰以后，人与人之间的和谐生活被破坏了。为了寻找这种和谐的生活，陶渊明一方面向后看，一方面倾心现实中的田园生活。当他向后看时，他由衷地怀念古代人们之间的那种和谐的生活。《桃花源记并诗》非常典型地表现了这种思想感情。在这篇作品中，陶渊明用虚幻的形式表现了秦末大乱以后，在社会上失去的人与人之间的和谐生活，却仍然保留在桃花源里。在桃花源里，"春蚕收长丝，秋熟靡王税"，没有格外的负担，没有人剥削人的现象。在桃花源里，人们"相命肆农耕，日入从所憩"，没有等级，人人参加劳动，人人都能按时休息。在桃花源里，"童孺纵行歌，斑白欢游诣"，小孩和老人都能过着"怡然自乐"的美满生活。这篇作品中有否定文明进步的内容，但牵动诗人情怀的是在古老的生活方式中的那种和谐的生活，而这种生活正是当时的社会所缺少的。古老的生活方式尽管是那样和谐，但它毕竟早已不复存在了。陶渊明生活在现实当中，他不得不回到现实中来。当他回到现实中时，特别是当他参加了田园劳动以后，他没有高居人上，而是以与众

---

① 陶渊明：《饮酒》二十首其五。

② 陶渊明：《归去来兮辞》。

人平等的身份和大家一起生活。“即事多所欣”，他发现田园生活中人与人之间还有不少和谐的内容。为此，他感到欣慰。这在他的诗歌中多有表现：

时复墟曲中，披草共来往。相见无杂言，但道桑麻长。①

过门更相呼，有酒斟酌之。农务各自归，闲暇辄相思。相思则披衣，言笑无厌时。②

秉耒欢时务，解颜劝农人。……耕种有时息，行者无问津。日入相与归，壶浆劳近邻。③

上面这些诗句写诗人与农民往来相见只谈农事，写诗人与农民一起饮酒、言笑，写诗人同农民相劝务农以及农民善良的心地，非常真切地表现了人与人之间的那种淳朴的、和谐的亲密关系。而这些同当时官场上的争权夺利与尔虞我诈形成了鲜明的对照。陶渊明生活的农村，有灾难，也有痛苦，但陶渊明的作品很少表现这方面的内容，他着笔较多的是他同农民的亲密关系和淳朴生活。这从一个方面表明陶渊明所关注和向往的主要是人与人之间的和谐。

同上一阶段相比，陶渊明生活的这一阶段政治昏暗，动乱较多，有不少文人死于非命。与上述背景相联系的是，这一阶段文人的玄谈明显地减少了，像上一阶段王羲之、谢安等人那样经常游赏山水的现象也不多见了。这一阶段的不少文人更加厌恶动乱、压迫和欺诈。他们有更多的痛苦，也经常感受到死亡的威胁。他们当中的许多人为了消解痛苦和保全自己，采取了隐退的生活方式。在这方面，陶渊明就是一个代表。陶渊明辞官归田以后，没有条件玄谈，也没有条件经常游赏山水。为了衣食，他要参加田园劳动。通过劳动，他对劳动的艰辛和愉快有了深切的体验，对人际关系有了自己的体悟，曲谅人情，泛爱群生，与物无对，这些促使了他对自由、自然和和谐生活的追求。另一方面，值得我们注意的是，陶渊明虽然参加了劳动，但他的劳动和一般农民的劳动还不同。陶渊明毕竟是一个有才华的、知识渊博的知识分子，他受到多种思想特别是老庄思想和儒家思想的影响。他曾经做过官。他有田产和奴仆。他在劳动之余，还常有酒喝，能弹琴，能写作诗文，能读书，能欣赏“奇文”。陶渊明特殊的思想和经历，特别是他

① 陶渊明：《归园田居》五首其二。
② 陶渊明：《移居》二首其二。
③ 陶渊明：《癸卯岁始春怀古田舍》二首其二。

辞官归田以后的生活实践,使他能够把自己特殊的生活体验和哲理融合在一起,使他对自由的、自然的、和谐的人生有真实的、深切的体验,结果写出了富有鲜明个性的诗歌。这些诗歌用自然的、质朴的语言,把哲理、情趣、形象熔化在一起,把普通的、平凡的现实今生艺术化了,完全超越了上一阶段的玄言诗。是陶渊明的作品,把东晋的文学创作推上了峰巅。

四、几点启示

上面我们论述了东晋文艺发展的三个阶段。归纳上面的论述,我们可以得到以下几点启示:

1. 文艺发展的根基是社会现实。社会现实的变化,会通过各种途径引起文艺的变化。文艺现象,归根到底是社会现实的一种特殊的表现。东晋文艺的发展的历程之所以形成了三个阶段,有某些非社会方面的原因,如某些文人的天才、兴趣、选择、意志和年龄等,这些都具有偶然性,但主要原因是社会现实的变化。这里所说的社会现实重点指的是社会的治乱、经济条件、统治阶层的状况和文化氛围等。是上述几个重要方面,综合地从根基上影响了东晋文艺的发展。当然这种影响有些是比较直接的,有些则是比较间接的。东晋百多年的文艺家的思想感情、审美趣味和文艺创作,大多是随着社会现实的变化而变化的,大多是社会现实的产物,同时也是社会现实的一种标志。社会现实能够产生相当大的思想需求和审美需求,这种需求对文人个性的形成和审美情趣起着重要的作用,也影响了文人的艺术探索。社会现实能够影响各种文艺发展的程度和各种文艺在整个文艺中的地位。在东晋文艺发展的第一阶段和第三阶段文学取得的成就相当突出,而在第二个阶段书法和绘画的发展则超过了文学,究其原因,主要在当时的社会现实。从创作主体来看,文学创作,特别是诗歌,要“动乎情性”。而要“动乎情性”,则诗人的内心必须与社会现实相互感应。这就要求诗人应置身于富有激发力的社会现实当中。而东晋第一阶段和第三阶段比较动荡的社会现实,正好为诗人造就了这方面的条件。书法和绘画,特别是书法,则不同于文学。书法创作要求书法家要有虚静玄远的心态。这种心态的产生,一般要依赖于社会矛盾的相对缓和和书法家生活的安定从容。而东晋第二阶段的社会现实恰好为书法家提供了这方面的机遇。东晋第二阶段是书法和绘画最繁荣的时期，也是玄言诗的鼎盛时期，它们出现在同一时期，并不是偶然的巧合，也是根于当时的社会现实，主要是当时玄谈风尚在艺术上的反映。社会现实对文艺发展的影响，还表现在社会现实的需要上。如第二阶段的社会现实，特别需要书法和绘画艺术，特别愿意接受它们。它们也在很大程度上满足了社会现实的需要，同时它们自身也得到了长足的发展。正是由于文艺发展的根基在社会现实，所以我们在划分东晋文艺发展的阶段时，考虑到社会现实。当然同时也顾及了文艺本身的状况。社会现实和文艺的状况往往是相互交错的。

2. 文艺发展的历程既有阶段性，又有连续性。从阶段性来看，阶段与阶段之间，不止有量的差异，也有质的区别，从量和质两方面显示了不同阶段文艺发展的特点。其特点有时体现在不同种艺术发展的程度上，有时也体现在同一种艺术的变化上。前者如东晋第一阶段和第三阶段文学的发展超过了书法和绘画的发展，而第二阶段书法和绘画的发展又超过了文学。后者如同是文学，在不同阶段呈现的特点不同。拿文学与现实的关系来说，第一阶段以郭璞、干宝和温峤等为代表的文人的作品，与现实比较密切。到第二阶段，许询、孙绰和参加兰亭集会的许多文人写的玄言诗，其主要内容或阐释玄理，或描绘山水，在很大程度上疏远了社会现实。到第三阶段，谢混、殷仲文、湛方生和陶渊明等文人的诗歌，在不同程度上恢复了过去言志抒情的传统，先后从不同的角度逐渐改变了玄言诗风，反映了社会现实的某些方面，表明文学发生了显著的变化。从连续性来看，文艺发展的阶段与阶段之间，不是像刀切的那样彼此割裂，界限分明，而是参伍错综，前后关联，相接相因。这不仅表现在有些重要文人的艺术活动跨越了某一阶段，而更重要的是体现在文艺创作中。从不同阶段的文艺创作来看，前一阶段文人的创作，有不少东西会程度不同地延伸到后一阶段，或不断衰退，仅存余绪，或潜滋暗长，逐渐茁壮。而后一阶段的文人也常常自觉或不自觉地与前一阶段的创作发生复杂的、多方面的联系，或承其遗音，或突破藩篱。如东晋文艺发展的第一阶段以王廙为代表的书画家及其作品，他们对王羲之一辈的培养和教育，都为第二阶段书画艺术的繁荣创造了重要的条件。第二阶段的书画艺术既蕴涵着第一阶段的积极成果，又丰富和发展了第一阶段的成果。单就东晋的书法来说，60年代以来南京一带出土的墓志表明，东晋前期的墓志基本是隶书体段，而东晋中期则出现了“运笔工整，刻艺精湛”的正楷墓志。正楷墓志虽“字体严谨、疏密自如，书艺凝重秀丽、遒劲大方”，但仍“兼有隶书遗风”[①]。又如东晋的玄言诗，虽然盛行于东晋的第二阶段，但向前看，在第一阶段郭璞等人的诗歌中就含有玄言诗的成分；往后看，第三阶段谢混、殷仲文和湛方生等人诗歌中的玄气，“犹不尽除”，即使在陶渊明的田园诗中，我们也能够发现玄言诗的某些痕迹。看来，玄言诗在整个东晋时期是绵延不断的。

如果思考东晋文艺发展的阶段性和连续性的关系，可以发现，文艺发展过程中的连续性是绝对的，而阶段性是相对的。阶段性寓于连续性之中，它没有单独的完全的意义。只有把阶段性置于连续性中加以比较对照，才能发现它的意义。同时连续性又是由阶段性构成的，没有阶段性，也就没有连续性。文艺真正活的创造力是由阶段性来体现的。文艺发展的历程是连续性和阶段性的辩证的统一。

3. 文艺的发展，常常是曲折的，波浪式的。这在东晋文艺发展的历程中表现得比较明显。东晋文艺发展的三个阶段，尽管都取得了不可磨灭的成就，但三个阶段成就的大小还是不同的。综合来看，第二阶段的文艺全面繁荣，取得的成就最大，而第一阶段和第三阶段则不如第二阶段。整个东晋文艺发展的历程是这样，东晋重要艺术门类的发展也是这样。不同的是各门艺术成就的高低的情况比较复杂，其波浪在不同阶段的表现不尽一致。如书法艺术，它在各阶段取得的成就同整个东晋文艺发展的波浪大体相吻合，而文学则不然。东晋的文学在第一阶段和第三阶段取得了突出的成就，第二阶段则不如其他两个阶段。东晋文学三个阶段的成就由高到低，再由低到高，呈波浪式。全面观照，可以发现，东晋文学发展的波浪同整个东晋文艺发展的波浪并不一致，但由于书法在整个东晋艺术文化中占有中心地位，在第二阶段取得了空前的成就，所以东晋文学的发展的波浪是小波浪，并不能改变东晋文艺发展的大波浪。

---

① 《南京六朝墓葬出土东晋最早正楷墓志》，载1998年8月18日《光明日报》。

第三章　门阀士族与东晋文艺

在我国长期的封建社会中，东晋是一个门阀士族最为典型的朝代。东晋的门阀士族，在政治上左右了朝政，在文化上居于统治地位，这也表现在文艺上。如果分析一下活跃在东晋文艺领域里的文人，可以发现，有不少是出自门阀士族。其中有些形成了门阀士族文艺世家。这些文艺世家以血缘为纽带，靠文化来凝聚，前辈注意培养后代，后代重视继承前辈的文艺业绩，父传子，子传孙，子子孙孙，承上启下，多有能艺善文之士。他们在不同的方向上和不同的层面上做出了成就。门阀士族文艺世家，虽然在东晋以前就出现过，在东晋以后也持续不断，但都没有像东晋那样典型，也都没有产生像东晋那样大的影响。因此，研究东晋文艺，不能不注意探讨东晋门阀士族文艺世家。

一、四大门阀士族文艺世家

从《世说新语》和《晋书》等典籍中有关的记载来看，东晋的士族文艺世家相当多。在相当多的士族文艺世家中，琅邪王氏、高平郗氏、颍川庾氏和陈郡谢氏尤为重要。下面分别加以评述。

(一)琅邪王氏

琅邪王氏是东晋前期最为显要的士族。它的兴起，主要依靠的是文化，具体地说，依靠的是经学。这一点可以追溯到琅邪王氏在西汉的先祖王吉。王吉兼通经学，并且把经学传给了他的儿子王骏。王吉的后代在东汉的情况，史载不多，原因可能是其官职和地位并不显赫。东汉末年，琅邪王氏见于记载的有王仁

的四子:空、睿、典、融。空、睿、典,生平不详。王融"字巨伟,辟公府不就"[①]。《晋书·裴秀传》云:

> 裴、王二族盛于魏晋之世。

看来,琅邪王氏的兴盛是在魏晋时期。魏晋时期,琅邪王氏的主要奠基人物是王祥,其次是王览。为了清楚地显示琅邪王氏自王祥、王览一代至东晋末年各代成员的情况,现参照陈直《南北朝王谢元氏世系表·王氏》[②]和王瑞功《〈南北朝王谢元氏世系表〉王氏世系订补》[③](以下简称《订补》),并参阅有关文献和考古资料,将琅邪王氏自曹魏至东晋末年的世系列表如下[④]:

① 汪藻:《叙录·琅邪临沂王氏谱》,见上海古籍出版社影印光绪十七年思贤讲舍刻本《世说新语》附录,1982年11月第1版。

② 陈直:《摹庐丛书七种·南北朝王谢元氏世系表·王氏》(以下简称《陈表·王氏》),齐鲁书社1981年1月第1版。关于琅邪王氏的世系表很多,就笔者所见即有:《新唐书》卷七十二中《宰相世系表》中的琅邪临沂王氏部分,汪藻《叙录》中的《琅邪临沂王氏谱》,今人麦华三《王羲之年谱》附《王氏世系一览》(油印本,现藏北京图书馆),阿涛《东晋南朝琅邪王氏世系简表》(以下简称《阿表》,见刘涛主编《中国书法全集》第19卷,荣宝斋1991年11月第1版,第457页),王根泉《两晋南北朝王览—王导—王羲之世系表》(以下简称《王表》,见王根泉《华夏姓氏丛书·王》附,广西人民出版社1993年5月第1版),萧华荣《两晋南朝琅邪王氏世系简表》(此表只收与该书相关的主要人物及其承传关系,见萧华荣《簪缨世家》附,三联书店1995年9月第1版)。在上述世系表中,《陈表·王氏》影响最大。

③ 载《文献》1991年第4期。

④ 表中"——"表示直系亲属,"……"表示过继关系。"?"表示失其名字。(下同)

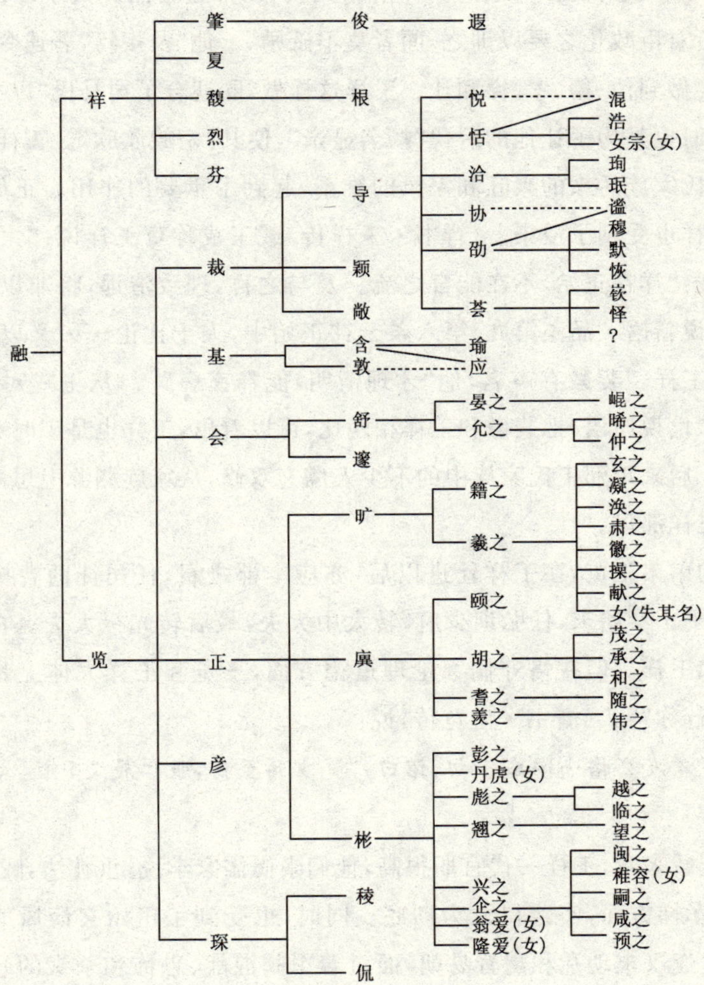

据《晋书·王祥传》记载，王祥在汉末避乱，隐居二十余年①。曹魏黄初时，徐州刺史吕虔檄为别驾，委以州事。他讨破寇盗，“州界清静，政化大行”，累迁大司农。高贵乡公即位，封关内侯，拜光禄勋，转司隶校尉，迁太常，封万岁亭侯。陈留王继位，拜司空，转太尉，加侍中，封睢陵侯。其地位之高，仅次于晋王司马昭。司马氏代魏以后，“拜太保，进爵为公，加置七官之职”。王祥在思想上，基本恪守的是儒家的政治伦理道德。他“性至孝”，对不慈的继母，笃孝纯至。高贵乡

① “二十”，原作“三十”。校勘记：“‘三十’当为‘二十’之误。”

公时,“天子幸太学,命祥为三老。祥南面几杖,以师道自居。天子北面乞言,祥陈明王圣帝君臣政化之要以训之,闻者莫不砥励”。他“及疾笃,著遗令训子孙”,强调立身要做到信、德、孝、悌和让。王祥这样做,既迎合了司马氏“以孝治天下”的旨意,同时也是为了让他的后代“扬名显亲”,使其“宗族欣欣”。王祥的孝行和遗令,对王氏家族后来的兴旺和家风的维系,起到了重要的作用。正始时期,玄学兴起,王祥也受到了浸染。《晋书·王祥传》载王戎称赞王祥说:“太保可谓清达矣。”又说:“祥在正始,不在能言之流。及与之言,理致清远,将非以德掩其言乎!”又《世说新语·品藻第九》第六条云:“正始中,人士比论……又以八裴方八王:裴徽方王祥。”裴徽有声名,他“才理清明,能释玄虚”[①]。从王戎对王祥的称许,再联系《世说新语》把裴徽和王祥相匹比,可以看出,王祥也是识时务的,也涉足了玄谈。后来琅邪王氏家族中的不少人儒玄双修,从家族渊源上思考,似乎可以追溯到王祥那里。

王祥的弟弟王览,在王祥仕进以后,亦应本郡之召,任司徒西曹掾、清河太守,封即丘子。泰始末,任弘训少府,转太中大夫,最后转光禄大夫。在官职上,王览远不如王祥。但在恪守儒家伦理道德方面,王览和王祥大体上是一致的。王览“以德行称”[②]。《晋书·王览传》说:

> 览孝友公恪……咸宁初,诏曰:“览少笃至行,服仁履义,贞素之操,长而弥固。”

从上面的记载来看,王祥一代官职很高,他们崇尚儒家学说,重礼法,践履仁义孝悌,特别在孝悌方面,实践得尤为彻底。同时,也受到了正始玄谈风气的影响。王祥一代生逢汉末动乱和魏晋易朝,面对着军阀混战、恐怖和杀戮的政局,他们善于应付,不仅保全了自己,而且地位日益显耀。王祥一代虽然重视德行和政事,没有涉及文艺领域,但他们拥有很高的政治地位和社会地位,有相当优厚的物质生活条件,重视后代,子孙繁衍,这些都为琅邪王氏成为一个门阀士族和文艺世家奠定了根基。

从上表可以看到,王祥和王览之后,以王肇为首的下一代人数较多,共有十

---

① 《三国志·魏书·管辂传》裴注引《辂别传》,中华书局 1959 年 12 月第 1 版(下引此书,版本均同)。

② 刘义庆:《世说新语·德行第一》第二十七条刘孝标注引《丞相别传》。

一人。其中王夏、王烈和王芬早卒，其他八人分别出任过不同的官职。王肇任过骑都尉，仕至始平太守。王馥嗣爵睢陵侯，拜上洛太守。王裁曾任过侍御史、镇军司马和抚军长史。王基官至治书御史。王会任过御史。王正曾任尚书郎。王彦任兖州刺史时，讨伐赵王伦有功，封开国公侯，后又任中护军。王琛担任过淮北监军和国子祭酒。这八人的官职虽然没有一人像王祥那样显高，但一个家族中，除早卒者外，竟有这么多的人在朝廷和地方上做官，这在当时可能是比较少见的。这表明王祥一代为王氏家族奠定的根基，在下一代得到了延续，并开始成为轻蔑寒门的士族。《晋书·石苞传》载：石苞曾自称"御吏"，又在邺市贩过铁，后担任重要官职。他"镇抚淮南，士马强盛，边境多务，苞既勤庶事，又以威德服物"。就是这样一位有作为的石苞，却受到了王琛的轻侮，其中一个重要原因是，王琛认为石苞"素微"。由此可以窥见，琅邪王氏至王肇一代，已经以高贵的士族自居了。王肇一代，人数不少，但在文艺方面没有什么成就。《宣和书谱》卷三论及王敦的书法时说：

> 敦初以工书得家传之学。

王敦的父亲是王基。据《宣和书谱》上述的记载，王基可能在书法方面有一定造诣。除此之外，没有发现王肇一代与文艺有关的记载。上述现象的产生，至少有以下几方面的原因：(1)他们经历了"八王之乱"，有的直接卷入了"八王之乱"，如王彦。(2)王夏、王烈、王芬早卒。其中"烈、芬并幼知名"[①]。(3)恪守儒家的政治伦理，思想比较单一。《晋书·王祥传》云：王祥"及疾笃，著遗令训子孙曰……其子孙皆奉而行之"。王览之子也注重于德行，如王正即有"名德"[②]。(4)王肇一代虽有祖荫，但他们缺少才华。王祥临死前曾对王览说："吾儿凡，汝后必兴之。"[③]其实，王览的下一代不论在政治上抑或在文化上，都没有突出的作为。王祥所谓的"汝后必兴之"，到王览的孙子一代才得到了显现。应当说王肇一代是琅邪王氏家族中比较平庸的一代。王肇一代十一人，《晋书》均未立传，且有关的记载也十分简略，就说明了这一问题。从王氏家族的世系来看，王肇一代，人数多，维系了家族，繁衍了后代。没有这一代，也就不可能有王氏家族此后的兴盛。

---

① 《晋书·王祥传》。

② 刘义庆：《世说新语·识鉴第七》第十五条刘孝标注引《王彬别传》。

③ 《文选》卷四十六任彦升《王文宪集序》注引何法盛《晋中兴书》。

琅邪王氏到王导一代，极为兴盛[①]。这一代主要生活在两晋之际，当时社会秽乱。面对复杂剧变的社会现实，他们大多采取了积极进取的人生态度，主动参与政治和军事，拥戴并且左右司马氏政权，有不少人在政治和军事上地位显赫，成为当时隆盖其他门阀士族的显门强族，所以时人有“王与马，共天下”之说。同时他们当中的不少人重视文化，儒玄双修，在文艺上作出了很大的贡献。

王导一代共有十四人。其中王祥一支人数很少，相当萎缩，只有王俊和王根两人，这其中有当时人们难以控制的原因，就是生育率较低。而王览一支则不同，生育率高。其他十二人都是王览一支。他们是王裁之子三人：导、颖[②]、敞。王基之子二人：含、敦。王会之子二人：舒、邃[③]。王正之子三人：旷、廙[④]、彬。王琛之子二人：棱[⑤]、侃[⑥]。十四人中，王祥一支中的王俊和王根，官爵不高。王俊守太子舍人，封永世侯。王根任散骑郎，封睢陵侯[⑦]。他们二人没有涉及文艺。王览的十二个孙子，王颖、王敞二人，“少与（王）导俱知名，时人以颖方温太真，以敞比邓伯道，并早卒”[⑧]。其他十人，王含、王舒、王彬、王棱和王侃五人都在军政

---

① 《南史》卷二十一史臣论曰：“晋自中原沸腾，介居江左，以一隅之地，抗衡上国，年移三百，盖有凭焉。起初谚云：‘王与马，共天下。’盖王氏人伦之盛，实始是矣。”中华书局 1975 年 6 月第 1 版（下引此书，版本均同）。

② 作“颖”，据《晋书·王导传》和《叙录》。刘义庆《世说新语·品藻第九》第十八条及刘孝标注引《王氏谱》作“颍”。

③ 《陈表·王氏》列王邃为王正第四子，误。《全晋文》卷二十一王邃名下注：“邃，旷弟。”亦误。“旷”应作“舒”。刘义庆《世说新语·赏誉第八》第四十六条刘孝标注引《王邃别传》：“邃字处重，琅邪人，舒弟也。”

④ 关于王旷和王廙的排行问题，《陈表·王氏》、《王表》、《阿表》列廙为兄。《全晋文》卷二十一王旷名下注：“旷，廙弟。”均误。廙应为旷弟。《南史·王僧虔传》载王僧虔《论书》云：“王平南廙，右军叔。”刘义庆《世说新语·言语第二》第六十二条刘孝标注引《文字志》云：王羲之“父旷，淮南太守。羲之少朗拔，为叔父所赏”。王僧虔为宋、齐时的著名的书法家，属琅邪王氏，是王羲之的曾孙一代。《文字志》的作者王愔是南朝宋代人。王僧虔和王愔的记载当为可信。参阅王瑞功《订补》。

⑤ 作“棱”，据《晋书·王棱传》。《资治通鉴》卷八十九、《叙录》作“稜”。

⑥ 王导一代除上述十四人之外，还有竺道潜和竺道宝两人，待考。释慧皎《高僧传·竺法潜传》：“竺潜，字法深，姓王，琅邪人，晋丞相武昌郡公敦之弟也。年十八出家。”刘义庆《世说新语·德行第一》第三十条注：“僧法深，不知其俗姓，盖衣冠之胤也。”余嘉锡笺疏：“《高僧传》以为王敦之弟。考之诸家晋史，并不言王敦有此弟。疑因孝武诏中‘弃宰相之荣’语附会之。实则深公本衣冠之胤，所谓宰相，盖别有所指，不必是王敦也。”另卷四《竺法崇传》：“剡东仰山，复有释道宝者，本姓王，琅邪人，晋丞相道（一作“导”）之弟。弱年信悟，避世辞荣，亲旧谏止，莫之能制。”笔者按：或因法潜、道宝弱年出家，终生为僧，故诸家晋史不予记载。

⑦ 《叙录》“睢”作“睢”。

⑧ 《晋书·王导传》。

方面担任过重要官职，但他们没有留心文艺[①]。王含累迁徐州刺史、光禄勋，因参与王敦叛乱，被杀。王舒曾任北中郎将、荆州刺史、尚书仆射、抚军将军、会稽内史和扬州刺史等。王彬先后担任过侍中、豫章太守、江州刺史和尚书左仆射等[②]。王棱"少历清官。渡江，为元帝丞相从事中郎……出为豫章太守，加广武将军"。王敦叛乱时，被王敦所害[③]。王侃"亦知名，少历显位，位至吴国内史"[④]。其他王导、王敦、王邃、王旷和王廙五人，不止身居高官显位，而且在文艺方面，都不同程度地作出了贡献。

王导，字茂弘。东晋建国前后，王导在朝政中的地位举足轻重。王导"少有风鉴，识量清远"[⑤]。初袭祖爵即丘子，后参东海王越军事。晋元帝为琅邪王时，与王导素相亲善，为元帝密谋策划。永嘉末，迁丹杨太守，加辅国将军。晋国既建，任丞相军谘祭酒。元帝登尊号，进骠骑大将军、仪同三司。后又进位侍中、司空、假节、录尚书，领中书监。明帝即位，王导受遗诏辅政，迁司徒。明帝去世，王导与庾亮等同受遗诏，共辅幼主成帝。王导拥戴东晋三帝，执掌枢机。在政治上，他主张实行宽松、清静的政策，认为"镇之以静，群情自安"[⑥]，对东晋王朝的建立和巩固功勋卓著。这一点已为不少时人所认同。孙绰《丞相王导碑》说王导在两晋之际，"见机而作，超然玄悟，遂扶翼蕃王，室协东岳……于时乾维肇振，创制理物，中宗拱己，雅仗贤相"。王导重视文化教育。在军旅不息之时，他力主开设学校，撰修史书。他是贤相，也是名士。他儒玄双修，重礼法，崇尚玄谈，是东晋前期玄谈的核心人物之一。同时，他对名僧也相当钦敬[⑦]。他执掌朝政，同时又爱好文艺，长于写作和书法。《隋书·经籍志四》录"《王导集》十一卷，梁十卷，

---

① 姜开民在《王羲之书法艺术成因初探》一文中称：王彬"是当时有名的书法家，而且亲自课之（笔者按：指王羲之）习字"。见《王羲之研究》，山东文艺出版社 1990 年 7 月第 1 版（下引此书，版本均同），第 210 页。稽查较早的有关资料，均未见王彬是书法家的记载。姜氏所云，未知何据，特录以资参考。

② 《晋书·王彬传》、《叙录》作"尚书右仆射"。刘义庆《世说新语·识鉴第七》第十五条刘孝标注引《王彬别传》以及《晋书·孔愉传》、《王兴之墓志》、《王闽之墓志》、《丹虎墓志》、《王彬继室夫人夏金虎墓志》均作"尚书左仆射"。今取"尚书左仆射"之说。

③ 《晋书·王棱传》。

④ 《晋书·王棱传》。

⑤ 《晋书·王导传》。

⑥ 《晋书·王导传》。

⑦ 释慧皎《高僧传·帛尸梨蜜传》：蜜"值乱，仍过江，止建初寺。丞相王导一见而奇之，以为吾之徒也，由是显名"。又《竺法义传》：法义"栖志法门，从深受学。游刃众典，尤善《法华》。后辞深出京，复大开讲席，王导、孔敷并承风敬友"。又《竺法潜传》：王导对名僧竺法潜，"钦其风德，友而敬焉"。

录一卷”。《全晋文》卷十九辑王导文二十一篇。王导在书法方面，“甚有楷法，以师钟、卫，好爱无厌”[①]，他的“行、草，见贵当世”[②]。王导的政治地位、名士风度以及在文艺上的作为，深深地濡溉了他的后代。

两晋之际，王敦在军事和政治上也是一个显要的人物。王敦，字处仲。他“少有奇人之目”[③]，娶武帝女襄城公主，拜驸马都尉，任太子舍人。惠帝时，迁散骑常侍、左卫将军、大鸿胪、侍中，出任广武将军、青州刺史。永嘉初，征为中书监。元帝召为安东军谘祭酒，又以为扬州刺史。后又任镇东大将军、开府仪同三司，加都督江、扬、荆、湘、交、广六州诸军事、江州刺史。建武初，又迁征南大将军。元帝称帝，任侍中、大将军、江州牧。永昌元年，发动叛乱，任丞相、江州牧。明帝时，自为扬州牧。王敦最后虽因叛乱，卒后戮尸悬首，但他在此之前“总征讨”，对东晋政权的建立和卫护，立有“大功”。在王氏家族内部，王敦也是一个核心人物。王敦一方面给王氏家族带来了祸害，另一方面也为王氏家族一些成员的仕历和成长创造了有利的条件。《晋书·王羲之传》载：羲之“深为从伯敦、导所器重[④]。时陈留阮裕有重名，为敦主簿。敦尝谓羲之曰：‘汝是吾家佳子弟，当不减阮主簿。’”王羲之后来各方面能有所成就，当与王敦的器重和鼓励有关系。王敦有学识，有才艺，能写作。《晋书·王敦传》说他“性简脱，有鉴裁，学通《左氏》，口不言财利，尤好清谈”。王敦爱好诗歌。《晋书·王敦传》说他“每酒后辄咏魏武帝乐府歌曰：‘老骥伏枥，志在千里。烈士暮年，壮心不已。’以如意打唾壶为节，壶边尽缺”。王敦自己也能写作。他有文集传世，《隋书·经籍志四》著录《王敦集》十卷。《全晋文》卷十八辑王敦文十一篇。王敦长于书法。张怀瓘《书议》云：

> 崔瑗、张芝……王敦……千百年间得其妙者，不越此数十人。各能声飞万里，荣耀百代。

《淳化阁帖》卷二辑有王敦《蜡节帖》。《宣和书谱》卷十四称赞王敦的书法“笔势雄健”。

王敦在音乐方面也有很高的造诣。《晋书·王敦传》记载：

---

① 王僧虔：《论书》。

② 《书断下》引王愔语。

③ 《晋书·王敦传》。

④ 此处所记有误。王导与王廙同岁，王廙为王羲之父王旷之弟，故王导应为王羲之之从叔。

武帝尝召时贤共言伎艺之事，人人皆有所说，惟敦都无所关，意色殊恶。自言知击鼓，因振袖扬桴，音节谐韵，神气自得，旁若无人，举坐叹其雄爽。

王邃，字处重[①]。王邃在文艺方面的成就，主要表现在书法艺术上。王邃历任侍中、中领军、尚书右仆射[②]、征北将军和徐州刺史等职。《世说新语·赏誉第八》第四十六条注引《王邃别传》称赞王邃"意局刚清，以政事称"。王邃能写作，《全晋文》卷二十一辑其《书》一篇。在书法方面，王邃长于行书，并有二帖流传后世。《淳化阁帖》卷三辑有晋海陵恭侯王邃书《张丞帖》。《宣和书谱》卷七云：王邃"《婚事》一帖，尤为人所知，流转至今。观其布置婉媚，构结有法，定非虚得名……今御府所藏行书一：《婚事帖》"[③]。

王旷是王羲之的父亲。《晋书》没有他的传记。据《晋书》、《语林》、《世说新语》、《资治通鉴》等书中有关他的零星记载，知道惠帝时，出为丹杨太守。怀帝永嘉中，任侍中、淮南内史，在上党与刘聪作战，为刘聪所败。元帝司马睿是他的姨兄弟，"元帝之过江也，旷首创其议"[④]。可见王旷对司马氏政权的建立有创议之功。奇怪的是，王旷的重要事迹，除上述的以外，没有见到其他的记载[⑤]。王旷"多才艺"[⑥]，能文能书。《隋书·经籍志四》载：梁有《王旷集》五卷，录一卷，亡。《全晋文》卷二十一辑王旷文两篇。在书法方面，王旷"善行、隶书"[⑦]。

在王导的同辈中，王廙在文艺上的成就最为突出。王廙，字世将，是元帝的姨弟。惠帝时，辟太傅掾，转参军，拜尚书郎，出为濮阳太守。元帝镇江左，王廙弃郡过江。元帝以为司马，守庐江、鄱阳二郡。迁冠军将军，镇石头，领丞相军谘祭酒。出为宁远将军、荆州刺史。元帝即位，征廙为辅国将军，加散骑常侍。母

① 《叙录》作"处冲"。

② 此据《晋书·元帝纪》。刘义庆《世说新语·赏誉第八》第四十六条注引《王邃别传》作"左仆射"。

③ 《宣和书谱》卷七此段前有云："王邃，失其世系。官至平北将军、徐州刺史。而世所传者特因其书尔。作行书有羲、献法，疑是其家子弟，故典刑具在，而后世虽断纸馀墨，亦复宝之也。"上述所记，有误。考晋代有同名王邃者，只有"宁远将军陈留王邃"一人（见《晋书·郗隆传》），未见陈留王邃涉及书法的记载。故《宣和书谱》所云当是琅邪王邃。王邃为王羲之的父辈、王献之的祖辈，所谓"作行书有羲、献法"云云，明显属于讹误。又"官至平北将军"，《叙录》作"平西将军"。

④ 《晋书·王羲之传》。

⑤ 关于王旷的下落，王汝涛有一些推测，见其所著《有关王羲之生平家世几个问题的考辨》。此文收入《王羲之研究》。

⑥ 黄奭辑《黄氏逸书考》引何法盛《中兴书》，转引自王瑞功《订补》。

⑦ 陈思：《书小史》卷五。

丧服阕以后，拜征虏将军，进左卫将军。王敦叛乱，以王廙为平南将军、领护南蛮校尉和荆州刺史。不久病卒。明帝“犹以亲故，深痛愍之。丧还京都，皇太子亲临拜柩，如家人之礼”[①]。王廙“高朗豪率”，“性倨傲，不合己者面拒之，故为物所疾”[②]。《晋书·王廙传》说他“性俊率，尝从南下，旦自寻阳，迅风飞帆，暮至都，依舫楼长啸，神气甚逸”。王廙学识渊博，“明古多通”，爱好文艺。《晋书·王廙传》称许他“少能属文，多所通涉，工书画，善音乐、射御、博弈、杂伎”。在“多所通涉”的文艺中，王廙在文学、书法和绘画方面取得的成就尤为卓著。王廙在他的《奏中兴赋上疏》一文中说：“臣少好文学，志在史籍。”在文学上，王廙能文能诗。《隋书·经籍志四》录“《王廙集》十卷。梁三十四卷，录一卷”。《全晋文》卷二十辑王廙文十篇，其中有赋四篇。还有一篇《中兴赋》，已佚。看来王廙是长于写作辞赋的。王廙今存诗歌一首，见《晋诗》卷十一。此外，他还有一篇《画赞序》和两表，《全晋文》漏收。《画赞序》见《历代名画记》卷五，两表见《淳化阁帖》卷二。如果说在文学上，王廙的作品在当时并非上乘的话，那么他的书画作品在当时却是属于第一流的。《采古来能书人名》云：王廙“能楷书，谨传钟法”。《书断中》云：“自过江，右军之前，世将书独为最。”“其飞白志气极古，垂雕鹗之翅羽，类旌旗之卷舒。时人云：王廙飞白，右军之亚。”韦续《五十六种书并序》：“填书，周媒氏作。魏韦诞用题宫阙，王廙、王隐皆好之。”王廙的不少书法作品流传后世。《淳化阁帖》卷二辑有王廙四帖。《宣和书谱》卷十四云：王廙“独其草书为世所传，今御府所藏四：草书《仲春帖》，章草《郑夫人帖》，行书《贺雪表》、《嫂何如帖》”。王廙的绘画同他的书法一样，也非常著名。《历代名画记》卷五云：王廙“工书画，过江后为晋代书画第一”。《贞观公私画史》云：王廙画六卷，隋朝官本计有六种。《历代名画记》卷五记有王廙画七种，并云：“并传于代。”王廙特别看重自己的书画。他在《画赞序》一文中论及自己的书画时说：

> 画乃吾自画，书乃吾自书。吾余事虽不足法，而书画固可法。

这几句话说明王廙在书画方面有相当自觉的个性意识，也说明他对自己的书画创作是非常自负的。我国古代，在王廙之前，在文艺方面不太重视个性意识。而王廙在这方面的自觉，是魏晋人的自觉意识在文艺上的一种反映。王廙又是皇

---

① 《晋书·王廙传》。

② 刘义庆：《世说新语·仇隙第三十六》第三条刘孝标注引《王廙别传》。

亲，曾教授太子司马绍(后为晋明帝)绘画。王氏家族的显赫地位，王廙在文艺上多方面的造诣，以及王廙与皇室的亲戚关系，有助于琅邪王氏文艺世家的形成。

王导一代在文艺方面的成就，还表现在注意对后代的培养上。王导、王廙对王羲之的培养就是一个突出的例子。王导曾把自己珍藏的《宣示帖》传给了王羲之，其用意显然是为了造就王羲之。《世说新语·言语第二》第六十二条注引《文字志》云："羲之少朗拔，为叔父廙所赏。"王廙对王羲之学习书画特别关心。为了使王羲之在书画方面有所成就，王廙特别为他"画孔子十弟子图以励之"。王羲之后来之所以能够成为"书圣"，并兼善多种艺术，应当说与他的父辈对他的精心培养是分不开的。

如果说王祥一代为琅邪王氏成为门阀士族奠定了根基的话，那么，到了王导一代则使琅邪王氏家族兴旺至极。其兴旺的程度，在琅邪王氏家族史上是空前绝后的。不过，这种空前绝后的兴旺，到了王导一代的后期，便开始呈现出衰微的情势。在王导晚年的言论中透露了这一信息。王导晚年在《与王允之书》中云："吾群从死亡略尽，子弟零落。"又《世说新语·轻诋第二十六》第八条云：

王右军在南，丞相与书，每谈子侄不令。

尽管这样，但王导一代在政治上、社会上的巨大影响，他们比较开放的文化思想，他们对文艺的重视和实践，以及对后代自觉的、精心的培育，都径直地、多方面地影响了他们的后代，不仅使琅邪王氏成为一个名门显族，而且也为琅邪王氏成为一个文艺世家奠定了坚实的基础。后来以王羲之为代表的一代，正是踏着他们父辈的肩膀，使琅邪王氏在文艺上取得了辉煌的成就。

王导一代尽管爱好并且重视文艺，但由于他们所处的时代，战乱频仍，动荡不已，他们常常生活在政治和军事斗争的旋涡中，很少有闲暇和恬静的心态从事文艺创作，所以他们在文艺上取得的成就，还是很有限的。到王羲之一代则不同。东晋到王羲之一代，社会和朝政都比较安宁。在这样的形势下，上层人士大多一方面继续坚持儒玄双修，把玄学生活化、艺术化，游赏江南秀丽的自然山水，"以玄对山水"，另一方面对发展很快的佛教和道教表现出浓厚的兴趣。王羲之一代也深受上述环境的陶染，他们当中的许多人都是儒、玄、佛三修，这在很大程度上影响了他们的人生态度和审美情趣。他们虽然为官，但心怀隐逸，徘徊于《庄子》所谓的"游方之外者"和"游方之内者"之间，表现了较多的近自然、求淡泊、尚虚静的人生趣味。他们重视、爱好文艺，并且多有创获。

琅邪王氏到王羲之一代，见于记载的共有二十五人。这二十五人当中，只有郁林太守、光禄大夫王遐一人是王祥的后代。有关王遐的生平，史载极为简略，未见涉及文艺的资料。其他二十四人全是王览的孙子。其中王导之子六人：悦、恬、洽、协、劭、荟。王含之子二人：瑜[①]、应。王舒之子二人：宴之、允之。王旷之子二人：籍之[②]、羲之。王廙之子四人：颐之、胡之、耆之、羡之。王彬子女八人[③]：彭之、丹虎(女)[④]、彪之、翘之、兴之[⑤]、企之[⑥]、翁爱(女)[⑦]、隆爱(女)[⑧]。王羲之一代属于王览一支的二十四人当中，王协仕至抚军将军，早卒。王宴之，苏峻叛乱时为护军将军，被害。三位女士丹虎、翁爱、隆爱的生平不详，其他十九人，有九人在文艺领域里，在不同的方面、不同的程度上作出了贡献。这九人有四人是王导之子：王恬、王洽、王劭、王荟。其他五人分别是王含之子王应、王舒之子王允之、王旷之子王羲之、王廙之子王胡之、王彬之子王彪之。从人数来看，王导一支占的比例相当大。从贡献来看，王羲之居于首位。下面分别对上述九人在文艺上的成就加以论述。

王恬在文艺上的主要贡献是书法。王恬，字敬豫，袭爵即丘子，迁中书郎，除后将军、魏郡太守，加给事中，领兵镇石头。王导死后，离职。不久，起为后将军，复镇石头，转吴郡内史，加散骑常侍，至中军将军[⑨]。王恬“识理明贵”，性傲诞，卓荦不羁，不拘礼法。他少年时即爱好习武，疾恨学文，不为其父王导所重。但他却有多方面的才艺，尤其长于书法。《世说新语·德行第一》第二十九条注引《文字志》说他“善隶书”。《书断下》说他“工于草、隶”。《书小史》卷一说他的

---

① 作“瑜”，据《晋书·王敦传》、《叙录》。《陈表·王氏》、《王表》等作“俞”，未知何据。

② 王籍之是否为王旷之子、王羲之之兄，未见确凿证据。《陈表·王氏》附注：“疑为羲之兄。”《晋书·王彬传》：“(敦)平，有司奏彬及兄子安成太守籍之，并是敦亲，皆除名。”《叙录》将籍之列于羲之后，云：“籍之，彬兄子安成太守。”王旷、王廙为王彬之兄。有关王廙的传记资料均未记载他有子籍之。籍之为王旷之子的可能性较大，故将其暂系于王旷名下。

③ 《陈表·王氏》、《王表》只列彭之、彪之、翘之和兴之四人，未及其他四人。

④ 王彬之长女，字丹虎。见赵超《汉魏南北朝墓志汇编·丹虎墓志》，天津古籍出版社 1992 年 6 月第 1 版(下引此书，版本均同)。

⑤ 赵超：《汉魏南北朝墓志汇编·王兴之墓志》。

⑥ 赵超：《汉魏南北朝墓志汇编·王彬继室夫人夏金虎墓志》。

⑦ 赵超：《汉魏南北朝墓志汇编·王彬继室夫人夏金虎墓志》。

⑧ 赵超：《汉魏南北朝墓志汇编·王彬继室夫人夏金虎墓志》。

⑨ 王恬官至中军将军，《晋书·王恬传》未记及。此据刘义庆《世说新语·德行第一》第二十九条刘孝标注引《文字志》、《排调第二十五》第四十二条注引《王氏谱》。

“草、隶当时无与为比，尤长于临效，率性而运，则复非工”。《淳化阁帖》卷三、《宣和书谱》卷十四辑有他的草书《得示帖》。此外，王恬还以善弈著称。《世说新语·方正第五》第四十二条注引范汪《棋品》称赞王恬的棋属第一品，而他的父亲王导却屈居第五品。

在王导的诸子中，王洽最有名气。王洽，字敬和，“弱冠，历散骑、中书郎、中军长史、司徒左长史、建武将军、吴郡内史”等重要官职[①]。穆帝对他十分重视，把他视为股肱心腹。在《以王洽为中书令诏》中，穆帝称赞王洽“清裁贵令”。并云：“今所以用为令，既机任须才，且欲时时相见，共讲文章，待以友臣之义。”王洽有文才，尤其长于写作和书法。《隋书·经籍志四》载《王洽集》五卷，录一卷。王洽今存文七篇，见《全晋文》卷十九。王洽有书法作品流传后世，《淳化阁帖》卷二、《宣和书谱》卷十四分别辑有他的作品四种。王洽的书法艺术有两点特别值得称许：一是兼善众书。《采古来能书人名》说他“众书通善，尤能隶、行”。庾肩吾《书品》说他“并通诸法”。二是水平高。《采古来能书人名》载：王洽的从兄羲之称赞王洽的书法说：“弟书遂不减吾。”李嗣真《书品后》论及王洽的书法时说：

> 吾观可者有数十纸，信佳作矣。体裁用笔全似逸少，虚薄不伦。

可能由于志趣投合，或者是受王洽影响的缘由，王洽的妻子“荀氏亦善书”[②]。

王劭在文艺上的成就，主要体现在书法艺术上。王劭，字敬伦。他仕途顺利，历任东阳太守、吏部郎、司徒左长史、丹阳尹、吏部尚书、尚书仆射，领中领军，出为建威将军、吴国内史。王劭“清贵简素，风姿甚美，而善治容仪，虽家人近习莫见其怠惰之貌。(桓)温见而称之曰：‘可谓凤雏。’”[③]王劭在书法方面，“善草书”[④]，并有作品传世。《述书赋上》云：“业盛琅邪，茂弘厥初……有子敬伦，迹存目验。”《淳化阁帖》卷三辑有王劭的《夏节帖》。

王荟也是一位书法家。王荟，字敬文。他少历清官，历任吏部郎、侍中、建威将军、吴国内史、尚书、领中护军，复为吴国内史。督浙江东五郡、左将军、会稽内史，进号镇军将军，加散骑常侍。《晋书·王荟传》赞扬他“恬虚守靖，不竞荣利”。

---

① 《晋书·王洽传》。

② 《书断中》。

③ 《太平御览》卷三百八十九引《王劭别传》。礼按：原作“桓邵”，误。

④ 陈思：《书小史》卷五。

他第一次任吴国内史时，“年饥粟贵，人多饿死，荟以私米作饘粥，以饴饿者，所济活甚众”。王荟尊敬佛教。据《高僧传》卷五《竺道壹传》记载，王荟任会稽内史时，曾在邑西建筑嘉祥寺，请风德高远的竺道壹居嘉祥寺僧首。《书小史》卷五称赞王荟“善行书”。

王应，字安期。他本是王含之子，后因王敦无子，养王应为嗣。王敦反叛时，矫诏王应任武卫将军。王敦死后，王应和他的父亲王含投靠王舒，结果被王舒沉于江中。王应少年时，表现非凡，曾被以德业知名、精于论难的阮裕视为王家的“三年少”之一[①]。王应有识见，纵酒淫乐。在文艺方面，他以善于知鼓闻名。《世说新语·豪爽第十三》第一条注云：

> (王)敦尝坐武昌钓台，闻行船打鼓，嗟称其能。俄而一槌小异，敦以扇柄撞几曰：“可恨！”应侍侧曰：“不然，此是回马风槌。”使视之，云“船人入夹口”。应知鼓又善于敦也。

看来自诩“知打鼓吹”的王敦和知鼓的王应相比，显得有些逊色。

在王舒的儿子当中，王允之最知名。王允之，字深猷。他不乐早仕，苏峻作乱时，王舒派遣他为督护。讨苏峻有功，封番禺县侯，任建武将军、钱唐令。后又任宣城内史、南中郎将、江州刺史等。他忠于东晋王朝，“莅政甚有威惠”[②]。在文艺上，王允之以书法著称，《采古来能书人名》说他“善草、行”。

王羲之在文艺上，不只涉及的方面广泛，而且作品的数量多，质量高，是琅邪王氏家族在文艺上最负盛名的佼佼者。王羲之，字逸少。幼年说话迟钝，但却聪慧，有美誉，深得贤士周顗和长辈王敦、王导等人的赏识和器重。随着年龄的增长，他长于辩论，性格刚直。他起家秘书郎，后任征西将军庾亮参军，累迁长史。庾亮卒后，任宁远将军、江州刺史。朝廷公卿爱重王羲之的才学，几次召他为侍中、吏部尚书，但他没有就职。后任护军将军、右军将军、会稽内史。王羲之在《报殷浩书》中云：“吾素自无廊庙志。”永和十一年(355)，他称疾辞官，此后一直过着优游无事的隐逸生活。王羲之为官时，主张“政以道胜宽和为本”[③]。他关

---

① 《晋书·王羲之传》载：阮裕“目羲之与王承、王悦为王氏三少”。而刘义庆《世说新语·赏誉第八》第九十六条则云：阮裕以王羲之、王应和王悦为王家“三年少”。今从《世说新语》，参阅《世说新语笺疏》引刘盼遂的辨析。

② 《晋书·王允之传》。

③ 《晋书·王羲之传》载王羲之《又遗殷浩书》。

心朝政，体恤百姓。如当他得知殷浩与桓温不和时，认为国家之安在于内外和合，写信告诫殷浩。当殷浩两次将要北伐时，王羲之两次写信给殷浩，第二次还给会稽王司马昱上书，分析形势，力陈不宜北伐。结果，殷浩没有听从王羲之的谏劝，两次北伐，都以失败而告终。王羲之任会稽内史时，"东土饥荒，羲之辄开仓振贷。然朝廷赋役繁重，吴会尤甚，羲之每上疏争之，事多见从"①。

王羲之还是一位颇有影响的名士。《颜氏家训·杂艺》云：

> 王逸少风流才士，萧散名人。

他的袒腹东床、抄经换鹅和为老妪题扇等都是名士风度的表现。他爱好玄谈，是东晋中期重要的玄谈人物之一。他热爱自然，喜好游赏山水，又笃信道教。《晋书·王羲之传》说他辞官以后，"与东土人士尽山水之游，弋钓为娱。又与道士许迈共修服食，采药石不远千里，遍游东中诸郡，穷诸名山，泛沧海，叹曰：'我卒当以乐死。'"他尊敬佛教，钦重支遁、竺昙猷等名僧。《高僧传·支遁传》载：王羲之在会稽听了支遁谈《逍遥游》以后，"披衿解带，留连不能已，乃请住灵嘉寺，意存相近"。又《竺昙猷传》载：

> 赤城山山有孤岩独立，秀出干云。猷抟石作梯，千岩宴坐，接竹传水，以供常用，禅学造者十有馀人。王羲之闻而故往，仰峰高挹，致敬而反。

王羲之既遵儒学，又笃信道教，尊崇佛教等多种文化，能有选择地对其加以吸收和融化。多种文化的浸润、社会风尚的影响和个人的情趣，使他既有入世的情操，又有一种"争先非吾事，静照在忘求"②和"未若任所遇，逍遥良辰会"③的恬淡心态。上述的情操和心态直接影响了他的文艺活动。他能诗能文，知音乐，善绘画，还特别长于书法。

在诗文方面，《隋书·经籍志四》著录"《王羲之集》九卷，梁十卷，录一卷"。他流传至今的诗文相当多。《全晋文》卷二十二至二十六辑王羲之文五卷，其中的《兰亭序》历来被人们誉为名作佳篇。他爱好写作诗歌，曾经主持过以吟诗为主要内容的兰亭集会。《晋诗》卷十三辑有王羲之的诗歌四首。王羲之在音乐方面，有相当高的造诣。朱长文《琴史》卷四曰：

---

① 《晋书·王羲之传》。

② 王羲之：《答许询诗》。

③ 王羲之：《兰亭诗》二首其二。

逸少尝云："年在桑榆，正赖丝竹陶写。"其与琴也，孰谓不能？但史氏不暇尽言之耳。

王羲之从幼年开始，终生对书画有浓厚的兴趣，创作了许多作品。王羲之对绘画极为关心。《全晋文》卷二十二辑王羲之《杂帖》云：

知有汉时讲堂在，是汉和帝时立此。知画三皇五帝以来备有，画又精妙，甚可观也。彼有能画者不欲摩取，当可得不？须具告。

《北堂书钞》卷一百三十二引王羲之《与殷浩书》云：

尔宫乃劝令画廉、蔺于屏风。

王羲之劝殷浩在屏风上画廉颇和蔺相如，当是为了使殷浩和桓温和好。可见，王羲之看到了绘画具有劝诫的作用。王羲之自己也长于绘画。《历代名画记》卷五把王羲之列为中品下，赞誉他"丹青亦妙"，并著录他的绘画三种："《杂兽图》、《临镜自写真图》、扇上画小人物，传于前代。"

王羲之在文艺上，成就最为卓著的是书法。王羲之的书法作品，尽管有些毁于历次战乱[①]，有些被作为殉葬品埋没在坟墓中[②]，但传下来的作品还是十分可观的。据《二王等书录》记载：南朝宋明帝时，收集、编次的"二王缣素书珊瑚轴二帙二十四卷，纸书金轴二帙二十四卷，又纸书玳瑁轴五帙五十卷……又扇书二卷，又纸书飞白、章草二帙十五卷并旃檀轴，又纸书戏字一帙十二卷，并书之冠冕也"。至梁武帝搜访、析装"二王书大凡七十八帙七百六十七卷"。上述作品中，大部分应是王羲之的作品。唐代贞观十三年，皇帝下令搜购装裁王羲之书"大凡二千二百九十纸，装为十三帙一百二十八卷"。看来，在魏晋南北朝时期，王羲之传下来的书法作品，当是最多的。王羲之的书法，兼善多种书体。《采古来能书人名》说他"博精群法，特善草、隶"。《晋书·王羲之传》称王羲之"尤善隶书"。《书断中》云：王羲之"草、隶、八分、飞白、章、行，备精诸体"。王羲之的书法，能够转益多师，博采众长，富于创新。这一点，在当时就受到了王洽的称赞。王洽在《与右军书》中说：王羲之"俱变古形，不尔，至今，犹法钟、张"[③]。正是由于王羲之注意创新，使他能够自成一大家。王羲之的书法"为古今之冠冕"，在当时、在

① 参阅武平一《徐氏法书记》、徐浩《古迹记》、张怀瓘《法书要录·二王等书录》。

② 《陈书·始兴王伯茂传》载：天嘉二年，"征北军人于丹徒墓发晋郗昙墓，大获晋右将军王羲之书及诸名贤遗迹"。《徐氏法书记》云：唐太宗晏驾，将《兰亭序》人玄宫。

③ 王僧虔：《论书》。

南朝都备受青睐，到了唐代又被尊为“书圣”。琅邪王氏作为一个文艺世家，到了王羲之一代达到了登峰造极的地步，其主要标志就是王羲之的书法。

王彪之，字叔虎[①]。少年时以有器量和有干才而著称。在仕途上，他虽然不以超迁为意，但却一帆风顺。他初任佐著作郎、东海王文学。以后担任过武陵王晞司马、尚书左丞、司徒左长史、御史中丞、侍中、廷尉、吏部尚书、尚书右仆射、尚书左仆射、会稽内史、尚书仆射、尚书令等重要官职。他参与过朝政重大事件的决策。王彪之重视并且通晓礼法，为人处世，恪守礼法。在文艺方面，王彪之对文学比较重视。《晋书·王彪之传》云：桓温“遇疾，讽朝廷求九锡。袁宏为文，以示彪之。彪之视讫，叹其文字之美”。王彪之本人也长于文学写作。《隋书·经籍志四》著录“《王彪之集》二十卷，梁有录一卷”。据《晋诗》卷十四和《全晋文》卷二十一所辑，王彪之今存诗四首，文四十篇。其中特别值得我们重视的是《二疏画诗序》。从这篇诗序中，我们知道，他的《二疏画诗》是看了扇上画有二疏后而写作的。就现有的资料来看，王彪之的这首诗可能是我国古代最早的题画诗。此外，王彪之还撰有《庐山记》。《北堂书钞》卷一百五十八引其一条，《全晋文》漏收。

王羲之一代中的许多人同他的前辈一样，在文艺上也十分重视培养他们的后代，使其以王献之为代表的后代在文艺方面，为琅邪王氏锦上添花。

王献之一代见于文献和考古资料记载的有三十七人。其中王恬子女三人：混[②]、浩[③]、女宗[④]。王洽子二人：珣、珉。王劭子四人：谧[⑤]、穆、默、恢。王荟子三人：廞、怿。另有一子，失其名字[⑥]。王宴之子一人：岷之。王允之子二人：晞之、

---

① 《晋书·王彪之传》：“彪之字叔武。”《校勘记》：“‘武’盖唐人避讳改。”

② “混”，《晋书·王悦传》作“琨”：“悦无子，以弟恬子琨为嗣。”《晋书·礼志中》、《车胤传》、刘义庆《世说新语·排调第二十五》第四十二条刘孝标注引《王氏谱》、《叙录》均作“混”。王混的侄子中有名“琨”者，作“混”是。

③ 《陈表·王氏》遗漏。王藻《叙录考异·德行门》“王丞相梦人”条引敬胤注：王恬“子混、浩等”。据此，王恬至少有子二人。

④ 诸表中均未有女宗。刘义庆《世说新语·贤媛第十九》第二十四条刘孝标注引《桓氏谱》：“冲娶琅邪王恬女，字女宗。”

⑤ 《晋书·王导传》：王协“早卒，无子，以弟劭子谧为嗣”。

⑥ 《宋书·王华传》：“华从弟鸿，五兵尚书，会稽太守。”华为廞之子。据此知荟还有一子。

仲之[①]。王羲之子女八人:玄之、凝之、涣之、肃之、徽之、操之、献之[②]。羲之还有一个女儿,失其名字[③]。王胡之子三人:茂之[④]、承之[⑤]、和之[⑥]。王耆之子一人:随之。王羡之子一人:伟之[⑦]。王彪之子二人:越之、临之。王翘之子一人:望之[⑧]。王兴之子女五人:闵之、稚容、嗣之、咸之、预之[⑨]。王献之一代,除上述三十六人之外,还有王谌,失其父名[⑩]。王献之一代三十七人当中,其中的王浩、女宗、崐之、仲之、承之、闵之、稚容、嗣之、咸之、预之等十一人生平不详。另有一人王怿,生而不慧。其他二十五人中,王珣、王珉、王谧、王廞、王玄之、王凝之、王涣之、王肃之、王徽之、王操之和王献之十一人都涉及了文艺,在不同方面和不同层次上作出了贡献。

王珣,字元琳。他在文艺上的成就,主要表现在文学上,其次是书法。王珣一生仕途顺利。青年时,就受桓温重视,任桓温掾,转主簿。从讨袁真,有功,封东亭侯,转大司马参军、琅邪王友、中军长史、给事黄门侍郎。后迁秘书监、侍中。转辅国将军、吴国内史,在郡受到上下的拥护。征为尚书右仆射,领吏部,转左仆射,复领太子詹事。王恭举兵攻打王国宝时,进卫将军、都督琅邪水陆军事。事平,加散骑常侍。王珣"有奇才"[⑪],少年时就以清秀著称。他学识博通,文为世重。桓玄在《与会稽王道子书》中嘉许王珣"神情朗悟,经史明澈,风流之美,公私所寄"。《世说新语·文学第四》第九十五条注引《续晋阳秋》称赞他"学涉通敏,文高当世"。《晋书·王珣传》载:孝武帝"雅好典籍,珣与殷仲堪、徐邈、王恭、邓恢等并以才学文章见昵于帝"。王珣能诗能文。《隋书·经籍志四》著录:"《王珣集》十一卷,并目录。梁十卷,录一卷,亡。"王珣的诗赋多已散失。《晋诗》卷十四

① 仲之,《陈表·王氏》、《王表》遗漏,据《叙录》补。

② 羲之七子次第据《陈表·王氏》、《王表》和《阿表》。《全晋文》卷二十七亦云:"涣之,羲之第三子。"陈思《书小史》卷五云涣之为徽之弟。据此涣之应列徽之后。特录以备考。

③ 《全晋文》卷二十二辑羲之《吾有帖》云:"吾有七儿一女,皆同生。"

④ 《陈表·王氏》、《王表》以茂之为胡之第二子。今从《叙录》作长子。

⑤ 《陈表·王氏》、《王表》无。今据《叙录》补为胡之次子。

⑥ 《陈表·王氏》、《王表》作胡之长子。今从《叙录》作第三子。

⑦ "伟",《陈表·王氏》、《王表》作"卫"。未知何据。《宋书》卷六十、《南史》卷二十四《王劭之传》《叙录》均作"伟"。今从之。

⑧ 《陈表·王氏》误作王兴之子。

⑨ 王兴之子女,见《王兴之墓志》。稚容,诸表均未列。《陈表·王氏》云:"闵之,字稚容。"误。

⑩ 《晋书·王谧传》:"谧从弟谌。"不知谌为谁之子。

⑪ 刘义庆:《世说新语·宠礼第二十二》第三条。

辑王珣《秋怀诗》二句，此外，《晋书·乐志下》载王珣增造宗庙歌诗二首。《全晋文》卷二十辑王珣文九篇。另外，《世说新语·言语第二》注引王珣《游严陵濑诗叙》二句，《全晋文》漏收。王珣在书法方面的成就虽然不如文学，但也继承了前辈的业绩。他的行书和草书都相当有名，并且有作品传世。《书小史》卷五说王珣"善行书"。《淳化阁帖》卷二辑有王珣《末冬帖》。《宣和书谱》卷十四云："珣三世以能书称……盖其家范世学，乃晋室之所慕者，此珣之草圣已有传焉。今御府所藏有二：草书《三月帖》、行书《伯远帖》。"王珣的文艺才能还体现在城市规划和建设方面。《世说新语·言语第二》第一〇二条载：

宣武移镇南州，制街衢平直。人谓王东亭曰："丞相初营建康，无所因承，而制置纡曲，方此为劣。"东亭曰："此丞相乃所以为巧。江左地促，不如中国；若使阡陌条畅，则一览而尽。故纡余委屈，若不可测。"

古代城市街道的平直或纡曲，各有特点，难分高低。王珣上述的见解，说明他对街道的规划和建设，既重视因地制宜，又看到了纡曲之美的特点。

王珉，字季琰。《晋书·王珉传》说他开始"辟州主簿，举秀才，不行。后历著作、散骑郎、国子博士、黄门侍郎，代王献之为长兼中书令。二人素齐名，世谓献之为'大令'，珉为'小令'"。王珉幼年时即通晓佛经，《晋书》本传载：

时有外国沙门，名提婆，妙解法理，为兄弟讲《毗昙经》。珉时尚幼，讲未半，便云已解，即于别室与沙门法纲等数人自讲。法纲叹曰："大义皆是，但小未精耳。"

王珉"风情秀发，才辞富赡"[①]，善言对，通古今。行为不拘，敢于爱其所爱[②]。在文艺方面，他"少有才艺"[③]，尤其长于书法。他书写时，常常是神情灌注，始终一通。王僧虔《论书》引《书旧品》说王珉："有四匹素，自朝操笔，至暮便竟，首尾如一，又无误字。"王珉兼善隶、行、草等多种书体。《书断中》把他的隶、行列入妙品。《宣和书谱》卷十四说他的草书为"世所宝者"。王僧虔《论书》称赞王珉的书

---

① 刘义庆：《世说新语·赏誉第八》第一五二条注。

② 《乐府诗集》卷四十五引《古今乐录》："《团扇郎歌》者，晋中书令王珉捉白团扇与嫂婢谢芳姿有爱，情好甚笃。嫂捶打婢过苦，王东亭闻而止之。芳姿素善歌，嫂令歌一曲当赦之。应声歌曰：'白团扇，辛苦五留连。是郎眼所见。'珉闻，更问之：'汝歌何遗？'芳姿即改云：'白团扇，憔悴非夕容，羞与郎相见。'后人因而歌之。"

③ 《晋书·王珉传》。

法"笔力过于子敬"。王珉的书法在当时就负有盛名。《晋书·王珉传》说王珉的书法"名出珣右"。《书断中》云：王珉"工隶及行、草。金剑霜断，崎嵚历落，时谓小王之亚也"。王珉有不少书法作品流传后世。《淳化阁帖》卷二辑王珉四帖。《宣和书谱》卷十四云：今御府所藏王珉草书《力书帖》和行书《镇抚帖》。王珉不只自己以书法闻名，而且据《书断中》记载：他的妻子汪氏也善书。王珉还长于写作。《隋书·经籍志四》载："《王珉集》十卷，梁录一卷。"《晋诗》卷十四辑王珉《直中书诗》一首。《全晋文》卷二十辑王珉文六篇。此外，《书断上》录有王珉《书行状》一文，《全晋文》漏收。

王谧，字雅远，"有才器"①，"少有美誉"②。他一生官位既高，又能保身而终。他袭父爵武冈侯，拜秘书郎，迁秘书丞，历中军长史、黄门郎、侍中。桓玄举兵后，以为中书令、领军将军、吏部尚书，迁中书监，加散骑常侍，领司徒，兼太保。刘裕灭桓玄后，王谧以本官加侍中，领扬州刺史、录尚书事。王谧长于写作。《隋书·经籍志四》载："《王谧集》十卷，录一卷。"《全晋文》卷二十辑王谧文七篇。从今存王谧的《答桓玄书明沙门不应致敬王者》等四篇文章来看，王谧不仅尊重佛教，同时对佛教也相当熟悉。

王廞，字伯舆。历太子中庶子、司徒左长史。隆安初，王恭举兵，以廞为建武将军、吴国内史。不久背叛王恭，为王恭司马刘牢之所败，不知所在。长子王泰被王恭杀害。王廞被废为庶人③。王廞的行为有时十分奇特、任诞。《宋书·王华传》云：

> 王恭起兵讨王国宝，时廞丁母忧在家，恭檄令起兵，廞即聚众应之，以女为贞烈将军，以女人为官属。

王廞富于情感。《世说新语·任诞第二十三》第五十四条载：

> 王长史登茅山，大恸哭曰："琅邪王伯舆，终当为情死。"

王廞长于书法。《书小史》卷五云：王廞"善行书"。《淳化阁帖》卷三辑有王廞的《静媛帖》。在文学方面，王廞作有《长史变》歌三首，见《乐府诗集》卷四十五。关于《长史变》的具体创作情况，《晋书·乐志下》有如下记载：

---

① 刘义庆：《世说新语·品藻第九》第八十三条刘孝标注引《中兴书》。

② 《晋书·王谧传》。

③ 据刘义庆《世说新语·纰缪第三十四》第七条刘孝标注引《中兴书》，此事当发生在王珉被刘牢之打败之后。

《长史变》者，司徒左长史王廞临败所制。凡此诸曲，始皆徒歌，既而被之管弦。

此外，王廞还有《与静媛等疏》一文，见《全晋文》卷二十。

王羲之的七子都涉及了文艺，他们分别在不同的领域和不同的程度上作出了自己的贡献。

王羲之和他的七个儿子都在文艺上有所成就，这在古今中外的文艺发展史上，恐怕是极其罕见的。下面依七子兄弟的次序，简述他们在文艺上的成就。

王玄之，《晋书·王羲之传》说王玄之早卒。王玄之尽管早卒，但在文艺方面却有相当高的造诣。他兼善多种书体。《采古来能书人名》赞扬他"善草、行"。《书断中》称许他"工草、隶"。他能写作诗歌，参加了兰亭集会，作五言《兰亭诗》一首。此诗流传至今，见《晋诗》卷十三。

王凝之，字叔平，仕历江州刺史、左将军、中护军、会稽内史。孙恩起义时，被孙恩杀害。王凝之是一个虔诚的道教徒。《晋书·王凝之传》云：

王氏世事张氏五斗米道，凝之弥笃。孙恩之攻会稽，僚属请为之备。凝之不从，方入靖室请祷，出语诸将佐曰："吾已请大道，许鬼兵相助，贼自破矣。"既不设备，遂为孙恩所害。

王凝之能文能诗，并工于书法。《全晋文》卷二十七辑王凝之文三篇，其中有《风赋》一篇。他参加了兰亭集会，作《兰亭诗》二首，一为四言，一为五言，至今犹存，见《晋诗》卷十三。在书法艺术上，王凝之"工草、隶"[①]。《淳化阁帖》卷三辑有他的《庾氏女帖》。

王涣之，生平不详。《书小史》卷五说他"善行、草书"。《淳化阁帖》卷五辑有他的《二嫂帖》。

王肃之，历任中书郎、骠骑咨议[②]、太子左率[③]。他著有文集。《隋书·经籍志四》云：梁有《王肃之集》三卷，录一卷，亡。

王徽之，字子猷。他卓荦不羁，放诞傲达，好声色，有才情。《晋书·王徽之传》载：

① 据《晋书·王凝之传》、《书断中》。

② 据《叙录》。

③ 据《隋书·经籍志四》。

> 时吴中一士大夫家有好竹，欲观之，便出坐舆造竹下，讽啸良久。主人洒扫请坐，徽之不顾。将出，主人乃闭门，徽之便以此赏之，尽欢而去。尝寄居空宅中，便令种竹。或问其故，徽之但啸咏，指竹曰："何可一日无此君邪！"尝居山阴，夜雪初霁，月色清朗，四望皓然，独酌酒咏左思《招隐诗》，忽忆戴逵。逵时在剡，便夜乘小船诣之，经宿方至，造门不前而反。人问其故，徽之曰："本乘兴而行，兴尽而反，何必见安道邪！"

在仕途上，王徽之虽历任大司马桓温参军、车骑桓冲骑兵参军，但并不用心官职。他任桓温参军时，"蓬首散带，不综府事"。"后为黄门侍郎，弃官东归"[①]，居山阴，直到去世。王徽之在文艺上的成就主要表现在文学和书法两方面。他爱好文学，喜读《招隐诗》和《高士传》之类的作品。他能诗善文。《隋书·经籍志四》载：梁有《王徽之集》八卷，亡。《全晋文》卷二十七辑王徽之文一篇。他也是兰亭集会的参加者，并作有《兰亭诗》二首，一为四言，一为五言，至今犹存，见《晋诗》卷十三。在书法方面，王徽之善草、行和正书[②]。《淳化阁帖》卷三辑有他的《得信帖》。《宣和书谱》卷七谓：王徽之"作字，亦自韵胜……今御府所藏行书四"。

王操之，字子重，先后担任过秘书监、侍中、尚书、豫章太守等官职。他擅长书法。《书断中》称他"工草、隶"。

王献之，字子敬。他起家州主簿、秘书郎，转秘书丞，任谢安长史，后除建威将军、吴兴太守，征拜中书令。《晋书·王献之传》说他"少有盛名，而高迈不羁，虽闲居终日，容止不怠，风流为一时之冠"。"王献之性甚整峻，不交非类"[③]。他既有门阀士族的傲气，又常常有超凡脱俗的言行。《晋书》本传云：

> 尝与兄徽之、操之俱诣谢安，二兄多言俗事，献之寒温而已……尝与徽之共在一室，忽然火发。徽之遽走，不遑取履。献之神色恬然，徐呼左右扶出。

《世说新语·简傲第二十七》第十七条载：

> 王子敬自会稽经吴，闻顾辟疆有名园。先不识主人，径往其家，值顾方集宾友酣燕。而王游历既毕，指麾好恶，旁若无人。

---

① 《晋书·王徽之传》。

② 参阅羊欣《采古来能书人名》、陈思《书小史》卷五。

③ 刘义庆：《世说新语·忿狷第三十一》第六条刘孝标注引刘谦之《晋纪》。

王献之熟悉儒学[①]，笃信道教[②]。在王献之的同辈中，王献之在文艺上的贡献最大。王献之同他的父亲王羲之一样，爱好文艺，兴趣广泛，在文学、音乐、绘画、书法等方面，都作出了贡献。

王献之擅长诗文。《隋书·经籍志四》载《王献之集》十卷，录一卷。《全晋文》卷二十七辑王献之文六篇及杂帖多篇。《晋诗》卷十三辑王献之诗四首[③]。其中《桃叶歌》三首见《乐府诗集》卷四十五，属《清商曲辞吴声歌曲》。据《古今乐录》记载，桃叶是王献之妾的名字，王献之"缘于笃爱，所以歌之"。《桃叶歌》的创作，反映了王献之生活放纵的一面，同时也表现了他勇于冲破封建礼法的束缚。《桃叶歌》三首，每首五言四句，篇幅短小，语言清新质朴，与民歌很接近。王献之采用吴声曲写作诗歌，表明了他对民歌的重视和爱好。[④]《桃叶歌》同王羲之一代所写的玄言诗大相径庭，显示了士族文人不再囿于玄言诗的藩篱，从一个方面透露了玄言诗开始衰落的信息。

王献之爱好音乐，除了表现在能写作乐府诗外，还表现在琴艺上。《世说新语·伤逝第十七》第十六条载：当王徽之得知王献之逝世一事之后，"便索舆来奔丧，都不哭。子敬素好琴，便径入坐灵床上，取子敬琴弹，弦既不调，掷地云：'子敬！子敬！人琴俱亡。'"王献之卒后，王徽之取献之琴弹奏，以此致悼念之情，说明王献之生前对琴艺有相当的爱好。

王献之的绘画在当时也颇有名气。《历代名画记》卷五称王献之"丹青亦工。桓温尝请画扇，误落笔，因就成乌驳牸牛，极妙绝。又书《牸牛赋》于扇上。此扇义熙中犹存"。王献之还擅长画符。米芾《画史》云："海州刘先生收王献之画符及神咒一卷，小字，五斗米道也。"

王献之的书法，同他在文学、音乐和绘画等方面取得的成绩相比，尤为突出。

---

① 丁国钧《补晋书艺文志》卷一载：王献之撰有《孝经注》。

② 《晋书·王献之传》："献之遇疾，家人为上章，道家法应首过，问其有何得失。"据此，知献之信奉道教。

③ 另外，刘义庆《世说新语·赏誉第八》第一四五条载有王献之写袁宏诗一句："袁生开美度。"《晋诗》漏收。

④ 《玉台新咏》卷十录桃叶《答王团扇歌》三首，吴兆宜注："唐徐坚《初学记》第一首作王献之《桃叶团扇歌》，《艺文类聚》与此同。"据吴氏注，《初学记》和《艺文类聚》载有王献之作《桃叶团扇歌》。今检核《初学记》，只云献之作《桃叶歌》(见卷十五)；《艺文类聚》仅录献之《情人桃叶歌》二首(见卷四十三)。《乐府诗集》也没有关于献之作《团扇歌》之事。吴氏所云，当误。

王献之幼小时即开始学习书法，并且受到了他的父亲王羲之的赞叹。虞龢《论书表》云：

> 子敬七八岁学书[①]，羲之从后掣其笔不脱，叹曰："此儿书，后当大有名。"子敬出戏，见北馆新泥垩壁白净，子敬取帚沾泥汁书方丈一字，观者如市。羲之见叹美。

王献之多种书体悉备。《晋书》本传称他"工草、隶"。《论书表》说他善飞白。《书断中》云：

> 子敬隶、行、草、章草、飞白五体俱入神，八分入能。

王献之的书法虽然兼善数体，但并不均衡，其中楷书和行草书的成就更大。王献之小时就有一种创新意识，这也表现在书法上。《书断中》称许他"幼学于父，次习于张，后改变制度，别创其法，率尔私心，冥合天矩，观其逸志，莫之与京"。《述书赋上》赞颂他"创草破正。雍容文经，踊跃武定。态遗妍而多状，势由己而靡罄，天假神凭，造化莫竟"。王献之创作书法作品时饱含着自己的情愫。《书断中》说他"偶其兴会，则触遇造笔，皆发于中，不从于外，亦由或默或语，即铜鞮伯华之行也"。王献之有许多书法作品传世，数量仅次于其父王羲之。《淳化阁帖》卷九、卷十辑王献之七十六帖。《宣和书谱》卷十六谓："献之虽隶称，而草书所得特为多焉。今御府所藏八十有九。"其中草书五十三，章草三，正书二，行书三十一。由于上述多方面的原因，他的书法同他的父亲一样，"同为终古之独绝，历代之楷式"[②]。

王献之一代，去世的时间前后不一，但他们大致是活动在东晋后期。进入刘宋，琅邪王氏作为一个文艺世家仍在延续，但这不属于本文研究的范围了。

（二）高平郗氏

高平郗氏原是东汉以来的儒学旧族。自东汉至东晋末年，郗氏共有八代。现参照《后汉书》、《三国志》、《晋书》、《世说新语》和《元和姓纂》等著作中的有关记载，将其八代世系列表如下：

---

① 另一说"子敬五六岁时学书"，见《书断中》。

② 虞龢：《论书表》。

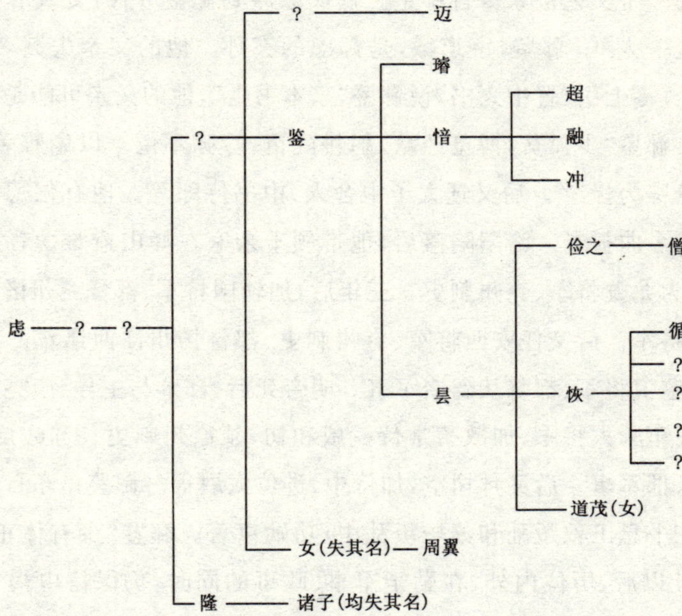

高平郗氏在东汉以前的世系中未见记载。在东汉时期，见于著录的只有郗虑一人。郗虑是曹操的重臣，曾任侍中、光禄勋和御史大夫等官职。他助曹操杀害了孔融和汉献帝伏皇后寿及兄弟、宗族百余人。后又持节策命曹操为魏公。郗虑为“当世知名”之士[1]，他“少受业于郑玄”[2]，是郑玄的门人之一。郗虑的一生，主要是从政，在文化思想上，接受的是郑玄的经学，并没有留心文艺。

高平郗氏自郗虑之后，其子孙的名字和事迹，均未见载录[3]。其第四代，即郗虑的曾孙，见于著录的只有郗隆一人。据《晋书·郗鉴传》附郗鉴叔父《郗隆传》所记，郗隆先后担任过尚书郎、左丞、吏部郎、东郡太守、散骑常侍和扬州刺史等。他受到赵王伦的善待，后因齐王冏起兵，他和儿子被杀害。郗隆有高才，“通亮清识”，有名位，为王衍所赞许[4]。高平郗氏沉寂了两代之后，到郗隆一代，又得到了复兴。郗隆和他的儿子尽管死于非命，也未见涉及文艺的事迹，但他的官职和名气却提高了郗氏家族的地位，为郗氏以后能成为一个文艺世家创造了有利的条件。

---

① 《三国志·魏书·荀彧传》注引《彧别传》。

② 《三国志·魏书·武帝纪》注引《续汉书》。

③ 原因之一，可能是郗虑为曹操的心腹重臣，司马氏代魏建晋以后，对郗氏的后代不予重用。

④ 参阅刘义庆《世说新语·品藻第九》第九条。

郗氏作为一个文艺世家肇自郗鉴。郗氏家族到郗鉴一代，史载有姓名和事迹的只有郗鉴一人[①]。郗鉴，字道徽，是郗虑的玄孙。他的父亲失其名字。《太平御览》卷二百零七引《晋中兴书》说郗鉴"家本书生"，他的父亲可能是一位避世的儒雅之士。郗鉴"少孤贫，博览经籍，躬耕陇亩，吟咏不倦。以儒雅著名，不应州命。赵王伦辟为掾"[②]。后又迁太子中舍人、中书侍郎等。他有仁德，见识远，能体恤宗族和乡曲孤老。洛阳陷落后，他带领千余家在峄山避难。晋元帝初镇江左，以郗鉴为龙骧将军、兖州刺史。三年后，加辅国将军、都督兖州诸军事。永昌初，任领军将军。后又任安西将军、兖州刺史、都督扬州江西诸军。王敦叛乱时，明帝加郗鉴卫将军、都督从驾诸军事。明帝死后，郗鉴与王导、庾亮等并受遗诏，辅少主，任车骑大将军、加散骑常侍。咸和初，领徐州刺史。苏峻反叛后，郗鉴都督扬州八郡军事。后又拜司空，加侍中，进位太尉等。郗鉴是东晋地位显赫的重臣。他在平息王敦叛乱和苏峻叛乱中，功勋卓著。郗鉴"少有体正，耽思经籍"[③]。他出仕以后，历位内外，在勤于军事、政事的同时，仍保持巾褐书生的特点，对文化典籍一直有浓厚的兴趣。《太平御览》卷二百零七载《晋中兴书》云：

> 郗鉴为太尉，虽在公位，冲心愈约。劳谦日仄，诵玩坟索。自少及长，身无择行。家本书生，后因丧乱，解巾从戎，非其本愿，常怀慨然。

郗鉴文武兼得。《隋书·经籍志四》录《郗鉴集》十卷，录一卷。《全晋文》卷一百零九辑郗鉴文四篇。郗鉴还是著名的书法家，他长于草书和行书。《书断中》称颂他的草书"卓绝，古而且劲"。《述书赋上》赞扬他的书法云：

> 丰茂宏丽，下笔而刚决不滞，挥翰而厚实深沉，等渔父之乘流鼓砣。

《淳化阁帖》卷二辑有他的行书帖《孝性帖》。《宣和书谱》卷十四云：今御府藏郗鉴的草书《兰陵帖》。

郗鉴对文艺的爱好和取得的成就，直接影响了他的子孙，甚至影响了他家的奴仆[④]，逐渐形成了家风。郗鉴的下一代，以郗愔为代表，见于著录的有四人。

---

① 《晋书·郗隆传》有"诸子悉在京洛"、"隆父子皆死"两句，依此知郗隆有诸子。刘义庆《世说新语·德行第一》第二十四条："郗公值永嘉丧乱，在乡里甚穷馁。乡人以公名德，传共饴之。公常携兄子迈及外甥周翼二小儿往食。"据此知郗鉴有兄长和姊妹。

② 《晋书·郗鉴传》。

③ 刘义庆：《世说新语·德行第一》第二十四条刘孝标注引《郗鉴别传》。

④ 刘义庆《世说新语·品藻第九》第二十九条："郗司空家有伧奴，知及文章，事事有意。"

一个是郗鉴兄长的儿子郗迈，另外三人都是郗鉴的子女。郗迈的父亲，失其名字。郗迈“有干世才略，累迁少府、中护军”[①]。郗鉴死前，上疏逊位云：“臣亡兄息晋陵内史迈，谦爱养士，甚为流亡所宗，又是臣门户子弟，堪任兖州刺史。”[②]由此看来，郗迈很受郗鉴的信用。郗迈虽然没有关涉文艺的记载，但他的品行和军政才能，有助于提高郗氏家族的地位和声誉。郗鉴的两个儿子郗愔、郗昙和女儿郗璇都擅长文艺，并且有作品传世。郗鉴虽然生活在两晋之际，但并没有受到玄谈的浸染，他是以“儒雅之士”的风貌获得声名的。上述情况到郗愔一代却发生了明显的变化。郗愔一代及其后辈郗超等则在据守儒学的同时，又濡染玄学，崇信道教，亲近佛教。他们是以兼容多种文化的特点活跃在文苑艺坛上的。

郗愔，字方回。郗愔由于其父郗鉴“功侔古烈”，青年时就受到皇室的重视。他初拜中书侍郎，再迁黄门侍郎，后又任临海太守、徐兖二州刺史、冠军将军、会稽内史，简文帝践祚，又加镇军、都督浙江东五郡军事。他“性至孝，居父母忧，殆将灭性”[③]。他虽然身居重要官位，但常怀辞职遗荣之心。《世说新语·品藻第九》第二十九条注引《郗愔别传》说他“渊清纯素，无执无竞”。他的弟弟郗昙去世以后，“益无处世意，在郡优游，颇称简默，与姊夫王羲之、高士许询并有迈世之风，俱栖心绝谷，修黄老之术”[④]。郗愔和他的弟弟郗昙都信奉天师道[⑤]。郗愔在书法方面倾注了不少心血。在郗氏家族中，郗愔的书法成就最为突出。他“善众书”，尤其长于章草。王僧虔《论书》说：

郗愔章草，亚于右军。

《书断中》称赞他的章草“纤浓得中，意态无穷，筋骨亦盛”。郗愔特别擅长书写道经。《太平御览》卷六百六十六引《太平经》云：郗愔“心赏道法，密自遵行。善隶书，与右军相埒。手自起写道经，将盈百卷。于今多有在者”。《淳化阁帖》辑有郗愔四帖，流传至今。郗愔能书也能文。《隋书·经籍志四》录有“《郗愔集》四卷，残缺，梁五卷”。今存郗愔文六篇，见《全晋文》卷一百零九。可能是因为受到

---

① 刘义庆：《世说新语·德行第一》第二十四条刘孝标注引《中兴书》。

② 《晋书·郗鉴传》。

③ 《晋书·郗愔传》。

④ 《晋书·郗愔传》。

⑤ 《晋书·何充传》：“于时郗愔及弟昙奉天师道，而充与准崇信释氏，谢万讥之云：‘二郗谄于道，二何佞于佛。’”

了郗愔的影响，据《书断中》所载，郗愔之妻傅氏也善书。

郗昙，字重熙，郗鉴的少子，始拜通直散骑侍郎，迁中书侍郎。后又任尚书吏部郎、御史中丞等，官至北中郎将、徐兖二州刺史。《世说新语·贤媛第十九》第二十五条注引《郗昙别传》说他“性韵方质，和正沉简”。他喜爱书法，他的随葬品中有“王羲之书及诸名贤遗迹”[①]。《书小史》卷五称郗昙“善草书”。《述书赋上》赞扬他的书法给人的美感是“若投石拔距，怒目扬眉”。郗昙亦能文，他的《与谢公书》[②]和五言《兰亭诗》流传至今。

郗璇，字子房，王羲之妻。《世说新语·贤媛第十九》第三十一条云：“王尚书惠尝看王右军夫人，问：‘眼耳未觉恶不？’答曰：‘发白齿落，属乎形骸；至于眼耳，关于神明，那可便于人隔？’”从上面的记载来看，郗璇有学识，并非普通女子。郗璇是有名的书法家。《书小史》卷二称赞她“甚工书……兄愔与昙谓之笔中之仙”[③]。郗璇也能文。《世说新语·贤媛第十九》第三十一条注引《妇人集》中载有她写的《谢表》。郗鉴对郗璇的婚姻特别重视。郗鉴经过多方面的选择和考虑，最终选择了王羲之为婿。郗鉴选择王羲之为婿，虽然主要着眼于政治[④]，但也影响到文艺。王、郗两个文艺世家联姻，密切了两家的关系，使其子弟往来频繁，其中有不少是属于文艺方面的活动。王羲之主持的兰亭集会，参加者当中就有他的内弟郗昙。据《淳化阁帖》卷六、卷七和卷八，今存王羲之的杂帖中，就有一些涉及了郗家，如《重熙书帖》、《都下帖》和《夜来腹痛帖》等。王、谢两家子弟的密切交往，尽管彼此有政治上的目的，但却促进了两家文艺的发展和提高。郗氏到郗愔之子郗超一代，史载有六人。其中郗愔之子三人：超、融、冲。郗昙子女三人：俭之、恢、道茂。以上六人当中，郗融“辟琅邪王文学，不拜而早终”[⑤]。郗冲生平不详。道茂为王献之妻。其他三人仍旧保持了重视文艺的家风，是郗氏家族中的后起之秀。其中最引人注目的是郗超。

郗超，字景兴，初被桓温辟为征西大将军掾，后转参军，迁中书侍郎，转司徒

---

① 《陈书·世祖九王传》。

② 《与谢公书》见《世说新语·排调第二十五》第三十九条，《全晋文》漏收。

③ 刘义庆《世说新语·贤媛第十九》第二十五条谓郗愔、郗昙为郗璇之弟。《晋书·郗愔传》称王羲之为“姊夫”。陈思《书小史》所记误。

④ 参阅田余庆《东晋门阀政治》，第61、62页。

⑤ 刘义庆：《世说新语·排调第二十五》第四十四条刘孝标注引《郗氏谱》。

左长史。郗超不仅官运亨通，而且还是享有盛誉的名士。《世说新语·赏誉第八》第一二六条注引《续晋阳秋》曰："超少有才气，越世负俗，不循常检。"《晋书·郗超传》说他"少卓荦不羁，有旷世之度，交游士林，每存胜拔，善谈论，义理精微"。郗超信奉佛教，性好施舍。郗超在文艺方面涉猎较广。他虽然只活了四十二岁，但在文学、书法和绘画等领域里，均有成就。他能诗善文，《隋书·经籍志四》载："《郗超集》九卷，梁十卷。"据慧皎《高僧传·序录》记载，郗超还撰有《东山僧传》。郗超今存《答傅郎诗》一首，共六章，见《晋诗》卷十二；《全晋文》卷一百一十辑郗超文四篇①。郗超长于正书和草书。他的书法注重创新，为时人所推重。《述书赋上》赞许他的书法说：

> 景兴当年，曷云世乏？正、草轻丽，脱略古法。迹因心而谓何，为吏士之所多。惜森然之俊爽，嗟蔑尔于中和。

郗超还是一位画家。《高僧传·于道邃传》载：道邃卒后，"郗超图写其形，支遁著铭赞曰……"支遁是当时的名僧和名士，郗超画的道邃像能和支遁的铭赞相配合，说明他在绘画方面也有相当的造诣。

郗俭之，字处约。《书小史》卷五说他："官至太子率更令，善草书。"郗恢，字道胤，是郗俭之之弟。据《晋书·郗恢传》记载，郗恢"少袭父爵，散骑侍郎，累迁给事黄门侍郎，领太子右卫率"。很受孝武帝器重。后任雍州刺史，又领秦州刺史。在桓玄、殷仲堪之乱中，被殷仲堪杀害。《书小史》卷五称郗恢"善正、行书"。《述书赋上》赞美郗俭之和郗恢二人的书法说："处约、道胤，家之后俊。狂草势而兄优，谨正书而弟润。"郗氏作为一个文艺世家，如果说从郗鉴开始，到郗俭之一代，代代相传，每一代在文艺上都取得了相当大的成就的话，那么，到了郗俭之的儿子郗僧施一代，则成就甚微。从现存资料来看，郗僧施一代至少有六人，其中留有名字的只有郗僧施和郗循二人②。郗循事迹不详。在文艺上作出成就的只有郗僧施一人。据《晋书·郗超传》记载，郗僧施，字惠脱，本是郗俭之的儿子，后因郗超无子，以僧施为嗣。僧施"袭爵南昌公。弱冠，与王绥、桓胤齐名，累居清显，领宣城内史，入补丹杨尹"。刘毅镇江陵，僧施为之谋划。刘毅败，与刘毅被

① 另外，刘义庆《世说新语·赏誉第八》第一四五条载有郗超《与袁虎书》，《排调第二十五》第四十九条载有《与袁虎书》，第五十条载有《答范启书》，《全晋文》漏收。

② 《晋书·郗恢传》："以恢为尚书，将家还都，至杨口，仲堪阴使人于道杀之，及其四子……子循嗣。"

刘裕杀害。僧施爱好诗，也能作诗。《建康实录·安皇帝》义熙八年载：僧施"少好文辞，宅于青溪，每清风美景，泛舟溪中，歌一曲，作诗一首。谢益寿闻之曰：'青溪中曲复何穷尽！'"①僧施尽管涉及了文艺，但成绩并不突出。总的来看，郗氏文艺世家到了僧施一代，已经凋败了。凋败的一个直接的、重要的原因，是在东晋后期的政治斗争中，郗僧施和郗恢的四个儿子，都死于非命。他们的被害，使郗氏家族几乎断子绝孙，根本不可能继承前辈在文艺上的业绩了。

（三）颍川庾氏

颍川庾氏从东汉后期到东晋末年，前后有七代。现根据《三国志》、《晋书》和《世说新语》等著作，将其世系列表如下：

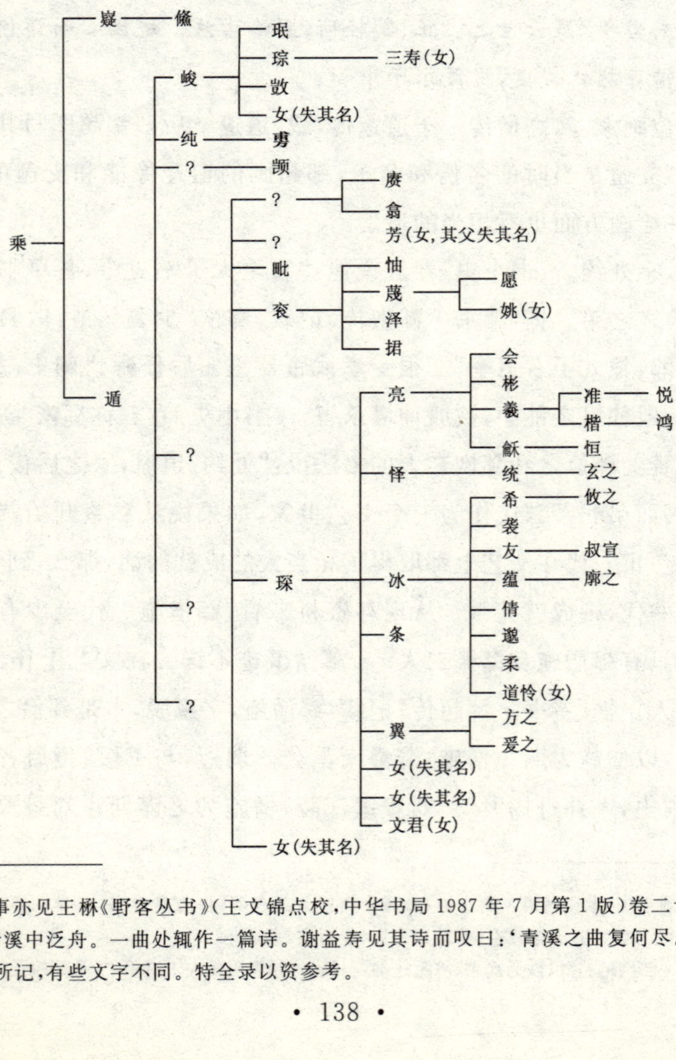

---

① 上述事亦见王楙《野客丛书》（王文锦点校，中华书局 1987 年 7 月第 1 版）卷二十九引《文类俗说》："郗僧施青溪中泛舟。一曲处辄作一篇诗。谢益寿见其诗而叹曰：'青溪之曲复何尽。'"《文类俗说》与《建康实录》所记，有些文字不同。特全录以资参考。

颍川庾氏在东汉时门第比较低微，见于记载的只有庾乘一人[①]。《晋书·庾峻传》云：庾乘"才学洽闻，汉司徒辟，有道征，皆不就"。又引魏散骑常侍苏林云：庾乘"高才而性退让，慈和泛爱，清静寡欲，不营当世，惟修德行而已"。《元和姓纂》卷六说庾乘在曹魏时任襄城令。从上述有关记载来看，庾乘在汉魏时遵从的基本是儒家的宗旨，对世事主要取退避的态度，在当时影响不大。

庾氏在朝政中地位的提高是在庾嶷一代。庾嶷一代见于记载的有二人。庾嶷在曹魏时为太仆，曾持节策命司马懿为相国，后又列名奏废齐王芳，是司马氏代魏建晋的功臣之一。庾嶷的弟弟庾遁，"廉退贞固，养志不仕"[②]。

庾氏家族的隆昌是在西晋的庾峻一代。《三国志·魏书·管宁传》注引《庾氏谱》云：庾遁"胤嗣克昌，为世盛门"。庾峻一代共有七人[③]，除庾儵、庾峻和庾纯之外，其他四人均失其名。庾峻和庾纯是庾遁之子。庾峻魏末为博士，入晋迁司空长史，转秘书监、御史中丞，拜侍中。庾峻"少好学，有文才"，"遍观古今，闻见益广"[④]。"时重《庄》《老》而轻经史，峻惧雅道陵迟，乃潜心儒典。"[⑤]庾纯曾任中书令、河南尹、侍中、御史中丞、尚书和少府等职。他"博学有才义，为世儒宗"[⑥]。庾儵是庾嶷之子，入晋为尚书。庾峻、庾纯和庾儵均能为文。《隋书·经籍志四》云：梁有"《庾峻集》二卷，录一卷，亡"。《全晋文》卷三十六辑庾峻文三篇，辑庾纯文两篇。《隋书·经籍志四》载：梁有《庾儵集》二卷，录一卷，亡。《全晋文》卷三十六辑庾儵辞赋三篇。庾峻等三人虽然有文传世，但除庾儵留下了三篇辞赋以外，其他多为疏表之类的应用文。它们体现的主要是儒家的观念，看不到有多少创新之处，在文艺上也没有产生明显的影响。上述现象的产生，与庾峻一代注重经史，潜心儒典，清节修德有密切的关系。上面的史实说明，庾氏在庾峻一代尽管俊茂升腾，提高了庾氏家族的社会地位，但他们并不特别喜爱和重视文艺。庾氏作为一个文艺世家始于庾峻的儿子庾敳一代。

庾氏在庾敳一代见于史传的有十二人，男十人，女二人，都是庾遁之孙。十

---

① 参阅《元和姓纂》卷六，林宝撰，岑仲勉校记，郁贤浩、陶敏整理，孙望审订，中华书局 1994 年 5 月第 1 版。

② 《晋书·庾峻传》。

③ 七人除庾嶷之子庾儵外，其他六人都是庾遁之子。《晋书·庾纯传》云："兄弟六人。"

④ 《初学记》卷十二引王隐《晋书》。

⑤ 《晋书·庾峻传》。

⑥ 《晋书·庾纯传》。

二人当中，有名者共八人[①]。这八人，除庾衮避世未仕以外，其他七人都出仕为官。庾珉少历散骑常侍、本国中正、侍中。庾琮仕至太尉掾。庾旉曾任吏部郎、太傅军事、军咨祭酒和豫州长史等官职。庾敳历位博士，后为散骑侍郎，终于国子祭酒。庾颛担任过太傅从事中郎和豫州牧长史。庾琛初为建威将军，后为会稽太守、丞相军咨祭酒。在文化思想上，庾衮以孝友著称，他通《诗》《书》，能著文，撰《保聚垒议》二十篇[②]，但在文艺上影响不大。这一代影响比较大的是庾敳。庾敳，字子嵩。庾氏至庾敳时，变宗儒学而奉老庄。《世说新语·文学第四》注引《晋阳秋》说：庾敳"恢廓有度量，自谓是老庄之徒"。据《晋书·庾敳传》记载：庾敳鉴于西晋后期"天下多故，机变屡起"，因而"未尝以事婴心，从容酣畅，寄通而已"。由于庾敳迎合了当时的玄风，由儒入玄，结果"有重名，为缙绅所推"。"太尉王衍雅重之"[③]。庾敳留心文艺，且写有不少作品。《隋书·经籍志四》载《庾敳集》一卷，梁五卷，录一卷，亡。庾敳今存作品两篇，一篇是《意赋》，见《晋书》本传，另一篇是《幽人箴》，见《艺文类聚》卷三十六。此外，还有一篇《客咨》，已经失传。《文心雕龙·杂文》说：

> 庾敳《客咨》，意荣而文悴。

可见《客咨》是一篇比较重要的作品。庾敳在当时"有重名"，是庾氏家族中的第一个名士。他结交了许多名士，自己又长于写作，这为庾氏成为一个文艺世家打下了基础，并且直接影响了他的后代。

庾氏文艺世家的发皇时期是在江左由庾亮和他的弟弟来体现的。庾氏家族

---

① 十二人的具体情况是：庾峻之子三人：珉、琮、敳。《晋书·庾峻传》云：庾峻"二子：珉、敳"。上引《晋书》有疏漏。《世说新语·赏誉第八》第三十条注引虞预《晋书》："琮字子躬，颍川人，太常峻第二子。"《世说新语·文学第四》第十五条注引《晋阳秋》："庾敳字子嵩，颍川人，侍中峻第三子。"《晋书·褚裒传》："颍川庾敳，即裒之舅也。"据此，知庾峻有一女儿。此女儿失其名。庾纯之子一人：旉，见《晋书·庾纯传》。《三国志·魏书·管宁传》注引《庾氏谱》："豫州牧长史颛，遁之孙。"知庾敳的同辈中有颛，父失其名。庾衮之父，名字未见记载。《晋书》明确记述庾衮兄弟的文字见卷九十三《庾琛传》："兄衮，在《孝友传》。"细读《孝友传·庾衮传》，知衮兄弟不止庾琛一人。《庾衮传》："咸宁中，大疫，二兄俱亡，次兄毗复殆，疠气方炽，父母诸弟皆出次于外，衮独留不去。……疫势既歇，家人乃返，毗病得差，衮亦无恙。"据以上所记，知庾衮至少有三兄，有二兄失其名，另有兄毗。又《庾衮传》："孤甥郭秀，比诸子侄。"依此，知庾衮有姊妹，名字未见著录。

② 《郡斋读书志》(晁公武撰，孙猛校证，上海古籍出版社 1990 年 10 月第 1 版)卷十四载："庾衮《保聚图》一卷。"此书序作《保聚垒议》，今从序。

③ 《晋书·庾敳传》。

至庾亮一代，人丁兴旺，见于史录的有十六人，其中男十一，女二。① 庾亮一代，在当时，在后来，影响卓著的是庾亮和他的弟弟。

庾亮，字元规，庾琛之子、庾敳之侄，是一个政治家和军事家。东晋建立之前，曾任丞相参军，参与讨伐华轶，有功。东晋建立以后，先后任中书郎、散骑侍郎、中书监、护军将军、中书令、江荆豫三州刺史等职。死后追赠太尉，谥曰文康。由于庾亮在朝政中有很高的地位，加上他的前辈奠定的基础和他妹妹文君为晋明帝明穆皇后等，因而庾氏家族逐渐成为东晋王朝的重要支柱，成为能与琅邪王氏和龙亢桓氏相抗衡的门阀士族。庾亮的一生虽然把主要精力放在政治和军事上，但也爱好玄谈，也非常重视文化和艺术。《太平御览》卷六百一十七引何法盛《晋中兴书》云：庾亮"少好黄老，能言玄理，时人方之夏侯泰初"。过江前，庾亮即接触了当时的一些名士，如"才性清婉"的温元甫，"善谈明理"又能吹笳的刘王乔以及裴叔则。直到后来，他"犹忆刘、裴之才俊，元甫之清中"②。《晋书·庾亮传》说他"善谈论，性好《庄》、《老》，风格峻整，动由礼节，闺门之内不肃而成，时人或以为夏侯太初、陈长文之伦也"。由此可知，庾亮在推崇老庄的同时，又能恪守儒家礼法。庾亮在文学和书法等领域内均有成就。庾亮有文才，少年时即对文艺感兴趣，并有自己的见解。《晋书·庾敳传》云：庾亮见庾敳所作《意赋》，问庾敳曰："若有意也，非赋所尽；若无意也，复何所赋？"答曰："在有无之间耳！"庾亮十分敬佩庾敳。《世说新语·赏誉第八》第三十三条、第四十二条载：

> 司马太傅府多名士，一时俊异。庾文康云："见子嵩在其中，常自神王。"
>
> 庾公目中郎(庾敳曾为太府从事中郎)："神气融散，差如得上。"

庾亮受庾敳以及当时其他名士的影响，一直重视文艺。据《晋书·明帝纪》记载：明帝为太子时，"雅好文辞"，庾亮作为当时的名臣，也受到了亲待，所以刘勰在

---

① 庾亮一代十六人，都是庾遁之孙。他们是：庾琮之女三寿。刘义庆《世说新语·赏誉第八》第四十条刘孝标注引《王氏谱》："濛父讷，娶颍州(当作"川")庾琮之女，字三寿也。"庾芳、庾赓，庾翕，《晋书·庾衮传》："孤兄女曰芳……以旧宅与其长兄子赓、翕。"芳、赓、翕三人之父，失其名。庾怞、庾蔑、庾泽、庾捃，均为庾衮之子，见《晋书·庾衮传》。庾亮、庾怿、庾冰、庾翼、庾条、庾文君，均为庾琛之子，见《晋书·庾亮传》、《晋书·明穆庾皇后传》。庾琛之女不止《晋书》所载之文君。《元和姓纂》卷四第一三四条："庾琛女适汝南贲氏。"《文选》卷三十八庾亮《让中书令表》注引王隐《晋书》："明穆皇后庾氏，字文君，琛第二女。"《太平御览》卷一百三十八引何法盛《晋中兴书》："明穆皇后庾氏，讳文君，左将军琛第三女也。"据上述资料，庾琛有二女和三女两说，今姑从三女之说。

② 参阅刘义庆《世说新语·赏誉第八》第三十八条及刘孝标注。

《文心雕龙·时序》中说：庾亮"以笔才逾亲"。庾亮擅长写作，能诗善文。《隋书·经籍志一》载：梁有《杂乡射等议》三卷，《论语君子无所争》一卷，均为庾亮所撰。《隋书·经籍志四》载："《庾亮集》二十一卷，梁二十卷，录一卷。"《全晋文》卷三十六、卷三十七辑庾亮文二十篇[①]。钟嵘《诗品序》评述玄言诗时，把庾亮同孙绰和许询相提并论。对庾亮的文章，刘勰、萧统和房玄龄等十分重视，极为赞赏。刘勰在《文心雕龙·才略》中称颂庾亮的表奏，"靡密以闲畅"。在《章表》中特别指出他的《让中书》一文"信美于往载"。又在《程器》中云：

昔庾元规才华清英，勋庸有声，故文艺不称；若非台岳，则正以文才也。

萧统同刘勰一样，也特别肯定庾亮的表奏，《文选》卷三十八选录了庾亮的《让中书令表》。房玄龄在《晋书·庾亮传论》中认为：庾亮在文艺上的成就要高于他在政治上的成就："其笔敷华藻，吻纵波涛，方驾缙绅，足为翘楚。而智小谋大，昧经邦之远图；才高识寡，阙安国之长算。"房玄龄为了肯定庾亮的文才而贬抑他在政治上的成绩，这一点并不全面，但我们从中却可以看到，庾亮在文学上的成就是相当卓著的。庾亮还是一位著名的书法家。《采古来能书人名》赞扬他"善草、行"。《述书赋上》称许他的书法说：

强骨慢转，逸足难追。翰断蓬征，施蔓葛垂。任纵盘薄，是称元规。

从今存《淳化阁帖》卷三所辑庾亮的《书箱帖》来看，诚如《述书赋上》所云，强骨、逸纵确是庾亮书法的特点。

庾亮在其同辈当中，处于兄长的地位，加上他的官职最高，名气最大，所以他对文艺的重视和爱好，直接影响了他的弟弟。他的四个弟弟当中，除庾条"最凡劣"之外[②]，庾怿、庾冰和庾翼在文艺上程度不同地都取得了成就。

《晋书·庾怿传》云：庾怿"字叔预，少以通简为兄亮所称"。他曾任散骑侍郎、左卫将军、辅国将军、凉州刺史和豫州刺史等职。在文艺上，他以书法见长。《书小史》卷五称赞他"善正、行书"。

《世说新语·方正第五》第四十一条注引《晋阳秋》说：庾冰，字季坚，"少有检操，兄亮常器之"。庾冰曾任中书监、扬州刺史、都督扬豫兖三州军事、征虏将军

① 另外，刘义庆《世说新语·雅量第六》第十八条刘孝标注引庾亮《启参佐名》，《全晋文》漏收。

② 参阅《晋书·庾条传》。

等职。庾冰"以雅素垂风","天性清慎,常以俭约自居"[①]。庾冰能书能文。《书小史》卷五说他长于书法。《隋书·经籍志四》载:《庾冰集》七卷,"梁二十卷,录一卷"。《全晋文》卷三十七辑庾冰文六篇。

在庾亮的弟弟当中,庾翼在文艺上的成就尤其突出。《世说新语·言语第二》第五十三条注引《庾翼别传》云:庾翼,字稚恭,"少有大度,时论以经略许之"。庾翼文武双全。他担任过振威将军、鄱阳太守、南蛮校尉、荆州刺史和征西将军等要职。《隋书·经籍志四》载:"《庾翼集》二十二卷,梁二十卷,录一卷。"《全晋文》卷三十七辑庾翼文十四篇。另外,《宣和书谱》卷十五载庾翼《与昆弟辈书》,《全晋文》漏收。刘勰在《文心雕龙·诏策》称许庾翼写的教令"明断",同诸葛亮的教令一样,"理得而辞中,教之善者也"。庾翼还是东晋卓有成就的书法家。庾翼小时即爱好书法。据《晋书·王羲之传》记载,庾翼曾保有伯英章草十纸,足见他十分留心收存前人的书法珍品。庾翼自已兼善隶、行、草书,当时能同王羲之"并驰争先"。《宣和书谱》卷十五说:庾亮"尝就羲之求书法,羲之答云:'翼在彼,岂复假此!'是知翼之书固自超绝,其为当日书家名流所推先如此。其自许亦自高"。庾翼的书法颇受后人青睐。《淳化阁帖》卷三辑庾翼二帖。《述书赋上》嘉许庾翼的书法说:

> 积薪之美,更览稚恭,名齐逸少,墨妙所宗。善草则鹰搏隼击,工正则剑锷刀锋。愧时誉之未尽,觉知音而罕逢。

和庾亮同族的庾阐在文艺上也有重要的贡献。庾阐,字仲初,世系不详。《世说新语·文学第四》第七十七条注引《中兴书》说:庾阐,"太尉亮之族也"。庾阐官至给事中,领著作。他在文艺上,深受时人重视,也为后人所注目。他不仅在庾氏家族中,是唯一被《晋书》列入《文苑传》的文人,而且《文苑传序论》中特别标举了他和曹毗,认为他们是"中兴之时秀"。《晋书·庾阐传》说:庾阐"好学,九岁能属文"。他出补零陵太守、入湘川时,写有《吊贾生文》。后"吴国内史虞潭为太伯立碑,阐制其文。又作《扬都赋》,为世所重"。他"所著诗赋铭颂十卷行于世"。《隋书·经籍志四》载:"《庾阐集》九卷,梁十卷,录一卷。"据《三国志·吴书·吴主传》裴松之注,庾阐还著有《扬都赋注》。在庾氏家族中,庾阐流传至今的诗文最多。《全晋文》卷三十八辑庾阐文二十二篇;《晋诗》卷十二辑庾阐诗二

① 《晋书·庾冰传》。

十一首。这说明庾阐的诗文是有生命力的。

庾氏作为一个文艺世家，在庾亮一代达到鼎盛之后，不久就衰微了。庾亮一辈的下一代，见于记载的共有十七人，男十五人，女二人[1]。这十七人当中，在文艺上多少有成绩的是庾羲、庾龢、庾统和庾友四人。

庾羲，字叔和，庾亮的第三子。他"拔尚率到"[2]，能诗文。《晋书·庾羲传》云：

> 羲少有时誉，初为吴国内史。时穆帝颇爱文义，羲至郡献诗，颇存讽谏。因上表曰……其诗文多不载。羲方见受用而卒。

这里所谓的"上表"，指的是今存的《上讽谏诗表》。除此之外，庾羲没有作品流传下来。

庾龢，字道季，庾亮的第四子。他历任丹阳尹、中领军。《晋书·庾龢传》说他"好学，有文章"。《世说新语·言语第二》第七十九条注引徐广《晋纪》说他"风情率悟，以文谈致称于时"。《隋书·经籍志四》载："梁有中领军《庾龢集》二卷，录一卷。"庾龢对绘画也颇有见地。据《世说新语·巧艺第二十一》第八条记载，他曾批评戴逵画的佛像"神明太俗，由卿世情未尽"。

庾统，字长仁，庾怿之子，小字赤玉。《世说新语·赏誉第八》第八十九条注引《中兴书》说他"少有令名。仕至寻阳太守"。庾统长于为文。《隋书·经籍志四》载《庾赤玉集》四卷，又载《庾统集》八卷。

庾友，字惠彦[3]，庾冰第三子，官至东阳太守。他在文学上有一定的造诣，曾参加过王羲之主持的兰亭集会，并作《兰亭诗》一首，流传至今。

以上所举庾羲等四人，虽然在文艺上有成绩，但同他们的父辈相比，不论是在门类上，还是在作品的数量和质量上，都呈现出衰退的态势。这种现象的产

---

① 十七人是：庾蔑子女二人：愿、姚。《晋书·庾衮传》："蔑生愿。"刘义庆《世说新语·仇隙第二十六》刘孝标注引《桓氏谱》："桓冲后娶颍川庾蔑女，字姚。"庾亮子四人。《晋书·庾亮传》云：庾亮"三子：彬、羲、龢"。从排列次序看，羲为亮第二子。《晋书》所记有遗漏。《世说新语·雅量第六》第十七条注引《庾氏谱》："会字会宗，太尉亮长子。"《世说新语·方正第五》第四十八条注引徐广《晋纪》曰：羲为庾亮第三子。今从《晋纪》。庾怿之子一人：统。见《晋书·庾怿传》。庾冰子女八人：希、袭、友、蕴、倩、邈、柔、道怜。见《晋书·庾冰传》、《废帝孝庾皇后传》。庾翼子二人：方之、爱之。见《晋书·庾翼传》。《太平御览》卷五百一十八："翼子爱客常候孙盛。"《世说新语·识鉴第七》第十九条注："园客，爱之小字也。"依此推测，爱客当是方之小字，非庾翼另有一子。

② 刘义庆：《世说新语·方正第五》第四十八条刘孝标注引《晋纪》。

③ 此据刘义庆《世说新语·贤媛第十九》第二十二条刘孝标注引《庾氏谱》，但同条另引《庾氏谱》云："友字弘之。"特录以备考。

生，究其原因，主要有两点：第一，政治上遭受迫害。庾氏家族在庾亮、庾怿、庾冰和庾翼等相继去世以后，在朝政中的地位有明显的削弱。朝政军政大权逐渐被桓温所控制。庾亮等人的相继去世，虽然使庾氏的地位有所削弱，但由于庾氏有很深的根柢，在朝政中仍不失为一个强宗，有不少子弟继续担任重要官职。桓温为了巩固自己的地位，用各种方法想尽快地进一步削弱庾氏的力量。庾翼卒后不久，他的两个儿子方之和爰之即被桓温所废，迁到豫章。海西公被废以后，桓温诬陷武陵王司马晞与庾冰之子庾倩等谋反，杀害了庾倩和庾柔。庾蕴在广州被迫饮鸩而死。庾希和庾邈及子侄五人在建康被斩。庾友经其子妇的求救才免于被杀①。在庾氏被迫害的子弟中，有些很有才能，颇有其父辈的遗风。《世说新语·识鉴第七》第十九条注引《中兴书》说：庾爰之"有父翼风"。《晋书·庾冰传》说：庾倩"有才气"。他们如果免遭迫害，在文艺上当会有所作为。他们受到的迫害，不仅使有些人过早地离开了人间，而且对活着的庾氏子弟也投下了浓重的阴影，使他们很难有兴致去留心文艺。由此看来，庾氏文艺世家的式微，与其在政治上的衰败是相伴相随的。第二，庾氏子弟中有许多人去世过早。这有三种情况：一是如上所述，因为在政治上遭到迫害。二是由于以前的战乱。如庾亮的长子庾会和次子庾彬都死于苏峻之乱。庾会死时年仅十九岁。三是由于其他原因，如庾统，《晋书·庾怿传》说庾统"年二十九卒，时人称其才器，甚痛惜之"。又如庾羲，《晋书》本传说他"初为吴国内史"，"方见授用而卒"。看来庾羲活的时间也不长。艺术创作需要长时间的积累。艺术史上尽管也有年轻有为的艺术家，但毕竟是凤毛麟角。绝大多数艺术家的艺术成就都是长期生活体验和艺术实践的结晶。庾氏子弟中，有那么多的人英年早逝，在很大程度上导致了庾氏文艺世家的凋零。

庾氏家族在遭受桓温的沉重打击以后，到庾亮的孙子庾准一代，更加衰败。和上一代相比，庾准的同辈，人数较少，见于载录的仅有七人②，而且有四人死于非命。七人中，有六人先后出仕为官。庾准官至豫州刺史。庾楷初拜侍中，后任豫州刺史，进号左卫将军，被桓玄所杀。庾恒为尚书仆射。庾玄之官至宣城内史。庾

① 《晋书·庾冰传》："及友当伏诛，友子妇，桓祕女也，请温，故得免。"

② 七人是：庾羲之子：准、楷。庾龢之子：恒。见《晋书·庾亮传》。庾统之子：玄之。见《晋书·庾怿传》。庾希之子：攸之。庾友之子：叔宣。庾蕴之子：廓之。见《晋书·庾冰传》。

叔宣为右卫将军。庾廓之为东阳太守。《晋书·庾冰传》记载，庾希、庾邈及子侄五人被桓温斩于建康市。据此，知攸之、叔宣和廓之三人当都是被桓温杀害的。庾准一代，随着庾氏家族在政治上的进一步衰微和多人被杀害，在文艺上也是日落西山。这一代的七人之中，除庾准"善草书"之外[①]，其他六人都没有涉及文艺。这表明，颍川庾氏作为东晋的四大文艺世家之一，到庾准一代已经结束了。

（四）陈郡谢氏

为了能够明晰地了解陈郡谢氏在东晋的世系，这里参照陈直的《谢氏世系表》[②]、顾绍柏的《谢氏家族表》[③]、王大良的《谢氏世系表》[④]，并检阅、参用有关文献和考古资料，将谢氏家族刘宋以前的世系列表如下：

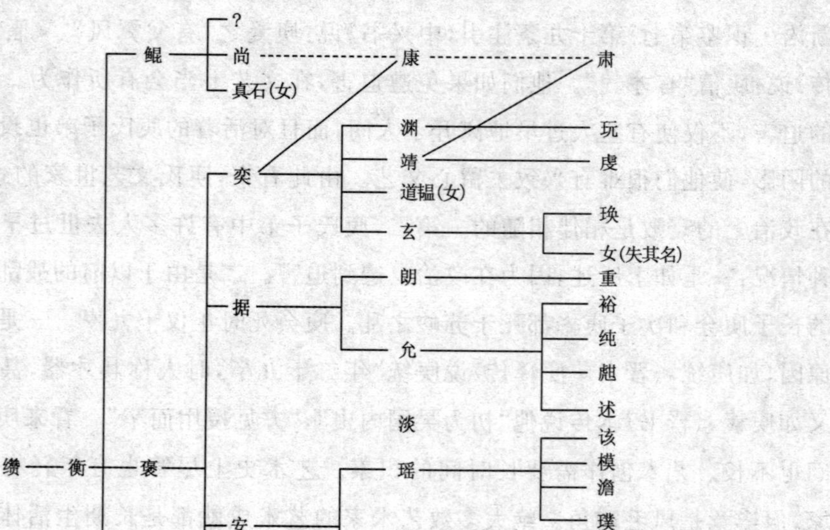

① 参阅陈思《书小史》卷五。

② 参阅陈直《摹庐丛著七种》，齐鲁书社 1981 年 1 月第 1 版，第 538、548 页。

③ 参阅顾绍柏《谢灵运集校注》附录三，中州古籍出版社 1987 年 8 月第 1 版。

④ 参阅王大良《华夏姓氏丛书·谢》，广西人民出版社 1993 年 3 月第 1 版，第 44 页。

陈郡谢氏,《后汉书》、《三国志》均无载录,可能是由于其在汉魏时期是一般的家族。陈郡谢氏最早见于记载的是谢缵。《晋书·谢鲲传》说:"祖缵,典农中郎将。"关于谢缵的生平,除了上面的记载之外,其他情况未闻。谢缵的官职虽然不算很高,但他却使谢氏从此以后在历史上留下了踪迹,并为他的后代的发迹创造了条件。谢缵的后代见于记载的只有谢衡一人。谢衡历任守博士、国子博士、国子祭酒、太子少傅和散骑常侍。谢衡是"晋硕儒"[①],"以儒素显"[②]。他"博物多闻"[③],能文。《隋书·经籍志四》载:梁有"《谢衡集》二卷。亡"。《全晋文》卷八十三辑谢衡文三篇。这三篇文章的内容,全是议论丧礼的。谢衡对文艺虽然未予关注,但由于他的官职和"硕儒"地位,实"为谢氏发轫之初"[④]。谢氏作为一个文艺世家,始于谢衡之子谢鲲一代。谢衡之子,见于记载的有三人,依次为谢鲲、谢裒[⑤]、谢广。谢裒"历侍中,吏部尚书,吴国内史"[⑥]。谢广曾任尚书[⑦]。史载有关谢裒和谢广的事迹极为简略,未见他们涉及文艺的资料。谢鲲一代重视文艺,并且有所成就的是谢鲲。谢氏作为一个文艺世家始于谢鲲。

谢鲲,字幼舆,是谢氏家族中第一个有传记的人[⑧]。他生活在两晋之际。《晋书·谢鲲传》载:谢鲲初任太傅东海王越掾,转参军事。后"以时方多故,乃谢病去职,避地于豫昌"。王敦任左将军时,引为长史,后迁大将军长史。王敦图谋叛乱时,谢鲲"知不可以道匡弼,乃优游寄寓,不屑政事,从容讽议,卒岁而已"。王敦知道,谢鲲不同意自己叛逆,于是出谢鲲为豫章太守。谢鲲到豫章,"莅政清肃,百姓爱之"。谢鲲追随元康玄风,"少知名,通简有高识,不修威仪,好《老》、《易》"。他任达狂放,"不徇功名,无砥砺行,居身于可否之间,虽自处若秽,而动不累高"。他纵意自然山水,《世说新语·品藻第九》第十七条载:

---

① 刘义庆:《世说新语·文学第四》第二十条刘孝标注引《晋阳秋》。

② 《晋书·谢鲲传》。

③ 《晋书·王接传》。

④ 姚振宗:《隋书经籍志考证》卷三十九之四,见《二十五史补编》(四),中华书局 1955 年 2 月第 1 版,第 699 页。

⑤ 《晋书·成帝纪》、《谢鲲墓志》作"褒",《晋书·谢安传》、刘义庆《世说新语·方正第五》第二十五条刘孝标注引《永嘉流人名》作"裒"。"裒",同"褒",亦作"襃"。

⑥ 刘义庆:《世说新语·方正第五》第二十五条注引《永嘉流人名》。

⑦ 据《晋书·武悼杨皇后传》。

⑧ 谢鲲的传记,除《晋书》外,还有刘义庆《世说新语》刘孝标注引《(谢)鲲别传》,见《文学第四》第二十条、《规箴第十》第十二条。

明帝问谢鲲:"君自谓何如庾亮?"答曰:"端委庙堂,使百僚准则,臣不如亮。一丘一壑,自谓过之。"

又注引邓粲《晋纪》云:

鲲与王澄之徒,慕竹林诸人,散首披发,裸袒箕踞,谓之八达。

在文艺上,谢鲲特别爱好音乐。《晋书·谢鲲传》云:谢鲲"能歌善鼓琴"。他任太傅掾时,"任达不拘,寻坐家童取官稿除名。于是名士王玄、阮修之徒,并以鲲初登宰府,便至黜辱,为之叹恨。鲲闻之,方清歌鼓琴,不以屑意……邻家高氏女有美色,鲲尝调之,女投梭,折其两齿。时人为之语曰:'任达不已,幼舆折齿。'鲲闻之,傲然长啸曰:'犹不废我啸歌。'"谢鲲还长于写作,《隋书·经籍志四》载"《谢鲲集》六卷,梁二卷"。他的文集早已失传,今存《元化论序》一文,见《世说新语·赏誉第八》第三十六条注引。此文《全晋文》漏收。谢鲲崇尚《老》、《易》,仰慕竹林诸人,有高名,有才望,但又没有完全忘怀政事。他的重要的社会地位和思想风貌,他对文艺的爱好以及取得的成就,为谢氏的发展、为谢氏文艺世家的形成奠定了基础。谢鲲卒后,其文艺业绩到了以谢安为代表的一代,伴随着谢氏在军事和政治上的地位的迅速升腾,有了很大的、全面的发展。

据历史文献和考古资料,谢安一代共有十人。其中谢鲲有子女三人:谢尚兄[①]、谢尚和谢真石[②]。谢褒有子女七人:谢奕、谢据[③]、谢安、谢万、谢铁、谢石[④]。另外,《南史·袁湛传》云:"湛少与弟豹并为从外祖谢安所知。"依此,知谢安有姊妹[⑤]。上述十人当中,谢真石和谢安的姊妹,生平不详。谢尚兄、谢据早卒。谢铁曾任永嘉太守。谢据和谢铁没有涉及文艺的记载。其他谢尚、谢奕、谢安、谢万和谢石五人在文艺上分别作出了不同的贡献。

关于谢尚,《晋书·谢尚传》云:"谢尚字仁祖。"他"幼有至性","神悟夙成",

---

① 《晋书·谢尚传》:"七岁丧兄,哀恸过礼,亲戚异之。"据此,知谢尚有兄,失其名字。陈直和王大良《谢氏世系表》均未录谢尚兄。

② 《谢鲲墓志》:"女真石。"陈直和王大良《谢氏世系表》均遗漏谢真石。

③ 刘义庆《世说新语·纰缪第三十四》第五条刘孝标注:"据字玄道,尚书褒第二子。"《宋书·谢景仁传》云:谢据为"太傅谢安第二弟"。"弟"当为"兄"。

④ 谢铁、谢石,谁大?严可均《全晋文》卷八十三云:谢石为谢安第六弟。陈直表列谢铁于前,王大良表列谢石于前。上述诸说,不知何据。今姑从严、陈之说,将谢铁列于前。

⑤ 《四库全书·松弦馆琴谱、松风阁琴谱、内廷翰林等考据琴谱指法按语》:"琴史:谢安石弟谐,颇有文学,善鼓琴,以新声手势,京师士子翕然从学。"此云谢安有弟谢谐,不知何据。特录以备考。

曾被誉为孔子的弟子颜回。“及长，开率颖秀，辨悟绝伦，脱略细行，不为流俗之事。好衣刺文绔，诸父责之，因而自改，遂知名”。司徒王导把他比作竹林七贤中的王戎。谢尚的父亲谢鲲已是清言名士。谢尚承继父风，更加注重跻身于清言名流。《世说新语·文学第四》第二十八条载：谢尚年少时，往访“思虑通长”的清言名士殷浩。听殷浩清言时，“注神倾意，不觉流汗交面”。谢尚非同凡俗，受到了王导的器重，辟为司徒掾。后来他历任建武将军、历阳太守、江州刺史、豫州刺史、尚书仆射等职。谢尚任职重要，且有政绩，为谢氏家族地位的提高作出了贡献。谢尚“博综众艺”[①]，在音乐、舞蹈、文学和书法等方面，均有成就。他爱好鼓吹音乐，为此曾经得到庾翼的奖赏。《宋书·乐志一》云：

> 谢尚为江夏太守，诣安西将军庾翼于武昌咨事，翼与尚射，曰：“卿若破的，当以鼓吹相赏。”尚射破的，便以副鼓吹给之。

谢尚也“善音乐”[②]。他能弹筝。《艺文类聚》卷四十四引《俗说》载：

> 谢仁祖为豫州主簿，在桓温阁下。桓温闻其善弹筝，便呼之。既至，取筝令弹。谢即理弦抚筝，因歌《秋风》，意气殊遒。桓大以此知之。

谢尚不仅能弹筝，而且还能演奏琵琶，创作歌曲[③]。

西晋末年，由于战乱，朝廷用的雅乐多遭破坏。东晋立朝以后，谢尚注意恢复雅乐，在这方面做了不少工作。《晋书·谢尚传》说：谢尚进号镇西将军，镇寿阳时，“采拾乐人，并制石磬，以备太乐。江表有钟石之乐，自尚始也”。又《宋书·乐志一》载：

> 晋氏之乱也，乐人悉没戎虏。及胡亡，邺下乐人，颇有来者。谢尚时为尚书仆射，因之以具钟磬。

以上事实说明，谢尚在东晋恢复雅乐方面，有不可磨灭的功绩。这一点，受到了后来史学家的充分赞许：“遗音既补，雅乐缺而还备。君子哉，斯人也！”[④]

谢尚的舞蹈在当时是非常出名的。特别是他跳的《鸲鹆舞》，曾经受到不少人的赞赏。《晋书·谢尚传》载：谢尚“始到府通谒，（王）导以其有盛会，谓曰：‘闻君能作《鸲鹆舞》，一坐倾想，宁有此理不？’尚曰：‘佳。’便著衣帻而舞。导令坐者

---

① 《晋书·谢尚传》。

② 《晋书·谢尚传》。

③ 谢尚曾作《大道曲》，参见本书第一章（二）。

④ 《晋书·谢尚传论》。

抚掌击节，尚俯仰在中，旁若无人，其率诣如此。”又《世说新语·任诞第二十三》第三十二条注引《语林》载：

谢镇西酒后，于盘案间，为洛市肆工《鸲鹆舞》，甚佳。

在文学方面，谢尚著有文集。《隋书·经籍志四》载：梁有《谢尚集》十卷，录一卷。他传下来的诗有三首，文四篇，分别见《全晋诗》卷十二和《全晋文》卷八十三。

谢尚还工于书法[①]。他的草书受到了后人的重视。《述书赋》云：“谢氏三昆，尚草特峻。犹注飞涧之瀑溜，投全牛之虚刃。”《宣和书谱》卷十五说：谢尚“作草书，深得昔人行笔之意……今御府所藏草书一：《余寒帖》”。

谢奕是谢裒的长子，“字无奕，少有名誉”[②]，曾先后任剡令、晋陵太守、安西司马、安西将军和豫州刺史等职。他“性粗强”[③]，纵情任性，不拘礼法，但又“立行有素”，他与桓温有“布衣之好”，被桓温称为“方外司马”[④]。在文艺方面，谢奕特别热心书法，并取得了成就。《宣和书谱》卷七称颂他“喜作字，尤长于行书，飘逸之气，人人眉睫，故窦臮以赋美之曰：‘达士逸迹，乃推无奕。毫翰云为，任兴所适。’又见无奕之书，不拘于俗学之妙，而风气自高，当时以为达士也……今御府所藏行书一：《秋月帖》”。

谢鲲去世以后，谢安是谢氏家族中的一个核心人物。谢安，字安石，谢褒的第三子，童年时“神识沈敏，风宇条畅”[⑤]，有重名。初辟司徒府，授佐著作郎，皆辞不就。他长期隐居东山。四十多岁时开始出山从政，历任桓温司马、吴兴太守、侍中、吏部尚书、中护军等职。孝武帝时任尚书仆射，领扬州刺史，总揽朝政。死后赠太傅，尊称谢公。谢安从政以后，凭借着他的名望和政治才能，阻止了桓温的篡权，组织了北府兵。在震撼当时的淝水之战中，他镇定自若，用人不避亲，委任他的弟弟谢石、子谢琰和侄谢玄作统帅，大败苻坚，取得了古代军事史上以少胜多的辉煌战绩。和琅邪王氏、高平郗氏、颍川庾氏相比，谢氏是“新出门户”[⑥]，在谢安一代之前，地位并不高。到谢安一代，先由谢尚在军事上的作为，

① 《书断中》：谢尚“工书”。

② 《晋书·谢奕传》。

③ 刘义庆：《世说新语·忿狷第三十一》第五条。

④ 《晋书·谢奕传》。

⑤ 《晋书·谢安传》。

⑥ 刘义庆《世说新语·简傲第二十四》第九条：“谢万在兄前，欲起索便器。于时阮思旷在坐曰：‘新出门户，笃而无礼。’”

后因谢安在政治上和军事上的杰出贡献，“兼将相于中外，系存亡于社稷”[①]，使谢氏名震寰宇，成为东晋中期当轴的家族。谢氏家族地位的提高，还与谢安继承了谢鲲崇尚玄谈和好游山水的家风密切相关。谢安喜爱清言。《世说新语·文学第四》第二十四条载：谢安年少时，即请“甚精论难”的阮裕道《白马论》，深受阮裕的赞赏。“弱冠诣王濛，清言良久”[②]。后来，经常同当时的清谈名士支遁、殷浩、许询和王濛等在一起言咏辩论[③]。孙绰《赠谢安诗》说他：“洋洋浚泌，蔼蔼丘园。庭无乱辙，室有清弦。足不越疆，谈不离玄。”不少事实说明，谢安是东晋重要的清谈名士。谢安爱好游赏山水。他寓居会稽时，“优游山林”[④]，“放情丘壑”[⑤]。谢安还特别爱好文艺，在文艺上把谢氏家族向前推进了一大步。《南齐书·王俭传》载：

俭常谓人曰：“江左风流宰相，唯有谢安。”

这里所说的“风流”，含义是多方面的，重视文艺，爱好文艺，并且落实到行动上，当是重要内容。谢安对文艺一直比较关注，经常“以敷文析理自娱”[⑥]。在他的家族内部，他常常组织以文学为主要内容的集会，喜欢同他的晚辈一起吟诗、赏诗。《世说新语·言语第二》第七十一条载：

谢太傅寒雪日内集，与儿女讲论文义。俄而雪骤，公欣然曰：“白雪纷纷何所似？”兄子胡儿曰：“撒盐空中差可拟。”兄女曰：“未若柳絮因风起。”公大笑乐。

又《世说新语·文学第四》第五十二条载：

谢公因子弟集聚，问《毛诗》何句最佳。遏称曰：“昔我往矣，杨柳依依；今我来思，雨雪霏霏。”公曰：“讦谟定命，远猷辰告。”谓此句偏有雅人深致。

“胡儿”是谢朗的小字，谢朗是谢安次兄谢据的儿子。“兄女”指的是谢安的大兄谢奕的女儿谢道韫。“遏”是谢奕的儿子谢玄的小字。谢安是谢氏家族中的首领人物，他经常集聚他的子侄辈，同他们一起“讲论文义”，吟咏诗句。谢安与晚辈

---

① 《晋书·谢安传》史臣评语。

② 《晋书·谢安传》。

③ 参阅刘义庆《世说新语·文学第四》第三十九条、四十八条、五十五条。

④ 刘义庆：《世说新语·赏誉第八》第七十七条刘孝标注引《续晋阳秋》。

⑤ 《晋书·谢安传》。

⑥ 李善注《文选》卷四十六《王文宪集序》引檀道鸾《续晋阳秋》。

对雪联句，即兴赋诗，有助于启示晚辈的审美情趣，也有助于提高他们的观察和表现能力。谢安与其子弟品评《诗经》，要他们发表个人的见解。这与传统的“师法”不同。传统的“师法”向学生和后辈导向的往往是老师熟悉的旧说，不太注意让学生或后辈用自由的心灵去体悟，去发现新的东西，谢安的做法是让其晚辈自由思考，各抒己见。这种作法对提高晚辈的文艺水平是大有裨益的。谢安与其子侄吟诗、论诗反映了他对文艺的重视和爱好，同时也制造了一种文艺氛围，使他和他的子弟能够经常沐浴艺术的融融春风，经常受到艺术的陶冶，使文艺成为谢氏家族重要的精神生活和家学内容。此外，谢安对七言诗相当留心。《世说新语·排调第二十五》第四十五条载：

> 王子猷诣谢公，谢曰：“云何七言诗?”子猷承问，答曰：“昂昂若千里之驹，泛泛若水中之凫。”

七言诗在当时不被人重视，作品也很少，而谢安特别询问王徽之七言诗，表明他对诗歌有广泛的兴趣，且有独特的见解。

谢安自己也长于写作。他参加了王羲之主持的兰亭集会，并写作《兰亭诗》两首。他有文集传世。《隋书·经籍志四》载：《谢安集》十卷。梁十卷，录一卷，亡。今存谢安诗歌三首，见《全晋诗》卷十三；存谢安文七篇，见《全晋文》卷八十三。此外，《世说新语·赏誉第八》第一四一条载谢安《与王右军书》，《余清斋帖》辑谢安《与侄等书》，《全晋文》漏收。

谢安还十分爱好书法。他的书法在当时也很有名。据《书断中》记载，谢安曾经向王羲之学习草书和正书，深得王羲之赏识。后来不少书法家对谢安的书法都十分称许。羊欣《采古来能书人名》赞誉谢安“善隶、行”。王僧虔《论书》云：

> 谢安亦入能书录，亦自重，为子敬书嵇康诗。

张怀瓘《书断中》认为：

> 安石尤善行书，亦犹卫洗马。风流名士，海内所瞻……安石隶、行、草入妙。

可能由于谢安“尤善行书”，所以谢安流传后世的多是行书帖。《宣和书谱》卷七论及谢安的书法时说：

> 此所有唯行书为多……今御府所藏行书三：《中郎帖》、《近问帖》、《善问帖》。

谢安还爱好音乐和舞蹈，能琴能舞。《晋书·谢安传》说他“性好音乐，自弟万丧，十年不听音乐。及登台辅,期丧不废乐。王坦之书喻之,不从”。谢安在《与王胡之诗》中也说自己:“朝乐朗日,啸歌丘林。夕玩望舒,入室鸣琴。五弦清激,南风披襟。”又朱长文《琴史》卷四云:谢安“家有名琴,后为齐竟陵王所宝。以此知太傅之工琴也。或曰尝作《升平调》云。又传戴公从东出,太傅往见之。太傅轻戴,但与论琴书。戴无吝色,论琴尽妙”。谢安轻蔑戴逵,但却愿意同戴逵“论琴书”,说明他对琴书有浓厚的兴趣。谢安的能舞,见于《宋书·乐志一》:

> 前世乐饮,酒酣,必起自舞。《诗》云“屡舞仙仙”是也。宴乐必舞,但不宜屡尔。魏晋已来,尤重以舞相属,所属者代起舞,犹若饮酒以杯相属也。谢安舞以属桓嗣是也。

此外,谢安对绘画也相当关心。《历代名画记》卷五引刘义庆《世说》云:

> 谢安谓长康曰:“卿画自生人以来未有也。”

注又引谢安云:

> 卿画苍颉,古来未有也。

在东晋时期,像谢安这样高度评价顾恺之的绘画,可谓空谷足音,说明谢安对绘画很有见地。为了维护谢氏家族的利益,谢安关心他的子弟,注意对他们进行教育。《晋书·谢万传》云:

> 万既受任北征,矜豪傲物,尝以啸咏自高,未尝抚众。兄安深忧之,自队主将帅已下,安无不慰勉。谓万曰:“汝为元帅,诸将宜数接对,以悦其心,岂有傲诞若斯而能济事也!”

又《谢玄传》载:

> 安尝戒约子侄,因曰:“子弟亦何豫人事,而正欲使其佳。”

由于谢鲲的奠基作用,由于谢安注重维护自己家族的地位以及他对文艺的爱好和实践,使谢氏家族在谢安一代在文艺上发皇盛大。

谢万,字万石,谢安弟。他“才气隽秀,虽器量不及(谢)安,而善自炫曜,故早有时誉”①。他一生重在军政方面,初任抚军从事中郎,再迁豫州刺史、领淮南太守等重要官职。但他亦向往隐逸,有浓重的山水情怀,王羲之说他“在林泽中为自遒上”②。他也重视文艺,并且有所建树。《晋书·谢万传》说他“工言论,善属

---

① 《晋书·谢万传》。

② 刘义庆:《世说新语·赏誉第八》第八十八条。

文，叙渔父、屈原、季主、贾谊、楚老、龚胜、孙登、嵇康四隐四显为《八贤论》，其旨以处者为优，出者为劣，以示孙绰”。他能诗能赋，诗赋中常有对山水的描绘。今存他在王羲之主持的兰亭集会上所作《兰亭诗》两首：一为四言，一为五言。其中四言一首被王夫之誉为“兰亭之首唱”，五言一首被赞为“无一语及情，而高致自在”[①]。他在《春游赋》中，不止写出了春游的喜悦，同时也描绘了春天的山水风云：

> 碧巘增邃，灌木结阴。轻云晻暧以幕岫，和风清泠而启衿。

谢万的作品和著述当有不少，《隋书·经籍志四》载：《谢万集》十六卷。梁十卷，亡。此外，《隋书·经籍志二》载：“《周易系辞》二卷，晋西中郎将谢万等注。”[②]《隋书·经籍志一》载：“《集解孝经》一卷，谢万集。”[③]上述文集均已散佚，《全晋文》卷八十三辑谢万文六篇。谢万长于写作，又能谈论。文辞义理遒劲有力。《世说新语·赏誉第八》第九十三条云：

> 殷中军与人书，道：“谢万文理转遒，诚殊不易。”

殷浩是东晋极负声誉的名士，从他对谢万的称许中可以推知，谢万的诗文在当时是颇受重视的。

谢万还是一位重要的书法家。《书断中》说：谢万“工书”。《淳化阁帖》卷二辑有谢万《告郎帖》。《宣和书谱》卷七称赞他“作字自得家学，清润遒劲，风度不凡，然于行、草最长。少及见者，独《鲠恨》一帖，尤著见于世，其亦魏、晋已来流传到眼者，类多哀悼语，此其然也。今御府所藏行书二：《贤妹帖》、《鲠恨帖》”。

谢石，字石奴，也是谢安的弟弟。他初拜秘书郎，后任尚书仆射。淝水之战时，以将军假节征讨大都督，与谢玄、谢琰大败苻坚。战后又担任过中军将军和尚书令等重要官职。他关心教育。《晋书·谢石传》载：

> 于时学校陵迟，石上疏请兴复国学，以训胄子，班下州郡，普修乡校。疏奏，孝武帝纳焉。

谢石在文艺上虽然不像他的几个哥哥那样为人注目，但也有文章流传至今。《全晋文》卷八十三辑有谢石文三篇。这说明他也是能文的。谢石喜爱吴歌，《北

---

① 王夫之：《古诗评选》卷二。

② 《旧唐书·经籍志上》、《新唐书·艺文志一》均无“等”字。

③ 《旧唐书·经籍志上》、《新唐书·艺文志一》均云谢万注《孝经》一卷。

堂书钞》卷一百零六《吴歌》引徐野民(广)《晋纪》云:

> 王恭尝宴司马道子室,尚书令谢石为吴歌,恭曰:"居端右之重,集宰相之坐,为妖俗之音乎?"[①]

从上面胪列的事迹可以看到,谢氏作为一个文艺世家,在谢安一代,是一个高峰。如上所述,谢安一代有三人生平不详,其他七人有五人程度不同地在文艺上作出了成就,占71%。同时他们涉及了文学、书法、音乐和绘画等多种艺术门类。谢安一代以后,谢氏文艺世家有中落,也有振兴。

所谓中落,表现在谢安的子侄谢玄这一代。谢玄一代史载有名字者共十四人。其中谢奕之子女五人:谢康[②]、谢渊[③]、谢靖[④]、谢道韫、谢玄[⑤]。谢据之子二人:谢朗、谢允。谢安之子二人:谢瑶、谢琰。谢万之子一人:谢韶。谢铁之子二人:谢邈、谢冲。谢石之子谢汪。《晋书·谢琰传》云:谢琰"与从兄护军淡虽比居,不往来"。据此知谢玄一代还有谢淡,不知其父名字[⑥]。谢玄一代,在文艺上程度不同地有所成就的是谢道韫、谢玄、谢朗和谢韶四人,占十四人中的29%。

谢道韫不仅是谢氏家族中的一位著名的文艺家,而且也是整个东晋时期女文艺家中的佼佼者。谢道韫[⑦],是王凝之的夫人。《晋书》卷九十六《王凝之妻谢氏传》称赞她"聪识有才辩","风韵高迈"。《晋录》颂扬她"清心玄旨,姿才秀远"[⑧]。她镇定自如,临危不惧,有阳刚之气。《晋书》本传载:

> 及遭孙恩之难,举厝自若,既闻夫及诸子已为贼所害,方命婢肩舆抽刃

---

① 《太平御览》卷四百九十一引《晋中兴书》亦载此事,文字略有不同:"宴"后有"于"字,"尚书"后无"令"字,"坐"为"座","为"作"而放",最后有"并有惭色"一句。

② 《晋书·谢奕传》:谢尚"无子,从弟奕以子康袭爵"。

③ "渊",《晋书·谢奕传》作"泉"。校勘记:"李校:《世说·贤媛》注'泉'作'渊'。盖本名渊,唐人避讳改泉。"

④ "靖",《晋书·谢尚传》作"静"。靖,通"静"。

⑤ 《晋书·谢玄传》载淝水之战后谢玄上疏云:"臣同生七人,凋落相继,惟臣一人,孑然独存。"谢玄写此疏时,谢道韫尚在。疏中所云"同生七人",当指兄弟。谢玄及其兄弟见于载录的共四人,另外三人失其名字。

⑥ 谢淡,陈直《谢氏世系表》遗漏。

⑦ 关于谢道韫的名字,有不同说法。刘义庆《世说新语·言语第二》第七十一条刘孝标注引《妇人集》曰名道蕴。余嘉锡笺疏录唐陈子良注《唐释法琳辨正论》引《晋录》曰名韬元。《晋书·王凝之妻谢氏传》曰字道韫。《文选》卷四十任彦升《百辟劝进今上笺》:"近以朝命蕴策。"李善注:"蕴与韫同。"特录以备考。

⑧ 转引自刘义庆《世说新语·言语第二》第七十一条余嘉锡笺疏录唐陈子良注《唐释法琳辨正论》。

出门，乱兵稍至，手杀数人，乃被虏。其外孙刘涛时年数岁，贼又欲害之。道蕴云："事在王门，何关他族！必其如此，宁先见杀。"恩虽毒虐，为之改容，乃不害涛。自尔嫠居会稽，家中莫不严肃。

谢道韫善谈议，畅词理。《晋书》本传云：

太守刘柳闻其名，请与谈议。道韫素知柳名，亦不自阻，乃簪髻素褥坐于帐中。柳束修整带造于别榻。道韫风韵高迈，叙致清雅，先及家事，慷慨流涟，徐酬问旨，词理无滞。柳退而叹曰："实顷所未见，瞻察言气，使人心形俱服。"道韫亦云："亲从凋亡，始遇此士，听其所问，殊开人胸府。"

谢道韫"有文才"[①]。前面已经谈到，谢安同他的子侄赏析《诗经》和雪日咏诗时，谢道韫的回答和即时创作的"未若柳絮因风起"之句，使谢安感到"有雅人深致"，"大笑乐"。《晋书》本传说她"所著诗、赋、诔、颂并传于世"。《隋书·经籍志四》载《谢道蕴集》二卷。谢道韫有的诗文流传至今。《全晋文》卷一百四十四辑其《论语赞》一篇。《晋诗》卷十三辑其诗三首。谢道韫还是东晋著名的书法家。《书断中》赞许她"有才华，亦善书，甚为舅所重"。李嗣真《书品后》称颂她的书法"雍容和雅，芬馥可玩"。陈登原说："东京之季，女子之地位，殆已降矣。……然南方妇女，在清谈之积习以下，究为比较的享有自由。"[②]东晋有不少女性涉足文艺，特别是出现了像谢道韫这样有成就的文艺家，这从一方面透露了东晋时期的女性特别是门阀士族中的女性的独立自主意识和审美情操，随着社会和家庭环境的相对宽松，随着思想的解放，有了很大的提高。

在谢玄一代，从政治和军事上来看，谢玄是谢氏家族中的核心人物。谢玄，字幼度，少年颖悟，为叔父谢安所器重。"及长，有经国才略，屡辟不起。"[③]他爱好垂钓，《太平御览》卷八百三十四辑谢玄《与兄书》曰：

居家大都无所为，正以垂纶为事，足以永日。

又卷八百二十四辑谢玄《与姊书》云：

比二日东行，游步园中，已极有任家湖形模也。姊想瞩此，亦小有所散。

看来谢玄对游赏山水也有浓厚的兴致。谢玄初被桓温辟为掾，后拜建武将军、兖

---

① 刘义庆：《世说新语·言语第二》第七十一条刘孝标注引《妇人集》。

② 陈登原：《中国文化史》(一)，辽宁教育出版社 1998 年 3 月第 1 版，第 351、353 页。

③ 《晋书·谢玄传》。

州刺史、徐州刺史等重要官职。淝水之战，他为前锋，都督徐、兖、青三州等诸军事，与谢石和谢琰等大败苻坚。后转散骑常侍、左将军、会稽内史。谢玄“神理明俊，善微言”[①]。他爱好文艺，并且有相当高的艺术鉴赏水平。前面谈到的谢安与其子侄赏析《毛诗》时，谢玄认为“昔我往矣，杨柳依依；今我来思，雨雪霏霏”四句最佳，就是一个证明。他也能文，有上疏、书信传世，今存文十篇，见《全晋文》卷八十三。

谢朗，字长度。他和谢玄一样，少年时就受到谢安的器重。他“博涉有逸才”[②]。谢朗担任过著作郎，终于东阳太守[③]，早卒。《晋书·谢朗传》说他“善言玄理，文义艳发，名亚于玄”。他曾参加过谢安主持的雪日赋诗活动。他的诗句“撒盐空中差可拟”，虽然不算高明，但却表明他对诗歌有很高的兴致。他能写作，任著作郎时，曾作《王堪传》[④]。他著有文集。《隋书·经籍志四》云：梁有《谢朗集》六卷，录一卷，亡。

谢韶，字穆度，少年时就有名气，是谢氏家族的彦秀之一。他仕至车骑司马，早卒。谢韶长于写作。《隋书·经籍志四》载：梁有《谢韶集》三卷，亡。今存《金昌亭诗叙》一文，见《世说新语·轻诋第二十六》第七条注引[⑤]。

谢玄一代，虽然有四人在文艺上有所成就，但同他们的父辈相比，不论在人数上，还是在作品的数量和质量上，都逊色得多。在谢氏家族中，谢玄一代，是并不幸运的一代。淝水之战以后，由于东晋统治集团内部的相互倾轧，谢安不得不离朝出居广陵，于太元十四年(389)病逝。与此相联系的谢玄，也离开了北府之任。谢玄为了“避君侧之乱”[⑥]，加上北伐失利和疾病等原因，于太元十二年(387)退任会稽内史，次年去世。谢玄尽管才兼文武，也涉及了文艺，但他的一生“志存匡济”，重在戎政，加以后来又受到排挤，仕途不顺，使他对文艺并不十分关

---

① 刘义庆：《世说新语·言语第二》第七十八条刘孝标注引《谢车骑家传》。

② 刘义庆：《世说新语·文学第二》第三十九条刘孝标注引《中兴书》。

③ 《隋书·经籍志四》称谢朗为车骑长史，是谢朗曾任车骑长史。《晋书》、刘义庆《世说新语》未及此事。

④ 据刘义庆《世说新语·赏誉第八》第一三九条。

⑤ 此文的作者，刘义庆《世说新语》认为是谢歆。严可均《全晋文》卷一百三十五辑此文，列谢歆名下，云：“歆，爵里未详。”严又按：“《隋志》注：梁有车骑司马《谢韶集》三卷。歆、韶形近，或即其人，姑编于此。”检阅《晋书》和南朝五史，均无谢歆者。“歆”当为“韶”，今参考严说，列于谢韶名下。

⑥ 《宋书·谢灵运传》载谢灵运《山居赋》。

注。此外,谢玄一代,早卒和死于非命的相当多。早卒的有谢康、谢靖、谢朗、谢瑶、谢韶和谢汪六人。死于非命的有谢琰、谢邈和谢冲等三人。他们都是死于孙恩之乱中,特别是谢邈一家"合门遇祸,资产无遗"[①]。一代中的不少人生活在动乱中,谢邈和谢冲兄弟被孙恩的部下所害,"竟至灭门"。[②] 谢玄一代,有这么多的人早卒和死于非命,这也是造成谢氏家族在谢玄一代在文艺上中落的一个重要原因。

谢氏文艺世家在谢玄一代的中落,时间并不很长,到了以谢混为代表的下一代,又开始复兴,并在谢混之后,又一次出现了高峰。

谢氏家族在谢混一代见于记载的共有二十一人。其中谢渊之子一人:谢玩[③]。谢靖之子二人:谢肃[④]、谢虔。谢玄子女二人:谢瑍,另有一女儿,失其名字[⑤]。谢朗之子一人:谢重。谢允之子四人:谢裕、谢纯、谢甝、谢述[⑥]。谢瑶之子四人:谢该、谢模、谢澹、谢璞。谢琰之子三人:谢肇、谢峻、谢混。谢韶之子一人:谢恩[⑦]。谢冲之子二人:谢方明、谢明慧[⑧]。此外,还有谢喻复,其父祖失其名字[⑨]。上述二十一人中,在文艺方面作出贡献的是谢混、谢重和谢方明。

谢混,字叔源,"少有美誉"[⑩]。他娶晋陵公主,袭父爵。历中书令、中领军、尚书左仆射等。后因党附刘毅被诛,国除。《世说新语·言语第二》第一〇五条注引《晋安帝纪》说他"文学砥砺立名"。他长于写作诗歌。他编撰的文集较多。《隋书·经籍志四》载:"《谢混集》三卷,梁五卷。""《文章流别本》十二卷,谢混

---

① 《宋书·谢方明传》。

② 《晋书·谢邈传》。

③ 谢玩,《陈表》作谢渊之子,《顾表》和《王表》作谢靖之子。今从《陈表》。据刘义庆《世说新语·贤媛第十九》第二十六条刘孝标注,谢渊为谢奕第二子,第一子谢康袭谢尚爵。《晋书·谢玄传》:玄"以勋封康乐县公。玄请以先封东兴侯赐兄子玩,诏听之更封玩豫宁伯"。谢奕长子谢康已袭谢尚爵,谢玩被封为豫宁伯,当为谢奕次子谢渊之子。

④ 据《晋书·谢尚传》,谢康早卒,无子,以谢肃嗣。

⑤ 《南史·袁湛传》:谢安"以其兄子玄女妻湛"。

⑥ 《宋书·谢述传》:"述从兄曜为义康长史,丧官,述代之。"此处所记有误。《晋书·谢万传》:"恩三子:曜、弘微,皆历显位。"谢恩为谢述从兄弟,谢曜为谢述之侄,故未列谢曜于本代。

⑦ "恩",《晋书·谢万传》作"恩"。《宋书》卷五十八、《南史》卷二十《谢弘微传》均作"思"。《南史·谢弘微传》校勘记引张森楷《南史校勘记》:"'恩'、'思',未知孰是。"

⑧ 据《晋书·谢石传》,谢汪早卒,谢冲以子明慧嗣。

⑨ 《晋书·谢石传》:"子汪嗣,早卒。汪从兄冲以子明慧嗣,为孙恩所害。明慧从兄喻复以子嵩嗣。"据此,知谢混的同辈中有谢喻复。《陈表》遗漏。《顾表》作谢邈子,不知何据。

⑩ 《晋书·谢混传》。

撰。"《新唐书·艺文志四》载:"谢混《集苑》六十卷。"在东晋谢氏家族中,谢混文集的卷数居于首位。今存谢混诗五首①,见《晋诗》卷十四。存文一篇,见《全晋文》卷八十三。以上情况表明谢混在文学创作方面的成绩是十分突出的。

谢重,"字景重,明秀有才名,为会稽王道子骠骑长史。尝因侍坐,于时月夜明净,道子叹以为佳。重率尔曰:'意谓乃不如微云点缀。'"②月夜明净是一种美,微云点缀也是一种美。看来谢重有自己的审美情趣。谢重能够写作,《隋书·经籍志四》录《谢景重集》一卷。

谢方明在晋末,曾任著作佐郎、司徒王谧主簿。宋代晋后,迁侍中,出为丹阳尹,至会稽太守。他居官,"深达治体,不拘文法,阔略苛细,务存纲领"。他为人"严恪,善自居遇,虽处暗室,未尝有惰容。无他伎能,自然有雅韵"③。在文艺上,谢方明以书法见长。《书小史》卷六称许谢方明"善正书"。窦臮在《述书赋上》中赞赏他的书法说:

> 方明宽和,隐媚且润,如幽闲女德,礼教士胤。

从人数上来看,谢氏家族在谢混一代在文艺方面有成就的,所占的比例并不大。但值得注意的是谢氏家族在谢混一代在文艺上的成就,主要不是体现在人数上,而是由于开创了新的文学风貌。这突出地反映在谢混的诗歌创作方面。谢混是东晋后期重要的诗人之一。谢混的诗歌在东晋诗歌发展史上,占有重要的地位。这一点,南朝的檀道鸾、沈约和钟嵘等均有比较一致的论述。檀道鸾《续晋阳秋》在论述了东晋玄言诗的繁盛之后说:

> 至义熙中,谢混始改。

沈约在《宋书·谢灵运传论》中,批评了"历载将百"的以孙绰和许询为代表的玄言诗风后指出:

> 仲文始革孙、许之风,叔原大变太元之气。

钟嵘在《诗品》中有七处论及谢混,其中《诗品序》里有一段特别值得重视:

> 孙绰、许询、桓、庾诸公诗,皆平典似《道德论》,建安风力尽矣。先是郭景纯用隽上之才,变创其体;刘越石仗清刚之气,赞成厥美。然彼众我寡,未

① 五首诗中的《秋夜长》,《艺文类聚》卷三题为宋谢琨作。"琨"疑为"混"之误。

② 《晋书·谢朗传》。

③ 《宋书·谢方明传》。

能动俗。逮义熙中，谢益寿斐然继作。

檀、沈、钟三人对玄言诗的看法不尽相同，但有一点是一致的，都认为谢混在义熙年间用自己的诗歌开始改变长期统治东晋诗坛的玄言诗风，逐渐恢复了古代以《诗》、《骚》为代表的诗歌抒情传统，使东晋后期的诗坛出现了转机。谢混是诗人，又是社会名流，其“风华为江左第一”[①]，这就容易使他的诗歌在当时产生较大的影响，这种影响超过了殷仲文。这一点，余嘉锡有明确的论析：沈约和钟嵘“二家之言，并导源于檀氏。然沈约以仲文、叔源并举，而钟嵘论诗之正变，殊不及殷氏，与道鸾之论若合符契。固知晋宋之际，于诗道起衰救敝，上摧孙、许，下开颜、谢，叔源为首功”。“当晋末诗体初变，殷、谢本自齐名。而衡其高下，殷不及谢，故檀论、钟序，并略而不数也。由是观之：益寿之在南朝，率然高蹈，邈然寡俦。革历朝之积弊，开数百年之先河，其犹唐初之陈子昂乎？”[②]从家族的角度来看，谢混是东晋后期谢氏家族中的首领人物。谢混一生，不仅自己爱好文学，多有创作，而且还特别关注对谢家子弟的培养。《南史·谢弘微传》载：

混风格高峻，少所交纳，唯与族子灵运、瞻、晦、曜、弘微以文义赏会，常共宴处，居在乌衣巷，故谓之乌衣之游。混所言“昔为乌衣游，戚戚皆亲姓”者也……尝因酣宴之余，为韵语以奖劝灵运、瞻等曰：“康乐诞通变，实有名家韵。……数子勉之哉，风流由尔振。如不犯所知，此外无所慎。”

东晋士族常有家族集会，谢氏亦然。谢安与子侄辈聚在一起写诗、赏诗，已如上述。谢混继承了谢氏的家风。他主持的乌衣之游，也属于家族集会。参与乌衣之游的谢灵运、谢瞻、谢晦、谢曜和谢弘微五人，都是谢混的侄子。谢混作为他们的长辈，又有名望，自然是乌衣之游的主持者。乌衣之游的内容是多方面的，其中有饮宴、劝诫、清谈、游戏、文学欣赏和创作等。乌衣之游给谢灵运等人留下了深深的印记。谢灵运后来在《答中书诗》中有一段美好的回忆：

伊昔昆弟，敦好闾里。我暨我友，均尚同耻。仰仪前修，绸缪儒史。亦有暇日，啸歌宴喜。

谢混作为谢灵运一代的长者，通过乌衣之游等形式，对谢灵运等人进行诱导，同他们一起研讨文学，写作吟咏诗歌，希望振兴谢氏家族的“风流”之业。《南史·

---

① 《南史·谢晦传》。

② 余嘉锡：《世说新语笺疏》，第266～267页。

谢瞻传》说：谢瞻“与从叔混、族弟灵运俱有盛名。尝作《喜霁诗》，灵运写之，混咏之。王弘在坐，以为三绝”。谢混同他的子侄“以文义赏会”，不只有助于谢混的文学创作，同时对谢灵运等人的成长和他们在文艺上成为后起之秀起了重要的作用。谢灵运一代，有不少人热爱文艺，在东晋时期就在文艺上取得了突出的成就，使谢氏家族在文艺上又呈现出新的风貌。

二、门阀士族文艺世家的个性和共性

东晋以琅邪王氏和陈郡谢氏为代表的门阀士族文艺世家，其兴起和盛衰，其成就和局限，都是具体的、复杂的，都有自己的个性。

琅邪王氏和陈郡谢氏相比，琅邪王氏兴起较早，陈郡谢氏较晚，但这两族作为文艺世家在东晋时期一直相当兴旺，并且在东晋之后仍在绵延，而高平郗氏和颍川庾氏则不同。这两族到东晋后期则基本上式微了。从成就的大小和影响来看，王氏和谢氏也远远超过了郗氏和庾氏。王氏和谢氏，人才密集，门阀士族内最有影响的文艺家，多是出自这两族。如王氏家族中的王廙、王羲之、王献之，谢氏家族中的谢尚、谢安、谢混等。

从人生态度和审美情趣来看，门阀士族文艺世家也各有差异。比较明显的是琅邪王氏和陈郡谢氏。综观琅邪王氏在东晋的重要成员，可能因为较多地受其前辈的影响和与司马氏关系密切等，他们的思想中，儒家的成分、现实的内容要多一些。他们积极入世，关注现实，重视功名显达和人伦日用。他们注意传统，能在规矩中求自由，求发展。他们多平和温厚，少深哀至乐。在宗教信仰上，他们虽也能与佛徒友好相处，但笃信的主要是天师道。这反映在文艺上，就是有明显的实用的特点。东晋建立时，王廙作《白兔赋》和《中兴赋》。这两篇辞赋，属歌颂东晋中兴的庙堂文学。为了培养王羲之，王廙还特别画了孔子十弟子图并写了赞文。后到太元时，王珣又参与了朝廷宗庙歌诗的写作，写了《歌简文帝》、《孝武帝》两首乐府诗。我国书法艺术的根基是我国特殊的文字。这种文字自秦以来，古今八方统一通用，有助于政治和教化的统一。书法又是一种最普遍、最实用的艺术。陈寅恪指出：“艺术之发展多受宗教之影响，而宗教之传播亦多倚艺术为资用。”东晋书法艺术的发展和天师道的传播互为资用，彼此促进[①]。王氏家族是典型的书法世家，这也与其重视实用和笃信天师道有关。和琅邪王氏相比，陈郡谢氏在人生态度和审美情趣上，更倾向于老庄，更倾向于自然。在艺术上，表现更多的是非功利性。在东晋建立前后和东晋前期，当琅邪王氏、高平郗氏和颍川庾氏中的头面人物热心于朝廷军政大事时，谢氏家族的谢鲲却仰慕竹林诸人，狂放不羁，寄情山水，“恬于荣辱”。与此相联系的是，在文艺上，谢鲲“能歌善鼓琴”[②]。《晋书》把谢鲲和阮籍、嵇康的传记列入同卷，说明谢鲲实际上是属于魏晋名士。谢氏家族到谢尚一代，以谢尚和谢安为代表，虽然不像谢鲲那样放纵不拘，但与当时的王氏、郗氏和庾氏家族的重要成员相比，从他们身上仍可以看到更多的正始和西晋名士的风貌。谢尚不顾细行，超越流俗，言行率诣，不计名分和等级，纵情于音乐和舞蹈。谢奕在当时被称为“达士”，任兴放情，不拘礼俗。在艺术上，特别长于行书。谢安一生着意追求“风流得意之事”[③]。他崇尚自然，寓居会稽时，纵情山水。出仕以后，常“有高世之志”。他生活奢华，“每游赏，必以妓女从”。他好音乐，有时轻蔑礼法，以至“期丧不废乐”。在文艺上，谢安除好音乐外，还善行书、爱围棋，“能为洛下书生咏”[④]。谢氏家族，从谢鲲开始，爱赏自然山水。到谢安一代，谢安又长期寓居山水秀美的会稽，后来的谢玄又在会稽营造庄园。他们虽然没有留下山水之作，但对谢氏家族后来成为我国古代山水诗的开山之族，却遗传了基因。

本书的第一章曾经论及，东晋在文艺上是一个多元共荣的朝代。与此相联系的是，东晋的门阀士族文艺世家，都是注目和实践多种艺术。但只要我们深入地加以分析，就可以发现，其重视和实践的程度还是有差别的。以王氏和陈氏为例，王氏对书法尤其关切，取得的成就最为卓著。王羲之是最有影响的代表。《晋书》有《王羲之传》。《晋书》传记，一般最后都有史臣写的传论，而《王羲之传》没有，但却附有唐太宗李世民写的一篇赞辞。赞辞未及王羲之其他方面的事迹，但却集中赞扬了王羲之的书法，认为：“详察古今，研精篆素，尽善尽美，其惟王逸少乎！观其点曳之工，裁成之妙，烟霏露结，状若断而还连；凤翥龙蟠，势如斜而

---

① 参阅陈寅恪《天师道与滨海地域之关系》，见《陈寅恪史学论文选集》。

② 《晋书·谢鲲传》。

③ 引自《全晋文》卷八十三谢安《与支遁书》。

④ 以上引文均见《晋书·谢安传》。

反直。玩之不觉为倦，览之莫识其端，心慕手追，此人而已。其余区区之类，何足论哉！”赞辞中，为了突出王羲之的书法成就，对其他书法家有不当的贬抑，不足为训，但对王羲之书法成就的空前的肯定，并确立了王羲之在我国古代书法史上的地位，还是得到了后人的认同①。一个封建皇帝亲自为书法家王羲之写传论，在我国古代也是极为罕见的。这从一个方面证明了琅邪王氏在书法领域里取得了超越其他门阀士族文艺世家的艺术成就，产生了无与伦比的影响。而谢氏与王氏不同。《晋书·谢安传》在比较王导和谢安时说，谢安“文雅过之”。其实，从王氏和谢氏两个家族来看，不只谢安在“文雅”方面超过了王导，谢氏一族也是这样。不仅同王氏相比，而且同其他门阀士族相比，谢氏对文学更为关切，兴致更浓，也特别注意在文学上培养后代。谢安与其子侄的集会，主要内容是咏诗和赏诗。后来的谢混，常同晚辈在乌衣巷聚集，其要旨也是以“文义赏会”。在“文义赏会”时，谢混还写下了劝诫晚辈的《诫族子诗》。由于谢氏重视文学，所以谢氏家族中的谢鲲、谢尚、谢安、谢万、谢韶、谢玄、谢道韫、谢混、谢瞻、谢景重等都著有文集，其中的谢混还撰有总集。同时，谢氏家族的谢混在改变东晋的玄言诗风方面所起的积极作用，也为其他门阀士族的文人所不及。谢氏家族在文学上的成就，超出其他门阀士族，还可以《文选》所选的作品和钟嵘《诗品》所选品评的诗人作为参照。《文选》选东晋谢氏家族的作品有六篇，其他三族只有一篇。《诗品》选品四族东晋的诗人有谢混和谢瞻二人，全是出自谢氏。

上面我们以琅邪王氏和陈郡谢氏为重点，探讨了门阀士族文艺世家表现出的一些个性，下面从三方面对他们表现的共性试作分析：

首先，每个士族文艺世家都是一个群体，带有不同程度的集体性。在同一代人中，一般有多人爱好文艺，重视文艺。他们彼此影响，互相促进，在共时性阶段创作了许多重要的文艺作品。从历时性来看，都是几代人上下承接，绳绳不绝，每一代都有人在文艺上作出了贡献。士族文艺世家中的文人，既有相对独立的一面，同时也离不开其家族而具有完全独立的意义。东晋士族文艺世家都是共时性和历时性相结合而构成的文艺创作力极强的群体。

其次，每个士族文艺世家在文艺方面都有几个核心人物，如王氏家族中的王

---

① 陈寅恪在《崔浩与寇谦之》中云：琅邪王氏书法在江左居最高地位。见《陈寅恪史学论文选集》，第208页。

导、王廙、王羲之和王献之,郗氏家族中的郗鉴和郗愔,庾氏家族中的庾亮和庾翼,谢氏家族中的谢鲲、谢尚、谢安和谢混等。这些核心人物一般在家族内部有相当大的权威,在文艺上有贡献。他们有感召力。核心人物的多少,艺术水平的高低,影响的大小,寿命的长短,是决定和影响士族文艺世家的地位高低和演变好坏的重要因素。当然这些核心人物也离不开文艺世家。法国艺术哲学家丹纳说过:

> 艺术家本身,连同他所产生的全部作品,也不是孤立的。有一个包括艺术家在内的总体,比艺术家更广大,就是他所隶属的同时同地的艺术宗派或艺术家家族。[①]

丹纳讲的是艺术家与"同时同地的艺术宗派或艺术家家族"息息相关,其实从历时的角度来看也是如此。就东晋士族文艺世家来说,如果没有文艺世家内几代积累的集体性的文化环境,文艺世家中的核心人物恐怕也很难出现。

最后,东晋士族文艺世家在各种文艺当中,书法艺术的成就最为卓著。东晋士族文艺世家中的不少文人尽管在文学、绘画和音乐等方面,也创作了一些作品,但其成就远不如书法那样辉煌。在文学上,他们大多写有诗文,但上乘之作较少。《文选》选录东晋时期王、郗、庾、谢四族文人的诗文只有七篇[②]。钟嵘《诗品》品评自汉至梁五言诗人 123 人[③],其中东晋王、郗等四族入品的仅有谢瞻和谢混二人,二人都置于中品。参考上述的数字,不难看出,东晋门阀士族文艺世家在文学方面的成就并不突出。在绘画上,第一流的画家和作品也不多。南齐谢赫《古画品录》选录品评自三国至齐代画家 27 人,东晋王、郗等四族文人无一人入品。唐代李嗣真《续画品录》云:

> 今之所载,并谢赫之所遗,有可采者,更成一家之集。

《续画品录》收录品评汉代至唐初画家共 71 人,其中属于东晋王、郗等四族的只有三人,他们是上品下的王廙、中品下的王献之和下品中的王羲之。谢赫和李嗣真的品评,虽属个人的见解,但他们都是著名的画家和画论家,他们的品评可以

---

① 丹纳:《艺术哲学》,第 44 页。

② 七篇是:庾亮的《让中书令表》;谢混的《游西池》;谢瞻的《九日从宋公戏马台集送孔令诗》、《王抚军庾西阳集别时为豫章太守庾被征还东》、《张子房诗》、《答灵运》、《于安城答灵运》。

③ 《诗品序》云:"嵘之所录,止乎五言。虽然,网罗今古,词人殆集。轻欲辨彰清浊,掎摭病利,凡百二十人。预此宗流者,便称才子。"钟嵘所谓"百二十人",是举其成数。

作为一种参考。从谢赫和李嗣真的评价，可以想见，东晋王、郗等四族在绘画方面的贡献并不大。音乐方面的情况，大致也是这样。而书法艺术则不同。

人们常常把晋代的书法同唐诗、宋词和元曲并相称誉，而晋代书法艺术的代表人物基本上都是出自东晋门阀士族文艺世家。羊欣《采古来能书人名》列东晋书法家 22 人，其中属门阀士族文艺世家的有 17 人，占 77%。看来，在东晋的书法家中，属于门阀士族的书法家占有绝对优势。羊欣是晋宋之际的杰出的书法家，曾亲受王献之传授书法。他见到的书法真迹一定很多。他的评价应当说更富有历史真实的内容，因为他的选择和评论本身，与东晋书法的原生状态有割不断的关系。为了进一步说明这一问题，我们还可以参照梁朝书法评论家和文学家庾肩吾对书法家的品评。庾肩吾《书品》一卷，把汉至齐梁书法家 123 人[①]，分为九品，加以评论。东晋入品的书法家共 15 人，其中属于琅邪王氏和高平郗氏等四大士族文艺世家的有 12 人，占 80%。他们分别是上之上的王羲之，上之中的王献之；中之上的庾翼、郗愔、谢安、王珉，中之中的王廙，中之下的王导、庾亮、王洽、郗超；下之上的王荟。琅邪王氏等四大士族文艺世家有这么多的人被庾肩吾选入九品中，而且都是前七品，从一个方面证明了东晋士族文艺世家在书法艺术上的显赫成就。

就书法的种类来看，东晋行书盛行。在东晋长于行书的书法家当中，影响大、生命力强的也多是出自门阀士族文艺世家。《宣和书谱》卷七收有东晋著名行书书法家九人，其中有七人是门阀士族子弟，占 77%。赵宋御府所藏行书十五帖中，有十三帖是出自门阀士族书法家之手，占 87%。从上面的品评和列举的数字，可以看到，爱好书法，热心于书法创作，且成就卓著，确是东晋门阀士族文艺的一个非常明显的特点。在东晋的书坛上，占据峰巅的是门阀士族中的书法家。

三、门阀士族文艺世家形成的主要原因

东晋的门阀士族很多。就地域而言，有吴姓士族和乔姓士族。就地位来说，有高层的当权士族和低层的士族。在众多的门阀士族中，比较典型的，并且有重

① 《书品序》言 128 人，实际品列 123 人，今从实际人数。

大影响的文艺世家是上面讲的四大家。探究其形成的原因，主要有以下几点：

(一)门阀士族需要文艺

文艺从来都不是被动地、消极地反映现实，文艺对现实有一种创造意义的力量。它能参与现实的构造，能满足人们的某些审美需要。对这一点，东晋的门阀士族有不同程度的认识。

上面述评的四大士族文艺世家，都是在永嘉之乱前后，由中原一带播迁江南的。他们的南迁，一般都是窘促倥偬，所偕大多止于父母兄弟辈近亲。他们到了江南，没有根柢，没有可赖以雄踞一方的强大的宗族势力。他们同江南原有的门阀士族和南迁的门阀士族之间，都存在着矛盾。他们有一个急需解决的问题，就是巩固、延续自己的家族，提高家族的地位，扩大家族的影响。就门阀士族的成员来说，他们的命运和利害同家族门户息息相关。因此，家族门户在他们的心目中举足轻重。为了维护自己的家族[①]，他们首先要依靠政治和军事力量，加强自身在政治和军事上的优势。为此，他们特别重视仕宦和姻亲。通过政治、军事和姻亲，巩固和扩大自己的特权。同时，他们也懂得，任何特权，任何家族，都不能完全凭借政治、军事和姻亲来维持，还需要文化方面的力量。颜之推在《颜氏家训·勉学》中说：

> 虽千载冠冕，不晓书记者，莫不耕田养马……若能常保数百卷书，千载终不为小人也。

颜之推为劝勉其子弟学习，所言有些夸大，但却道出了文化对形成和维护家族的重要作用。门阀士族的维系，离不开血缘，但血缘和文化比较，文化更重要。事实也是这样。没有文化，就没有门阀士族，没有离开文化的门阀士族[②]。东晋的许多门阀士族十分注重文化，关心文化的传承和连续性，有时甚至发展到重文轻

---

① 《晋书·王导传》载：王敦反叛，兵至京城，对王导说："不从吾言，几致覆族。"又《王敦传》有多处记载王敦和王导对家族门户的深切关注：王敦上疏云："臣门户特受荣任。"王敦临危时对部下说："我死之后……保全门户，此计之上也。"王敦兄王含军败，王敦怒曰："我兄老辈耳，门户衰矣。"王导遗王含书曰："兄立身率素，见信明于宗门。""导门户小大受国厚恩。"

② 陈寅恪在《崔浩与寇谦之》一文中指出："东汉以后学术文化，其重心不在政治中心之首都，而分散于各地之名都大邑。是以地方之大族盛门乃为学术文化之所寄托。中原经五胡之乱，而学术文化尚能保持不坠者，固由地方大族之力，而汉族之学术文化变为地方化及家门化矣。故论学术，只有家学之可言，而学术文化与大族盛门常不可分离也。"见《陈寅恪史学论文选集》，第214页。陈先生上面仅就学术而言，其实不限于学术。

武的地步[①]。他们对整个文化是这样，而对作为文化重要组成部分的艺术文化也是这样。基于上述的认识，东晋的士族文艺世家特别重视文艺，注意培养自己家族中的文艺人才，从而借艺术文化来证明他们特殊地位的合理性，表现其高贵的文化素养，维护和振兴自己的家族。这在王氏家族中的王廙和谢氏家族中的谢混身上，表现得尤为突出。王廙曾宣称他之所以教授王羲之书画是为了“隆余堂构”[②]。谢混同谢氏子弟在乌衣巷聚会时说：“数子勉之哉，风流由尔振。”[③]为了隆其堂构，为了振兴“风流”，门阀士族十分注重培养自己族内的文艺人才。这些人才，一旦在文艺上有所作为，就会凭借着他们特殊的地望和身份受到社会格外的青睐，他们的影响就会更大，他们的家族就会显得更加文雅和文明，就会有助于他们家族的地位在各种矛盾和斗争中得到维系和提高。

文艺具有多方面的、多层次的价值，审美价值是其中之一，而且是非常重要的。当人们的基本物质需要得到满足之后，特别是当人们占有了相当丰厚的物质财富之后，人的文化需要和精神需要会愈加突出，其中包括对艺术文化的追求。东晋门阀士族需要文艺，从一个方面表现了他们向往掌握文化，表现了他们对精神生活的需求。这种需求又在很大程度上反映在审美方面。从上述四大士族文艺世家中的几个典型的文人来看，他们一般都是在重视物质生活、追求功利的人生的同时，尤其看重享受审美的人生、艺术的人生。他们游赏自然山水，他们经常玄谈，他们组织集会，唱和诗歌，他们爱好、创作、品评诗文书画……这些都成了他们生活的重要内容。看来维护、振兴家族的需要，文化的、精神的、审美的需要，是东晋门阀士族文艺世家形成的一个重要原因。

(二)政治上的重要地位和特权，为门阀士族子弟涉足文艺提供了有利条件

东晋的士族文艺世家，在政治上都有重要的地位和特权。他们在不同的时期曾程度不同地左右过朝政。他们之所以能成为文艺世家，与他们的政治地位和特权有密切关系。琅邪王氏、高平郗氏、颍川庾氏和陈郡谢氏，在东晋之前，虽

① 《晋书·王导传》：王导有“六子：悦、恬……悦字长豫，弱冠有高名，事亲色养，导甚爱之”；恬“少好武，不为公门所重。导见悦辄喜，见恬便有怒色”。参阅毛汉光《中国中古政治史论》，联经出版事业公司1990年1月第1版，第393、394页。

② 张彦远：《历代名画记》卷五引王廙《画赞序》。

③ 《宋书·谢弘微传》。

然也都属于世家大族[①]，但由于不属于主要的世家大族，在政治上还没有占据显赫的地位，再加上其他方面的原因，因而没有形成士族文艺世家。在永嘉之乱前后，琅邪王氏等世家大族舍弃了北方的经济和政治条件，先后到了江南。他们到了江南以后，对东晋的建立、巩固和东晋半壁江山的长期维持都程度不一地作出了贡献。他们的贡献顺应了时势，同当时国家和民族的利益有一致性，因此得到了人们的承认。同时他们的地位也得到了提高。这为他们文艺世家的形成创造了有利的条件。

前面曾经提及，东晋一朝皇权政治力量十分软弱，东晋的建立和维持，主要依靠的是永嘉前后南渡的士族。这些士族凭借着他们的功劳，再加上有的与皇室有姻亲关系，这就使他们的子弟在政治上比曹魏和西晋时期享有更多的特权，其中最重要的体现是“官有世胄，谱有世官”[②]。东晋有不少门阀士族子弟占据了主管选官人事的吏部尚书和尚书吏部郎官职。据不完全统计，琅邪王氏家族和陈郡谢氏家族中担任过吏部尚书的有王彪之、王劭、王珣、王谧和谢安；琅邪王氏、陈郡谢氏和高平郗氏担任过尚书吏部郎的有王劭、王荟、谢万和郗昙。[③] 历来在各曹尚书中，吏部的地位相当高[④]。门阀士族中有这么多的人占据了选官的职位，这就为其子弟进入仕途提供了方便。同时，由于门阀士族享有特权，其子弟起家官职多为郎官。如琅邪王氏，王羲之、王谧为秘书郎[⑤]，王彪之为佐著作郎，王珉为著作郎；郗愔为中书侍郎，郗昙为秘书郎，郗恢为散骑侍郎[⑥]；庾冰为秘书郎；谢石为秘书郎，谢琰为著作郎[⑦]。东晋时的郎官都是清要之官[⑧]。这样的官职，不仅为门阀士族所看重，也为社会所注目。从仕途的角度来看，东晋的门阀制度为门阀士族子弟铺平了没有阻拦的平坦大道。摆在他们面前的常常

---

① 参阅田余庆《东晋门阀政治》，第 325～327 页。

② 《新唐书·柳冲传》。

③ 参阅王征鲁《魏晋南北朝选官体制研究》，福建人民出版社 1995 年 1 月第 1 版（下引此书，版本均同），第 386～391 页。

④ 参阅毛汉光《中国中古社会史论》，联经出版事业公司 1988 年 2 月第 1 版，第 160 页。

⑤ 《初学记》卷十二《官职部下·秘书郎》：秘书郎“在中朝或以才授，历江左多仕贵游”。

⑥ 《宋书·谢弘微传》：“晋世名家身有国封者，起家多拜员外散骑侍郎。”

⑦ 东晋门阀士族子弟多起家郎官的情况，请参阅王征鲁《魏晋南北朝选官体制研究》，第 362～363、472 页。

⑧ 唐长孺《魏晋南北朝史论丛续编》：“当时秘书官属、东宫官属都是出身官中的第一等清官，职务是很优闲的。”三联书店 1978 年 11 月第 1 版，第 234 页。

是愿不愿意做官的问题，而不是能不能的问题。琅邪王氏家族中的王羲之曾经自白："吾素无廊庙志。"意思是他本来不想出仕。但由于他的家族的特殊地位，结果是"起家秘书郎，征西将军庾亮请为参军，累迁长史……频召为侍中、吏部尚书，皆不就。复受护军将军，又推迁不拜"。最后官至右军将军、会稽内史。[①]陈郡谢氏中的谢安"初辟司徒府，除佐著作郎，并以疾辞……复除尚书郎、琅邪王友，并不起。吏部尚书范汪举安为吏部郎，安以书拒绝之"，最后执掌朝廷军政大权。[②]王羲之和谢安屡被征召，虽与其本身的"才器"有关，但起重要作用的是他们的门第。这一点，诚如赵翼《二十二史劄记》卷八所云：

> 高门大族，门户已成，令、仆、三司，可安流平进，不屑竭智尽心，以邀恩宠；且风流相尚，罕以物务关怀，人主遂不能藉以集事。

从王、谢二家可以看到，门阀士族子弟凭借着他们的门第，可以随时雍容步入官场，而一旦进入官场之后，因为地望清高，大多居官时间不长，就可以升迁。门阀士族在政治上的这种特权，使他们的子弟不必像低层士族和寒门素族子弟那样，为仕途而苦心经营。他们闲居待仕时，有更多的时间涉足文艺，"出则渔弋山水，入则言咏属文"。他们进入官场以后，也不必更多地费神去维护自己的官职，考虑升迁问题。这就使他们常常能够悠闲地从事文艺活动。庾亮在武昌参与的"南楼理咏"，王羲之任会稽内史时主持的兰亭集会，都是这方面的例证。另外，如前所述，东晋门阀士族子弟中有不少人始官秘书郎、佐著作郎和中书侍郎等职位。这些官位，不仅职要廪重，容易升迁，同时能够接触国家的图籍和机要，这在文化上也为他们提供了他人难以享用的优越条件。

（三）有经济基础和丰厚的物质生活条件

经济是根本，是人类一切活动的基础。这对东晋整个社会是如此，对东晋的门阀士族是如此，对门阀士族中的个别成员也是如此。没有经济基础和必要的物质生活条件，很难设想会有什么文化和艺术。东晋门阀士族文艺世家的形成和维系，是以经济和优厚的物质生活条件为基础的。而他们优厚的物质生活条件又源于他们丰厚的经济收入。他们的经济收入主要有三条途径：一是靠相当高的俸禄和恩赏。东晋士族文艺世家的成员，大多承袭爵位，出仕为官，享有合

---

① 参阅《晋书·王羲之传》。

② 参阅《晋书·谢安传》。

法的俸禄。《颜氏家训·涉务》说：南朝有“过江八九世，未有力田，悉资俸禄而食”的“朝士”。颜之推所说的“朝士”，自然包括东晋门阀士族文艺世家的成员。东晋重要的门阀士族成员在享有高官厚禄的同时，还常常受到皇帝的恩赏。这种恩赏，数量是相当可观的。据《晋书·王导传》记载：王导在东晋受到的恩赏就有两次。第一次“进封始兴郡公，邑三千户，赐绢九千匹”。第二次“给布万匹，以供私费”。在东晋，对于门阀士族的高级官员来说，恩赏是一宗不可忽视的经济收入。二是靠占有大量的田产。永嘉之乱前后迁到江南的门阀士族，懂得“非田无以立”[①]的治家之道，十分重视求田问舍，经营产业。东晋有的皇帝有时把田地赏给世家大族。《梁书·太宗王皇后传》记载：东晋皇帝曾赐王导“良田八十余顷”，赐田一直传至六世孙王骞。此外，由于当时“治纲大弛，权门并兼，强弱相凌，百姓流离，不能保其产业”[②]，由于门阀士族在政治、经济等方面的特权和隐逸时尚的影响，许多门阀士族竞相并占山湖川泽田地，形成了较大的田庄。他们在广事田宅的同时，还招收游食者以为私附，占有山泽内本属朝廷的户口。门阀士族占有了田地以后，相当重视经营田地。琅邪王氏家族中的王羲之，虽然常常表示淡泊名利，并忘情山水，但对田产很有兴趣。他即是在“东游山海”时，也念念不忘“行田，视地利”[③]。据《南史·谢弘微传》所载，谢氏家族在谢安时，在会稽、吴兴和琅邪就有许多田产。淝水之战以后，谢氏功高遭忌，谢玄一再“求解驾东归”。在他获准东归任会稽内史以后，“选神丽之所，以申高栖之意。经始山川”[④]，占有了大量的土地和山林川泽[⑤]。这不仅表现了谢氏家族为自己构造了一处理想的隐居之地和山水审美意识，还表明他们重视经济利益，给其子孙留下了足资享用的田产。《宋书·谢灵运传》载：

> 灵运因父祖之资，生业甚厚。奴僮既众，义故门生数百，凿山浚湖，功役

---

① 谢灵运：《山居赋》。

② 《宋书·武帝纪》。

③ 《晋书·王羲之传》。

④ 谢灵运：《山居赋》。

⑤ 谢玄在会稽的旧居，《水经注》卷四十《渐江水》注有具体的描述：“浦阳江自嶀山东北，径太康湖，车骑将军谢玄田居所在。右滨长江，左傍连山，平陵修通，澄湖远镜。于江曲起楼，楼侧悉是桐梓，森耸可爱，居民号为桐亭楼。楼两面临江，尽升眺之趣。芦人渔子，泛滥满焉。湖中筑路，东出趣山，路甚平直。山中有三精舍，高甍凌虚，垂檐带空。俯眺平林，烟杳在下。水陆宁晏，足为避地之乡。”据《水经注校》，王国维校，袁英光、刘寅生整理标点，上海人民出版社 1984 年 5 月第 1 版。

无已。

《世说新语·方正第五》第五十七条载：

韩康伯病，拄杖前庭消摇。见诸谢皆富贵，轰隐交路，叹曰："此复何异王莽时？"

谢氏家族"皆富贵"，而且能同汉代的王莽相比，其富贵的程度可想而知。这在谢氏家族中的谢混一支表现得尤为惊人。《宋书·谢弘微传》载：

(谢)混仍世宰辅，一门两封，田业十余处，僮仆千人。

又《南史·谢弘微传》载：谢混卒后，"遗财千万"。与琅邪王氏和陈郡谢氏相近的还有高平郗氏。据谢灵运《山居赋》和注提供的资料，谢氏在始宁居处的远东有五奥，其中谢氏和郗氏各有一奥，"皆相犄角，并是奇地"。三是靠聚敛。东晋的门阀士族子弟常常凭借着自己的地望和官位，大量地聚敛财富。《世说新语·俭啬第二十九》第九条载：郗愔"大聚敛，有钱数千万"。他曾开库一日，让儿子任意取用。《晋书·范弘之传》载弘之议云："阶藉门荫，屡登崇显"的谢石"货黩京邑，聚敛无厌……坐拥大众，侵食百姓……工徒劳于土木，思虑殚于技巧，纨绮尽于婢妾，财用縻于丝桐"。又《宋书·王弘传》载：王导的孙子王珣"颇好积聚，财物布在民间"。东晋的门阀士族主要通过上面三种途径占有大量的资财，使他们有丰厚的物质生活条件，使他们有可能去从事文艺活动。①

丰厚的物质生活虽是门阀士族文艺世家形成和维系的必备条件，但不是唯一的条件。优厚的物质生活条件，只有当与其他条件相结合时，才能对士族文艺世家的形成和维系起作用。东晋士族文艺世家的艺术活动，就其自身的特征来说，是富有创造性的，这决不能从他们所占有的物质财富简单地演绎出来。物质状况不能直接地和完全地把自己显现在文艺当中，而是要经过许多中介。门阀士族占有了丰厚的物质条件以后，接着就出现了一个如何处理物质生活和精神生活的问题。西晋的门阀士族也占有丰厚的物质财富，但他们大多是利用物质

① 东晋的门阀士族中，也有较为贫约者。《晋书·王述传》："初，述家贫，求试宛陵令。颇受赠遗，而修家具，为州司所检……此后，屡居州郡，清洁绝伦，禄赐皆散之亲故，宅宇旧物，不革于昔，始为当时所叹。"《世说新语·赏誉第八》第八十七条注引《(王)濛别传》："少孤，事诸母甚谨，笃义穆族，不修小洁，以清贫见称。"王述和王濛属太原王氏，他们在文艺上的成就远不如琅邪王氏和陈郡谢氏等士族。后来太原王氏在南朝衰落得较早，而琅邪王氏和陈郡谢氏则贵盛不败。原因是多方面的，占有财产的多少当是其一。

财富，极度奢华放纵。他们对物质的追求，造成了物质对人的积压，物质的阴影遮蔽了艺术，使人成了物质的奴隶，使人性泯灭，兽性膨胀。他们的精神生活，在很大程度上被物质享受所淹没。他们大多轻蔑精神生活，不重视文学艺术。东晋的门阀士族则不同。他们在占有丰厚的物质财富的同时，虽然也注意物质享受，但并没有像西晋的一些士族那样沉溺于灯红酒绿之中，而是相当看重精神生活。他们没有被丰厚的物质财富所捆绑。他们当中有不少人占有物质财富而不为其累，能在享受物质生活的同时，也追求享受精神上的、审美的人生。他们崇尚玄虚，追求超脱。他们热爱自然，爱好艺术。他们的心灵，在审美的生活中得到了慰藉，得到了丰富和发展。文艺是人类精神生活的重要组成部分，文艺离不开相对的自由。文艺家只有当他们摆脱了外在的物质钳制和物质诱惑时，把自己的情感和理智融合起来，才能达到审美和艺术创作的自由境界。这对个体的艺术家是这样，对士族文艺世家来说，也是这样。东晋士族文艺世家中的不少成员，还特别注意利用他们丰厚的物质条件，学习文艺，提高自己的创作水平和鉴赏能力。另外，东晋的一些门阀士族有时还利用丰厚的物质财富收藏各种文化典籍和艺术珍品。如王氏家族就收集和珍藏了一些名贵的法帖。上述门阀士族所具有的丰厚的物质生活条件以及他们对物质生活的态度，是东晋门阀士族文艺世家形成和维系的一个不可忽视的条件。

（四）由儒入玄，儒玄双修，尊信宗教

琅邪王氏等士族文艺世家，从他们先族的主要思想倾向来说，推崇的是儒学。当他们推崇儒学时，其家族成员并没有多少成员在文艺上有所成就，更没有形成文艺世家。后来随着玄风的扇扬，琅邪王氏等门阀士族都程度不同地由儒入玄，情况发生了明显的变化。东晋的玄学和清谈，形影相随，其主要内容和影响最大的是老庄思想。玄学与清谈的发展，使许多门阀士族子弟不再拘守儒家思想。另外，值得我们注意的是，不少门阀士族虽然由儒入玄，但他们并没有丢弃儒家思想。检阅现存文献资料，我们还没有发现有哪一个门阀士族站在儒家思想的对立面。对于门阀士族来说，儒家思想有不可替代的作用。在东晋，丢弃儒家思想同完全恪守儒家思想一样，门阀士族都很难维系。东晋儒家的不振，主要是就学术和风气而言。从整个社会和政治情况来看，儒家仍起着支柱的作用。对于门阀士族文艺世家来说，也是这样。儒家的重现实，讲济世，遵纲纪，守礼法等，仍是门阀士族文艺世家中许多成员人生哲学的重要组成部分。他们并没有完全沉溺于老庄思想之中。像刘惔那样“居官无官官之事,处事无事事之心”的玄学名士,虽然也受到了上层社会一些人的钦羡,但实际上,对于典型的门阀士族文艺世家来说,他们不仅不需要这样的玄学名士,而且对这类名士常有微词①。就大体的情况来看,东晋的士族文艺世家的许多重要成员,是儒玄双修。儒学和玄学虽然有相近的因素,但更多的是异质的内容。儒学要求人们置身于现实,重视功利,守礼制,强调为社会、为群体的积极参与精神。它的弱点是个性意识比较淡薄,容易钳制人们的思想,过分地强调文艺的功利性。而以老庄思想为主旨的玄学则不同。它崇尚玄虚,追求个人的自由,重真人,顺自然,富于想象,向往超功利的审美的人生,最富于艺术意味。和其他各家思想相比,老庄思想更接近艺术。它的弱点是消极避世,对社会、对人生缺乏责任感。看来,一个文人如果恪守儒家思想,或者完全沉溺于以老庄为主的玄学思想,都不利于文艺的发展。这不只是由于它们各自都有严重的局限,还因为如果恪守一种思想,时间长了,容易保守,容易僵化,也很难应付来自内在的和外在的挑战。相反,如果能够儒玄双修,使儒玄两种思想的异质内容结合现实,互相补充,彼此激荡,就会增加活力。这种活力,能够比较长久地得到保留。这种活力是人们进行文艺活动所不可缺少的。东晋士族文艺世家的不少重要成员,儒玄双修,既使他们思想解放,企羡个体的自由,少受功利的吸引和统摄,能形成多元共存的、丰富的思想,能调动起多方面的感情体验,又使他们避免脱离现实,陷于虚无和任诞,使他们有参与意识,留心现实的人生。此外,东晋门阀氏族文艺世家中的许多成员,对当时广为传播的佛教和道教都比较尊重,有不少人是虔诚的信徒。他们从宗教的教义和活动中吸取了一些养分(当然也受到了宗教负面的影响)。总括来看,东晋门阀士族文艺世家中的重要文人,儒玄双修,尊敬宗教,对多种文化取宽容态度,涵养了他们的情性,拓展了他们的视野,有利于他们在文艺上的发展,是士族文艺世家形成和维系的一个重要原因。

(五)世代相传的文化积累和家教

从东晋琅邪王氏等士族文艺世家来看,他们在文化和教育上,都占有很大的

① 刘义庆《世说新语·豪爽第十三》第七条刘孝标注引《汉晋春秋》:“(庾)翼风仪美劭,才能丰赡,少有经纬大略。及继兄亮居方州之任,有匡维内外,扫荡群凶之志。是时,杜乂、殷浩诸人盛名冠世,翼未之贵也。常曰:‘此辈宜束之高阁,俟天下清定,然后议其所任耳!’其意气如此。唯与桓温友善,相期以宁济宇宙之事。”

优势。近人王伊同说：

> 东京以降，门第渐盛，起初多以经术进，累世清贵，遂成名门。[①]

曹魏、西晋时期，儒学经术日趋式微，玄学逐渐兴盛。与此同时，艺术文化也有了迅速的发展。这种情况在东晋更为明显。在这种文化氛围里，门阀士族更加重视多种文化。他们随着社会的变化，在由儒入玄、儒玄双修和尊重宗教的同时，还特别重视艺术文化，并且留心积累，注意教育，争取代代相传。这里以琅邪王氏家族的书法艺术作为例证。王氏家族在书法上有所贡献始于王导一辈。王导及其同辈王敦、王廙和王旷都是著名的书法家。他们不但自己爱好书法，创作了一些书法作品，而且也相当注意书法艺术方面的积累，并把自己的积累传给他们的后代。王导在书法方面，“以师钟、卫，好爱无厌，丧乱狼狈，犹以钟繇《尚书宣示帖》衣带过江，后在右军处”[②]。王旷也十分重视书法上的积累。他藏有用笔法。王导藏的法帖和王旷的用笔法都传给了王羲之，后来王羲之又传给了他的后代。东晋琅邪王氏成为名声盖世的书法世家，是与其几代对书法艺术的积累分不开的。这种积累至少包括名帖、技法和艺术精神等内容。这种积累随着时间的推移，会愈来愈丰富。东晋的门阀士族除了用心文化积累之外，还特别重视家教。《颜氏家训·勉学》谓：近世“士大夫子弟数岁已上，莫不被教……及至婚冠，体性稍定，因此天机，倍须训诱”。颜氏所谓的“近世”，当包括东晋时期。他所谓的“被教”，指的主要是家教。我国古代的教育，大致有两种：一是学校教育，一是家庭教育。汉末曹魏时期，由于社会的动荡和经学的衰落，学校教育遭到严重的破坏。到西晋时期，学校教育有所恢复，但为时不长。八王之乱和永嘉之乱的相继爆发，使学校教育又遭到了严重的摧毁。东晋建立以后，经由皇帝、王导和庾亮等重臣的努力，学校教育得以修建，但没有大的发展。从修建的学校教育来看，主要教育内容仍是儒家经学。这样的学校教育，难以满足门阀士族及其子弟的多方面的需要。本来门阀士族对家庭教育就相当重视，到东晋，门阀制度的进一步确立，学校教育的欠发展、教育内容的陈旧和狭窄，又给士族家庭教育提供了更大的空间，给他们传授文艺创造了有利条件。

东晋门阀士族家教的内容，首先是礼法方面。《晋书·谢安传》说，谢安“处

---

① 王伊同：《五朝门第》，成都金陵大学中国文化研究所 1943 年版。

② 引自王僧虔《论书》。

家常以仪范训子弟”。所谓“仪范”，主要指的是儒家所宣扬的那一套礼仪和规范。门阀士族之所以这样做，是因为他们懂得，“若礼法破败，门第亦终难保”[①]。其次是文化和审美等方面的内容，包括教授经史子集，也包括教授文学、书法和绘画等。王廙教授王羲之书画，谢安同他的子侄一起讲论文义，谢混同他的子弟在乌衣宴处共同吟咏诗文，都是这方面的典型证据。如果从年龄的角度考察东晋著名的士族文人，不难发现，其中有些人儿童时，就开始接触艺术，具有审美的兴趣和感受力，而且早秀。王羲之“年十二见前代笔论”和“用笔诀”[②]。虞龢《论书表》云：王献之七八岁学书。上述现象的产生，与门阀士族在儿童时就实施家教是分不开的。儿童时的教育对一个人审美水平的提高非常重要。美国著名学者加德纳把人的审美感受力的发展分为五个阶段，第四阶段从九岁到十三岁为审美的萌芽期，开始注意更多的艺术因素，虚构与现实已能区分，注意到艺术的表达方式，并开始形成个人的审美偏爱[③]。东晋门阀士族中的一些文人之所以有很高的艺术造诣和审美情操，一个重要原因是他们在审美萌芽期的儿童时，就受到了家庭在艺术方面的教育。

东晋的门阀士族重礼法、讲孝道，在一般的情况下，长辈在家族内部有很高的权威。长辈对文艺的爱好和成就，会通过各种渠道影响后代。他们对后代的褒贬，也有举足轻重的作用。而后代大多能够尊崇长辈在文化艺术上的建树和意旨，并加以承袭和发展，使自己不辱家声，不堕门风[④]。这是一方面。另一方面，东晋门阀士族家族内部虽然实行家长制，但由于一个家族往往由几支组成，再加上当时思想比较开放和自由，所以当时的家族控制并不十分严格。王导曾经让王羲之出仕，而王羲之并没有遵从他的旨意。谢安在谢氏家族中地位重要，辈分又高，但如上所述，他能同他的晚辈一起“讲论文义”，一起唱和诗歌。门阀士族内部这种并不十分严格的家长制，给士族子弟提供了一种相当宽松、比较自由的家庭环境。在这种环境中，长辈既可以教授晚辈，也可以相互讨论。晚辈一旦在文艺上表现出才能，就会得到长辈的赞赏。这就使晚辈能够大胆地利用各

---

① 颜之推：《颜氏家训・风操》。

② 参阅鲁一同《右军年谱》引《笔势传》。

③ 参阅《文艺研究》1993 年第 3 期。

④ 东晋典型的门阀士族一般都形成了自己的门风。刘义庆《世说新语・赏誉第八》第一二二条：“谢中郎云：‘王修载（礼按：王廙第三子王耆之字修载）乐托之性，出自门风。’”

种机遇去接触文艺,去创作文艺作品。在家族内的同辈之间,也能相互切磋,相互鼓励,共同提高。门阀士族这样一种既重礼法又较自由的家教和环境,使他们的子弟在文艺上容易人才辈出,容易取得整体优化的结果。

以上我们从门阀士族的需要、政治、经济、文化和家庭教育等方面,探讨了东晋门阀士族文艺世家形成的原因。这些原因,只是就东晋门阀士族文艺世家的大体而言,具有因果的必然性。但如果分析各个士族文艺世家,或者一个士族文艺世家的某一代,或者某一代中的一个文人,原因就复杂得多。其中有不少偶然性。东晋门阀士族文艺世家尽管带有群体的性质,但群体毕竟是由许多在文艺上有成就的个体组成的。没有这些个体,就很难设想会有士族文艺世家这样的群体。从个体来看,他们的文艺成就的取得,当然离不开社会和家庭环境。但环境是属于外在的条件,它只能提供一种可能,显示出某种逻辑性。它不可能决定一切。实际上,东晋门阀士族文艺世家的形成还有诸多偶然因素。这些偶然因素,在各个门阀士族文艺世家那里都有体现,也体现在许多个体文人身上。为了说明这一问题,我们试对琅邪王氏作一简单的分析。琅邪王氏在文艺上尽管有多方面的贡献,但最突出的是书法艺术。而琅邪王氏在书法艺术上的贡献,有其必然性,也有其偶然性。所谓必然性,如上所述,主要指的是琅邪王氏所处的社会条件和家庭环境。所谓偶然性,也有多方面的表现。首先值得注意的是王氏与卫氏的关系。曹魏、西晋时期,卫氏一家先后出现了以卫觊、卫瓘、韦恒和卫夫人为代表的杰出的书法家,是著名的书法世家。而卫氏与琅邪王氏又有亲戚关系。这种亲戚关系直接影响了王氏一家的书法。《衍极》卷一刘有定注谈到王氏与卫氏在书法方面的关系时说:卫与王世为中表,故羲之父旷得之,旷以授羲之,羲之传其子献之及王廙之子修,故诸王世传家法。其次,体现在几个卓越的书法家特别是王廙、王羲之和王献之身上。王廙等三人都富有才华,对书法、绘画和文学等艺术都有浓厚的兴趣。他们当中,特别是王羲之和王献之有鲜明的个性。王羲之尚自然,不雕饰,有"朗拔"的气质。他常常追求的是"争先非吾事,静照在忘求"的人生哲学。王献之为人自信自负,善于思考,勇于创新。王廙、王羲之和王献之的才华、兴趣和个性等,在很大程度上是属于偶然的、个人的因素。正是这些偶然的、个人的因素,同他们所处的社会和家庭环境相结合,才使他们成了卓越的书法家。而当他们成了卓越的书法家以后,反过来又提高了琅邪王氏家族的地位,使自己家族的许多子弟更加重视和热爱书法艺术。看来琅邪王氏之所以能成为一个文艺世家，是社会、家庭等外在条件与文艺家个体的内在因素互动相应、通融整合的结果。如果缺少任何一方面，就不可能成为一个文艺世家。琅邪王氏是这样，其他文艺世家也是这样。

四、门阀士族对东晋文艺的积极影响和消极作用

东晋时期，以琅邪王氏和陈郡谢氏为代表的门阀士族文艺世家，是地位很高的统治阶层。他们在政治、社会和文化等方面都占有十分显赫的地位，再加上他们都比较重视文艺，各个家族都有不少能文善艺之士，这些对当时的文艺自然容易产生相当大的影响。

在我国古代，东晋是门阀政治的鼎盛时期，像上面所论及的琅邪王氏等典型的士族文艺世家，还有生机和活力。他们不只自己关注文艺、参与文艺活动，同时还采取了不少保护和支持文艺的重要措施。

他们珍惜文物，保护文物。早在他们由中原南渡江左时，就在非常艰难的情势下，留心把北方的一些艺术珍品带到了江左。《书小史》卷五说：

> (王廙)工草、隶、飞白，祖述张、卫遗法，亦好索靖之风，尝得索《七月二十六日书》一纸，每宝玩之。遭丧乱乃四叠缀于衣中，以过江。

像王廙这样的举措，使以前的艺术珍品并没有因为战乱而完全销毁，有些得到了保存和传播。这为东晋文艺的发展提供了宝贵的借鉴。

他们重视文人，注意保护文人。东晋有些文人，特别是政治地位、社会地位比较低下的文人，由于他们在经济上没有切实的保证，在政治上没有凭借，他们想在政治上、文艺上有所作为，要出名，需要门阀士族，特别需要像琅邪王氏这类大的门阀士族文艺世家的支持。正是由于上述原因，东晋有不少文人不得不依附门阀士族。而门阀士族基于多方面的考虑，也需要一些文人为他们服务。彼此的需要，使门阀士族依靠自己特殊的、优越的地位，任用和支持了不少文人。在这方面，王导荐举干宝和谢尚赞赏袁宏是有代表性的例证。王导经纬三朝，辅佐朝政多年。他“为政务在清静”[①]。他儒玄双修，雅好叹咏，夷心虚己，“朝野倾心”，招揽了不少能文之士，干宝就是其中之一。《晋书·干宝传》载：干宝“少勤

① 《晋书·王导传》。

学，博览书记”。“中兴草创，未置史官”时，王导特向晋元帝荐举干宝。干宝“为司徒右长史，迁散骑常侍，著《晋纪》”。后又“撰集古今神祇灵异人物变化，名为《搜神记》，凡三十卷”。袁宏“少孤贫，以运租自业”。他“强正亮直”的性格，他想自由写作的愿望，这些都使他与门阀士族存在着矛盾。他要生存，要施展自己的才能，就不得不依靠门阀士族。事实正是这样。出身低微的袁宏正是由于得到了谢尚的赞赏而“名誉日茂”，后来不仅进入了仕途，而且创作了一些有相当影响的作品，成为“一时文宗”。①

东晋时期，有不少文艺集会。这些文艺集会的主要组织者，大多是门阀士族文艺世家中的有影响的人物。谢安出仕之前，经常同王羲之、孙绰等人“出则渔弋山水，入则言咏属文”②。王羲之组织的兰亭集会有四十二人参加，有三十七首诗歌流传至今。庾亮在武昌组织过“南楼理咏”③……这些集会在东晋文艺发展史上，都是有较大影响的文艺活动。我国古代以文学创作为重要内容的文人集会，在汉魏和西晋都不止一次地出现过。但这些集会大多发生在北方。同时，这些集会虽然也有文学创作和文学鉴赏等内容，但阿谀谄媚之作较多，传下来的优秀作品很少。东晋的集会则发生了变化。这些集会的组织者虽然主要是门阀士族文艺世家中的重要成员，但他们的思想都相当解放，言行都比较自由。他们在文艺上又都有很高的修养，同时还较少受功名利禄的缰锁。因此，他们组织的集会具有较多的自主性和平等性。参加集会的成员进行创作时，一般不太受政治功利和身份的束缚，可以比较自由地抒发和展示自己的审美情趣。同时，这样的集会，往往突破了阶层和家族的圈子，吸引了更多的文人参加，有助于密切文人之间的联系。文艺活动虽然通常都是个人的精神表现，但又不能在完全自足和非常封闭的状态下进行。它有时需要文人之间思想感情的交流，在技艺上也需要相互切磋，以便提高。东晋以门阀士族文艺世家的重要成员为主组织的集会，在这方面对当时文艺的发展也起到了促进的作用。

东晋士族文艺世家中的不少文人，在文艺创作方面有卓越的成就，有独特的优势。特别是他们在书法艺术上，创作了许多第一流的珍品。这些珍品为社会

---

① 以上所述袁宏事迹，见《晋书·袁宏传》。

② 《晋书·谢安传》。

③ 参阅本书第一章。

所认可，具有示范的作用，给一些下层民众带来了审美愉悦，提高了审美情趣，也哺育了某些书法爱好者，以至使他们成了著名的书法家。据《真诰》卷十九记载：书法家杨羲开始时是祖效郗鉴家的书法，最后工于书法，达到了“不今不古，能大能细”的境界。又据王献之《保母砖志》记载：王羲之家的保姆李如意，“归王氏，柔顺恭勤，善属文，能草书”。一个保姆，既善属文，又能草书，当与受王羲之这样充满艺术氛围的家庭的陶冶有关。由此可以推想，东晋的书法艺术有相当的普泛性，而且高质量的作品很多，这与士族文艺世家的推进是分不开的。

玄言诗在东晋极为盛行，门阀士族文艺世家中的不少成员参与了玄言诗的写作，有的还组织了玄言诗的写作活动。东晋玄言诗的盛行，与门阀士族文艺世家有割不断的牵连。同时，东晋玄言诗的衰退，也与东晋门阀士族文艺世家有密切关系。史载开始改变东晋玄言诗风的，一个是殷仲文，另一个就是谢氏家族中的谢混。由于谢氏家族有显赫的地位，谢混所起的作用，可能会更大些。

东晋琅邪王氏等门阀士族文艺世家，在本质上是属于以从政为务的统治阶层。他们居于很高的统治地位，有许多特权。这些特权植根于特殊的体制之中，并在意识形态领域里向各方面扩散。他们从狭隘的门阀士族或家族的功利出发，常常对文艺施加一些消极的影响。这主要表现在两方面。一是不切实际的颂扬。如《世说新语·文学第四》第七十九条载：庾阐曾作有《扬都赋》，谢安说此赋“屋下架屋耳，事事拟学，而不免俭狭”。谢安认为此赋模拟的成分很多，当是有根据的。但就是这样一篇“事事拟学”的辞赋，上呈庾亮之后，庾亮“以亲族之怀，大为其名价云：‘可三《二京》，四《三都》。’于此人人竞写，都下纸为之贵”。庾阐是庾亮宗族内的人，他把自己的《扬都赋》特别呈送庾亮，可能是想借庾亮的名望得到肯定和传播。庾阐的想法并没有落空。庾亮正是“以亲族之怀”把《扬都赋》这样一篇模拟之作与张衡的《二京赋》和左思的《三都赋》并论等价。支持庾亮作出上述评价的，不是基于作品的质量，而是出于对庾氏家族的维护。在文学评论上，像庾亮这样无原则的、不切实际的吹捧，从一方面腐蚀了文人，导致读者不能正确地看待作品，从消极方面影响了文艺的发展。二是把自己的意旨强加于文人，限制文艺，让文艺为自己的门第服务。东晋有些门阀士族文艺世家中的重要人物，往往以强制的态度对待文人及其作品。这方面的史料较多，这里仅举谢安为例。《世说新语·轻诋第二十六》第二十四条注引檀道鸾《续晋阳秋》载：

晋隆和中，河东裴启撰汉、魏以来迄于今时言语应对之可称者，谓之《语

> 林》。时人多好其事，文遂流行。后说太傅事不实，而有人于谢坐叙其黄公酒垆，司徒王珣为之赋，谢公加以与王不平，乃云："君遂复作裴郎学。"自是众咸鄙其事矣。

又同条云：

> 庾道季诧谢公曰："裴郎云：'谢安谓裴郎乃可不恶，何得为复饮酒？'裴郎又云：'谢安目支道林，如九方皋之相马，略其玄黄，取其俊逸。'"谢公云："都无此二语，裴自为此辞耳！"庾意甚不以为好，因陈东亭《经酒垆下赋》。读毕，都不下裁赏，直云："君乃复作裴氏学！"于此《语林》遂废。

裴启撰写的《语林》属于志人小说，难免个别地方与事实不符。谢安凭借着自己的特殊地位和影响，抓住其中与自己有关的个别事件，同时又掺杂着他与王珣的矛盾，以十分轻蔑的口气，否定裴启，贬低《语林》，致使这部在当时曾经广为流传的有影响的小说，遭到了废止的厄运。对谢安的这种粗暴的干涉，檀道鸾深有感慨地说：

> 夫所好生羽毛，所恶成疮痏。谢相一言，挫成美于千载，及其所与，崇虚价于百金。上之爱憎与夺，可不慎哉！[①]

此外，袁宏的《名士传》[②]可能有类似的遭遇。据《世说新语·文学第四》第九十四条刘孝标注，袁宏的《名士传》内容相当丰富，写了魏晋许多名士，《旧唐书·经籍志上》录《名士传》三卷。但这部书没有传下来，佚文也很少。《世说新语·文学第四》第九十四条载：

> 袁彦伯作《名士传》成，见谢公。公笑曰："我尝与诸人道江北事，特作狡狯耳！彦伯遂以著书。"

袁宏写成《名士传》，送给谢安，当有让谢安予以肯定、进而得到流传之意，但谢安却表现了不屑一顾的轻蔑态度。袁宏的《名士传》之所以没有流传下来，可能与谢安的轻蔑有关。艺术本身有很强的生命力，东晋的艺术亦然。像上述庾亮、谢

---

① 刘义庆：《世说新语·轻诋第二十六》第二十四条刘孝标注引《续晋阳秋》。

② 关于袁宏撰写《名士传》的记载，最早见于刘义庆《世说新语·文学第四》第九十四条和《方正第五》第六条。《晋书·袁宏传》作《竹林名士传》，《旧唐书·经籍志上》、《新唐书·艺文志二》均作《名士传》。刘义庆《世说新语·文学第四》第九十四条云："袁彦伯作《名士传》成。"刘孝标注曰："（宏）以夏侯太初、何平叔、王辅嗣为正始名士，阮嗣宗、嵇叔夜、山巨源、向子期、刘伯伦、阮仲容、王濬仲为竹林名士，裴叔则、乐彦辅、王夷甫、庾子嵩、王安期、阮千里、卫叔宝、谢幼舆为中朝名士。"据此，袁宏所作《名士传》不限于竹林名士，当从《世说新语》作《名士传》。

安这样士族文艺世家中的重要人物，对某些艺术作品的吹捧也好，强制性的干预也好，都不能完全扼杀艺术，但却在一定程度上从负面影响了艺术的发展和传播。

东晋的士族文艺世家，都特别重视自己的宗族，注意从各方面维护自己的门风，使其不同于凡庶，由此逐渐形成了一种狭隘性和排他性。这种狭隘性和排他性也给文艺带来了消极的影响，这主要表现在门阀士族文艺世家之间的相互排挤和对寒门素族文人的压抑两方面。

文人相轻本来是封建社会的一种陋习，东晋士族文艺世家的文人为了维护自己的门第，在许多方面发展了这一陋习。如上所述，琅邪王氏等士族文艺世家在书法艺术方面，各自都作出了贡献。对于书法，他们之间有竞争，但更多的是互相轻诋。庾翼对庾氏家族中的"小儿"学习王羲之的书法深为不满，就是一个例证。此外，孙过庭《书谱》云：

谢安素善尺牍，而轻子敬之书。子敬尝作佳书与之，谓必存录。安辄题后答之。甚以为恨。

与此相应，王献之对谢安也不恭。谢安曾让他为太极殿题榜，遭到了王献之的拒绝。此事《晋书·王献之传》有比较详细的记载：

太元中，新起太极殿，(谢)安欲使献之题榜，以为万代宝，而难言之，试谓曰："魏时陵云殿榜未题，而匠者误钉之，不可下，乃使卫仲将悬凳书之。比讫，须鬓尽白，裁余气息。还语子弟：宜绝此法。"献之揣知其旨，正色曰："仲将，魏之大臣，宁有此事！使其若此，有以知魏德之不长。"安遂不之逼。

当时谢安任尚书仆射，位极人臣，而王献之为谢安的长史，谢安与王献之是上司与下属的关系。可是谢安让王献之题榜，却"难言之"，只能委婉地说出。而王献之得知谢安的用意之后，不仅不奉命题写，而且严词驳斥，使谢安不敢再逼使他。王献之之所以敢抵制谢安，靠的是高贵的门第，同时也可能是对谢安蔑视自己书法的一种报复。书法艺术家本应加强交流，互相学习，取他人之长，熔铸自己，提高自己。像王家、庾家和谢家这样互相轻诋，拘守门户之见，对书法艺术的发展是一种销蚀剂。

东晋士族文艺世家中的不少子弟，为了维持自己的门第，显示自己的清贵高雅，特别注重人们的氏族。《世说新语·赏誉第八》第一五二条说王珉"谙人物氏族中来(李慈铭按："中来"当是"中表"之误)。皆有证据"。他们为了避免士庶混杂，常常“不交非类”。这种情况早在东晋前期就有表现，到了太元年间之后，尤为突出。比较典型的是琅邪王氏和陈郡谢氏。《世说新语·忿狷第三十一》第六条载：

> 王令诣谢公(安)，值习凿齿已在坐，当与并榻，王徙倚不坐。

注引刘谦之《晋纪》曰：

> 王献之性甚整峻，不交非类。

习凿齿“少有志气，博学洽闻，以文笔著称”[①]。习凿齿这样一位独出冠时的人才，与王献之相见时，王献之却不同他并榻。王献之这样做，可能与他的性格有关，但也反映了他的门第观念。习凿齿虽然是“祖宗富盛，世为乡豪”[②]，但和琅邪王氏的门第相比，还是有很大的差别，因而受到了王献之的鄙视。陈郡谢氏中的谢混与王献之有些相似。《宋书·谢弘微传》载：

> (谢)混风格高峻，少所交纳，唯与族子灵运、瞻、曜、弘微以文义赏会……其外虽复高流时誉，莫敢造门。

陈郡谢氏在谢安、谢玄去世以后，谢混成了谢家的领袖人物。他“凭借世资，超蒙殊遇”[③]。谢混“有重名”[④]，“风华为江左第一”[⑤]。他为了维护自己华贵的家族，在乌衣巷教育自己的族子，很少结交他人，致使当时的“高流时誉，莫敢造门”，至于一般的封建士大夫更是难以叩见了。谢混的所作所为，对谢家子弟有直接的影响，使他们更加看重自己的门第，减少了同他人接触的机会。门阀子弟或囿于家教，或热衷于清谈，生活的圈子本来就比较狭小，对社会了解得不多。而像王、谢这样的士族文艺世家在人际关系上，“不交非类”、“少所交纳”，这就进一步限制了士族文人生活的范围，使他们的生活方式和人生目标都受到了局限，使他们常常囿于门阀士族的思想之中，以至被门阀士族的思想所同化，在不同程度上丧失了自我判断和艺术创造力。有些门阀士族文人用文艺作品颂扬自己的宗族，就是一个明显的例证。这在东晋末期谢灵运和谢瞻的作品中有突出的表现[⑥]。

---

① 《晋书·习凿齿传》。

② 《晋书·习凿齿传》。

③ 《晋书·刘毅传》。

④ 《南史·谢方明传》。

⑤ 《南史·谢晦传》。

⑥ 谢灵运和谢瞻是晋宋间文人。下面论述的四首诗都作于东晋末年。

谢灵运在《赠从弟弘元时为中军功曹住京诗》中追叙称颂自己的家族云：

> 於穆冠族，肇自有姜。峻极诞灵，伊源降祥。贻厥不已，历代流光。迈矣夫子，允迪清芳。

在《答中书诗》和《赠安城诗》中，谢灵运又赞美自己的宗族为“昌族”和“华宗”。谢瞻在《于安城答灵运诗》中也以自己为“华宗”：

> 条繁林弥蔚，波清源愈浚。华宗诞吾秀，之子绍前胤。

对歌颂自己宗族的作品，我们不能简单地否定，应当作具体分析。以谢安和谢玄为代表的谢氏家族，继龙亢桓氏之后，执掌朝廷的军政大权。谢安和其他士族一起，没有经过流血阻止了桓温的篡权。后来谢安又举贤不避亲，用他的侄子谢玄为前线指挥，在淝水之战中，以少胜多，击毁了前秦苻坚近百万大军，保卫了东晋的半壁江山。《晋书·谢安传论》云：

> 建元之后，时政多虞，巨滑陆梁，权臣横恣。其有兼将相于中外，系存亡于社稷，负扆资之以端拱，凿井赖之以晏安者，其惟谢氏乎！

这段话基本上是属实的。对谢氏的功绩可以歌颂，只要歌颂得正确，对后人是一种鼓励。而谢灵运和谢瞻等人对谢氏的歌颂，纵然不能完全否定，但由于他们主要不是着眼于国家和民族，而是立足于封建宗法制度，局限于自己的门第，他们在述祖思想的指导下，从血统的角度炫耀自己的宗族为“冠族”、为“华族”，从而维护自己家族的地位，为自己进入仕途制造舆论，因而这样的歌颂，没有多少可取之处。附带补充一点，在东晋文艺发展史上，像谢灵运和谢瞻等人这样表现明显的述祖思想，在东晋第一阶段和第二阶段并不明显，而到了东晋末年则有突出的表现。这一现象从一个方面说明，到东晋末年，门阀士族的力量开始衰弱，门阀士族的天地有了裂缝。这种命运是门阀士族不愿承受的，他们要“补天”，述祖思想及其表现就是“补天”的一种方法。

东晋成就卓越的书法家，大多出自士族文艺世家。这固然与这些书法家的艺术造诣和艺术才华有关，同时也是与他们华贵的门第分不开的。他们依仗着自己的门第，可以从积极方面扩大影响，同时也凭借着自己的门第贬抑一般的书法家，减弱一般书法家的影响。书法家杨羲的被贬抑就是一个典型的事例。杨羲生活的年代和王羲之、王献之大致相同。《云笈七签》卷五《晋茅山真人杨君传》说杨羲“攻书好学，该涉经史”。《真诰》卷十九也说杨羲工于书法。从他的书法手迹来看，“笔力规矩于二王。而名不显者，当以地微，兼为二王所抑故也”。

杨羲“地微”，这在当时就影响了他的书法的流传。而二王又加以贬抑，就进一步降低了他在书坛上的地位。杨羲在书法上的遭遇，说明士族文艺世家对自己的文艺大有唯我独尊的味道，而对其他一般文人的艺术则多贬抑。在艺术上，应当允许各方面的文人自由创作，应当允许各种作品在社会上斗妍争胜。只有这样，才会有利于艺术的发展。而东晋士族文艺世家中的一些成员，以贵族的架势，贬抑其他文人的作品，其结果只能从负面影响艺术的发展。

东晋士族文艺世家对其他阶层文人的压抑，有些是明显的，还有不少是隐曲的。这种隐曲的压抑，主要也是来自长期的门阀制度。长期的门阀制度在社会上形成了重视门阀士族文人，而轻看其他阶层文人的风尚。《书小史》卷五载：荀舆“工隶书、章草。尝写《狸骨方》一纸，右军见以为绝伦，拟效数十通”。又《书学史》引杨慎《墨池琐录》云：李志“与右军同时，书亦争衡”。荀舆和李志的书法，一为王羲之所叹服，一能同王羲之“争衡”。他们的成就与王羲之相比，并不逊色，但其影响却远不如王羲之。究其原因，当与门第有关。东晋的门阀制度使士族文艺世家的文人很难离开家族基础而具有完全独立的意义。他们在文艺上的影响常常与家族本位密切相关，含有艺术之外的因素。而其他文人则与此相反。他们因为没有门阀士族那样的家族本位作根基，即使在艺术上有很高的造诣，也难以在社会上产生较大的影响。关注家族而忽视个性，为了家族可以轻忽个体，这是门阀制度造成的弊病。此外，长期的门阀制度，还使不少寒门素族的文人在心理上有一种压抑。这种压抑有时可以激发创作，但常常在不同程度上限制了创作。杨方的经历说明了这一问题。《晋书·杨方传》云：杨方“少好学，有异才”。贺循称赞他的文章“甚有奇分”。他“在都邑，缙绅之士咸厚遇之”。但是他自己“以地寒，不愿久留京师，求补远郡，欲闲居著述”。杨方离京在高梁郡多年，虽然也有一些著述，撰写了《吴越春秋》等历史著作，但他在文学方面却没有写出有影响的作品，没有展示出他的“异才”和“奇分”。这可能与他自“以地寒”这种自贱的心态有关。一个艺术家如果没有自信和自尊，没有一种独立自主性和健康的心态，很难创作出优秀的艺术作品。而东晋的门阀制度以及与之相连的士族文艺世家，在这方面产生了不容忽视的消极作用。

第四章　东晋多种文艺的相互通融

如果我们从整体的角度，对东晋文艺进行综合考察，不难发现，东晋文艺是一个网络体系。东晋文艺的繁荣，包含着两个既有区别又有联系的过程：一个是各种文艺在各自的领域里独立发展的过程。在这一过程中，各种文艺进一步显露出自己的特点而造成文艺上的继续分离。另一个过程是不同文艺的共生、共存和彼此交叉的过程。在这一过程中，已经获得独立的各种文艺在不断地相互通融。这种通融，有的是双向的，有的是多向的，有的反映在表层，有的潜蕴在深层，含有非常复杂、非常丰富的内容。东晋各种文艺的相互通融，继往开来，对当时和后来都产生了不可忽视的影响。基于上述情况，我们研究东晋文艺，探讨多种文艺的相互通融，同探讨东晋各种文艺的独立发展及其特点同样重要。

一、艺术积累和社会条件

我国古代的文艺，从一开始就呈现出同源共生、相互通融的特点。粗略地说，先秦时期，主要是诗歌、音乐、舞蹈三者的通融，形成了一种混合型艺术。在两汉，除了诗歌、音乐和舞蹈继续通融之外，又出现了文学、书法和绘画的相互通融，这在东汉末年表现得尤为明显。从东汉末年到西晋末年，各种文艺的相互通融虽然有所发展，但还是有限的。至东晋，上述情况有了明显的变化。东晋时期，各种文艺，特别是文学、书法和绘画的相互通融，不论是在范围上，还是在程度上，都开创了前所未有的新局面，远远地超过了以前的任何一个朝代。

我国的文学、书法和绘画等艺术，历史悠久。根据考古学和人类学的研究，绘画要早于文字。绘画的产生，至少可以追溯到旧石器时代。因为从考古发掘中，我们已经看到了旧石器时代的洞穴画。从旧石器时代到西晋末年，绘画经历了漫长的历史。书法的产生虽然晚于绘画，但最晚可以追溯到殷商晚期，其标志是已经发现的殷商晚期的甲骨文[①]。至于文学中的口头歌谣产生的最早时间，难以确定。现在能够看到的最早用文字写的歌谣，是刻在甲骨卜辞上的[②]。从旧石器的绘画，从原始的甲骨文书法和刻在甲骨卜辞上的歌谣开始到西晋末年，经历了漫长的历史。值得我们思考的是，绘画、书法和文学既然有非常漫长的历史，那为什么它们之间的通融到东晋时才大量地出现并且有所深化呢？原因是多方面的，其中有两点特别重要：一是文学、书法、绘画等艺术自身发展成果的积累；二是东晋特殊的社会条件。

我国古代的文学，特别是诗歌，虽然源远流长，但到了汉代，尤其是在汉武帝一统天下和独尊儒术以后，文人的地位较低，文学多受儒家政治伦理教化的束缚，"载道"的多，抒情的少。就抒情来说，带有群体色彩的多，在儒家所允许的范围里"翻筋斗"的多，真正个体的少，能够自由驰骋的少。这就使文学难以独立，人们自然也很少能发现文学自身的特点。这种情况到了东汉末年，开始有了变化。从东汉末年开始，随着社会的急剧变化，两汉儒家思想的式微，人们的思想有所解放，文人的地位有所提高。文学不再是儒家经学的附庸，而被视为"经国之大业，不朽之盛事"[③]，文人"各以所长，相轻所短"[④]，以创作诗赋骋才扬己。"文以气为主"[⑤]、"诗缘情"等理论为许多文人所接受。文人经常吟咏的是个人的情思、个人的心态。在文学形式上，"诗赋欲丽"[⑥]，诗要"绮靡"，赋要"浏亮"[⑦]，

---

① 甲骨文应视为原始的书法。郭沫若《殷契粹编·自序》云："卜辞契于龟骨，其契之精而字之美，每令吾辈数千载后人神往。……细者于方寸之片，刻文数十；壮者其一字之大，径可运寸。而行之疏密，字之结构，回环照应，井井有条。……技欲其精，则练之须熟，今世用笔墨者犹然，何况用刀骨邪？……足知存世契文，实一代书法，而书之契之者，乃殷世之钟、王、颜、柳也。"见郭沫若《殷契粹编》，科学出版社1965年5月第1版。

② 如《卜辞通纂》(科学出版社1983年6月第1版)第375片："今日雨。其自西来雨？其自东来雨？其自北来雨？其自南来雨？"

③ 曹丕：《典论·论文》。

④ 曹丕：《典论·论文》。

⑤ 曹丕：《典论·论文》。

⑥ 曹丕：《典论·论文》。

⑦ 陆机：《文赋》。

已成为不少文人的共识。文学形式受到了空前的重视。汉末以后,“五言腾涌”,七言诗正式形成。上述这些,表明文学的特点已经得到展现,文学已经具有自己独立的地位和自己特有的价值。东晋的文人生而逢时,汉末以来文学迅速发展的成果,为他们创造了以前文人不曾有过的有利条件。

我国古代的书法,开始时就重视实用性,而较少注意其审美作用。这一特点不仅体现在殷商时期的甲骨文上,而且还反映在后来的周金文、秦石刻篆书和汉代隶书上。人们真正从审美的角度去看待书法,是在东汉后期。其突出表现是人们对草书的欣赏①。草书产生在秦汉之际。它的产生主要是为了书写的应急和简便②。到了东汉后期,草书盛行,出现了杜度、崔瑗和张芝等长于草书的著名书法家。草书之所以盛行,主要是由于它书写迅捷自由,适于抒发个人感情,摆脱了功名利禄的束缚。赵壹《非草书》说:

> 且草书之人,盖技艺之细者耳。乡邑不以此较能,朝廷不以此科吏,博士不以此讲试,四科不以此求备,征聘不问此意,考绩不课此字。徒善字既不达于政,而拙草无损于治。

从赵壹的论述来看,草书与人们的仕途、学识和政事没有关系。人们热爱它,是把它视为一种“技艺”,一种美的对象。这说明草书已成为一种独立的艺术了。草书是这样,比草书产生晚些的行书也是这样。行书产生在东汉③。草书和行书等书法艺术,在东汉之后的三国和西晋时期又有了新的发展,出现了许多著名的书法家。他们当中,有的长于行书,如钟繇和胡昭等,有的以草书著称,如嵇康、卫瓘、卫恒和索靖等。如果说东汉后期书法已经独立,人们能够自觉地从审美的角度去观照它的话,那么到了三国和西晋,这种自觉又有了进一步的发展。这体现在创作上,也体现在接受上。陈思《书苑菁华·书法上》引钟繇云:

> 用笔者天也,流美者地也。

钟繇第一次把书法同天地自然和“美”联系在一起。这是书法创作者对书法的审美体验。至于接受者对书法的态度,我们可以举曹操和孔融为例。羊欣《采古来能书人名》载:书法家梁鹄的书法“得师宜官法,魏武重之,常以胡书悬帐中”。又

---

① 参阅徐复观《中国艺术精神》,春风文艺出版社 1987 年 6 月第 1 版,第 126、127 页。

② 《书断上》录梁武帝《草书状》引蔡邕云:“昔秦之时,诸侯争长,简檄相传,望烽走驿,以篆、隶之难,不能救速,遂作赴急之书,盖今草书是也。”许慎《说文解字·叙》云:“汉兴有草书。”

③ 《书断上》云:“按行书者,后汉颍川刘德升所作也。”“刘德升即行书之祖也。”

《三国志·吴书·张纮传》载：

> 纮善楷篆书，尝与孔融书，自篆。融遗纮书曰："前劳手草，多为篆书，每举篇见字，欣然独笑，如复睹其人也。"

曹操把梁鹄的书法作品悬于帐中，孔融每当见到张纮的篆书，"欣然独笑"，表明当时人们已不再完全从实用的角度来看待书法了，而是用审美的眼光去玩赏、去品味了。上面的事实告诉我们，书法从东汉开始到三国、西晋，已经不再限于实用，而是从实用转化为艺术了。这为东晋书法的进一步发展打下了坚实的基础，也为东晋多种艺术的相互通融提供了可能性。

我国古代的绘画，虽然历史悠久，但在先秦两汉时期，统治者对绘画并不重视，长于绘画的文人也较少，绘画多出自画匠之手。绘画"皆指事为之，使观者可法可戒"①。从汉末开始到西晋，上述情况有了明显的改变，绘画渐次受到了统治者和许多文人的青睐，画家的社会和政治地位有了提高。据《历代名画记》卷四、卷五提供的资料，从汉末迄止西晋末年，先后出现了赵岐、刘褒、蔡邕、刘旦、杨鲁、曹髦、杨修、桓范、徐邈、曹不兴、吴王赵夫人、诸葛亮、诸葛瞻、嵇康、荀勖、张墨、卫协、夏侯瞻等许多著名画家。这些画家的作品和在理论上的见解，为东晋的文人的创作提供了借鉴和启示。

值得特别注意的是，汉末以后，文学、书法和绘画等艺术的发展，使各自的特点愈来愈鲜明，愈来愈显示出自身的魅力。其特点、其魅力，吸引了文人，开阔了他们的视野，扩展了他们对文艺的兴趣，文学、书法和绘画等文艺的相互融通也屡有出现。后魏孙畅之《述画》记载，汉桓帝时，刘褒以《诗经》中的《云汉》和《北风》为题材作画。又《历代名画记》卷四记载：

> 蔡邕……工书画，善鼓琴。建宁中为郎中，校书东观，刊正《六经》文字，书于太学石壁，天下模学……灵帝诏邕画赤泉侯五代将相于省，兼命为赞及书。邕书、画与赞皆擅名于代，时称三美。

曹魏时期，曹丕在《典论·论文》中提出了"文本同而末异"的著名论断。他论文气时，又把文气同音乐的曲度和节奏联系在一起，说明他觉察到文气同音乐有密切关系。曹植不仅"文章绝伦"，在诗文创作方面有杰出的贡献，而且爱好绘画、

① 顾炎武语，见《日知录集释》卷二十一，黄汝成集释，秦克诚点校，岳麓书社 1994 年 5 月第 1 版。

音乐和舞蹈。他写的《画赞并序》流传至今。嵇康"能属词,善鼓琴,工书画"[①]。西晋时期的陆机和左思等能诗善赋,在书法方面也有很高的造诣。陆机还特别重视绘画,并且有自己独到的见地:

> 丹青之兴,比《雅》、《颂》之述作,美大业之馨香。宣物莫大于言,存形莫善于画。[②]

陆机十分重视绘画的作用,既看到了绘画同文学的相通,又指出了两者的区别。这说明西晋时期,人们对绘画有了新的认识。

上面列举的事实告诉我们,同先秦和两汉相比,汉末以后,多种文艺,特别是文学、书法和绘画的相互通融,确有新的进展。这一进展为东晋文学、书法和绘画等艺术的更广泛、更深入的相互通融创造了极为有利的条件。

东晋之前的文学、书法、绘画的发展及其相互之间的通融积累的成果,虽然为东晋多种文艺的相互通融创造了有利的条件,但有利的条件只是提供了一种可能性。要把这种可能性变成现实性,还必须具备现实方面的条件,而东晋正好具备了这方面诸多有利条件。如前所述,东晋的前期和后期也发生过动乱,但总的来看,社会还是比较稳定的,农业、手工业和商业在原有的基础上都有明显的发展。东晋的政治,表面上是皇权政治,实际上是门阀政治。东晋的门阀士族是一个有作为的统治阶层。他们比较崇尚简易,采用相对宽松的政策,允许多元思想的存在。东晋的多元思想,彼此也有对立,但更多的是互容互补。我国古代长期形成的重综合、求同存异的思维模式,在东晋得到了发展。上述社会现实条件使东晋的文人,尤其是士族文人,社会地位稳固,生活安定、优裕,思想比较解放,心态比较从容。他们可以有不同的信仰,思想上受到的羁轭较少。他们大多澹泊政事,崇尚玄虚,游赏山水,追求超脱、玄远、潇洒的人生境界。他们的生活在很大程度上审美化和艺术化了。我国古代的文艺发展史显示,当文艺较多地受到政治伦理教化的束缚时,文艺的特点容易被阉割、被掩盖。而东晋的文人是比较幸运的,他们受到的束缚较少。他们在不同程度上体悟和认识了文艺的自身价值。他们的艺术活动,诸如兰亭集会赋诗、王羲之等家族对书法的爱好、顾恺之的许多绘画和陶渊明的常以文章自娱等,不再像以前那样囿于政治伦理教化,

① 张彦远:《历代名画记》卷五。

② 引自张彦远《历代名画记》卷一《叙画之源流》。

而是为了陶冶自己的性情，愉悦自己的心灵。他们体悟和考虑的主要不是文艺与社会的功利关系，而是艺术本身，是各种艺术相近的艺术精神。这样的社会现实和艺术氛围，使东晋的文人特别重视文艺。不管是哪种艺术形式，只要能够适应时代的风尚和能够表现自己的性情，都可以运用，都可以“客串”；也使他们十分重视以前的、尤其是汉末以来文艺发展的积极成果，把它们同自己的艺术活动结合起来。

东晋的文人立足于自己所处时代的文化土壤，根据自己的需要，继承了以前长期积累的文艺成果，在多种文艺的相互通融方面，开创了新局面，取得了新成就。

二、文人多兼善数艺

东晋各种文艺的相互通融，在许多文人身上有明显的体现。这些文人对文艺的兴趣比较广泛，有不少人兼善数艺。为了具体展示这一现象，现综合多种有关记载，将东晋在文学、书法、绘画、雕塑和音乐等艺术领域中成就突出的文人兼善数艺的情况，大体以时间为序，列表如下（表内有“√”号者，为所擅长的艺术）：

文艺种类／姓名	文学	书法	绘画	雕塑	音乐	擅长总数
卫　铄		√				1
王　导	√	√				2
王　廙	√	√	√		√	4
郭　璞	√		√			2
谢　鲲	√				√	2
葛　洪	√	√				2
梅　陶	√				√	2
温　峤	√		√			2
干　宝	√					1
庾　亮	√	√				2
庾　阐	√					1

续表

司马绍	√	√	√			3
王　濛	√	√	√			3
王羲之	√	√	√		√	4
谢　尚	√	√			√	3
曹　毗	√				√	2
李　充	√	√				2
李　式		√				1
郗　愔	√	√				2
桓　温	√	√				2
支　遁	√					1
孙　绰	√	√	√		√	4
许　询	√					1
庾　翼	√	√				2
谢　安	√	√	√		√	4
谢　万	√	√				2
桓　伊	√				√	2
袁　宏	√					1
戴　逵	√	√	√	√	√	5
慧　远	√		√			2
王献之	√	√	√		√	4
康　昕		√	√			2
顾恺之	√	√	√			3
谢道韫	√	√				2
殷仲堪	√	√				2
袁山松	√	√			√	3
王　珣	√	√			√	3
王　珉	√	√			√	3
殷仲文	√					1

续表

谢　混	√					1
史道硕			√			1
陶渊明	√		√		√	3
桓　玄	√	√				2
戴　勃	√		√		√	3
戴　颙	√		√	√	√	4

上表共选录45人，综合表中的内容，可以发现以下几个问题：

第一，兼善数艺的文人多。45人中，拘于一种艺术的只有10人，占总数的22%。兼善数种艺术的多达35人，占总数的78%。其中兼善两种艺术的19人，占总数的42%；兼善三种艺术的9人，占总数的20%；兼善四种艺术的6人，占总数的13%；兼善五种艺术的1人，占总数的2%。上面的数字说明，东晋的文人拘于一种艺术的人数较少，许多文人并没有把自己的兴趣和爱好限制在某一种艺术当中，而是自觉或不自觉地有一种融合的视野，常常“越界”、“客串”到其他艺术领域。在东晋，文人兼善数艺有相当大的普泛性。

第二，在兼善两种艺术以上的文人中，所兼艺术的种类，按数量由多到少的次序是：(1)文学。(2)书法。(3)绘画、音乐。(4)雕塑。45人中，兼善文学的34人，占总数的76%；兼善书法的24人，占总数的53%；兼善绘画和音乐的各有17人，分别占总数的38%；兼善雕塑的2人，占总数的4%。看来东晋文人特别喜爱并付之于实践的首先是文学，其次是书法，再次是绘画和音乐，至于雕塑，那是极少数文人的事。

第三，成就特别突出的文艺家，大多兼善三种或四种艺术。兼善三种的，如郭璞、顾恺之和陶渊明等。兼善四种的，如王廙、王羲之、孙绰、戴逵和王献之等。

第四，兼善数艺的文人中，有不少人与家族有密切的联系。45人中，琅邪王氏、陈郡谢氏和戴逵一家，兼善数种艺术的特别多。琅邪王氏兼善数艺的有王导、王廙、王羲之、王献之、王珣和王珉6人。陈郡谢氏兼善数艺的有谢鲲、谢尚、谢安、谢万和谢道韫5人。戴逵和他的两个儿子戴勃、戴颙，全能兼善三种以上的艺术。东晋家族对文艺的影响很大，在多种文艺的相互通融方面，也有明显的反映。

东晋多种文艺的相互通融，从文艺的种类上看，文学、书法和绘画彼此间的通融较为普遍。下面仅就这三种艺术的相互通融作一粗浅的探讨。

三、文学与书法

在东晋的多种艺术当中，文学和书法是两种最重要的艺术。这两种艺术在其发展过程中，常常呈现出相互通融的特点。如果统计一下上表所列的有关内容，可以发现，表内 45 人中，兼善文学和书法的有 24 人，占总人数的53%。这一百分比远远超过兼善其他两种艺术的百分比。这表明，文学和书法两种艺术的相互通融，在东晋是一种多发性的现象。

东晋文学与书法的相互通融，主要表现在深层次上。上表所列东晋的书法家，除了卫铄、李式、康昕和史道硕四人在文学方面的情况未见记载外，其他的书法家都爱好文学，并且有作品传世。王羲之、王献之父子能文能诗，《隋书·经籍志四》录有《王羲之集》九卷、《王献之集》十卷。谢安长于属文，《隋书·经籍志四》载有《谢安集》十卷。庾翼也善于为文。他的文集较多，《隋书·经籍志四》录有《庾翼集》二十二卷。书法艺术离不开广博的学识，尤其离不开文学。这包括对前人文学作品的接受，也包括自己的文学创作实践。在某种意义上，可以认为，文学是书法的基础，所以张怀瓘《书议》论书法家时，有“先文而后墨”的精辟见解。东晋书法家对文学的爱好及其创作，表现的又多是崇尚玄虚自然、自由超俗和生命情趣，这些对他们的书法都会产生潜移默化的作用。同时东晋的书法家在书法方面追求的洒脱无拘、平淡玄远和“以韵胜”，也会渗透到他们的文学创作之中。

从创作的具体情况来看，东晋文学和书法的通融，主要表现是有些书法家常常把文学作品移植到书法领域。王羲之书写的《兰亭序》和《画赞》等，就是这方面的例证。《兰亭序》本来是一篇优美的散文，属于文学佳作，但是经过王羲之的书写，它又是一篇书法精品。王羲之书写的《兰亭序》和《画赞》，是他自己创作的文学作品。此外，书法家有时还书写他人的文学作品。这方面的事例比较多。王世贞《艺苑卮言》卷三云：

《洛神赋》，王右军、大令各书数十本，当是晋人极推之耳。

据《宣和书谱》卷十六的记载：北宋宣和时，御府藏有王献之的书法作品八十九件。其中有草书《洛神赋》、不完整的正书《洛神赋》和《古诗帖》两种。

谭浚《说诗》卷下云：

> 晋傅咸为《七经诗》……王羲之写。见《初学记》。①

王僧虔《论书》云：

> 谢安亦入能书录，亦自重，为子敬书嵇康诗。

虞龢《论书表》云：

> 小王书古诗赋赞论，或草或正。

《世说新语·文学第四》第一〇〇条载：

> 羊孚作《雪赞》云："资清以化，乘气以霏。遇象能鲜，即洁成辉。"桓胤遂以书扇。

上面提到的曹植的《洛神赋》、嵇康的诗等都是文学作品，而经王羲之、王献之和谢安等书法家的书写，自然就进入了书法艺术的殿堂。

以上列举的事实表明，东晋文学和书法的通融，主要表现为文学向书法的单向移植。表面上看，这种移植比较简单，实际上却蕴涵着相当复杂的内涵。其中有书写内容的选择问题，也有感情的投入问题。书法家书写的诗文的内容，对书法家的思想感情是一种诱发，能激发书法家的书写。而一旦书法家书写某些诗文，又会融入自己的思想感情。唐朝孙过庭《书谱》说：

> （王羲之）写《乐毅》则情多怫郁，书《画赞》则意涉瑰奇……暨乎兰亭兴集，思逸神超。

王羲之之所以选择书写《乐毅论》、《画赞》和《兰亭序》等，是基于自己独特的感受和考虑。他书写这些作品时的情感，是否像孙过庭所说的那样，或"怫郁"，或"意涉瑰奇"，或"思逸神超"，难以断定；但当他书写这些作品时，投入和引发的感情是不同的，这一点当是可以推定的。

东晋文学向书法的移植，文学和书法两种艺术的通融，产生了一种新的艺术，姑称之为"书法文学"。这种艺术，就文学来说，保留了原作的内容，但在表现上却得到了升华。就书法来说，既体现了书法的艺术美，又具有文学美。这种艺

---

① 按《初学记》卷二十一，傅咸作《六经诗》，非《七经诗》。《六经诗》为《孝经诗》、《论语诗》、《毛诗诗》、《周易诗》、《周官诗》、《左传诗》。

术中的每一件作品，都是一个共同体。在这种共同体中，书法和文学互为载体，每一方都是决定另一方的，与另一方有着共生的关系。对于两方来说，任何一方都不再具有对立性、决定性和独立性，而是一种互依和互补的关系。这一共同体不是两种艺术的机械拼凑，而是两种艺术按照一定的审美关系相互通融的结果。这一共同体的功能，不是书法和文学两种功能的简单相加，也不同于书法和文学孤立存在时所产生的功能。它的功能带有综合性，既具有书法艺术作品的功能，也具有文学作品的功能。王羲之的《兰亭序》，在我国古代书法史上和文学史上都产生了深远的影响，就是综合功能的一种表现。试想王羲之书写的如果不是优美的文学散文，而是其他水平比较低下的作品，或者《兰亭序》如果不是由王羲之书写，而是出自一般人之手，其结果，不论在书法史上，还是在文学史上，恐怕很难产生那样大的影响。当代就有不少人既是从书法的角度，也是从文学的角度去学习和欣赏《兰亭序》的。著名作家李准说：

> 作家读的好多书，往往是从写字上学来的。《兰亭序》……是从写字帖上读会的。①

看来李准学习和欣赏《兰亭序》，开始是着眼于书法艺术，后来通过书法艺术，又领悟到作为文学作品的《兰亭序》的内容。如果说欣赏单纯的书法艺术作品，可以不顾其字面的含义，仅仅着眼于它的线条和结构的话；如果说欣赏单纯的文学作品，可以忽视其书写的水平，只是着眼于其作品的内容和语言的话：那么欣赏书法文学作品时，人们不会感受到书法线条的魅力和结构的优美，同时也不会体悟到文学作品的内容和语言的美。这说明，书法文学作品的审美作用具有明显的综合性。

四、文学与绘画

文学与绘画的相互通融，在东晋的文艺领域中也有突出的表现。从上表提供的材料来看，45 名文人中，兼善文学和绘画的有 15 人，占总人数的 33%。这一百分比也是相当大的。

文学和绘画各有自己独特的表现形式。文学是时间艺术，是通过语言来表

① 刘正成主编：《学界名家书法谈》，荣宝斋出版社 1994 年 12 月第 1 版，第 84 页。

现其内容的。绘画是空间艺术，内容要凭借点、线、面和色彩构成的图像来表现。从内容上看，文学与绘画也有区别。绘画描绘的主要是并列于空间的物体和人物，不太适宜表现物体和人物的运动与变化；而文学则长于叙写在时间上先后承续的事件和动作，不太适宜充分地、逼真地描绘静止的物体和人物。① 但由于自然、社会、人物都可以作为文学和绘画的题材，由于形象、情感和想象都是文学和绘画所不可或缺的，所以“绘画时常被称为无声诗；诗时常被称为能言画”②。“诗画本一律，天工与清新。”③文学和绘画能够相互通融。也由于上述原因，文学和绘画的相互通融，也只能表现在深层次的内容上，而很难反映在形式层面上。东晋文学和绘画的相互通融，大体上也是这样。

东晋文学和绘画的通融，一个重要的表现就是在创作上，绘画常常借用文学作品的内容作为题材。司马绍的绘画《豳诗七月图》、《毛诗图》二、《列女》二、《史记列女图》二、《洛神赋图》、《息徒兰圃图》④，王廙的《列女传仁智图》，戴逵的《南都赋》、《董威辇诗图》、《嵇阮十九首诗图》，顾恺之的《陈思王诗》、《洛神赋图》、《嵇康四言诗图》、《女史箴图》、《列女图》、《清夜游西园》，史道硕的《蜀都赋图》、《酒德颂图》、《琴赋图》、《嵇中散诗图》等，都是这方面的重要作品。绘画借用文学作品的内容作为题材，在东晋之前就出现过。如东汉“明帝雅好画图，别立画宫，诏博洽之士班固、贾逵辈取诸经史事，命尚方画工图画”⑤；又如前面提到的汉末刘褒以《诗经》为题材的《云汉图》、《北风图》，蔡邕的《小列女图》，西晋卫协的《诗北风图》、《史记伍子胥图》等。但数量不多，而且主要局限于“诸经史事”。到了东晋，这方面有了明显的拓展，不仅数量成倍地增加，而且借用的题材和体裁也有所突破。在题材上，东晋的许多画家不再限于古代的“诸经史事”，而是十分重视魏晋时期曹植、嵇康和阮籍等人的作品。题材的扩大，反映了东晋画家审美情趣的变化。在体裁上，东晋的画家不再囿于诗歌和史传，而注意了辞赋，其

① 参阅莱辛《拉奥孔——论绘画和诗的界限》第16、21章。

② 弗列斯诺埃：《绘画、雕刻的艺术》。

③ 苏轼：《书鄢陵王主簿所画折枝》二首其一，见李福顺编著《苏轼论书画史料》，上海人民出版社1988年6月第1版，第78页。

④ “息徒兰圃”是嵇康《兄秀才公穆入军赠诗十九首》其十五的首句。见戴明扬《嵇康集校注》卷一，人民文学出版社1962年7月第1版。

⑤ 张彦远：《历代名画记》卷三《述古之秘画珍图》。

中他们特别感兴趣的是曹植的《洛神赋》。“赋体物而浏亮”[①]。“赋者，铺也。铺采摛文，体物写志也”[②]。东晋的画家借用辞赋为题材，既容易从辞赋中获取形象，又可以借以抒写情志。

东晋画家所借用的文学作品，本来是属于时间艺术，但当它们的内容被移入绘画以后，就变成了空间艺术。不过，这类空间艺术与一般的绘画不同。这类绘画为人们提供的尽管也是视觉世界，但因为它们是以文学作品的内容为题材的，一方面文学作品的内容生发了画家心中的意态，另一方面画家又投入了自己的思想感情，有自己的创造。我们举戴逵的有关绘画作为示例。据顾恺之《魏晋胜流画赞》提供的资料，我们知道戴逵曾画有《嵇轻车诗》。顾恺之认为，这幅画“作啸人似人啸，然容悴不似中散。处置意事既佳，又林木雍容调畅，亦有天趣”。戴逵绘画所依据的嵇康的《轻车诗》现在尚存，全诗是：

> 轻车迅迈，息彼长林。春木载荣，布叶垂阴。习习谷风，吹我素琴。交交黄鸟，顾俦弄音。感悟驰情，思我所钦。心之忧矣，永啸长吟。

魏晋不少文人长于永啸，嵇康诗中又有“永啸长吟”一句，所以戴逵的绘画特别画了“啸人似人啸”。嵇康诗中有春天林木繁茂的描写，因而戴逵的绘画中绘有雍容调畅的林木。这些都说明戴逵的绘画，有许多内容没有脱离嵇康的诗歌。但戴逵又没有拘于原诗，他在绘画中有自己的创造。顾恺之所谓的“容悴不似中散”，可能是戴逵心目中的嵇康，是戴逵的创造。这一创造说明戴逵画《轻车诗》，不是追求形似，而重点是为了表现嵇康“心之忧矣”的神情。类似的情况也体现在顾恺之的绘画创作上。《晋书·顾恺之传》云：

> 恺之每重嵇康四言诗，因为之图。

嵇康今存四言诗较多，其中《赠兄秀才入军诗》十八首中的第十四首中有下面四句：“目送归鸿，手挥五弦。俯仰自得，游心太玄。”据《世说新语·巧艺第二十一》第十四条记载：顾恺之曾以上述嵇康四言诗为题材作画，并且认为“画‘手挥五弦’易，‘目送飞鸿’难”。顾恺之绘画嵇康四言诗及其体会，说明文学和绘画既有相通之处，又有某些不同。绘画可以借用文学作品描写的题材，这表现了二者的相通；但绘画和文学在表现同一题材时，又有不同。“目送归鸿”和“手挥五弦”是

---

① 陆机：《文赋》。

② 刘勰：《文心雕龙·诠赋》。

同一个人的两种动作,用诗歌可以把两种动作相继描绘出来,难易的区别并不明显。但要把这两种动作画出来,则画“目送归鸿”难,而画“手挥五弦”易。这与绘画的绘形、传神和时间有关。“手挥五弦”属于比较单一的动作形态,容易图画。而“目送归鸿”,眼睛含有一种悠漫的神情,“目送”又不同于目睹,目光由近至远,不断注视飞归的鸿。这里涉及眼睛的视向、眼睛与飞鸿之间的距离和视向的移动等许多内容,这些都属于传神问题,而且是持续的、不断变化的活动。能把这些形神兼具地画出来,自然就要困难得多。看来顾恺之在借用文学作品的内容为题材绘画时,不仅已经体悟到文学和绘画的不同,而且也想知难而进,努力贯彻“传神写照”的创作原则。

与上述借用文学作品的题材绘画的情况相联系的是,东晋的画家戴逵和顾恺之等都曾为魏晋的著名文人画过像。《历代名画记》卷五记载:戴逵画有《孙绰高士像》和《嵇阮像》;顾恺之画有《桓温像》、《桓玄像》和《谢安像》。此外,据《世说新语·巧艺第二十一》第十二条所记,顾恺之还曾画过谢鲲像。上面这些画像都没有流传下来,其具体情状也大多未见记载。现在从仅有的简略的记载可以推想,戴逵和顾恺之对所绘的文人有相当深刻的理解。这些画像,突出了人物的特点,努力追求传神。我国古代的画家有为著名的文人画像的传统,后来常为人们所称道的,如南宋梁楷画的《李白行吟图》,明代陈洪绶画的《屈子行吟图》。而这一传统的肇始,至晚可以追溯到东晋。和后来不同的是,东晋往往是把所画的文人当作名士来看待的。

东晋时期,在一些画家借用文学作品的内容为题材绘画的同时,有不少诗人也常常借用绘画作品的内容来写作诗文。这有两种表现:一是有感于他人的绘画;二是缘于自己的绘画。关于前者,追溯过去,至晚在西汉时期,就有文人写过这方面的诗文。前引汉明帝“命尚方画工图画”之后,汉明帝即作有画赞[1]。明

---

① 张彦远《历代名画记》卷三《汉明帝画宫图》原注:“五十卷。第一起苞牺,五十杂画赞。汉明帝……谓(当作“为”)之画赞。至陈思王植为赞传。”

帝作的画赞，早已亡佚[①]。今存较早的为他人的绘画作的画赞是三国时曹植的《画赞》及序[②]。曹植的《画赞》是用文学的形式写自己观赏绘画作品时的所见和所感。三国之后的西晋，傅咸曾在一幅卞和像旁写了《画像赋》[③]；夏侯湛作有《管仲像赞》、《鲍叔像赞》[④]、《东方朔画赞并序》[⑤]；陆云的朋友绘有荣启期像，陆云从朋友之命，作有《荣启期赞》。[⑥] 到了东晋，上述现象有了迅速的发展，在数量上，在质量上，都超过了以前。今存庾阐的《虞舜像赞并序》、《二妃像赞》，支遁的《释迦文佛像赞并序》、《阿弥陀佛像赞并序》、《法护像赞》、《于法兰像赞》、《于道邃像赞》、《咏禅思道人诗》，慧远的《晋襄阳丈六金像赞》、《佛影铭》，王彪之的《二疏画诗》，孙绰的《贺司空循像赞》、《孔松阳像赞》、《游天台山赋》，晋明帝为杨修的绘画题字，王献之为晋明帝的绘画题字，陶渊明的《读山海经》诗十三首和《扇上画赞》等[⑦]，都属于这类作品。其中特别值得我们重视的是王彪之的《二疏画诗并序》、支遁的《咏禅思道人诗并序》、孙绰的《游天台山赋》、司马绍为杨修的绘画题字和王献之为晋明帝的绘画题字。

王彪之的《二疏画诗》，今存其序，见于《太平御览》卷七百五十：

> 余自求致仕，诏累不听，因扇上有二疏画，作诗一首。以述其美。

王彪之的《二疏画诗》虽然没有流传下来，但从诗序可以断定，这是一首称颂疏广和疏受的题画诗。遗憾的是，这首题画诗已经失传，其具体内容难以考知。就现有资料来看，今存我国古代最早的题画诗当是支遁的《咏禅思道人诗并序》。这首诗见于逯钦立辑校《先秦汉魏晋南北朝诗·晋诗》卷二十。诗序云：

---

① 《晋书·束皙传》载："太康二年（据校勘记，《武帝纪》作"咸宁五年"，《卫恒传》作"太康元年"），汲郡人不准盗发魏襄王墓，或言魏安厘王冢，得竹书数十车。……《图诗》一篇，画赞之属也。"《图诗》已佚，作者和写作年代不详。现在发现的、今存的最早的画赞是东汉的壁画上的题辞。50年代河北望都一号汉墓壁画上有朱书四言题辞："嗟彼浮阳，人道贤明。秉心塞渊，循礼有常。当轩汉室，天下柱梁。何亿（意）掩忽，早弃元阳。"见姚鉴《河北望都县汉墓的墓室结构和壁画》，载《文物参考资料》1954年第12期。壁画和题词的作者是一人还是二人，待考。

② 据注①张彦远原注，曹植所作的画赞当是赞汉明帝画宫图中的图画，不止有赞，还有传。

③ 见《艺文类聚》卷七十四。

④ 见《艺文类聚》卷二十一。

⑤ 见《文选》卷四十七。

⑥ 见《陆云集》卷六，黄葵点校，中华书局1988年8月第1版。《荣启期赞》有序云："友人有图其像者，命为之赞。"

⑦ 陶渊明《读山海经》十三首其一云："泛览《周王传》，流观《山海图》。俯仰终宇宙，不乐复何如。"据上述诗句和十三首的内容，知诗当是写有关《山海经图》的景象和观后的感受。

> 孙长乐作道士坐禅之像，并而赞之。可谓因俯对以寄诚心，求参焉于衡轭。图岩林之绝势，想伊人之在兹。余精其制作，美其嘉文，不能默已。聊著诗一首，以继于左。

支遁的诗序告诉我们，他写这首诗是在他看了孙绰画的道士坐禅像和赞文以后，有所感触，“不能默已”，才“聊著”而成。《咏禅思道人诗》是一首五言诗，全诗二十八句。内容主要是写道士冲希子坐禅时的情境和神态。今天看来，支遁的这首诗并不能算是上乘之作。但从题画诗的发展史来看，却值得我们珍重。题画诗是我国古代的一种特殊的艺术，南北朝以后一直相当盛行，溯其源头，就现存的资料来看，至晚是在东晋时期。

孙绰的《游天台山赋》是一篇名作，最早见于萧统《文选》卷十一。关于这篇辞赋的写作，孙绰在序文中有具体的陈述：

> 天台山者，盖山岳之神秀者也……夫其峻极之状，嘉祥之美，穷山海之瑰富，尽人神之壮丽矣。所以不列于五岳，阙载于常典者，岂不以所立冥奥，其路幽迥……举世罕能登陟，王者莫由禋祀，故事绝于常篇，名标于奇纪。然图像之兴，岂虚也哉！非夫遗世玩道、绝粒茹芝者，乌能轻举而宅之？非夫远寄冥搜、笃信通神者，何肯遥想而存之？余所以驰神运思，昼咏宵兴，俯仰之间，若已再升者也。方解缨络，永托兹岭。不任吟想之至，聊奋藻以散怀。

上面的序文说明，在孙绰写这篇赋之前，很少有人登这座高峻神秀的天台山，也没有人用文学的形式来描绘它。就描绘天台山来说，孙绰的这篇名作是首创。而孙绰写这篇辞赋的缘起，主要是他看了有关天台山的“图像”以后，“驰神运思，昼咏宵兴”，“不任吟想之至”，于是“聊奋藻以散怀”。因观赏一幅“图像”而写成了一篇辞赋，其中尽管与作者多方面的修养有关，但也说明绘画有时确能对文学产生相当大的影响。

司马绍为杨修的绘画题字一事，见张彦远《历代名画记》卷四“杨修”条。张彦远原注云：杨修画有“《西京图》、《严君平像》、《吴季札像》，并晋明帝题字，传于代”。司马绍在东晋初期影响很大。他能文、能书、能画。他在杨修的三幅画上题字的内容，虽然难以考知，但可以看成是东晋初期借用前人的绘画作品，把绘画、书法和文学三者加以通融的艺术品。王献之为晋明帝的绘画题字一事，《历代名画记》卷五“晋明帝司马绍”条原注有所记述：“彦远曾见晋帝《毛诗图》。旧目云:羊欣题字。验其迹,乃子敬也。”张彦远是盛唐时期宰相张嘉贞、张延赏和张宏靖的后代。张家几代注重收藏书画真迹。张彦远本人学识渊博,自言对书画“爱好愈笃,近于成癖”,他自己又善书能画[①],因此,张彦远认为晋明帝《毛诗图》上的题字是王献之的手笔,当是可信的。王献之为晋明帝的绘画题字,不仅表现了绘画和文学的通融,而且由于王献之是书法大家,所以他的题字还说明,在东晋已出现了文学、绘画和书法三者通融的综合艺术。

缘于自己的绘画而写作诗文,早在东汉就出现了。《后汉书·赵岐传》云:赵岐“卒。先自为寿藏,图季札、子产、晏婴、叔向四像居宾位,又自画其像居主位,皆为赞颂”。又《历代名画记》卷四载:汉灵帝曾诏蔡邕“画赤泉侯五代将相于省,兼命为赞及书”。从东汉到西晋末,尽管也有为自己的绘画作赞的现象,但作者和作品都比较少。到了东晋,则有了很大的进展。孙绰、王献之和顾恺之的有些创作,就属于这种类型。

孙绰有感于自己的绘画而写作诗文,在上面我们引录的支遁的《咏禅思道人诗序》中有清楚的表现。从序中我们知道,孙绰画了道士坐禅像以后,接着他又写了赞文。他绘的画像和写的赞文,表现的都是“因俯对以寄诚心,求参焉于衡轭”之类的思想情感。孙绰绘的画像及其赞文虽然均已亡佚,我们无法看到它们,但从支遁所说的“余精其制作,美其嘉文”,并且为之题诗来看,水平应是相当高的。孙绰是诗人,又是画家和书法家,他为自己绘的坐禅像撰赞文并加以书写,把自己的绘画、文学和书法三者融为一体,这在我国古代文艺发展史上,是继蔡邕之后的又一重要的综合艺术成果。

王献之的有关创作,《历代名画记》卷五有所记载:

> 桓温尝请(献之)画扇,误落笔,因就成乌驳牸牛,极妙绝,又书《牸牛赋》于扇上。此扇义熙中犹存。

王献之是一位才华横溢的艺术家,当他绘画失误落笔时,将误就误,巧妙地画了一幅乌驳牸牛图。画完后,大概兴致未尽,接着又在画面上书写了《牸牛赋》。这一艺术品,融绘画、文学和书法为一体,不仅体现了绘画和文学的通融,而且同上述的孙绰一样,也是我国古代文艺发展史上,同一作者把自己的绘画、文学和书法融为一体的成果之一。

---

① 参阅张彦远《历代名画记》卷二《论鉴赏收藏阅玩》。

顾恺之对自己的绘画作品也常常写文赞之。《世说新语·巧艺第二十一》第九条刘孝标注云:“恺之历画古贤,皆为之赞也。”顾恺之为自己所画的古贤而写的赞文,从题目到赞文,大多散失了。流传至今的有《夷甫画赞》等片段。《夷甫画赞》见《世说新语·赏誉第八》第三十七条注引:

夷甫天形瓌特,识者以为岩岩秀峙,壁立千仞。[①]

此外还有无题画赞两条,分别见《世说新语·赏誉第八》第十条和第二十一条注引:

涛无所标明,淳深渊默,人莫见其际,而其器亦入道。故见者莫能称谓,而服其伟量。

涛有而不恃,皆此类也。[②]

赞体一般都是四言韵语[③]。现存顾恺之的画赞都是散文,语言形式相当自由,疑非赞文,而是赞序。其内容主要是赞颂王衍的“瓌特”和山涛的“伟量”,当和绘画的内容有内在的联系。

上面我们列举了东晋时期文人借用绘画作品的内容而创作诗文的部分事实。从上述事实可以发现,作为一种空间艺术的绘画,常常能向作为时间艺术的文学延伸和渗透。从内容上看,延伸和渗透后产生的文学作品,虽然程度不同地保留了原作的内容,但由于在延伸和渗透的过程中,作者不会、也难以照搬原作的内容,再加上作者有自己的思想感情的融入,因而这类文学作品既和原作绘画有联系,又含有新的内容。从形式上看,这种延伸和渗透有两种结果:一是产生了相对独立的文学作品,如孙绰的《游天台山赋》;二是与原作绘画结合在一起,既不是单纯的绘画,也不是单纯的诗文,而是由绘画和诗文相互通融而产生的一种新的综合的诗画艺术。这种综合艺术的构成,诗文和绘画的成分可能是大体均衡的,也可能是有主有从。不管是哪种类型,二者都是互融互补,诗情画意,血脉灵通,相辉相映,彼此难以分离。

文学和绘画的相互通融的内涵是极其丰富的,其表现也是多层次的。如果我们把上述有关题材的相互借用看成是属于表层次的通融的话,那么深层次的

---

① 此文《全晋文》卷一百三十五以《画赞·王衍》为题,据《晋书·王衍传》辑“岩岩清峙,壁立千仞”二句。其他字句,漏收。

② 上述两条,《全晋文》漏收。

③ 刘勰《文心雕龙·颂赞》论赞云:“古来为体,促而不广,必结言于四字之句,盘桓乎数韵之辞。”

通融则主要表现在对“诗中有画”的意境的创造上。在这方面，特别值得我们重视的是顾恺之的《神情诗》。这首诗共有四句：

春水满四泽，夏云多奇峰。秋月扬明辉，冬岭秀寒松。

这是一首诗，也是一幅画。诗歌本来主要是抒情的，但这首诗重点不在抒情，而是描写一年四季自然景物的主要特征。四句诗，每句写一个季节，每句都有具象。四句诗可以相对独立，每句诗都是一幅画。四句合起来，又可以构成一架屏风画。仔细观赏这首诗，可以明显地感受到，它表现了画家的眼光，受到了绘画取材、构图和布局等方面的影响，结果使这首诗在很大程度上具有空间艺术的特点，诗中有画，诗画交辉，形神兼备。这种“诗中有画”的艺术境界的造就，一个重要原因是诗歌和绘画两种艺术的相互通融。当然，从我国古代文艺发展史来看，这种通融还是处在初级阶段，离成熟时期的唐代还较远，但它毕竟是后来成熟的嚆矢。

五、书法与绘画

我国的书法和绘画的关系极为密切，是典型的姊妹艺术。这种关系的形成有多方面的原因，其中特别重要的有以下四点：第一，书法是汉字艺术。汉字是象形文字，后来虽然渐渐抽象，但仍保留了象形的成分。而绘画是形象艺术。二者在形象这一点上，有相通之处。第二，使用的重要工具都是毛笔。第三，重要工具的相同，导致了书画笔法的相通。这主要体现在线上。书法是线性艺术。离开了线，就没有书法艺术。绘画也离不开线。线是绘画的媒介，同时又是形象的主要组成部分。画家的情趣主要是通过线来表现的。这一点伍蠡甫有精辟的论述：

> 线是每笔的基本，点中有它，面中有它，散布在整个画面的线，实代表画家的精神或意识的倾向。[①]

因此书法家和画家都特别重视用笔，都讲究用笔的干湿、轻重、粗细、迟速和放收，都力避拘泥、板实、零散和嫩弱。第四，从创作心态来看，书法和绘画都需要宁静安闲和意趣高雅，表现的都是生命和情韵。书法和绘画都是属于写意艺术。

---

① 转引自宗白华《〈笔法论〉等编辑后语》，见《宗白华全集》第2卷，第232页。

由于书法和绘画的密切关系，所以"两方面都喜欢互相拉拢"[1]，彼此特别容易通融，我国古代善书者往往善画，工画者也多善书。这种现象在汉末、三国和两晋时有发生，到了东晋，则开始普泛化。从上表提供的内容来看，表内 45 人，兼善书画的有 10 人，占总人数的 22%。这一百分比是相当可观的。

如前所述，东晋的绘画重视以形传神，比以前的绘画要抽象一些。这一特点的形成，与书法向绘画的渗透有关。书法虽然借助于文字，但它不是文字的简单摹写，而是借书写文字表现书法家的神情，表现一种"寓意于物而不留意于物"的自由创造精神。从这一角度来说，书法是一种抽象艺术，它离外物较远，离内在的神情更近。东晋的画家多爱好书法，有些还有很高的造诣，书法重视表现内在神情的特点，自然会不知不觉地影响到绘画。

书法向绘画的渗透还表现在笔法方面。由于"中国画自始至终以线为主"[2]，所以书法是绘画的基础。绘画在线描时，书法运笔的刚柔、轻重、曲直、迟速和顿挫等变化，很容易向绘画渗透。此外，书法作为一种线性艺术，线中蕴涵的韵律、气脉和美学风格等也很容易向绘画渗透。东晋有些人像画线条柔长而圆劲，很注意笔法，就是一个证明。这一点，我们可以摘引前人的有关论述作为参考。张彦远《历代名画记》卷二《论顾陆张吴用笔》云：

> 或问余以顾、陆、张、吴用笔如何？对曰：顾恺之之迹，紧劲联绵，循环超忽，格调逸易，风趋电疾，意存笔先，画尽意在，所以全神气也。昔张芝学崔瑗、杜度草书之法，因而变之，以成今草。书之体势，一笔而成，气脉通连，隔行不断。……其后陆探微亦作一笔画，连绵不断，故知书画用笔同法。……顾、陆之神，不可见其盼际，所谓笔迹周密也。

张彦远是从"书画用笔同法"的角度论述顾恺之、陆探微等人的绘画的。他在论述中，首标顾恺之，而且指出顾恺之的绘画在用笔方面，"紧劲联绵，循环超忽，格调逸易，风趋电疾"。张彦远生活在唐代，有可能看到顾恺之绘画的真迹，因此，他的论述可靠性很大。又明人何良俊《四友斋画论》云：

> 夫画家各有传派，不相混淆。如人物，其白描有二种：赵松雪出于李龙

---

① 闻一多：《字与画》，引自季伏昆编著《中国书论辑要》，江苏美术出版社 1988 年 11 月第 1 版，第 553 页。

② 宗白华：《美学散步》，上海人民出版社 1981 年 5 月第 1 版，第 132、102 页。

眠，李龙眠出于顾恺之，此所谓铁线描。……

所谓铁线描笔法，就是篆书笔法。这种笔法用的是粗细均匀的线条。从张彦远和何良俊的论述中，可以看到顾恺之的绘画在用笔方面，的确受到了书法的影响。这一点，《世说新语·巧艺二十一》第十一条有一具体记载：

顾长康好写起人形，欲图殷荆州。殷曰："我形恶，不烦耳。"顾曰："明府正为眼尔。但明点童子，飞白拂其上，使如轻云之蔽日。"

殷仲堪的眼睛有毛病，为了解决这一问题，顾恺之为他画像时，只清楚地点画出瞳子，然后用飞白拂掠其上，结果使眼睛如轻云蔽日一样。飞白是我国古代书法的一种，笔画露白，似干枯之笔所写。顾恺之针对殷仲堪的特点，巧妙地采用了飞白笔法，弥补了眼睛的缺欠，完成了殷仲堪的肖像，成为我国古代绘画史上的佳话。引书法之精神和技法入绘画是中国画的一个重要特点。在我国古代绘画史上，顾恺之是较早地引书法入绘画而且作出卓越贡献的画家。

东晋有许多杰出的书法家，如王廙、王羲之和王献之等，都热爱绘画，都有绘画作品。由于书法和绘画"其功一体"，所以王廙等人的绘画，自然会影响到他们的书法。诸如他们绘画的笔法和墨法等，特别是绘画对意象的重视，都会渗透到书法中。这在王羲之论书法艺术时，已经透露了一点信息：

每作一横画，如列阵之排云；每作一戈，如百钧之弩发；每作一点，如高峰坠石；□□□□，屈折如钢钩；每作一牵，如万岁枯藤；每作一放纵，如足行之趋骤。……欲真书与行书，皆依此法。若欲学草书，又有别法……字体形势，状等龙蛇。①

上面这段言论，体现了书法艺术中的真书、行书和草书对自然景物的模仿，同时也蕴涵着绘画对书法的影响。这种影响主要体现在意象方面。由上面的论述，可以推断，王廙、王羲之和王献之等人，如果在绘画方面没有很深的修养，没有受到绘画的影响，恐怕他们的书法也难以取得千古不磨的艺术成就。

东晋时期，书法和绘画虽然彼此通融，但和其他艺术之间的通融相似，也是处于初级阶段。此外，东晋的绘画尽管成就显著，但与书法相比，还有较大的差距。东晋的书法相当普泛，成就也极为辉煌，再加上"书则逡巡可成，画非岁月可

① 《法书要录》卷一王羲之《题卫夫人〈笔阵图〉后》。

就”[①]，所以东晋时期书法和绘画的通融，两方面并不均衡，而是存有一种势差。大体说来，书法处于强势，多向绘画渗透，而绘画则处于弱势，向书法的渗透少些。与上述情况相联系的是，东晋书法和绘画的通融，还远远没有达到后来“画中有书，书中有画”的艺术境界，但它毕竟是达到这种境界的一个重要开端。

六、通融与区别

法国雕塑家罗丹认为，各种艺术难以分割，彼此相当接近。他说：

> 对我本人，我很难忍受那些“禁止通过”的命令……绘画、雕塑、文学、音乐，彼此的关系比常人所设想的更要接近。[②]

罗丹之后，法国文学家罗曼·罗兰也指出：

> 事实上，各种艺术是经常互相影响的，它们彼此交流，或者由于自然的演化而越出自己的范畴，侵入相近的艺术领域……各种艺术之间并不像许多理论家所声称的那样壁垒森严；相反地，经常有一种艺术向另一种艺术开放门户。各种艺术都会延展，在别的艺术中得到超绝的造诣。[③]

罗丹和罗曼·罗兰的论断是非常精辟的。我国东晋多种文艺的相互通融，早就为他们的论断提供了可靠的证据。东晋多种文艺的相互通融告诉我们，各种文艺之间并没有一道不能穿透的墙壁，没有一道不可逾越的沟壑。它们都不想封闭自己，都有一种开放性和包融性，彼此之间可以经过中间环节在不同层次上和不同程度上互相过渡。它们之间存在着一种可以通融的密切关系。这种关系，有时表现得比较明显，如绘画创作借用文学作品为题材，文学作品借用绘画为题材。有时则呈隐蔽的状态，如多种艺术在审美理想上的通融，如绘画和书法在笔法上的通融。隐蔽状态的通融有潜移的特点，不太容易显现出来。东晋多种文艺的相互通融，表现虽然不同，但却使不同的艺术之间能够互相孕育，互相借鉴，互相补充，从一个方面促进了东晋文艺的发展和繁荣。

东晋的艺术家对文艺有一种兼爱的心态，一般不是固守在一块艺术领地内，

---

① 张彦远：《历代名画记》卷二。

② 《罗丹艺术论》，人民美术出版社 1978 年 5 月第 1 版，第 84 页。

③ 罗曼·罗兰：《音乐在通史上的地位》，见《音乐译丛》1958 年第 2 辑。

而是常常“客串”到其他艺术领地。他们自觉或不自觉地接触多种艺术，把多种艺术看成是自己生活的一部分。清初著名思想家唐甄在《潜书》中说过：“天下之势，单少则平，积多则神。”东晋的文艺家能用多种艺术来丰富自己，陶冶自己，提高自己，增厚自己的艺术积累，避免了由于只熟悉一种艺术而容易造成的“所知障”和思维定式，使自己的眼光和思维能够保持一种开放的状态，能够触类旁通，豁然开朗。结果是他们不仅在原有的艺术品种中，创作出光照千秋的艺术珍品，同时还开辟了新的艺术天地，创作了诸如文学书法、诗画和诗书画结合等综合艺术品。东晋艺术家兼爱多种艺术并付诸实践的事实告诉我们，作为一个艺术家应当爱好多种艺术，尽力使自己通晓多种艺术。这样做，有利于借助多种艺术陶冶自己的情操，从中吸取对自己有益的营养，有利于融会多种艺术，使其相互结合，相互补充。

东晋作为一个文艺全面繁荣的朝代，不同种类的艺术，不同文人的艺术创作，往往表现出由相近的倾向、相近的风格所构成的相近的艺术精神，如重视主观的神情，重视自然，重视玄虚和重视生命意识等，这也与多种艺术的相互通融的影响有联系。

同各种事物之间的关系具有复杂性一样，东晋文学、书法和绘画等多种艺术之间的相互通融也具有复杂性。其主要表现是，东晋的文人对各种艺术的态度不是均衡的、等距离的。各种艺术在通融中的作用也有差别。这从上表胪列的内容中，可以见其梗概。上表所列东晋四十五名文人中，兼善艺术的情况有差异，但有一点是相同的，就是四十五人中，除有四人情况不明之外，其他都长于写作。这表明，在东晋多种艺术的相互通融中，文学居于基础的地位，对各种艺术都施加了影响，所起的作用也相当大。这种现象的产生，与文学自身所具有的突出特点有直接关系。文学是一种语言艺术。语言既有稳定性、普及性，又有灵活性和变化性。文学能用语言去开掘多方面的审美价值，兼有多种艺术的审美要素。所以文学，特别是文学中的诗歌，一般都含有其他艺术的某些特点。可能正是在这种意义上，清代的刘熙载论述书法时曾指出：司空图的《二十四诗品》[①]比庾肩吾的《书品》“更有益于书也”[②]。此外，其他艺术虽然也有自己的特点，但都

① 《二十四诗品》是否为司空图所作，近来学术界有新说，这里仍沿用旧说。

② 刘熙载著，王气中笺注：《艺概》卷五，贵州人民出版社 1986 年 6 月第 1 版。

离不开语言。艺术家在创造艺术形象时，需要借助语言来体悟、来理解。艺术家对任何艺术形象的欣赏和分析，都要用语言，都要一定的文学修养。文学既然有自己突出的特点，所以它在多种艺术的相互通融中居于基础的地位，就是很自然的了。东晋的文学在多种艺术的相互通融中居于基础的地位，这对我们颇有启发。它告诉我们，不管从事哪一种艺术活动，要有所成就，都应当重视文学，把文学作为重要的根基，要加强文学方面的修养。东晋文艺发展的事实证明了这一点。

东晋多种艺术的相互通融，虽然突破了各种艺术之间的界限，促进了东晋多种艺术的发展，并且创作了一些新的综合性的艺术作品，但是它们彼此之间的通融并没有泯灭各种艺术的界限，各种艺术仍以自己的特点存在着，发展着。东晋的著名文人虽然兼善几种艺术，但他们大多是立足于一种艺术，从其他艺术中汲取营养来哺育自己，最终也多是以一种艺术名垂青史的。王羲之有绘画作品问世，也有诗文流传至今，但他在我国古代文艺发展史上，毕竟不是以画、以诗文赢得盛名的。他的绘画，他的诗文，如果不是因为他是“书圣”，恐怕不会有那么多的人去欣赏它们。上述现象说明，各种艺术一方面有开放性和包融性，这种开放性和包融性使它们彼此之间可以相互通融。另一方面，各种艺术又有自己的特殊的目的性、规定性、稳定性和局限性，有自己特殊发展的历程。各种艺术的特点使各种艺术之间保持了一定的距离，彼此区别开来。歌德曾经说过：

> 人们用我的《渔夫》为题来作画，没有想到这首诗是画不出来的。这首民歌体诗只表现出水的魔力，在夏天引诱我们去游泳，此外便别无所有，这怎么能画呢？[①]

美国的文学理论家雷·韦勒克和奥·沃伦指出：

> 各种艺术（造型艺术、文学和音乐）都有自己独特的进化历程，有自己不同的发展速度与包含各种因素的不同的内在结构。[②]

美国的美学家苏珊·朗格说过：

> 每一种艺术品，都只能属于某一特定种类的艺术，而不同种类的艺术品

---

① 爱克曼辑录：《歌德谈话录》，朱光潜译，第 11 页。

② 雷·韦勒克、奥·沃伦：《文学理论》，刘象愚、邢培明、陈圣生、李哲明译，三联书店 1984 年 11 月第 1 版，第 143 页。

又很不容易被简单地混为一体。①

我国的美学家宗白华指出：

> 各种艺术，皆有其自身创造之过程……必不尽同。②

上面摘引的论述，从不同的角度说明了每种艺术都有自己的特点，各种艺术之间都存在着差异。其特点和差异具有本质的性质。正是这些特点和差异使各种艺术能够存在，能够发展，使各种艺术既有“亦此亦彼”、能够相互通融的一面，又有“非此即彼”、彼此又不能互相取代的一面。文学终归是文学，书法仍旧是书法，绘画依然是书法。它们之间有分界，这种分界是不能泯灭的。了解了这一点，不论在认识上，还是在实践上，都有不可忽视的意义。它告诉我们，从事艺术活动，一方面要热爱和关注多种艺术，并尽可能地加以实践，以便受到多种艺术的熏陶，同时也应当注意最好要立足于一种艺术，而辅之以他种艺术。如果只看到了各种艺术彼此可以通融的一面，而忽视了各种艺术相互之间有区别的一面，进而想在多种艺术领域里都作出突出的贡献，恐怕是十分困难的。所谓“偏工易就，尽善难求”，言之有理。这不仅有时间和精力等方面的原因，而且与是否有才能有关系。可能是基于上述等原因，16 世纪意大利的画家提香和歌德等在这一方面都曾发表过自己的见解。提香指出：

> 不是每一个人都适宜于做画家，然而许多人欺骗他们自己，因此碰到这种艺术的种种困难。③

歌德是一位伟大的诗人，他爱好绘画，并且“费过大力”学习过绘画，对绘画有很高的鉴赏水平，但是他并没有成为一个画家。原因何在？歌德老人有一段自我剖析：

> 当我四十岁在意大利时我才有足够的聪明，认识到自己没有造型艺术方面的才能，原先我在这方面的志向是错误的。如果我画点什么，我就缺乏足够的动力去掌握物体形象。④

从事某种艺术，需要某方面的才能。提香的见解和歌德老人对自己坦诚的分析，对我们是富有启示意义的。

---

① 苏珊·朗格：《艺术问题》，滕守尧、朱疆源译，中国社会科学出版社 1983 年 6 月第 1 版，第 80 页。

② 宗白华：《美学》，载《文艺研究》1994 年第 2 期。

③ 引自杨身源、张弘昕编著《西方画论辑要》，第 153 页。

④ 爱克曼辑录：《歌德谈话录》，朱光潜译，第 193～194 页。

从东晋文艺创作的结果来考虑，应当说，不少著名的艺术家只是在一种艺术上作出了杰出的贡献。但从他们的艺术实践来看，则多是兼顾多种艺术。这表明在他们的心目中，重视的是多种艺术之间的相互通融，而不是多种艺术之间的区别。这既继承了以前的传统，同时对后来也产生了深远的影响。东晋之后，许多文人不仅在实践上着意兼顾多种艺术，而且在认识上特别强调多种艺术之间的通融。这突出地表现在诗与画和书与画之间的通融上。

先看诗与画之间的通融。东晋之后，借用诗歌作画和题画诗愈来愈多。北齐后主高纬因画屏风，曾令兰陵萧放和晋陵王孝式录“近代轻艳诸诗以充图画”①。由于以诗绘画的增多，后来出现了诗画合编的书籍。据说明代“新安汪氏刊的《诗余画谱》，是我国最早刊印的一部这方面的专著。其后《唐诗五言画谱》、《唐诗六言画谱》、《唐诗七言画谱》、《草木花诗画谱》等也相继问世”②。至于题画诗，唐代已经相当盛行。据陈华昌的统计，“《全唐诗》中共保存了九十多名诗人的题画诗二百二十来首。这并非现存唐代题画诗的总数”。其他如“萧翼的《题山水障歌》、吴融《观题画山水障歌》均不见于《全唐诗》，显系漏收”③。到了宋代，随着文人画的兴盛，题画诗又有了进一步的发展。南宋孙绍远编辑的《诗画集》八卷，是我国最早的一部题画诗集。后来清代陈邦彦编辑《历代题画诗》一百二十卷，收诗八千九百余首。④ 如果说上面提及的借用诗歌作画和题画诗主要属内容方面的通融的话，那么诗和画在构思、意境等方面的更深层的通融，在东晋之后，不论在创作上，还是在认识上，也都有了更大的发展。苏轼说：

> 味摩诘之诗，诗中有画；观摩诘之画，画中有诗。⑤

孔武仲说：

> 文者，无形之画；画者，有形之文。二者异迹而同趣。⑥

张舜民说：

---

① 《北齐书·文苑传》。

② 引自周积寅编著《中国画论辑要》，江苏美术出版社1985年8月第1版（下引此书，版本均同），第539页。

③ 陈华昌：《唐代诗与画的相关性研究》，陕西人民美术出版社1993年4月第1版，第229页。

④ 参阅周积寅编著《中国画论辑要》，第539～540页。

⑤ 苏轼：《书摩诘蓝田烟雨图》，引自周积寅编著《中国画论辑要》，第541页。

⑥ 孔武仲：《东坡居士画怪石赋》，引自周积寅编著《中国画论辑要》，第542页。

> 诗是无形画，画是有形诗。①

上引宋代苏轼等人的论述，当主要是从意境和情趣等角度指出了诗和画二者的亲密关系。此外，有的文人还特别明确地从创作的视角，指出了画与诗的相通之处。沈宗骞在《避俗》一文中指出：

> 画与诗，皆士人陶写性情之事。故凡可以入诗者，均可以入画。②

王原祁在《仿大痴设色》一文中说：

> 画法与诗文相通。③

沈、王二人的论述有些绝对，但他们从创作上强调画与诗的相通的用意是很明显的。

再看书法与绘画的通融。在实践和认识上，在东晋之前和东晋以后，尽管有一些人也指明了书法与绘画的分界，但更多的文人是从书画的产生、互补的作用和用笔等方面强调了它们之间的关系是“异名而一揆也”。张彦远《历代名画记·叙画之源流》云：传说远古时期，“书画同体而未分，象制肇创而犹略，无以传其意，故有书。无以见其形，故有画”。后来“周官教国子以六书，其三曰象形，则画之意也。是故知书画异名而同体也”。张庚《浦山论画·论性情》云：

> 扬子云曰：“书，心画也，心画形而人之邪正分焉。”画与书一源，亦心画也。④

宋濂云：

> 书者所以济画之不足者也。使画可尽，则无事乎书矣。吾故曰：书与画非异道也，其初一致也。⑤

蒋骥《读画记闻》曰：

> 书画一体，为其有笔气也。⑥

董棨《养素居画学钩深》云：

> 书成而学画，则变其体不易其法，盖画即书之理，书即画之法。……画

---

① 张舜民：《跋百之诗画》，引自周积寅编著《中国画论辑要》，第 543 页。

② 引自周积寅编著《中国画论辑要》，第 548 页。

③ 引自周积寅编著《中国画论辑要》，第 548 页。

④ 引自周积寅编著《中国画论辑要》，第 570 页。

⑤ 引自周积寅编著《中国画论辑要》，第 567 页。

⑥ 引自周积寅编著《中国画论辑要》，第 587 页。

道得而可通于书，书道得而可通于画，殊途同归，书画无二。[①]

上面引录的有关论述，见解并不全面，并不准确，不过从中可以窥见，古代文人对待书画，特别标示的主要是“书画本来同”这一方面。

我国古代有不少人也看到了多种艺术之间的区别，但很少有人因此把它们对立起来。他们重视、强调的主要是多种艺术之间的相互通融，“诗文书画有真意，贵能深造求其通”[②]。这可以说是我国古代文艺发展史上的一个特点。这一点与西方有所不同。西方有少数艺术家和理论家，也强调多种艺术之间的相互通融。除了上面摘引罗丹和罗曼·罗兰等人的论述之外，还有一些人也论及了这一点。古希腊诗人(Simonides of Ceos)曾说：

画为不语诗，诗是能言画。[③]

18世纪德国的学者文克尔曼说：

有一点似乎无可否认，绘画可以和诗有同样宽广的界限，因此画家可以追随诗人，正如音乐家可以追随诗人一样。[④]

近代意大利的哲学家和美学家克罗齐为了强调艺术的本质是知觉，完全否定了各种艺术之间的区别，认为艺术不能分类。他甚至指出：

如果把讨论艺术分类与系统的书籍完全付之一炬，那也绝对不是什么损失。[⑤]

西方从古希腊到近现代，尽管有些人也强调多种艺术之间的相互通融，个别人甚至走上了极端，但更多的人注重的是多种艺术之间的区别。为了强调区别，有些人常常把多种艺术对立起来。罗马帝国时期的作家普卢塔克说：

绘画绝对与诗歌无涉，诗歌亦与绘画无关，两者之间绝不相得益彰。[⑥]

文艺复兴时期意大利的画家达·芬奇在论述绘画表现事实时说：

我断定画胜过诗。[⑦]

---

① 引自周积寅编著《中国画论辑要》，第587页。

② 吴昌硕语，引自周积寅编著《中国画论辑要》，第589页。

③ 引自钱钟书《七缀集》(修订本)，上海古籍出版社1985年12月第1版(下引此书，版本均同)，第6页。

④ 引自朱光潜《西方美学史》上卷，人民文学出版社1963年7月第1版，第285页。

⑤ 引自朱光潜《西方美学史》下卷，人民文学出版社1964年8月第1版，第303页。

⑥ 引自杨身源、张弘昕编著《西方画论辑要》，第39页。

⑦ 引自杨身源、张弘昕编著《西方画论辑要》，第112页。

西班牙17世纪、18世纪之际的画家和理论家巴洛米诺说：

> 绘画是艺术中的艺术，它统治着和运用其他艺术。[①]

我国古代，不论是在东晋之前，还是在东晋和后来，重视的是多种艺术之间的相互通融，而很少像西方那样强调它们之间的对立。产生上述现象的原因是多方面的。其中有两点比较明显：一是我国古代和西方在诗画等艺术创作的实践上有区别。在西方，重再现的叙事诗和叙事画比较盛行，人们看重的主要是叙事诗和叙事画，而叙事画的叙事有很大的局限性，远不能像叙事诗那样。“黑格尔说，绘画不比诗歌，不能表达整个事件或情节的发展步骤，只能抓住一个‘片刻’”[②]。我国古代的诗画则不同。我国古代也有叙事诗和叙事画，但数量不多。数量多的是抒情诗和写意画。抒情诗和写意画强调表现。抒情诗重视的是意境，写意画关注的是神韵。意境和神韵，都以生命贯之。这样，诗与画自然就会“异迹而同趣”。至于书法与绘画的关系，我国和西方差别更大。西方绘画与书法没有关系，我国的书法与绘画从远古开始，就几乎是连通体。后来，画上要题字、题诗和题款，以便画、诗、字三者相得益彰，绘画与书法的关系就更加密切了。二是思维方式的影响。西方面对复杂的现象，注重的是离散、分析和特殊性，往往把复杂的事物归约为非此即彼的对立物，甚至好走极端，强调排他性，不太注意事物之间的联系，整体思想比较薄弱。这种思维方式，自然容易影响人们过多地去探究多种艺术之间的区别。我国与西方不同。我国自古以来重视的是事物之间的联系，在思维方式上注意综合，强调整体。这种思维方式的特点是，面对多种事物时，能够辩证地看待，特别瞩目于它们之间的互为和谐、互为依藉、互为补充、互为对话。这种传统的思维方式，影响了古代的文人，使他们容易感知到多种艺术之间的某些共性，重视多种艺术之间的相互通融，因而他们重视和爱好多种艺术。他们在创作某种艺术作品时，其他艺术中产生的有价值的东西，很容易被吸收、被运用。当然这种吸收和运用有自发和自觉的区别。当代，不论在中国，还是在西方，一方面出现了某些综合艺术，另一方面仍然存在着重视各种艺术的高度专业化、艺术被划分为各个独立的部门的现象。在文艺家当中，有不少人只关注自己所从事的艺术门类，而忽视与其他艺术的沟通。人们在讨论文艺时，也常

---

① 引自杨身源、张弘昕编著《西方画论辑要》，第227页。

② 引自钱钟书《七缀集》，第47页。

常由于把各种艺术看作是不相关的独立的存在而受到影响。反映在文艺批评上，对文学、绘画、书法、音乐等，考虑的多是它们自身的一些问题。在文艺教育上，则把文艺分成过细的各种不同的学科，课程的设置也存在着很大的局限性，许多都是仅仅涉及了一门艺术。像上面这样孤立地对待各种艺术，很难深入理解一种艺术，也很难在一种艺术的创作上取得杰出的成就。针对上述情况，我们应当更加重视继承和发扬我国古代多种艺术相互通融的优良传统。

第五章　东晋文艺在当时的传播和效应

东晋文人创作的文艺作品，在当时产生了怎样的影响？这是对东晋文艺进行综合研究时，需要考虑的一个重要问题。要探讨这一问题，必须考察当时人们对作品的接受情况。而人们对作品的接受，一定要经过传播这一重要环节。下面就东晋的文艺作品在当时的传播和效应作一初步论述。

一、两种主要传播类型

东晋的文艺作品在当时的传播方式很多，归纳起来，主要有两种类型：

(一)直接传播

所谓直接传播，指的是作品产生以后，不经过中间环节，径直同接受者见面。东晋有不少文艺作品就是通过这种类型得到传播的。这种传播方式，有时作者出场，同接受者直接见面。《世说新语・排调第二十五》第十九条载：

> 干宝向刘真长叙其《搜神记》。刘曰："卿可谓鬼之董狐。"

《世说新语・文学第四》第八十六条载：

> 孙兴公作《天台赋》成，以示范荣期，云："卿试掷地，要作金石声。"范曰："恐子之金石，非宫商中声！"然每至佳句，辄云："应是我辈语。"

《法书要录》卷二辑梁虞龢《论书表》云：

> 羲之性好鹅，山阴昙禳(一作"酿")村有一道士，养好鹅十余，右军清旦乘小艇故往，意大愿乐，乃告求市易，道士不与，百方譬说不能得。道士乃言性好《道》、《德》，久欲写河上公《老子》，缣素早办，而无人能书，府君若能自

屈，书《道》、《德》经各两章，便合群以奉。羲之便住半日，为写毕，笼鹅而归。

《北堂书钞》卷一百五十四引《俗说》云：

> 顾虎头为人画扇，作嵇、阮，都不点眼睛，便送还扇主，曰："点睛便能语也。"

上面引用的有关小说、辞赋、书法和绘画作品，都是作者把自己创作的作品直接传播给接受者，而这些接受者都是个体。此外，东晋有些文艺作品传播时作者也出现，但面对的不是个体，而是群体。诸如文人集会时创作的作品，或一个人或几个人演出自己的作品等，都属于这种情况。《太平御览》卷六十七引《桓彝别传》云：

> 明帝世，彝与当时英彦明德庾亮、温峤、羊曼等，共集清溪池上，郭璞与焉，乃援笔属诗，以白四贤并序。

桓、庾等名士游览清溪池，诗人郭璞也参与其中，并即兴写诗，"以白四贤"。从上述记载可以看出，郭璞是在"四贤"在场时写作诗歌的。他的诗歌写成以后，直接传播给了桓彝等人。又《世说新语·企羡第十六》第三条注引王羲之《临河叙》曰：

> 永和九年，岁在癸丑，莫春之初，会于会稽山阴之兰亭，修禊事也。群贤毕至，少长咸集……虽无丝竹管弦之盛，一觞一咏，亦足以畅叙幽情矣。故列序时人，录其所述，右将军司马太原孙丞公等二十六人，赋诗如左。

兰亭集会是文人的一次盛会。这次集会的重要内容之一，就是赋诗，参与赋诗的多达二十六人。这二十六人"一觞一咏"，当众赋诗。从诗歌产生的方式来看，他们写作的诗歌带有彼此唱和的特点。他们创作的这些诗歌，不仅在当时得到了直接传播，而且作品大多流传至今。这一方面可能与组织者王羲之的地位和身份有关，另一方面当与参加集会的人数较多有关。与会者有些既是作者，又是接受者，个人创作的诗歌又被纳入了群体，容易被保留和流传。东晋文人集会作诗较多，除了兰亭集会以外，还有不少有关这方面的记载。《太平御览》卷二百四十九引《俗说》云：

> 陶夔为王孝伯参军，三日曲水集，陶在前行坐，有一参军督护在坐。陶于坐作诗，随得五三句，后坐参军督护随写取。诗成，陶犹更思补缀，后坐写其诗者先呈，陶诗经日方成。

《南史·谢晦传》载：

> (谢晦)涉猎文义,博赡多通……帝(刘裕)深加爱赏,从征关、洛,内外要任悉委之。帝于彭城大会,命纸笔赋诗,晦恐帝有失,起谏帝,即代作曰:“先荡临淄秽,却清河洛尘。华阳有逸骥,桃林无伏轮。”于是群臣并作。

《晋书·刘毅传》载:

> 初,(刘)裕征卢循,凯归,帝大宴于西池,有诏赋诗。毅诗云:“六国多雄士,正始出风流。”自知武功不竞,故示文雅有余也。

类似上述的传播情况也表现在音乐方面。《乐府诗集》卷七十五《大道曲》题解引《乐府广题》曰:

> 谢尚为镇西将军,尝著紫罗襦,据胡床,在市中佛国门楼上弹琵琶,作《大道曲》,市人不知是三公也。

谢尚在佛国门楼上弹奏琵琶,接受者不是个人,当有不少市人。又《晋书·桓宣传》附《桓伊传》云:

> (伊)善音乐,尽一时之妙,为江左第一。有蔡邕柯亭笛,常自吹之。王徽之赴召京师,泊舟青溪侧。素不与徽之相识。伊于岸上过,船中客称伊小字曰:“此桓野王也。”徽之便令人谓伊曰:“闻君善吹笛,试为我一奏。”伊是时已显贵,素闻徽之名,便下车,踞胡床,为作三调。……帝召伊饮宴,(谢)安侍坐。帝命伊吹笛。伊神色无迕,即吹为一弄,乃放笛云:“臣于筝分乃不及笛,然自足以韵合歌管,请以筝歌,并请一吹笛人。”帝善其调达,乃敕御妓奏笛。伊又云:“御府人于臣必自不合,臣有一奴善相便串。”帝弥赏其放率,乃许召之。奴既吹笛,伊便抚筝而歌《怨诗》曰……

从上面的记载,可以发现,不管桓伊是为王徽之吹笛,“作三调”,还是桓伊和他的奴仆为皇帝和谢安“吹为一弄”、“抚筝而歌”,都是直接把他们的演奏传给了听众。这里的听众不是个人,而是多少不同的群体。

综观上面列举的事例,不难看出,作者出场这种直接传播方式的主要特点是作者、表演者和接受者直面接触,作者能够把自己的作品通过语言文字、书写、呈示和表演等形式,即时、准确和完整地传播给接受者。而接受者不仅可以用自己的视觉、听觉等观赏到作品或表演,而且有时还能亲临其境,直接看到或听到创作的过程。这样,接受者得到的感受往往会超出作品本身。这种传播,作者和接受者容易双向交流,作者能够很快地得到反馈。当然,这种传播也有局限,就是受时间的限制,不易承传。

直接传播，除了作者直接出面以外，还有一种情况就是作者不一定在场，作品的传播是通过自行展示来实现的。这在绘画、雕塑、书法和文学等艺术中，都有表现。宋葛立方《韵语阳秋》引《京师寺记》载顾恺之的维摩诘像和戴逵的文殊像云：

> 兴宁中，瓦官寺初置……已而（顾恺之）于北殿画维摩诘像一躯，与戴安道所为文殊对峙。佛光照耀，观者如堵。

顾恺之画的维摩诘像是壁画，戴逵的文殊像可能是雕塑。此外，如《历代名画记》卷五所载，王廙的《村社齐屏风》、顾恺之画的《水鸟屏风》等作品创作成以后，都是经由自行展示得以传播的。这种传播情形在书法艺术方面，也多有表现。王羲之和王献之的一些作品就是明显的例证。《太平寰宇记》卷九十九《丽水县》引郑缉之《永嘉记》云：

> 昔王右军游恶溪道，叹其奇绝，遂书"突星濑"于石。今犹有墨迹焉。[①]

又《晋书·王献之传》载：

> （王献之）尝书壁为方丈大字，羲之以为能。观者数百人。[②]

看来王羲之和王献之的有些书法作品，是书写在岩石和墙壁上，通过自行展示得以传播的。作品自行展示这种方式，有其长处，也有其短处。长处是这种作品一旦写成后，一般可以避免瞬现即逝，能够保留较长的时间，使作品的传播具有继传性，受传的人数会不断增多。另外，接受者有较大的自由，不太受时间的限制，可以从容地、反复地去玩味，也很少受人际关系的制约。短处主要有两点：一是由于这种作品所借助的物质媒介，如墙壁、岩石等，大多是固定的。这就使这种作品的传播受到了空间的限制。这种作品如果是书写或雕画在人口比较集中或人们经常到达的地方，观赏的人会较多。如果是在相当偏远的地方，看到的人会较少。二是接受者反馈信息比较困难。因为作者和接受者一般不能直接见面，还因为接受者往往是分散的、流动的，所以接受者不易反馈，作者想要得到接受

---

① 上述事，《太平御览》卷七百四十七亦辑录，文字有出入："昔王右军游永嘉，经于恶道，右军书南边大石。今犹见墨迹，而字不甚了了。"

② 王献之书壁一事，《太平广记》卷二百零七引《图书会粹》有比较具体的记载，特录于下，以资参考："羲之为会稽，子敬出戏，见北馆新白土壁，白净可爱。子敬令取扫帚，沾泥汁中，以书壁，为方丈一字，晻暧斐亹，极有势好。日日观者成市。羲之后见，叹其美。问谁所作。答曰：'七郎。'羲之于是作书与所亲云：'子敬飞白大有（原按："《说郛》九十二'有'下多一'进'字。"），直是图于此壁。'"

者反馈的信息也是相当困难的。

(二)间接传播

所谓间接传播，指的是东晋的不少作品产生以后，一般经过了中间环节，才得到传播。间接传播主要有下面三种渠道：

第一是复制。东晋有些作品是通过传抄和摹拓等复制方法得到传播的。《世说新语·文学第四》第七十九条载：

> 庾仲初作《扬都赋》成……人人竞写。

又第九十条载：

> 裴郗作《语林》，始出，大为远近所传。时流年少，无不传写，各为一通。

庾阐的《扬都赋》和裴启的《语林》是东晋重要的文学作品，从上述的记载来看，它们传播的重要途径是传抄。文学是语言艺术，作者通常都是书写下来的，一般能够用传抄的方法来传播。传抄既是作品的生产环节，也是作品的流通和传播过程。一篇作品被抄写一遍，就是一次再生产，也是一次再传播。被抄写的次数多了，复本就多了，自然就增加了传播的机会。看来抄写是东晋文学作品传播的重要途径。而书法和绘画则不同。它们各自都有特殊的形体和形象。它们在当时用间接的方法来传播，只能依靠临摹和摹拓。王羲之的一些书法作品，就是通过临摹而得到传播的。虞龢《论书表》云：

> 羲之尝自书表于穆帝。帝使张翼写效，一毫不异，题后答之。羲之初不觉，更相看，乃叹曰："小儿几欲乱真。"

这里所说的"写效"，就是临摹的意思。张翼"写效"王羲之的作品，使王羲之的作品得到了传播。这种"写效"的方法，当是王羲之作品传播的主要方法之一。又王僧虔《论书》录庾翼《与都下书》云：

> 小儿辈乃贱家鸡，爱野鹜，皆学逸少书。

上引庾翼的书信告诉我们，庾氏家族的子弟相当热衷于学习王羲之的书法。我们知道，学习书法，一般都是从临摹开始。因此，临摹的过程，也是传播的过程。张翼和庾氏子弟临摹王羲之的书法，都发生在东晋的中期，到东晋的后期，随着王羲之在书坛上地位的进一步提高①，估计临摹的人会更多，王羲之的书法作品自然能得到更多的传播。

---

① 虞龢《论书表》云："晋末二王称英。"

摹拓是东晋绘画传播的一种重要渠道。《历代名画记》卷二说，顾恺之在绘画方面"有摩塌妙法"(按："摩塌"，同"摹拓")。又说："古时好塌画，十得七八，不失神采笔纵。"据此可以推测，东晋有一些绘画作品是经由摹拓而得到传播的。

复制这种传播方法，通常不受时间和空间的限制。同时它与物质基础和技术水平关系密切。东晋造纸和纺织等手工业的发展以及"摩塌妙法"的运用，都为复制提供了有利条件，这是一方面。另一方面，物质条件和摹拓技术对某些人也有所限制，再加上传抄需要一定的文化水平，因而复制这种传播方法，也有其局限性。此外，复制这种方法，尤其是临摹，还容易出现一些赝品。张怀瓘《二王等书录》云：

> 张翼及僧惠式效右军，时人不能辨。近有释智永临写草帖，几欲乱真。至于宋朝多学大令，其康昕、王僧虔、薄绍之、羊欣等，亦欲混其臭味，是以二王书中，多有伪迹，好事所蓄，尤宜精审。傥所宝同乎燕石，翻为有识所嗤也。①

临摹中出现的"伪迹"，"以假乱真"，常常使人真假不分，这有利于扩大传播的范围，同时也助长了作伪的风气，影响了真迹的传播。

第二是借用。借用在东晋有很多表现，常见的主要有：

借用其他文艺形式。如王羲之的一些书法作品和文学作品就是通过相互借用而得到传播的。今存王羲之的十三帖和《兰亭序》等，本来是属于文学作品，但经过王羲之的书写，又成了书法艺术作品。当人们着眼于文学阅读它们时，在体悟其叙写的内容之后，也往往会情不自禁地观赏到它们的书法艺术。反之，当人们着眼于书法观赏它们时，在欣赏其书法艺术之后，也常常会领会到它们叙写的内容和语言。在这里，从传播学的角度来看，文学和书法是彼此借用和互为媒介的。类似的传播方式，在文学与音乐两种艺术中也有表现。《晋书·乐志下》记载：

> 太元中，破苻坚，又获其乐工杨蜀等，闲习旧乐，于是四厢金石始备焉。乃使曹毗、王珣等造宗庙歌诗，然郊祀遂不设乐。今列其词于后云。

上文紧接列举曹毗所作宗庙歌诗有：《歌宣帝》、《歌景帝》、《歌文帝》、《歌武帝》、《歌元帝》、《歌明帝》、《歌成帝》、《歌康帝》、《歌穆帝》、《歌哀帝》、《四时祠祀》，共

---

① 见《法书要录》卷四。

十一首。王珣所作有:《歌简文帝》、《歌孝武帝》,共二首。上述曹毗和王珣所作的诗歌都属于乐府诗。这些诗歌在当时显然是借助于乐工的演唱才能得到传播,同时乐工的演唱艺术的传播也借用了诗歌。

借用文艺评论。在东晋伴随着文艺创作的繁荣,文艺评论也比较活跃。东晋的许多文人热爱和关注文艺,他们当中有许多人往往在不同的场合,用不同的方式,对文艺发表评论。他们的评论常常间接地促进了文艺作品的传播。《世说新语·文学第四》第八十五条载:

> 简文称许掾云:"玄度五言诗,可谓妙绝时人。"

简文帝司马昱身居高位,是玄谈的核心人物之一,又是重要的文人,他如此推崇许询的五言诗,肯定会促使许询五言诗在当时的传播。

戴逵是杰出的雕塑家,也是著名的画家。顾恺之曾在《魏晋胜流画赞》一文中,对戴逵的《七贤》、《嵇轻车诗》、《陈太丘二方》、《嵇兴》和《临深履薄》五幅画进行了评论。认为:《七贤》,"以比前竹林之画,莫能及者";《嵇轻车诗》,"处置意事既佳,又林木雍容调畅,亦有天趣";《陈太丘二方》,"太丘夷素似古贤,二方为尔耳";《嵇兴》,"如其人";《深临履薄》,"兢战之形异佳有裁"。顾恺之是当时的名士,又是很有影响的画家,可以设想,他对戴逵绘画作品肯定性的评论,会推进戴逵的绘画作品的传播,从一个方面使他的绘画"为百工所范"[①]。在上述肯定性评价的同时,东晋有时对某些作品有不同的评价,庾亮和谢安对庾阐《扬都赋》的评价就是一个明显的例证。《世说新语·文学第四》第七十九条云:

> 庾仲初(庾阐)作《扬都赋》成,以呈庾亮。亮以亲族之怀,大为名价云:"可三《二京》,四《三都》。"于此人人竞写,都下纸为之贵。谢太傅云:"不得尔。此是屋下架屋耳,事事拟学,而不免俭狭。"

庾亮对《扬都赋》的褒赞,谢安对《扬都赋》的贬抑,两者大相径庭。庾亮和谢安的社会政治地位显赫,两人又都是著名的文人,他们对《扬都赋》矛盾的评价,能引起人们的关注,也会有利于作品的传播。

借用宗教。在东晋,宗教特别是佛教和道教得到了迅速的发展。东晋的宗教和文艺如同一对孪生姐妹一样,互相依存,彼此影响。这种密切的关系,表现在文艺创作上,也反映在作品的传播上。东晋有不少作品是借用宗教而得到传

---

① 谢赫:《古画品录》。

播的。在这方面，特别明显的事实是书法与道教的相互借用。在东晋，道教的传播通常要借助于道经和画符。而道经的传抄和画符，又要求有相当高的书法水平。同时，在道教徒和一般人看来，抄写道经和画符又是一种功德。这样，道教的传播就离不开书法艺术①。从现存的有关资料来分析，东晋传抄的不少道经具有很高的书法艺术水平，有些是出自著名的书法家之手。王羲之为山阴道士抄《道》、《德》二经，前面已经述及。② 这里再举郗氏家族中的郗愔和杨羲的有关事实加以说明。郗氏家族中有不少成员笃信道教，而且长于书法，郗愔就是一个突出的代表。《太平御览》卷六百六十六引《太平经》说：郗愔"心尚道法，密自遵行。善隶书，与右军相埒。手自起写道经，将盈百卷。于今多有在者"。又贾嵩《华阳隐居内传》说：陶弘景"年十二时，于渠阁法书中见郗愔以黄素写太清诸丹法，乃忻然有志"③。杨羲是一个在东晋很有影响的道人，同时他在书法艺术上也有很高的造诣。《云笈七签》卷一百零六载《杨羲真人传》云：杨羲"少好道，服食精思"。卷五《晋茅山真人杨君》说他"攻书好学"。《述书赋上》谓杨羲的"正行，兼淳熟而相成。方圆自我，结构遗名。妙舟楫之不系，混宠辱之若惊"。《本起录》说陶弘景"戊辰年始住茅山，更得杨（羲）、许手书真迹，欣然感激"。张雨《玄品录》卷四说：孙文韬"入茅山师隐居，恭受真法，及见杨（羲）、许三真手书《上经》，稍学模写，遂大巧妙"。

从上面的有关记载来分析，郗愔和杨羲书写的道经传至梁代，还被著名的道教徒和书法家陶弘景奉为至宝。接下去，陶弘景又把杨羲书写的道经传授给了他的弟子。由此可以推想，郗愔和杨羲书写的道经在当时定有不少接受者。这些接受者在接受他们书写的道经的同时，也把它们作为书法的珍品，并加以摹写。在这里，很明显，书法艺术作品的传播是借用了宗教。

---

① 参阅陈寅恪《天师道与滨海地域之关系》，见《陈寅恪史学论文选集》。

② 王羲之的书法艺术借助于道教传播，在古代的南诏也非常明显。《说郛》卷三十六引元李京云《南志略》曰："其俊秀者颇能书，有晋人笔意。蛮文云，保和中遣张志成学书于唐，故云南尊王羲之，不知尊孔孟。"《元史·张立道传》云："先时云南未知尊孔子，祀王逸少为先师。立道首建孔子庙，置学舍，劝士人子弟以学。"上述记载说云南自元代张立道始立孔子庙，恐不足信。（参阅赵翼《陔余丛考》卷四十一"王羲之为云南先师"条，河北人民出版社 1990 年 1 月第 1 版）但说云南尊王羲之，当有所据。古代云南曾属南诏。南诏信奉天师道，故不尊孔子。南诏信奉天师道，却不祀天师道祖师张道陵，而祀王羲之，当是因为王羲之是天师道信徒，又是书圣，王羲之抄写的道经有可能在云南得到了广泛的传播。（参阅向达《南诏史略论》，见其《唐代长安与西域文明》，三联书店 1957 年 4 月第 1 版，第 172～173 页）

③ 转引自卢仁龙《陶弘景与书法史料钩沉》，载《文献》1991 年第 1 期。

借用市场买卖。东晋长期偏安江南，城市发展，商业繁荣。东晋的市场，除原有官设的特定市场外，还出现了非官方的市镇草市，市场有所扩大。活跃在市场上的有各个阶层。商品货币经济的发展和市场的活跃，使许多原不具商品性质的活动和物品，也成了商品。[①] 买卖艺术作品就是其中的一种表现。虞龢《论书表》云：

> 旧说羲之罢会稽，住蕺山下。一老妪捉十许六角竹扇出市。王聊问："一枚几钱?"云："直二十许。"右军取笔书扇，扇为五字。妪大怅惋云："举家朝餐，惟仰于此。何乃书坏!"王云："但言王右军书，字索一百。"入市。市人竞市去。姥复以十数扇来请书，王笑不答。

王羲之为老妪书写的竹扇，人竞买之，不仅说明他的书法"为世所重"，而且还告诉我们，东晋有些艺术品，特别是书法作品，有时是借用市场交易而得到传播的。这种现象不只发生在会稽，其他地方也出现过。《论书表》也提供了这方面的资料：

> 卢循素善尺牍，犹珍名法。西南豪士，咸慕其风。人无长幼，翕然尚之，家赢金币，竞远寻求。

看来西南一带有不少书法珍品，也是通过买卖而得到传播的。

借用展示。这里所谓的展示，指的是有些作品经过了直接传播以后，保存者有时把它们展示出来。《历代名画记》卷二载：

> 昔桓玄爱重图书，每示宾客。客有非好事者，正餐寒具，以手捉书画，大点污。玄惋惜移时。自后每出法书，辄令洗手。

根据上述记载和前面所述及的有关资料，我们知道，桓玄运用各种手段聚集了不少珍贵的艺术品。他占有了这些艺术品之后，大概是为了炫耀自己，常常予以展示。这种展示，显然使这些艺术品得到了扩散。

东晋文艺作品的间接传播同直接传播相比，渠道要多一些。它可以借助于多种媒介，不太受时间和空间的限制，具有承递性和长久性，接受者也较多。当然，间接传播也有一些局限。主要表现是有时接受者看不到原作，有时因为艺术同其他因素结合在一起，不再是单纯的艺术品，带有综合的性质，会分散某些艺术品的传播效果。另外由于间接传播，接受者和作者一般不能见面，接受者情况

---

① 参阅唐长孺《魏晋南北朝隋唐史三论》第二篇第三节，武汉大学出版社 1993 年 3 月第 1 版。

复杂，变化又多，所以接受者反馈信息相当困难，作者和接受者之间不易沟通。

二、对传播范围的推测

东晋的各种文艺作品产生以后，面临的命运并不相同。有些由于没有机遇进入传播过程，结果较早地散失了。有些则通过直接或间接的方式，至少在当时就得到了传播。从得到了传播的作品来看，其传播的范围也有较大的差别。我们根据看到的一些资料来分析和臆测，在东晋，大概的情况是，传播范围较为广泛的是书法、绘画和雕塑等作品，而文学作品传播的范围可能要小一些。

东晋时期，如上所述，以王羲之和王献之为代表的书法家的作品，通过题字、碑刻、交易、书写经卷、摹写、文学作品和书信等多种途径，不仅在社会的上层得到了传播，而且在一般的宗教门徒和平民百姓中也得到了传播。东晋书法作品传播的范围较为广泛，有多方面的原因。从创作的角度来看，在东晋的书坛上，人才辈出，不只作品的数量多，同时质量也很高。文艺作品传播的范围，往往与作品的质量密切关联。就行书来说，东晋之前，流行的主要是钟繇体。钟繇体比较古旧。到东晋，以王羲之父子为代表的书法作品特别是行书取得了前所未有的成就，替代了钟繇的行书。东晋的审美情趣为赏自然，崇自由，趋新厌旧。而以王羲之父子为代表的书法，特别是他们的行书，正好适应了东晋朝野的审美情趣。所以张怀瓘《二王书录》云："夫翰墨之美，多以身后腾声，二王之书，当世见贵。"从作者的社会地位来考虑，东晋成就卓越的书法家，大多出自显赫的门阀士族家庭，他们有不同寻常的社会地位和政治地位，有很高的"知名度"，他们容易控制和掌握书法作品传播的媒介和渠道。东晋书法艺术的中心是在门阀士族这一阶层。这一中心已经得到了各阶层的承认。东晋的许多书法爱好者，当他们接触书法时，推重的多是门阀士族中的书法家。东晋的门阀士族对这一中心，常常表现出相当的自觉和自尊。王导把过江时所携带的钟繇的《尚书宣示帖》传给了王羲之[①]，王廙和王旷等特别注意在书法方面教授他们的子弟，都说明了这一问题。东晋门阀士族在书法艺术上的突出成就和显赫的地位，促进了书法作品的传播。当然，他们的成就和地位，有时也从消极方面影响了书法的传播。这一

① 据王僧虔《论书》。

点，下面将要论及。就书法艺术本身来分析，书法是一种特殊的艺术。和其他艺术相比，它有明显的可视性、公众性和开放性，文化水平低的人喜爱它，文化水平高的上层人物也喜爱它。如门阀士族成员郗昙，不仅活着时珍惜书法，而且死的时候，还用王羲之和其他名贤的书法作品作殉葬品（详下）。东晋之前，上层人物多用金玉珠宝等贵重物品来陪葬，到东晋，开始用书法作品来陪葬，足见人们对书法的珍重，也说明当时有些人追逐的不再是物质，而是艺术，尤其是书法艺术。上述这些因素，都为书法在较大范围的传播创造了有利的条件。一种艺术传播范围的大小，常常取决于这种艺术适应社会需要的程度。东晋书法比较广泛的传播，就是一个例证。

前面曾经谈到，绘画和雕塑在东晋有了长足的发展。在东晋众多的绘画和雕塑艺术家当中，成就最为卓著的是顾恺之和戴逵。与此相联系的是顾恺之和戴逵的作品，特别是他们有关佛教题材的作品，在当时得到了比较广泛的传播。佛寺是佛教教义的重要载体和传媒，同时也是佛教艺术的重要载体和传媒。顾恺之在建康瓦官寺创作壁画维摩诘像的过程中，就有许多闻讯而来的观赏者，画完以后，观赏者更是比肩继踵。接受者一般乐于观赏艺术成品，而不太重视半成品。但东晋时期，人们对顾恺之所创作的维摩诘像却不同，早在他的画像没有完成时，人们就关注它，就开始传播了。这表明人们对顾恺之的创作过程也是十分重视的。戴逵创作了许多佛像，其中影响最大的是瓦官寺的文殊菩萨像。顾恺之画的维摩诘像和戴逵创作的文殊菩萨像在同一寺庙，两者交相辉映，致使“观者如堵”。建康是东晋的都城，瓦官寺又是东晋的名寺①，是佛教活动的重要场所，而维摩诘和文殊菩萨均是佛教门徒至诚崇拜的偶像，再加上两件作品能保留较长的时间，有明显的继传性。这种继传性有利于传播。从接受者来看，像维摩诘和文殊菩萨之类的佛像不受阶层的限制，也不受文化水准的约束，许多人都可以接受。此外，绘画、雕塑和文学不同。文学是语言艺术，接受它需要一定的文化水平，有关佛教的文学作品，还需要语言的翻译。绘画和雕塑都属于视觉艺术。它们的成果（包括佛教艺术作品）依靠视觉就能比较容易地得到传播。因此可以设想，在东晋以顾恺之和戴逵为代表的艺术家所创作的绘画和雕塑作品，特

---

①　《六朝事迹类编》卷十一：“升元寺，即瓦棺（“棺”当作“官”）寺也。在城西域，前瞰江面，后踞崇冈，最为古迹。”

别是有关佛教题材的作品，得到了相当广泛的传播。

关于东晋文学作品在当时传播的范围，现存的有关资料也多有涉及。如前面提到的庾阐的《扬都赋》写成以后，“于时人人竞写，都下纸为之贵”；王羲之主持的兰亭集会上创作的诗歌广为传播；裴启的《语林》问世以后，有不少人抄写等。由上面的事实可以臆测，东晋有些文学作品也在一定的范围内得到了传播。但同书法、绘画和雕塑等艺术相比，文学作品传播的范围可能要小一些。文艺作品传播范围的大小，常常潜藏着一些社会因素。在东晋的文学领域里，卓有成就的文人，如郭璞、袁宏和陶渊明等，政治地位和社会地位都比较低下。他们写作时，传播意识往往又相当淡薄。在这方面，陶渊明表现得尤为突出。陶渊明今存作品中，明显地属于赠答酬和的诗歌有十四首。这些诗歌主要是通过赠答的方式直接传播给他的亲友的，传播的范围是有限的。另外他的大部分诗歌，在创作时是为了自己愉悦。他在《五柳先生传》一文中说：

> 常著文章自娱……酣觞赋诗，以乐其志。

陶渊明的创作同许多具有明确的功利目的的文人不同，他很少有功利的欲望。他写诗作文，只是“写其胸中之妙尔”①。他不求闻达，无争胜之心和趋俗之虑，也很少想到传播和寻求知音。他明确宣称：“知音苟不存，已矣何所悲。”②陶渊明的这种无待的创作心态，使他的作品自然难以得到传播。另外，接受是文化水平的标志之一。就接受者来看，对文学作品的传抄和其他接受渠道，一般都需要一定的文化水平。而当时文化水平的普遍低下，对文学作品的传播也是一种制约。就抄写来说，一次只能抄一本，单本流传，范围很小，又容易丧失，一经收藏，就成孤本。如被毁掉，就无法传播。综合上面的论述，能够看到，不论是在创作方面还是在接受方面，东晋的书法、绘画和雕塑程度不同地都具有开放性的品格，而文学则缺乏这一点。东晋文学作品传播的范围较小，其故即在上述几方面。

从东晋整个文艺衍变的过程来看，前期、中期和后期，其传播的范围也有差别。上面列举的传播范围比较大的一些史实，如都城建康竞写庾阐的《扬都赋》、不少人抄写裴启的《语林》、王羲之主持的兰亭集会、王羲之父子书法作品的传

---

① 陈师道：《后山诗话》，见《后山集》卷二十三，四部备要本。

② 陶渊明：《咏贫士》七首其一。

播、戴逵的文殊菩萨像和顾恺之的维摩诘像等，都发生在东晋的中期。而前期和后期则很少发现上面列举的史实。这一现象产生的原因是多方面的，其中除了作品的水平和作者的名气以外，还有两点值得重视。第一，是与社会环境、特别是与社会的治乱密切相关。前面曾经论及，东晋中期，社会相对地稳定一些，而前期和后期，社会动乱较多。文艺作品的传播，首先必须有保存完好的作品，而社会的动乱，使不少文艺作品遭到损毁。《南史·王僧孺传》载：

尚书令沈约以为"晋咸和初，苏峻作乱，文籍无遗"。

上引沈约所述，虽是就族谱而言，但由此可以推测，东晋前期的苏峻叛乱和其前不久的王敦叛乱，对文籍的毁灭是十分惨重的。

张怀瓘《二王书录》云：

献之尝与简文帝十纸，题最后云："下官此书甚合作，愿聊存之。"此书为桓玄所宝，玄爱重二王，不能释手，乃选缣素及纸书正、行之尤美者，各为一帙，常置左右，及南奔，虽甚狼狈，犹以自随，将败，并投于江。

傅亮《观世音应验记》载，东晋"谢庆绪（谢敷）往撰《光世音应验》一卷十余事，送与先君。余昔居会土，遇兵乱失之。[顷]还此[境]，寻求其文，遂不复存。其中七条具识，[余]不能复记其事。故以所忆者更为此记，以[悦]同信之士云"①。据傅亮的记叙可知，谢敷所撰《光世音应验》本来记叙"十余事"，原书因遭"兵乱"丧失了。以后虽经傅亮回忆，记存七条，但与原书相比，不仅少了三条，同时记存下来的内容也会有出入。傅亮所说的"兵乱"，指的是东晋后期的孙恩起义②。上面引用的史实说明，社会的动乱，使一些作品，或者被毁灭，或者被损坏。其结果是一些作品不能完整地得到传播，一些作品则完全失去了继续传播的可能。与此不同的是，相对稳定的社会条件，不仅有利于文艺创作，同时也有利于文艺作品的存留和传播。第二，东晋中期的不少文人有比较自觉的传播意识，有些人在开始创作时就有传播的意图。王羲之为老妪题写竹扇、顾恺之创作维摩诘画像时的预想以及戴逵雕塑佛像时想听取观赏者的评论等，都证明了这一点。创作者具有传播的意图，创作时想到了接受者，这自然容易使作品在较大的范围得

① 引自《观世音应验记三种》，傅亮、张演、陆杲撰，孙昌武点校，中华书局1994年11月第1版（下引此书，版本均同），第1页。

② 参阅小南一郎《观世音应验记排印本跋》，载《观世音应验记三种》。

到传播。

如果把东晋有关文艺作品在当时传播的情况，同以前的汉末、三国和西晋加以比较，可以发现在传播类型上，大体上是相近的。而在传播范围上，东晋之前，有些作品传播的范围也比较大，像著名的文学家和书法家蔡邕书写的石经、西晋京都洛阳争抄左思的《三都赋》等。但像上述之类传播范围比较广泛的史实相当罕见。而在东晋，如上所述，涉及文艺作品传播范围比较广泛的记载则屡见不鲜。从这里可以推测，东晋和以前比较，文艺作品传播的范围是有所拓展的。这是一方面。另一方面，应当看到，东晋有不少作品并没有得到传播，或者没有得到比较广泛的传播。东晋文艺在当时传播的范围仍是有限的，同东晋文艺的全面繁荣并不相称。这在文学领域里表现得尤为明显。陶渊明的诗文就是一个例证。陶渊明的作品在当时影响不大，一个原因是他的作品在当时传播的范围较小。造成东晋文艺传播的范围的拘限，主要的原因有以下几点：

第一，封建宗法制度的限制。东晋的文艺同其他封建朝代的文艺一样，并不是完全自律的文艺。封建宗法制度对东晋的文艺仍有辖制。东晋的门阀士族对文艺的约束比较明显。有的门阀士族为了卫护自己的门第，或者出于自己的好恶，常常对一些作品加以干预。前面所引庾翼反对自家子弟学习王羲之的书法，对王羲之书法作品的传播，就是一种干扰。类似的情况在谢安身上也时有发生。王僧虔《论书》云：

> 谢安亦入能流，殊亦自重……得子敬书，有时裂作校纸。

谢安珍重自己的书法，无可非议。但是他得到王献之的书法作品，可能是出自狭隘的门第观念和文人相轻的陋习，却裂作废纸，这就使王献之的作品完全失去了传播的可能。

又《世说新语·轻诋第二十六》第二十四条载：

> 庾道季诧谢公曰："裴郎云：'谢安谓裴郎乃可不恶，何得为复饮酒？'裴郎又云：'谢安目支道林，如九方皋之相马，略其玄黄，取其俊逸。'"谢公云："都无此二语，裴自为此辞耳！"庾意甚不以为好，因陈东亭《经酒垆下赋》。读毕，都不下赏裁，直云："君乃复作裴氏学！"于此《语林》遂废。

前面曾经提到，裴启的《语林》写成以后，不少人在抄写，在一定的范围里得到了传播，但后来由于没有受到谢安等人的"赏裁"，"遂废"。一本重要的小说，由于士族谢安的轻蔑，不止影响了它在当时的传播，并且它的内容的减少以及后来的失传，都可能与谢安有关。还有，东晋的门阀士族为了家族的利益，有时把一些贵重的文艺作品攫为己有，或者封闭在自己家里，有意不向外传播。书法世家琅邪王氏在唐朝的后代王方庆家，就藏有其祖先王羲之、王导、王洽和王珣等人的许多书法作品。[①] 更有甚者，有的门阀士族竟把自己所占有的重要的文艺作品作为殉葬品，长期埋在地下。《陈书·始兴王伯茂传》说：陈天嘉二年(561)“征北军人于丹徒盗发郗昙墓，大获晋右军王羲之书及诸名贤遗迹”。文艺作品一旦被门阀士族家庭所收藏，或者被当作殉葬品，这就在很大的程度上被拽出了当时的传播渠道，缩小了传播的范围，甚至失去了在当时传播的机会。

东晋的门阀士族对一般的、出身比较低下的文人的作品，有时表现出一种轻蔑的态度，这也影响了一般文人作品的传播。陶渊明的作品就有这种遭遇的可能。陶渊明的作品在当时不被人重视，原因是复杂的。传播的范围较小，抑或是其中的一个原因。这种现象之所以产生，我们可以从多角度去探讨，其中有一点值得我们关注，就是陶渊明出身于寒门素族，政治地位和社会地位都相当低下，难以受到士族和士族文人的青睐。陶渊明曾任职桓玄幕下，但未见桓玄推重陶渊明及其作品的记载。陶渊明卒于宋元嘉四年(427)，这一年谢灵运四十三岁。从年龄来看，谢灵运和陶渊明两人共时很长。此外，谢灵运对久居庐山的慧远敬佩之至。《高僧传·慧远传》说：

> 陈郡谢灵运负才傲俗，少所推崇，及一相见，肃然心服。

陶渊明生活在庐山附近，谢灵运又到过庐山，谢灵运不可能不知道陶渊明。但检阅现存的资料，没有见到谢灵运提及陶渊明及其作品的记载。这是否暗示了谢灵运对陶渊明的不屑一顾？

第二，文艺作品本身的局限。东晋的文艺就其主体来说，是上层统治者的文艺。东晋的文人有许多本来就是门阀士族和皇室中的重要成员，有些虽然不是，但有不少也是依附于门阀士族和皇室的。他们的作品反映的主要是上层统治者和一些知识分子的思想感情和审美趣味，而很少眼睛向下，去反映社会下层人们的生活和情趣。东晋的绘画艺术，有相当多的作品描绘的是帝王将相和魏晋名

---

① 《旧唐书·王方庆传》：“则天以方庆家多书籍，尝访求右军遗迹。方庆奏曰：‘臣十代从祖伯羲之书，先有四十余纸，贞观十二年，太祖购求，先臣并已进之。唯有一卷见今在。又进臣十一代祖导、十代祖洽、九代祖……并九代三从伯祖中书令献之已下二十八人书，共十卷。’”

士。这样的作品和下层的人们距离较远。在东晋的文坛上，文人诗是主体。而就文人诗来说，长期占主导地位的又是玄言诗。文人诗本来写的多是文人的雅兴逸趣，能有一二知音就足矣，很难在较大的范围得到传播。再加上玄言诗内容玄虚，缺乏形象。许多玄言诗人所抒发的那种玄虚、淡远的情趣，只能为极少数人所赏识，普通人难以读解。这就使东晋的文人诗，特别是玄言诗不可能在较大的范围内得到传播。玄言诗盛行的时间很长，但流传下来的作品却很少，是不是与此有关？文艺作品的传播，从来不是简单的、机械的扩散，而是离不开接受者的选择。接受者对那些有悖于自己价值观或者不合乎自己口味的作品，常常是回避的，或者拒之门外。东晋大体也是这样。

第三，传播方式的制约。这突出表现在文学作品的传播上。东晋文学的主要体裁是诗歌。东晋诗歌的传播，虽然有时接受者是群体，如兰亭集会所写的诗歌。但这样的群体的人数和社会上各阶层的人数相比，毕竟是极少数。何况从整个东晋来看，像兰亭集会这样的集会并不是经常举行。东晋诗歌更多的是个体间的传播。这种传播又多是采用赠答的方式。这在一些著名的文人的作品中有明显的表现。郭璞今存的诗歌除比较完整的十首《游仙诗》外，其他四首长诗都是赠答诗。孙绰今存比较完整的诗歌三十三首，其中有赠答诗二十八首，占总数的85%。谢混今存诗歌三首，有两首是赠答诗。赠答诗虽然通过赠答这种方式也得到了传播，但这类诗歌一旦传到对方那里，通常很少有机会得到再传播。王羲之和孙绰今存的诗歌都有《答许询诗》。孙绰诗中有“贻我新诗，韵灵旨清”等句。但许询写给王、孙的赠诗，则完全失传了。究其原因，也许与赠答这种传播方式的局限有关。

第四，文化技术水平的限制。在长期的封建社会里，有文化的主要是统治者和士大夫，一般的平民百姓很少有文化。东晋的情况大致也是如此。文化的普及和提高，依靠的主要是教育，尤其是学校教育。西晋后期，战乱弘多，学校教育几乎扫地俱尽。东晋建立前后，战乱较多，军事不息，加以“凡百草创”，“学校未立”[①]。面对这种情况，统治者也注意恢复教育，中央和地方政府建立的各种官学，一些学者创办的私学都有所发展。东晋的第一个皇帝元帝接受王导和戴邈

① 《晋书·戴邈传》。

的建议，设立了太学[1]，明帝继之。成帝时，袁瑰、冯怀鉴于江左较为安定，上书要求兴学。“疏奏，帝有感焉。由是议立国学，征集生徒。”[2]据《晋书·孝武帝纪》，太元八年，“增置太学生百人”。与此同时，少数地方行政长官对所辖地区的教育也比较重视，如东阳太守范汪“在郡大兴学校，甚有惠政”[3]。在私学方面，也出现了少数杰出的办学者，如学识渊博、不应官府的屡次征召的范宣，就在家以讲诵教授为业。[4]

上述情况说明，东晋的教育有所发展，教育的发展有利于文艺作品的传播。但由于战乱的破坏，崇尚老庄的浮华风气的影响，加以“品课无章”，有些子弟为避役而学，因而东晋教育的发展是相当有限的。这一点，当时的国子祭酒殷茂有所揭示：

> 自学建弥年，而功无可名。惮业避役，就存者无几，或假托亲疾，真伪难知，声实浑乱，莫此之甚。臣闻旧制，国子生皆冠族华胄，比列皇储。而中者混杂兰艾，遂令人情耻之。[5]

另外，从入学者的成分来分析，能够进入太学的主要是“朝之子弟”和“大将子孙”[6]。在地方学校，入学者大多是门阀士族和文官武将的后代，一般的平民百姓的子弟很少。《宋书·礼志一》记载，征西将军庾亮在武昌开设学官，明确下令规定：

> 参佐大将子弟，悉令入学，吾家子弟，亦令受业。……若非束修之流，礼教所不及，而欲阶缘免役者，不得为生。

教育没有大的发展，普通平民百姓的文化水平和鉴赏水平的低下，从一个方面限制了文艺作品的传播。拿书法来说，尽管“二王之书，当时见贵”，但并没有得到广泛的认同。虞龢《论书表》云：王羲之“尝诣一门生家，设佳馔供亿甚盛。感之，欲以书相报。见有一新棐床几，至滑净，乃书之，草、正相半。门生送王归郡，还家，其父已刮尽。生失书，惊懊累日”。又云：“子敬门生以子敬书种蚕。”王羲之

---

① 参阅《晋书·王导传》、《晋书·戴邈传》。

② 《宋书·礼志一》。

③ 《晋书·范汪传》。

④ 参阅《晋书·范宣传》。

⑤ 《宋书·礼志一》。

⑥ 《晋书·戴邈传》。

门生的父亲刮尽王羲之的字，王献之的门生竟用王献之的书法作为养蚕的垫纸，说明当时有些人并不了解和重视二王的书法，这自然会影响书法在当时广泛的传播。

文艺作品传播范围的大小，与科学技术水平有密切关系。东晋造纸业的发展，使许多作品不再依靠竹简和缣帛来传播，而用得更多的是纸张。纸张比竹简轻便，价钱比缣帛低廉。纸张的使用，有利于作品的传播。但东晋的造纸业的发展毕竟是有限的，这就使许多作品的传播受到了局限。此外，前面曾经谈到，东晋的绘画有时靠摹拓来传播，但摹拓后的作品，如果能够装裱得好，传播的范围就会广一些。遗憾的是东晋时的装裱技术并不高。《历代名画记》卷三云：

> 自晋代已前装背不佳。宋时范晔始能装背。宋武帝时徐爰、明帝时虞龢、巢尚之、徐希秀、孙奉伯，编次图书，装背为妙。

从上面的记载来分析，东晋时已有装裱技术，但水平不高。这在一定程度上辖制了书法和绘画作品的传播。

三、传播效应

从系统论来看，文艺作品、传播和接受是一个系统。在这个系统中，作品只是一种存在，传播只是一种通道，存在和通道都不是文艺活动的终点。终点是接受。从最终的接受者方面来考虑，文艺作品不是在作者那里，不管作者是把作品置于美丽的屋舍里面，还是把它们放在一般的橱柜当中。文艺作品只有通过传播为接受者所接受，才能表现出生命力，才会成为“现实的存在”。从价值的角度来看，文艺作品的价值并不完全在作品本身，它离不开接受者的价值体验。作品的意义，应当是作者所赋予作品的意义同接受者所体悟的意义的总和[①]。基于上述的理解，我们在论述了东晋文艺传播的主要类型和范围之后，有必要对东晋文艺在当时的接受效应作一探讨。

文艺作品作为客体是由多种因素构成的有机体，它潜藏着多方面的功能。文艺作品的接受者作为主体，彼此之间存在着各种各样的差异。接受者对作品

---

① 参阅阎国忠主编《西方著名美学家评传》下卷，安徽教育出版社 1991 年 4 月第 1 版，第 623、624 页。

的接受，在客体与主体之间、主体彼此之间，蕴涵着非常复杂的、辩证的关系。这种关系决定了接受效应是多方面的。具体到东晋，重要的有以下几方面：

审美效应。这里所谓的审美效应，指的是东晋的一些文艺作品经过传播以后，使接受者产生了一种超功利的愉悦感情。《世说新语·文学第四》第八十八条载：

袁虎（宏）少贫，尝为人佣载运租，谢镇西（尚）经船行。其夜清风朗月，闻江渚间估客船上有咏诗声，甚有情致。所诵五言，又其所未尝闻，叹美不能已。即遣委曲讯问，乃是袁自咏其所作《咏史诗》，因此相求，大相赏得。

《咏史诗》是袁宏的重要诗歌，今存二首。钟嵘《诗品》卷中说此诗“鲜明紧健，去凡俗远矣”。袁宏不同凡俗的《咏史诗》，借咏史抒胸情，声调高拔，再加上通过诗人饱含激情的吟诵这种直接的传播方式，很容易使听者感到有声有情，情不自禁地产生审美的感受。谢尚正是这样。谢尚听了袁宏的吟诵之后，感到“甚有情致”，“叹美不能已”。“叹美不能已”，说明谢尚完全被袁宏的诗歌打动了，他忘忽了周围的一切，摆脱了日常生活的牵制，沉溺在无功利需求的艺术享受中。谢尚是通过直接听袁宏吟诵诗歌而得到了审美的愉悦，有时阅读诗歌也同样会得到类似的感受。《世说新语·文学第四》第七十六条云：

郭景纯诗云：“林无静树，川无停流。”阮孚云：“泓峥萧瑟，实不可言。每读此文，辄觉神超形越。”

“林无静树”两句诗见于郭璞的《幽思诗》。《幽思诗》全诗已佚，仅存上述两句。这两句诗有形象，一句写萧瑟的树林，一句写不停的河流。语言自然精练，又蕴涵着深厚的哲理。虽然只有两句，却为读者提供了多种审美体验的可能。阮孚的体验就是一种典型。阮孚是竹林七贤之一的阮咸的儿子，《世说新语·赏誉第八》第二十九条称他“爽朗多所遗”。注引《中兴书》说他“风韵疏诞，少有门风。初为安东参军，蓬发饮酒，不以王务婴心”。阮孚的这种疏诞遗世的人生态度，使他读了郭璞上面的诗歌以后，感到“神超形越”。所谓“神超形越”，指的当是自己完全忘掉了自身，超脱了世俗，进入了一种在日常体验中无法臻达的审美愉悦之中，获得了一种自由的、解放的感受。

上面列举的是东晋的诗歌产生的审美效应的有关事实，类似的情况在绘画、书法和音乐中亦有表现。《世说新语·巧艺第二十一》第六条曰：

戴安道（逵）就范宣学，视范所为：范读书亦读书，范抄书亦抄书。惟独好画，范以为无用，不宜劳思如此。戴乃画《南都赋》图，范看毕咨嗟，甚以为有益，始重画。

据《晋书·范宣传》记载，范宣是东晋儒学的代表人物之一。他重经术，年十岁，能诵《诗》、《书》，后来又“博综众书，尤善《三礼》”，“常以讲诵为业”。看来这位儒者开始是从尚用的角度来看待绘画的，认为绘画“无用”。但是当他看到戴逵画的《南都赋》以后，却叹而美之，并且“甚以为有益”。范宣对绘画的这种一百八十度的大转弯，显然是从《南都赋》这幅绘画中得到了赏心悦目的审美感受。

关于书法方面的审美效应，我们可以王羲之、王献之父子的书法为例。《世说新语·品藻第九》第七十五条注引宋明帝《文章志》曰：

献之善隶书，变右军法为今体。字画秀媚，妙绝时伦，与父俱得名。其章草疏弱，殊不及父。或讯献之云：“羲之书胜不？”“莫能判。”有问羲之云：“世论卿书不逮献之？”答曰：“殊不尔也。”它日见献之，问：“尊君书何如？”献之不答。又问：“论者云：君固当不如？”献之笑而答曰：“人那得知之也。”

从上面的记载，我们可以看到王羲之父子在世时，人们对他们二人的书法的评论情况。人们对他们的书法的评论，显然不是着眼于尚用，而是在审美方面。由此可以窥见王羲之父子的书法作品在当时产生的审美效应。

教育效应。文艺作品虽然不是教科书，但是它能够产生教育效应。东晋文艺作品在接受者那里产生的教育效应是相当广泛的，主要体现在道德教育、政治教育、宗教教育和艺术教育等方面。

道德教育：东晋有些文艺作品影响了接受者的道德情感和道德品质。这里以绘画作品为例。据《建康实录》卷九《列宗孝武皇帝》及原按引《舆地志》，东晋太元十年春复兴国学。国学里面，“西有夫子堂，画夫子及十弟子像”。又裴孝源《贞观公私画史》云，王廙画有《列女传仁智图》；《历代名画记》卷五录顾恺之画有《古贤》、《夫子》，米芾《画史》录顾恺之画有《列女图》、《女士箴》等。顾恺之画的古代贤人尤为人们所推崇。《历代名画记》卷五说：

遍观众画，唯顾生画古贤得其妙理。

另外，《晋书·许孜传》载：

其子生亦有孝行，图孜像于堂，朝夕拜焉。

这类作品画的多是古代的贤人或自己的先人。他们有高尚的德行和人格，有显赫的业绩，一般人难以望其项背，他们是令人崇敬的楷模。当人们观赏这些作品时，对其高风亮节肃然起敬，在倾倒和崇敬中，受到了教诲，得到了净化，有助于培养自己的道德情操。

政治教育：东晋有不少文艺作品和政治有千丝万缕的联系。这些作品得到传播以后，常常起到了政治教育的作用。晋元帝司马睿在江左即位以后，王廙作《中兴赋》并上疏。《中兴赋》已佚，从赋题和上疏来看，赋的主要内容是歌颂东晋的建立，赞扬晋元帝称帝多有祥瑞，“明天之历数在陛下矣”。其他如上文提及的东晋太元年间，曹毗和王珣增造的宗庙歌诗十三首对晋朝帝王的歌颂。又如《晋书·袁宏传》云：

> 宏见汉时傅毅作《显宗颂》，辞甚典雅，乃作颂九章，颂简文之德，上之于孝武。

上引这类作品传播之后，会不同程度地增加接受者对东晋政权和东晋皇帝的拥戴之情。前面曾经提到，东晋是典型的门阀政治，东晋的门阀士族又十分重视文艺。东晋有一些作品从不同的角度歌颂了门阀士族。如袁宏《东征赋》中歌颂桓氏曰：

> 风鉴散朗，或搜或引。身虽可亡，道不可陨。则宣城之节，信为允也。

又如谢灵运在《撰征赋》中褒扬自己的家族，特别歌颂了他的先祖谢安：

> 造步丘而长想，钦太傅之遗武。思嘉遁之余风，绍素履之落绪。民志应而愿税，国屯难而思抚。譬乘舟之待楫，象提钓之假缕。总出入于和就，兼仁用于默语。弘九流以擢四维，复先陵而清旧宇。却西州之成功，指东山之归予。①

上面列举的这些作品出自名人之手，再加上士族的名望，比较容易传播。它们的传播，扩大了门阀士族的影响，有利于巩固门阀士族的政治地位和社会地位。

宗教教育：以佛教和道教为主的宗教在东晋发展得很快。宗教的发展从多方面影响了文艺，而不少文艺作品的传播也起到了宗教教育的作用。晋明帝画的佛像，长期摆在乐贤堂。戴逵父子雕刻的无量寿等佛像使许多善男信女顶礼膜拜。顾恺之画的维摩诘佛像在京城建康产生了轰动的效应。东晋成功的佛像把许多人聚集在它们的面前，以至有时成为信仰者的聚会。佛理玄奥，翻译的佛经又颇艰深，再加上不少人的文化水平比较低下，因此佛教的重要宣传方式之

---

① 关于谢灵运，一般都是把他作为宋代文人，但《撰征赋》作于东晋后期的义熙十三年。

一，就是借助于形象。正是在这一意义上，佛教有时又被人们称为“像教”。东晋佛像的传播，从一个方面产生了佛教像教的作用，加强了人们对佛教的神秘的体验，使他们的精神在不同的程度上得到了超越，心情得到了宁静和平衡。在这方面，东晋的道教和佛教有些相似。道教为了得到人们信奉，除了一套说教理论以外，也注意借助文艺作品，为人们提供一些事实和典型，从而使道教通过理论和文艺作品两方面来扩大宣传，影响人们。东晋道教文艺的传播，也确实产生了这方面的效应，其主要表现在书法和文学领域里。道教为了传教，十分重视抄写道经。道教对抄经的要求相当高。既要求抄经者能书法，亦能画符，力戒“浮谬”，同时还要求能“悟摩真经”。东晋有一些抄经者，本身既是虔诚的道教徒，又是著名的书法家。道教徒王羲之、王献之、杨羲、许谧和许翙等都是书法家。他们都抄写过道经。他们的许多书法艺术品，本身就是道经。当接受者接受这些作品时，自然就会接受道教的教义。这里我们以王羲之等人曾经抄写过的《黄庭经》为例。《黄庭经》的主要内容是讲人体内有许多神，修道者只要经常诵读《黄庭经》，守一存真，默念神名，就能六腑安和，五脏生华，延年益寿。王羲之等人抄写的《黄庭经》在当时很受重视。它们的传播，显然起到了道教教育的作用。东晋的文学与道教的关系也非常密切。有相当多的诗歌、辞赋、小说和散文等作品，程度不同地涉及了道教。有的把古代的神话，如女娲、黄帝、王母等形象借入道教神团；有的把历史上的一些人物（主要是道家人物）加以仙化而列入神仙谱系；有的直接宣传道教教义和道教的神秘。这些作品往往能够得到传播。如《晋书·王嘉传》云：

> 其所造《牵三歌谶》，事过皆验，累世犹传之。

诸如上述作品经由不同的途径得到传播以后，自然使接受者受到了道教的影响。

艺术教育：在东晋，伴随着艺术文化的繁荣，不少文人重视文艺教育，关注从文艺方面培养人才。为此，他们有时也借传播文艺作品进行艺术教育。在这方面确实也产生了明显的艺术效果。《历代名画记》卷五记载：王羲之十六岁时，曾请王廙教授书画法。王廙对自己的书画相当自负，认为自己在这方面可以作王羲之的老师，于是特别画了《孔子十弟子图》给王羲之，让王羲之“知师弟子行己之道”。这幅画直接传播给王羲之以后，再加上王廙在书法方面很有造诣，会对王羲之的绘画和书法产生积极的影响。王羲之善于绘画，特别在书法方面成就卓著，与王廙通过传播艺术作品对其进行艺术教育是分不开的。

交流效应。列夫·托尔斯泰曾经指出:“艺术是人们之间进行交流的手段之一,任何作品都做着这样一件事,它使接受者同艺术的过去或现在的生产者发生某种交流,同所有那些与他同时、在他之前或在他之后接受他的艺术影响的人发生某种交流。”①东晋的文艺作品也是这样。东晋的不少文艺作品常常经由传播起到了交流思想感情的作用。东晋许多文人把文艺作品作为一种特殊的交流方式。他们有些创作,特别是许多赠答作品的创作,都是有目的、有方向的,都是为了把自己的思想感情传送给他人,让他人了解自己。而这些作品通过传播,到了接受者那里,经由接受者的读解,了解了作者的思想感情,从而取得了交流的效应。这种效应大多产生在文人当中。孙绰今存的诗歌,有不少是赠答诗,如《赠温峤诗》、《与庾冰诗》、《答许询诗》和《赠谢安诗》等。赠诗多是由己及彼,主要抒发的是自己的思想感情,让对方了解自己,而答诗则是由赠诗引发的,是答者抒发自己的思想感情,以便与赠者相互沟通。东晋有些赠诗已经失传,但从答诗中仍可以探知一些内容。孙绰《答许询诗》写道:

> 贻我新诗,韵灵旨清。粲如挥锦,琅若叩琼。既欣梦解,独愧未冥。愠在有身,乐在忘生。余则异矣,无往不平。理苟皆是,何累于情!

从上面这段叙述中,我们不仅知道许询先有赠孙绰诗,而且还知道许询赠诗中表现了“愠在有身,乐在忘生”的心态,另外还表现了孙绰对许询诗的赞美和自己随遇而安、不为情累的胸怀。由许询和孙绰的赠答诗可以看到,东晋赠答诗的交流作用往往是相互的,一般是作赠诗者先自我表述,而后作答诗者相应地自我披露。这样双方通过赠答诗的传播,了解了对方,起到了彼此交流的作用。

经济效益。东晋有些艺术品经过传播以后,产生了经济效益。这突出表现在绘画和书法领域里。前面曾经提到,顾恺之在建康瓦官寺画的维摩诘像,经过展示以后,“得钱百万”。王羲之为老妪题扇,一把扇子的价格由原来的二十增值至一百,很快在市场上卖完,老妪得到了一定的收入。有趣的是王羲之和顾恺之作品所取得经济效应,都是他们所预期的。这与作者的社会地位、作品的质量和自信当有密切关系,也与他们的作品早已为人们所熟悉、所热爱有关系。上面的事实在东晋是比较罕见的,在通常的情况下,作品经过传播所产生的经济效应不

① 转引自《赫拉普钦科文学论文集》,张捷、刘逢祺译,人民文学出版社 1997 年 6 月第 1 版,第 144、145 页。

像上面两个事例那样明显。但上述两例却表明，东晋有些艺术品已经带有商品的性质，已经产生了经济效益。

反馈效应。东晋有些作品，在作者创作时就考虑到接受者，如赠答诗，又如顾恺之画维摩诘像时就预想到观赏者看到画像以后会捐赠金钱。作者在创作时就考虑到接受者，这是一种特殊的反馈。这种反馈是基于作者平时对接受者的了解和熟悉。此外，还有一种经常发生的反馈，就是接受者读解了作品之后所发表的意见，反馈到作者那里。作者择取接受者的意见对自己的作品作进一步修改。《晋书·袁宏传》载：

> (袁宏)从桓温北征，作《北征赋》，皆其文之高者。尝与王珣、伏滔同在温坐。温令滔读其《北征赋》，至"闻所传于相传，云获麟于此野，诞灵物以瑞德……岂一性之足伤，乃致伤于天下"，其本至此便改韵。珣云："此赋方传千载，无容率耳。今于'天下'之后，移韵徙事，然于写送之致，似为未尽。"滔云："得益写韵一句，或为小胜。"温曰："卿思益之。"宏应声答曰："感不绝于余心，愬流风而独写。"珣诵味久之，谓滔曰："当今文章之美，故当共推此生。"

王珣和伏滔等读了袁宏的《北征赋》以后，认为个别地方，"于写送之致，似为未尽"，并建议袁宏增"写韵"一句。袁宏接受了他们的意见，迅即增加了。结果使这篇本来水平就很高的赋作，又锦上添花，真的如王珣所预料的那样，成为"传千载"的名篇。上面我们举的是文学方面的例证，下面再举一个雕塑方面的。《历代名画记》卷五载：

> (戴)逵既巧思，又善铸佛像及雕刻。曾造无量寿木像，高丈六，并菩萨。逵以古制朴拙，至于开敬，不足动心。乃潜坐帷中，密听众论，所听褒贬，辄加详研，积思三年，刻像乃成。郗超观而礼之，撮香誓曰……既而手中香勃然烟上，极目云际。

又据释道世《法苑珠林》卷二十一提供的资料，我们知道戴逵"密听众论"后所雕刻的无量寿佛像，达到了"东夏制像之妙，未之有如上之像也"的地步，"致使道俗瞻仰，忽若亲遇"。从上面的例证可以看到，文艺创作者只要虚怀若谷，能够主动地听取和"详研"接受者反馈的意见，不断地修改自己的作品，作品的质量就会得到提高。这种提高在很大程度上是由于反馈的作用。同时我们还可以看到，接受者不是被动的，他们有时也是文艺创作的参与者。意大利文艺复兴时期的著名人物阿尔贝蒂说：

> 当你作画时，你要向所有前来观看的人们敞开大门，倾听每一个人的意见。既然画家希望自己的作品得到人们的欢迎，就不应该轻视人们的评论和意见，只要人们的要求是公道，你就应该予以满足。①

阿尔贝蒂的见解，有助于我们理解戴逵的上述作法。

以上我们探讨了东晋的一些文艺作品经过传播以后所产生的效应。从上面的论述，可以看到，文艺的效应是多方面的。其中有审美效应，也有教育、交流、经济和反馈等方面的效应。如果只强调文艺的审美效应，而忽视甚至排斥和消解其他方面的效应，并不符合文艺史发展的实际。当然，上面论及的审美效应、教育效应、交流效应、经济效应和反馈效应等，都不是孤立的，是在相互关联中发生的。在诸多相互关联的因素中，都伴随着审美的因素。这些作品能否在某一方面、抑或在几方面产生效应，或者产生的效应的大小，在一定程度上是以审美作用为基础的。

文艺作品、传播、接受三者是一个复杂的系统。文艺作品的内涵是丰富的，形象的结构是复杂的，表现形式是多样的。文艺作品的传播有多种通道，有的比较明显，容易发现；有的则相当隐蔽，难以寻觅。至于接受者，他们都是活生生的主体，具有不同的文化水平和素质，具有不同的个性。上述这些都给我们研究文艺作品的传播和接受效应带来了很多困难。具体到东晋，除了上述带有共性的困难之外，还有不少特殊的困难。这主要表现在资料的匮乏上。就现存的有关东晋的文献来看，重视记载的主要是作家和作品，而对传播和接受则较少留意。即使有一些资料，或只言片语，或主要不是记载传播和接受的。由于上述等原因，所以我们使用的资料有时难以避免重复。也由于上述等原因，使我们对东晋文艺的传播和接受的效应，很难做出准确的考查。因此，本文的探讨只能说是初步的、粗浅的，有些属于推测。本文的写作，如果能起到抛砖引玉的作用，则心满意足矣。

---

① 杨身源、张弘昕编著：《西方画论辑要》，第104、105页。

附录

自由·自然·和谐

——陶渊明诗文内容三要义

内容提要:陶渊明诗文表现了他终生对自由、自然和和谐的人生的追求。为了自由,他辞官归田,在田园生活中得到了许多自由。他重视保持自己的自然之性,热爱自然之景,遵从自然之理,把劳动作为自然生活的基础。他注重表现人与自然的和谐和人们之间的和谐。陶渊明之所以追求自由、自然和和谐的人生,与古代传统文化的浸润有关,更重要的是生活实践的陶冶。陶渊明表现的对自由、自然、和谐的人生的追求,具有深远、永久的意义。

在晋宋之际的文人当中,陶渊明诗文的内容是非常丰富的。他的作品通过叙写自我、人事和自然景物,表现了他对人生和宇宙的整体感悟和思索,其中最重要的是对自由、自然和和谐的人生的追求和赞颂。他的作品的许多内容都与此有关。

一

陶渊明"少无适俗韵"(《归园田居》五首其一),"弱龄寄事外,委怀在琴书"(《始作镇军参军经曲阿》)。有一种不受世俗所羁、爱好自由的本性。后来他三次出仕,固然与他追求有为之域有关,与他对官场还缺乏认识有关,但也是为生活所迫。自由是有条件的，通常必须以生存为前提。陶渊明"家贫，耕植不足以自给"(《归去来兮辞》)。为了生活，他不得不出仕，其内在的驱动力当蕴涵着对自由的追求。陶渊明在《饮酒》二十首其十九中回忆自己出仕时的心情说：

畴昔苦长饥，投耒去学仕。将养不得节，冻馁固缠己。是时向立年，志意多所耻。遂尽介然分，终死归田里。

又《饮酒》其十说：

此行谁使然？似为饥所驱。倾身求一饱，少许便有馀。恐此非名计，息驾归闲居。

看来陶渊明的出仕主要是为"穷苦"所迫。他打算出仕以后，一旦稍为宽裕，就要辞官归田。当他离家进入官场以后，他深切地感到作官使自己失去了自由。他在《始作镇军参军经曲阿》中写自己赴京任职时的情景是：

目倦川途异，心念山泽居。

在《归园田居》五首其一中，他把自己进入官场看成是"误落尘网中"，把自己做官比作失去"旧林"的"羁鸟"和离开"故渊"的"池鱼"。而这些都是他在官场中生活了一段时间以后才会有的深切的体验。一个人只有当他失去了自由以后，才会真正地体会到自由是多么重要！"抛却微官百自由，应无一事挂心头。"[①]为了得到自由，陶渊明最终退出了官场，走上了一条归田躬耕的生活道路。过去有一些论著认为，陶渊明的辞官归田是一种有意的政治行为。其实从他的经历和作品中很难找到这方面确凿的证据。陶渊明的辞官归田，与其说是出自政治上的考虑，倒不如说是为了追求自由更为准确些。陶渊明归田躬耕的生活，尽管有时相当艰辛，有饥寒的煎熬，有灾难的袭击，但因为他解除了官场的羁轭，心不再为形所役，所以获得了很大的自由。陶渊明之前的大多数文人对统治者有很大的依附性。他们或是为了生活，或是为了仕进，不得不仰赖统治者的保护和支持。这种依附性，常常迫使文人与统治者要保持一致，很少有个人的自由。陶渊明辞官以后，依靠自己的田产和劳动，尽管有时相当贫困，但还可以生活下去。他不再依附官场和统治者。他得到了过去许多文人想得到但没有得到的自由。他有不少田园诗，从不同的角度描绘了自己自由的天地，表现了诗人热爱自由、追求自由的情思：

---

① 王若虚:《题陶渊明归去来图》,见《闲闲老人滏水文集》卷四十五,《四部丛刊》影印汲古阁抄本。

户庭无杂尘，虚室有馀闲。(《归园田居》五首其一)

野外罕人事，穷巷寡轮鞅。白日掩荆扉，虚室绝尘想。(同上，其二)

息交游闲业，卧起弄书琴……春秫作美酒，酒熟吾自斟。(《饮酒》二十首其五)

上面这些诗句，写退避官场后的余闲，写脱离尘世的恬静，写玩赏琴书和酒熟自斟的逸趣，都表现了诗人在平凡的田园生活中所得到的自由，表现了诗人在挣脱了官场的束缚之后，找回了曾经被扭曲的自我。

陶渊明"一生都是为精神生活的自由而奋斗"[①]。为了自由，陶渊明在有与无、人与物、心与形之间，执著追求的是空无，是不为物累和心闲。《归园田居》五首其四写道：

一世异朝市，此语真不虚。人生似幻化，终当归空无。

在陶渊明看来，一切都在变化。人生如同梦幻，也在不断地变化，由生至死是不可避免的，变化的最终结果是空无。人生是这样，其他如名利之类，何尝不是如此。"去去百年外，身名同翳如"(《和刘柴桑》)。"匪贵前誉，孰重后歌"(《自祭文》)。陶渊明对待名利，诚如方宗诚在《陶诗真诠》中所云：真乃"利念名念扫除净尽"。很清楚，对于有与无，陶渊明崇尚的是虚无。局于有，人们容易受到拘执，身心会套上许多绳索，而崇尚空无，就会达观一些，内心就会适性自得，就会有更多的自由。陶渊明就是这样的一位诗人。

陶渊明也关心外物，不关心外物不可能生存，但他更重视内在精神上的自由。《饮酒》二十首其十四云：

不觉知有我，安知物为贵。

在《五柳先生传》中陶渊明又说自己"不慕荣利"，特别赞颂黔娄之妻"不戚戚于贫贱，不汲汲于富贵"的高尚品格。

陶渊明对于外物，对于自己的物质生活，往往可以忍受一些委屈，但对自己的精神生活却十分注意维护。陶渊明"陶然自得，未尝数数留意于外物"[②]。他不为物欲所羁鞅，对物质生活的要求很低。他食粗而不贪多求余：

园蔬有余滋，旧谷犹储今。营己良有极，过足非所钦。(《和郭主簿》二

---

① 梁启超：《陶渊明》。

② 陈模：《怀古录》卷上，清抄本。

首其一)

代耕本非望,所业在田桑。躬亲未曾替,寒馁常糟糠。岂期过满腹,但愿饱粳粮。(《杂诗》十二首其八)

他衣不嫌粗、不恨少:

披褐欣自得,屡空常晏如。(《始作镇军参军经曲阿》)

有时即使"短褐穿结"(《五柳先生传》)、"绨绤冬陈"(《自祭文》),也能安然处之。

他住"蓬庐"而不求广:

弊庐何必广,取足蔽床席。(《移居》二首其一)

倚南窗以寄傲,审容膝之易安。(《归去来兮辞》)

即使"环堵萧然,不蔽风日"(《五柳先生传》),他也能泰然处之,心安理得。

为了自由,陶渊明可以牺牲自己的物质利益。他辞官归田以后有时相当贫困,但他并不懊悔。"宁固空以济意,不委曲而累己。既轩冕之非荣,岂缊袍之为耻?"(《感士不遇赋》)弃官不易,固穷尤难,但陶渊明真的做到了。温汝能在《陶诗汇评》卷三中论陶渊明时指出:"世人惟知有我,故不能忘物,物我之见存,则动多拘忌矣。"陶渊明厌弃的、忘怀的是物欲,不考虑自己在物质生活上的得失,这就使他容易得到更多的自由。陶渊明对自己辞官躬耕的生活处境相当满足。对自己生活处境满足的人,贫困也能使他感到自由。陶渊明就是这样。

形体和心灵,两者既有联系又有区别,也是人们常常关注的重要问题。对此,陶渊明也有自己独特的感悟和思考:

总发抱孤介,奄出四十年。形迹凭化迁,灵府长独闲。(《戊申岁六月中遇火》)

这里的"形迹",指的是人的形骸,"灵府"指的是人的心神。在陶渊明看来,人的形骸,自己不能左右,在不断地变化,而人的心神则能由自己主宰,能够保持不变:"形骸久已化,心在复何言"(《连雨独饮》)。在心神上,陶渊明注重追求的是恬泰闲静。这一点,他在《自祭文》中有明显的坦露:

欣以素牍,和以七弦。冬曝其日,夏濯其泉。勤靡馀劳,心有常闲。

人生在世,能真正做到"心有常闲",谈何容易!陶渊明也并不例外。他有时也不得不为自己的形骸所限,这也给他带来了伤感。在《归去来兮辞》中,他懊悔自己以前为了免除"饥冻",为了"口腹","尝从人事",以致"心为形役"。但这对陶渊明来说，毕竟是短暂的。陶渊明的过人之处，在于平时不像一般人那样过分注重自己的形骸，他倾心追求的是心神的“长独闲”。这样，他就在很大程度上达到了处变如常、遇忧不忧，能泰然地去对待一切的自由的境界。

值得我们重视的是，陶渊明尽管一生都在追求自由，把自由作为自己的终极关怀，但他崇尚道德，不放纵。他的自由伴随着道德理想，受到了传统的以儒家为代表的伦理规范的制约。这在他的诗文中多有抒发。《祭从弟敬远文》云：

念彼昔日，同房之欢。冬无缊褐，夏渴瓢箪。相将以道，相开以颜。岂不多乏，忽忘饥寒。

《咏贫士》七首其五云：

刍藁有常温，采莒足朝餐。岂不实辛苦，所惧非饥寒。贫富常交战，道胜无戚颜。

其六云：

介然安其业，所乐非穷通。

《感士不遇赋》云：

原百行之攸贵，莫为善之可娱……独祗修以自勤，岂三省之或废。庶进德以及时，时既至而不惠。

从上面摘引的诗文可以看出，遭遇饥寒，面对着贫富和穷通，陶渊明之所以能保持一种自由的心态，主要是由于他恪守着一种道义，而且把恪守道义和“为善”视为人生最贵重、最快乐的事情。正是这种把自由与道德结合在一起的可贵的情操，使陶渊明既张扬了自由的建设性，又避免了由于片面地去追求自由而带来的破坏性，做到了“从心所欲，不逾矩”[①]。魏晋的许多文人追求摆脱缠缚，但不太注重立德为善。在这一点上，陶渊明和他们相比，有很大的超越。

从个体来说，自由是一种个人行为。但自由又不是孤立的，它应当以尊重他人、承认他人的自由为前提。在这方面，陶渊明也有值得我们称道之处。比较明显的一个例证，是他能够正确地对待一些出仕为官的人。如前所述，陶渊明自己厌恶官场，但他对那些与自己有来往但志趣不同、身为官宦的士人，能够理解，能够尊重他们的选择，尊重他们出仕的自由。《酬丁柴桑》写出了他对姓丁的柴桑县令的赞美和深情厚谊：

---

① 《论语·为政》。

有客有客，爰来宦止。秉直司聪，惠于百里。餐胜如归，聆善若始。匪惟也谐，屡有良游。载言载眺，以写我忧。放欢一遇，既醉还休。实欣心期，方从我游。

《答庞参军》表现了他与庞参军笃挚的交情：

伊余怀人，欣德孜孜。我有旨酒，与汝乐之。乃陈好言，乃著新诗。一日不见，如何不思。

在陶渊明之前之后，有些文人在追求自由的时候，往往拘于一己的考虑，很少想到世事和自己的责任。陶渊明则不同。他重视自由，但并没有忘怀世事和放弃责任。他关心政事。鲁迅先生说："《陶集》里有《述酒》一篇，是说当时政治的。这样看来，可见他于世事也并没有遗忘和冷淡。"[①]陶渊明注意教育后代。《命子诗》云：

日居月诸，渐免于孩。福不虚至，祸亦易来。夙兴夜寐，愿尔斯才。

在《责子》一诗中，陶渊明对自己的五个儿子惰学无术，深为叹息。杜甫曾讥嘲陶渊明说："有子贤与愚，何其挂怀抱！"[②]其实陶渊明不能忘怀自己的儿子，不仅表现了陶渊明的慈祥之情，还反映了他对自己的儿子有一种责任感。

自由作为一种历史现象，它是具体的、发展的，不同时期有不同的内涵，是永远不会完全相同的。陶渊明所追求的自由，只能是古代的朴素的自由，带有自在的性质。这种自由使人不再成为统治者、社会集团和他人的工具；这种自由使人能保持自己的尊严、志向和爱好，有助于弘扬人的主体性，有助于唤醒人们去寻求不受压抑的生存方式；这种自由不是像庄子所宣扬的那样去追求"乘云气，御飞龙，而游乎四海之外"[③]，而是置身于现实生活之中。当然，由于陶渊明生活时代的局限，真正的个体还没有形成，陶渊明对自由的认识是不全面的。他追求的自由带有明哲保身的特点，他不想为自由毁灭自己，进而走向崇高。自由原本是和斗争相伴的，追求自由的热忱与斗争精神密切相关。但陶渊明主要是以退避求自由。这种退避虽然避免了偏激，但在客观上容易导致社会的萎缩，会不自觉地帮助那些侵犯他人自由的罪人。我们这样说，并不是苛求陶渊明，而是要超越

---

① 《魏晋风度及文章与药及酒之关系》，见《鲁迅论中国古典文学》，第196～212页。

② 杜甫：《遣兴》五首其三，见仇兆鳌《杜诗详注》卷七，中华书局1979年10月第1版。

③ 《庄子·逍遥游》，《诸子集成》本。

历史，要超越陶渊明。

二

卢梭在名著《社会契约论》中说："人生下来是自由的，可是处处受到束缚。"[1]我国古代的不少文人倾心追求自由，但是在社会现实中，由于多方面条件的限制，许多人为生活所迫，礼法繁苛，功名羁束，实际上拥有的自由是十分有限的。因此他们当中，有些人在追求自由的同时，往往把向往自然的生活作为自由的补充和对自由的肯定。在这方面，陶渊明既有继承，又有发展。陶渊明的不少作品，从不同的角度表现了他对自然生活的追求和赞颂。他有时在作品中直接使用"自然"一词，但更多的是蕴涵在作品的内容里面。

陶渊明说自己"质性自然，非矫厉所得"(《归去来兮辞序》)，又说自己"少无适俗韵，性本爱丘山"。看来陶渊明从少年时就有一种随顺自然和热爱自然山水的质性，而不是像一些人那样故意把自然作为自己生活的原则。一个人少年时的质性，常常会影响他的一生。后来由于生活的逼迫和入世思想的驱动，陶渊明离开了自然山水、告别了自然的生活，进入了官场。陶渊明出仕以后，形体尽管在官场，但内心却在不断地思念自然的生活，为自己的自然之性受到扭曲而感到惭愧。《乙巳岁三月为建威参军使都经钱溪》说：

> 伊余何为者，勉励从此役。一形似有制，素襟不可易。园田日梦想，安得久离析。

又《始作镇军参军经曲阿》云：

> 望云惭高鸟，临水愧游鱼。真想初在襟，谁谓形迹拘。聊且凭化迁，终返班生庐。

上面诗中所说的"素襟"和"真想"的含义与自然相近。看来陶渊明在官场时，也念念不忘自己的自然之性，也不想改变自己的自然之性。陶渊明归田以后，尽管思想感情常有矛盾，也有这样或那样的烦扰，但他一直在努力保持自己的自然之性。这在《饮酒》二十首其九中有所形绘：

> 清晨闻扣门，倒裳往自开。问子为谁欤？田父有好怀。壶浆远见候，疑我与时乖。褴褛茅檐下，未足为高栖。一世皆尚同，愿君汩其泥。深感父老

---

① 转引自《西方哲学原著选读》下卷，商务印书馆1982年5月第1版，第66页。

言，禀气寡所谐。纡辔诚可学，违己讵非迷！且共欢此饮，吾驾不可回。

陶渊明辞官归田以后，好心的田父怪他不合时宜，劝他出仕。但是他斩钉截铁地谢绝了。他认为自己“禀气寡所谐”，出仕是“违己”的。他所谓的“禀气寡所谐”指的就是上面所说的“质性自然”和“少无适俗韵”。所谓“违己”，是说出仕是违背自己的“质性自然”。“违己”之痛，甚于一切。为了保持自己的自然之性，陶渊明主张“抱朴守静”，认为这是“君子之笃素”(《感士不遇赋》)。“朴”和“静”都是《老子》中常用的概念。《老子》十九章：“见素抱朴。”“朴”指人未受到圣智、仁义和巧利影响的质朴的本性。《老子》十六章：“守静笃。”“夫物芸芸，各复归其根。归根曰静。”“静”是万物未经扰动的本然状态。陶渊明认为，只要“抱朴守静”，人就不会受到世俗的浸染，就不会失去自然的本性。

与保持自己的自然之性相联系的是，陶渊明一直热爱自然之景，而且饱含感情地去描写自然之景。这是他的自然之性的一种表现，一种折光。陶渊明“超然物表，遇境成趣，不必泉石是娱、烟霞是托耳”①。陶渊明田园周围的“南山”、“平泽”、“斜川”、“山涧”等自然山水，“秋菊”、“青松”、“幽兰”、“林竹”等花草树木，“余霭”、“微霄”、“泠风”、“微雨”、“冬雪”等常见的天文景象，都是他所热爱的，都被诗化了，被他随时写进了诗文里，都变美了。他对诸如“方宅十馀亩，草屋八九间。榆柳阴后檐，桃李罗堂前。暧暧远人村，依依墟里烟。狗吠深巷中，鸡鸣桑树颠”(《归园田居》五首其一)，“桑麻日已长，我土日已广”(同上其二)等带有人迹化的田园风物，是那样的亲切，是那样的充满着喜爱之情。山水等自然景象，田园中的许多风物，使他陶醉，给他带来了在官场中不可能有的审美愉悦。

陶渊明是一位富于哲理的诗人。他对自然生活的追求还有一个突出的表现，就是遇事注重遵从自然之理。在陶渊明那里，有生存的压力，也有文化的压力。这些压力使他内心常常有许多矛盾。诸如现实与理想、出与处、生与死等矛盾，常常使他感到痛苦。为了解除自己的痛苦，他最终往往借助于自然之理。这在他有关生死内容的诗文中有许多明显的叙写。陶渊明对生死问题非常敏感。生死问题是陶渊明经常思索和咏唱的一个重要内容。在陶渊明的诗文中，涉及

① 许学夷：《诗源辨体》卷六，杜维沫校点，人民文学出版社1987年10月第1版。

生死内容的作品占的比例相当大[①]。在他的作品中我们常常能够看到关于生死问题的对话：

天地长不没，山川无改时。草木得常理，霜露荣悴之。谓人最灵智，独复不如兹！适见在世中，奄去无归期。（《形影神·形赠影》）

宇宙一何悠，人生少至百。（《饮酒》二十首其十五）

一生复能几，倏如电流惊。（同上其三）

老少同一死，贤愚无复数。（《形影神·神释》）

陶渊明不相信神仙不死的说法：

运生会归尽，终古谓之然。世间有松乔，于今定何间？（《连雨独饮》）

他也怀疑善恶有报的观念。《饮酒》二十首其二云：

积善云有报，夷叔在西山。善恶苟不应，何事空立言！

他也不认为"仁者必寿"（《晋故征西大将军长史孟府君传》）。

陶渊明基于对宇宙运行自然现象的认识，知道宇宙无穷、人生有限，懂得由生至死是自然而然的变化[②]，不管是谁，都无法违背。陶渊明的这种人生必死、寿命有限的认识和感慨，随着年渐衰老，变得尤为深重：

悲日月之遂往，悼吾年之不留。（《游斜川》）

气力渐衰损，转觉日不如。壑舟无须臾，引我不得住。前途当几许，未知止泊处。古人惜寸阴，念此使人惧。（《杂诗》十二首其五）

日月不肯迟，四时相催迫。寒风拂枯条，落叶掩长陌。弱质与运颓，玄鬓早已白。（《杂诗》二十首其七）

人生本来是有限的，但在这有限的人生当中，陶渊明还常常感到"人生实难"（《自祭文》），感到人生是那样的漂泊不定和盛衰无常：

人生无根蒂，飘若陌上尘。分散逐风转，此亦非常身。（《杂诗》十二首其一）

荣华难久居，盛衰不可量。（《杂诗》二十首其三）

衰荣无定在，彼此更共之……寒暑有代谢，人道每如兹。（《饮酒》二十

---

① 今存陶渊明的作品中，涉及生命的作品的数量如下：诗歌46首，占诗歌总数的37%；辞赋3篇，占100%；文6篇，占67%。

② 陶渊明常常把死亡看成是一种自然变化。如《饮酒》二十首其十一："客养千金躯，临化消其宝。"《还旧居》："常恐大化尽，气力不及衰。"《自祭文》："余今斯化，可以无恨。"

首其一)

面对生命的短暂、“人生实难”和荣衰的难以估量,陶渊明内心深处往往充满着复杂的思想感情。他有时希望长寿:

在世无所须,唯酒与长年。(《读山海经》十三首其五)

更多的时候是焦虑和忧伤:

万化相寻绎,人生岂不劳。从古皆有没,念之中心焦。(《己酉岁九月九日》)

民生鲜长在,矧伊愁苦缠。(《岁暮和张常侍》)

陶渊明热爱生命,珍惜时日,有时想用有限的生命有所作为:

忆我少壮时,无乐自欣豫。猛志逸四海,骞翮思远翥。(《杂诗》十二首其五)

先师遗训,余岂之坠。四十无闻,斯不足畏。脂我名车,策我名骥。千里虽遥,孰敢不至!(《荣木》)

当他想到自己的志向得不到施展时,内心又十分痛苦:

日月掷人去,有志不获骋。念此怀悲凄,终晓不能静。(《杂诗》十二首其二)

陶渊明有时也感到人生如梦,不应为世事所束缚:

吾生梦幻间,何事绁尘羁。(《饮酒》二十首其八)

有时他想及时行乐,借游赏、清歌和饮酒等来排遣生活的痛苦和死亡的忧伤:

今我不为乐,知有来岁不?命室携童弱,良日登远游。(《酬刘柴桑》)

感彼柏下人,安得不为欢!清歌散新声,绿酒开芳颜。(《诸人共游周家墓柏下》)

中觞纵遥情,忘彼千载忧。且极今朝乐,明日非所求。(《游斜川》)

用人生如梦、及时行乐去消解由于人生短暂和盛衰无常给人们带来的痛苦,这些也能使陶渊明心理平衡,但往往是短暂的,并不能使他从内心深处消除痛苦。拿饮酒来说,他知道饮酒可以忘怀一切,同时他也知道,饮酒是有害的:

日醉或能忘,将非促龄具?(《形影神·神释》)

看来要泰然地接受生命的有限性和生活的痛苦并非容易做到的事,但陶渊明在很大程度上做到了。对于容易使人感伤的人生问题,陶渊明不去追求神秘的或宗教的信仰,而是常常能机智地从各种感伤中把自己解放出来。这就是用自然之理、用委运任化的思想来对待人生：

甚念伤吾生，正宜委运去。纵浪大化中，不喜亦不惧。应尽便须尽，无复独多虑。（《形影神·神释》）

穷通靡攸虑，憔悴由化迁。（《岁暮和张常侍》）

寓形宇内复几时，曷不委心任去留……聊乘化以归尽，乐夫天命复奚疑！（《归去来兮辞》）

乐天委分，以至百年。（《自祭文》）

上面这些诗文表明，陶渊明对生死问题，最终是落实到随顺自然上。这样他就把自己送给了自然，能自觉地对待死亡，把自己同自然圆融为一。正是这种生命意识，涵养着陶渊明的精神，使他看透生死，能亲手打开死亡的大门，安然地走进去，摆脱了死亡带来的恐惧和烦恼，缓解了他的人生悲剧感；使他不为生死而求仙、而佞佛，能抓住人生有限的时间，过一种比较自然的生活；使他"于死生祸福之际，平日看得雪亮，临时方能处之泰然，与强自排解、貌为旷达者，不啻有霄壤之隔"[①]。"俗网易脱，死关难避。"[②]人生在世，许多人难以正确面对生死问题，诚如王守仁所说：人"于一切声利嗜好俱能脱落殆尽，尚有一种生死念头毫发挂带"，因为"人与生死念头，本从生身命根上带来，故不易去"[③]。但是陶渊明用自然之理，在相当大的程度上做到了。

陶渊明顺从自然之理、委运任化的生命意识，有其容易为人们所接受的因素。本来人们生活在自然界和社会上，经常会遇到一些不可逆性、偶然性的问题，有序与无序、确定性与随机性常常交织在一起，千变万化。面对这些，人们常常有另外的思考，就是不再把世界看成完全是必然的、有序的，是完全可以预测和控制的。拿一个人的生命来说，死亡是必然的、具体的，但何时死亡，以何种形式死亡，又是难以预知的。从这一角度来分析，陶渊明的遵从自然之理，蕴涵着合理的成分。它表现了汉末以来伴随着人的觉醒、人的自我意识的不断深化，人们愈来愈认识到人的生命是一个自然的过程，是最重要的实在，表现了有识之士对神学迷信和功名利禄的否定，说明人们不再把死亡臆想为外在的某些力量能

---

① 钟秀：《陶靖节记事诗品》卷二《宁静》，清刻本（下引此书，版本均同）。

② 黄文焕：《陶诗析义》卷二，明刻本。

③ 王守仁：《传习录》下，见《王阳明全集》上册，上海古籍出版社 1992 年 12 月第 1 版，第 108 页。

够主宰和肆意干预的结果。这些都有助于人们拓展胸襟,能够达观地去对待生死问题。另一方面,如果拘于这种顺从自然、委运任化的生命意识,又有消极的作用。因为它不再注重人的主观能动作用,它蕴涵着一种个体的无所为思想和人生价值的虚无,在一定程度上它把个人的存在同历史和现实割裂开来。人的社会责任、人的创造和进取精神都被取消了。如果仅从这方面来看,陶渊明的委运任化的生命意识,确有负面的影响。但综观陶渊明的诗文,不难发现,陶渊明又没有完全拘于这种委运任化的思想。如上所述,陶渊明重道义,有责任感,有时也强调人为:"贞脆由人,祸福无门。匪道何依,匪善何亲"(《荣木》)。因此,应当说陶渊明追求的自然是蕴涵道义的自然,是有别于庄子所宣扬的自然,也是有别于曹魏和西晋时期一些名士所追求的自然。他们所宣扬和追求的自然,导致的是荡弛不实和道义的消解,结果往往是承化漂泊而无所归宿。

和一般的文人不同,陶渊明在追求自然生活时,能把勤勉劳动作为自然生活的基础。陶渊明之前,鄙视劳动,不事稼穑,几乎成了统治者和士大夫的普遍观念。而陶渊明一反旧的观念,认为人生在世,首先要有衣食。他在《劝农》一诗中说:

远若周典,八政始食。

《尚书·洪范》说:"八政:一曰食,二曰货,三曰祀,四曰司空,五曰司徒,六曰司寇,七曰宾,八曰师。"《汉书·王莽传中》说:"民以食为命,以货为资,是以八政以食为首。"而衣食的解决,只能依靠劳动。这一点,陶渊明有非常清楚的认识:

人生归有道,衣食固其端。孰是都不营,而以求自安!(《庚戌岁九月中于西田获早稻》)

民生在勤,勤则不匮。(《劝农》)

为了强调劳动的重要,陶渊明在《劝农》中特别颂扬了古代圣哲和农民重农耕种之事:

悠悠上古,厥初生民。傲然自足,抱朴含真。智巧既萌,资贷靡因。谁其赡之?实赖哲人。哲人伊何?时惟后稷。赡之伊何?实曰播植。舜既躬耕,禹亦稼穑。……纷纷士女,趋时竞逐。桑妇宵兴,农夫野宿。……冀缺携俪,沮溺结耦。相彼贤达,犹勤垄亩。矧伊众庶,曳裾拱手!

天道酬勤,农民与土地相结合,参加劳动,自食其力,本是自然之事。而人们一旦参加了劳动,与土地亲和,沐浴田园之风光,吸取土地之芬芳,就会领悟到更多的自然的情趣。陶渊明正是这样：

秉耒欢时务，解颜劝农人。平畴交远风，良苗亦怀新。（《癸卯岁始春怀古田舍》二首其二）

亲近土地，躬耕田园，陶渊明感到辛苦，也感到"即事多所欣"，有许多乐趣。他希望"长吟掩柴门，聊为垄亩民"（《癸卯岁始春怀古田舍》二首其二）。梁启超先生说：陶渊明的"快乐不是从安逸得来，完全从勤劳得来"[①]。他的见解是非常精辟的。陶渊明把追求自然同劳动结合起来，这在我国古代是十分难得的。

追求自然原是人类带有普遍意义的一种情思，容易形成相对一致的审美倾向。陶渊明一方面追求自然，一方面又没有忘怀道义和劳动，"有及时自勉之心"[②]，这是他的出类拔萃之处。此外，自然本是老庄哲学的重要内容，魏晋的玄谈对自然多有论辩。到了陶渊明那里，主要不再是从哲学的角度去探析，而是结合自己的生活实践，用文学的形式，把这一哲学问题拉向了实际生活，赋予了审美情趣，引导人们面对社会的黑暗和人生中的其他难以解决的问题，能够以自然的心态，坦然处之。在古今中外，陶渊明追求的自然得到了那么多的知音，可能与这一点有密切关系。

三

陶渊明诗文中有关和谐的内容，大体表现在两方面：一是人与自然的和谐；二是人与人之间的和谐。

在我国古代文学史上，自先秦以来就有不少作品不同程度地涉及了人与自然的关系。如果概略地对这些作品加以分析，大体有三种类型：一是人对自然的借用；二是人与自然的对立；三是人与自然的和谐。综观陶渊明的诗文，可以发现，陶渊明对待自然，主要是着眼于自然景物的和谐与人和自然的和谐。

本来自然景物之间的相互关系，有平衡、和谐的一面，也有不平衡、不和谐的一面。全面地阅读陶渊明的作品，可以看到，他所关注和热爱的自然景物多带有平衡、和谐的特点：

微雨从东来，好风与之俱。（《读山海经》十三首其一）

---

① 梁启超：《陶渊明》。

② 钟秀：《陶靖节记事诗品》卷四。

采菊东篱下，悠然见南山。山气日夕佳，飞鸟相与还。(《饮酒》二十首其五)

风雪送馀运，无妨时已和。梅柳夹门植，一条有佳花。(《蜡日》)

微雨与好风相伴而来；夕阳下南山的佳气，相与还巢的飞鸟；风雪与时和，夹门植有梅柳，梅花在开放。这些写的都是平衡的、和谐的自然景象。与此相对照的是，陶渊明的作品中也写有对立的自然景象。如："寒气冒山泽，游云倏无依。洲渚四缅邈，风水互乖违。"(《于王抚军座送客》)写秋日凄厉萧瑟之景，借以表现送客时的离愁之情。但像上面这样对立的景物，在陶渊明的诗文中所占的比重不大。

对于上古时期，人与自然的关系，陶渊明特别赞赏的是它们之间的和谐：

辽辽沮溺，耦耕自欣。人鸟不骇，杂兽斯群。(《扇上画赞》)

上古的长沮、桀溺隐逸耕种，同鸟儿在一起，鸟儿不为之惊，和杂兽相遇，杂兽不想离去。一副人与自然多么和谐的景象！

在陶渊明的心目中，自然景物同自己一样都是有生命的。他在观赏和叙写山水自然时，如法国著名诗人保尔·瓦雷里所说，能"把自己混同自然，变成其中的一部分"①。《时运并序》云：

《时运》，游暮春也。春服既成，景物斯和，偶影独游，欣慨交心。

迈迈时运，穆穆良朝。袭我春服，薄言东郊。山涤馀霭，宇暧微霄。有风自南，翼彼新苗。

暮春佳日，身着春服，到郊外游赏。看到山上留下来的云雾像被洗涤过一样，天空中还有淡淡的云气。南风轻吹，新苗像鸟儿的翅膀在飞动。诗人欣慨的心情和春天和美的景物完全融合在一起了。《归去来兮辞》云：

策扶老以流憩，时矫首而遐观。云无心以出岫，鸟倦飞而知还。

诗人拄着手杖流连休憩，时时仰头远望。看到云无心从山中飘出，鸟飞疲倦了知道归还。这里毫不在意的云和倦飞知还的鸟，已不是外在于诗人的景物了，而是同诗人当时休闲、自由的心境完全同化了。《与子俨等疏》云：

见树木交荫，时鸟变声，亦复欢然有喜。

---

① 引自宋柏年主编《中国古典文学在国外》，北京语言学院出版社 1994 年第 1 版(下引此书，版本均同)，第 111 页。

树木茂密，枝叶相交成荫，不同时节有不同的鸟声，所见所闻，使诗人十分欣喜。上面这些都是陶渊明辞官归田以后所体悟的和描绘的自然山水。由此可以看到，陶渊明是以自己的生命去体认自然山水的生命的。在这里，自然山水和人的思想情感是互动的。由物及心，我化于物；由心及物，物化于我。景趣两忘，两方面达到了一种和谐混化、融溶一体、归于本真的审美境界。在陶渊明的诗文中，这种境界随时而异、伴物而迁，具有多样的、丰富的内容。它不只表现在现实之中，也反映在桃花源之中。在桃花源那里：

> 土地平旷，屋舍俨然。有良田、美地、桑竹之属。阡陌交通，鸡犬相闻。其中往来种作，男女衣著，悉如外人。黄发垂髫，并怡然自乐。（《桃花源记》）

桃花源是陶渊明创造的自然与勤劳的人们和谐共处的理想世界。在桃花源里，土地平坦宽广，房屋排列整齐，有肥沃的田地、美好的池塘、繁茂的桑树和竹林。田间小路纵横交错，鸡鸣狗吠，村舍间都能听到。人们在里面往来种作，老人小孩都十分快乐。在桃花源里，人与自然景物和带有人迹化的自然景物相亲相和。自然景物是质朴的，人是质朴的。自然景物、生产生活和民俗人情，是那样的纯真，是那样的和谐。

在陶渊明之前，曾有不少文人想达到人与自然的和谐这种境界，但他们没有达到。到了陶渊明，才在很大程度上达到了。这是一个大的进步。它表示人生与自然的对立解除了，自然被人的精神提高升华了，人生也成了自然的人生。这一进步有时代的、历史的原因，也与陶渊明归田躬耕的生活实践和淳真的襟怀密不可分。陶渊明从小生长在农村，辞官归田以后，又长期耕种自资，他的耕种不是受奴役的强迫劳动，而大多是自由和自觉的。他对自然景物和田园风物有深切的感悟，有淳厚的情感。苏轼在《东坡题跋》中评陶渊明“平畴交远风，良苗亦怀新”两句诗时说：“非古之耦耕植杖者，不能道此语；非余之世农，亦不能识此语之妙者。”苏轼所说，抓住了陶渊明躬耕这一重要实践根基。正是由于躬耕，才使陶渊明能把平时自己所见和所感的有关自然与人的和谐，真切地写进自己的诗文里。作为客观的自然景物，尽管无私地展现在人们的面前，但对襟怀存有渣滓的人是有间隔的，甚至是对立的。自然景物只对那些人格高洁、崇尚真实、心地纯粹闲静的人，才会泄露自己的秘密，才会表现出亲和的态度。而陶渊明胸无渣滓，心地真淳，甘于寂寞，正好具备了上述条件。

在人与人的关系上，陶渊明向往的也是和谐。这一点，清人钟秀早就有所揭橥："陶公所以异于晋人者，全在有人我一体之量。"[①]陶渊明认为，在上古时期，人与人之间是和谐的。后来，这种和谐生活被破坏了，随之而来的是猜疑和诋毁。《读史述九章·屈贾》云：

如彼稷契，孰不愿之？嗟乎二贤，逢世多疑。

《咏贫士》其三云：

重华去我久，贫士世相寻。

稷和契是尧时的重臣，舜继尧位以后仍信用他们。舜信任臣，臣忠于君。君臣不疑，彼此是一种和谐相处的人际关系。舜时也没有贫士。但是后来的屈原和贾谊，逢世多难，受到了谗毁和猜忌。为了寻找失去的和谐的生活，陶渊明一方面经常向后看，一方面倾心现实中的田园生活。当他向后看时，常常由衷地怀念古代人们之间的那种和谐的生活。《感士不遇赋》云：

兹大块之受气，何斯人之独灵！禀神智以藏照，秉三五而垂名。或击壤以自欢，或大济于苍生；靡潜跃之非分，常傲然以称情。世流浪而遂徂，物群分以相形。密网裁而鱼骇，宏罗制而鸟惊。……士之不遇，已不在炎帝帝魁之世。

陶渊明认为，人为万物之灵。远古的人们禀有神明智慧，靠正道和仁义等而成名。那时，不论是作官，还是为民，都能够保持自己的本分，过着一种自足称心的生活。后来时世动荡，社会退化，人区分为等级，有了严密而宏大的法网。人们惊恐不安，不再有和谐的生活了。士人也不再受到知遇。马璞《陶诗本义》卷四说："渊明一生心事，总在'黄唐莫逮'。"陶渊明自己也说："愚生三季后，慨然念黄虞。"(《赠羊长史》)陶渊明对上古人与人和谐生活的向往，在《桃花源记并诗》中也有明显的表现。在这篇作品中，陶渊明用虚幻的形式表现了秦末大乱以后，在社会上失去的人与人之间的和谐生活，却仍然保留在桃花源里。在桃花源里，有异于社会现实之境："春蚕收长丝，秋熟靡王税"，人们没有格外的负担，也不存在人剥削人的现象。在桃花源里，人们"相命肆农耕，日入从所憩"，没有等级，不见干戈，宁静太平，人人参加劳动，个个按时休息。在桃花源里，"童孺纵行歌，斑白欢游诣"，小孩和老人都能过着"怡然自乐"的美满生活。这篇作品中有否定文明

---

① 钟秀：《陶靖节记事诗品》卷四。

进步的内容，但牵动诗人情怀的是在古老的生活方式中蕴涵的那种和谐的生活，而这种生活正是陶渊明生活的社会所缺少的。这是人类对超越现实状况的理想的一种追求。它在引导人们超越现实、追求未来的发展过程中，有积极作用。古老的生活方式尽管是那样和谐，但它毕竟早已不复存在了。陶渊明生活在现实当中，他不得不回到现实中来。当他回到现实中时，特别是当他参加了田园劳动以后，尽管有时也感到孤独，但总的来看，他没有因为有时的孤独而高居人上，而是走向农民，尊重农民和亲近农民。陶渊明在田园生活中特别重视人与人之间的和谐关系。而对这种和谐的关系，他感到欣慰。这在他的诗歌中多有表现：

时复墟曲中，披草共来往。相见无杂言，但道桑麻长。（《归园田居》五首其二）

过门更相呼，有酒斟酌之。农务各自归，闲暇辄相思。相思则披衣，言笑无厌时。（《移居》二首其二）

耕种有时息，行者无问津。日入相与归，壶浆劳近邻。（《癸卯岁始春怀古田舍》二首其二）

这些诗句写诗人与农民经常往来，相见只谈农事；写诗人与农民过门相呼，一起饮酒，相思时就披衣相聚，言笑不止；写诗人劳动之余以酒慰劳近邻。这些都非常真切地表现了人与人之间的那种淳朴的、和谐的关系。而这些同当时官场上的争权夺利和尔虞我诈形成了鲜明的对照。陶渊明生活的农村，有灾难，有矛盾，也有痛苦，但陶渊明的作品却很少表现这方面的内容。过去有些论著，批评陶渊明的作品掩盖了当时农村的矛盾，粉饰了当时农村的生活。这种批评，不止有些苛求，同时也缺乏对陶渊明的深入理解。现实生活的内容是丰富的，也是复杂的。文人面对社会现实，应当允许他们有所侧重，有所选择。陶渊明生活在农村，留心的和特别注重表现的是当时农村中的一些美好的东西，是“农家乐”。而农村中融洽和谐的农家友情就是这方面的一个重要内容。陶渊明重视农村美好的东西，特别崇尚人与人之间的和谐，做到了脚踏实地，面向现实，注意在实践中追求人与人之间的和谐。但他又没有拘于现实，而是有理想，要超越。如果只拘于现实，缺乏理想，就会遗忘理想，弱化人们对理想的不断追求。同样，如果只有理想，不注意实践，就会把人们引向虚无缥缈的境地。陶渊明的可贵之处，就在于他能把理想同现实结合在一起。

陶渊明崇尚人与人之间的和谐生活，是有其生活根基的。陶渊明经历过官场生活。官场中森严的等级，彼此的虚伪和欺诈，使陶渊明深感失去人与人之间应有的和谐生活的痛苦。陶渊明辞官归田以后，长期生活在农村，与农民一起参加了劳动。前苏联汉学家艾德林称赞陶渊明"平易近人，总以与众人平等的身份出现"[①]。陶渊明能和蔼可亲地对待农民，农民也给了他许多温慰。他直接受到了农民的淳朴的美德和亲和的人际关系的影响。可以断定，如果没有生活实践的根基，陶渊明不可能那样重视人与人之间的和谐生活，不可能把人与人之间的和谐生活写得那样真切。从思想渊源上看，陶渊明崇尚人与人之间的和谐当是受到了来自多方面的人道思想的浸润，特别是受到了孔孟儒家仁爱和墨家兼爱思想的泽被。陶渊明《答庞参军》云：

人之所宝，尚或未珍。不有同爱，云胡以亲？

"同爱"是"人之所宝"。有了"同爱"，人与人之间才会亲和。正是基于这种"同爱"思想，陶渊明一再强调人们之间的兄弟关系。他在《杂诗》十二首其一中写道：

落地为兄弟，何必骨肉亲。

又在《与子俨等疏》中教导自己的儿子说：

然汝等虽不同生，当思四海皆兄弟之义。

陶渊明有过奴仆，但他不以主人的尊贵而鄙视地位低下的奴仆，要他的儿子善待奴仆。萧统《陶渊明传》载：陶渊明出任彭泽令，"不以家累自随，送一力给其子，书曰：'汝旦夕之费，自给为难，今遣此力，助汝薪水之劳。此亦人子也，可善遇之。'"对这件事，黄庭坚赞许说："此所谓临人而有父母之心者也。"[②]

仁爱是儒家最高的道德准则。从仁爱出发，儒家主张人与人之间应当和谐而相济。主张"四海之内，皆兄弟也"[③]。强调"君子和而不同，小人同而不和"[④]。"礼之用，和为贵"[⑤]。陶渊明在《咏贫士》其四中说：

朝与仁义生，夕死复何求！

颜延之《陶征士诔》赞美陶渊明"仁焉而终"。是的，仁义在陶渊明的思想中

---

① 引自宋柏年主编《中国古典文学在国外》，第108页。

② 《豫章黄先生文集》卷二十《解疑》，《四部丛刊》影印宋刊本。

③ 《论语·颜渊》。

④ 《论语·子路》。

⑤ 《论语·学而》。

占有极其重要的地位。泛爱群生，与人有情。陶渊明是把追求仁义作为自己的终极关怀。正是由于他能把古代的仁爱思想同他的生活实践加以融合，所以他才会那样崇尚人际之间的和谐，并且能够付诸实践。

人，不管是作为自然的人，还是作为社会的人，要生存，要发展，都离不开和谐。作为自然的人，只有与自然和谐相处，才能维持自己的生命。作为社会的人，相互需要，彼此服务，和合相处，这是人生的保证。尽管随着时间的流动，随着空间的变化，和谐表现出多样性，和谐的程度不同，但和谐这一原则是永恒的。从这一角度来分析，陶渊明诗文表现的对和谐的人生的追求，值得我们特别珍重。

为了叙述的方便，上面我们分别探讨了陶渊明诗文中对自由、自然、和谐人生的向往。实际上，陶渊明对自由、自然、和谐的追求是相互蕴涵、相互融合的，是一个整体，难以作细致的分辨。陶渊明诗文表现的内容是具体的，但它最终给我们的并不是支离破碎的片断，而是有深刻的整合性和连续性。它表现了陶渊明对人生中自由与束缚、自然与伪饰、和谐与对立的体悟和态度。陶渊明作品的重要意义在此，它的生命也在此。

表现人生是文学的永恒主题。人生是丰富的、多样的。自由、自然、和谐是人生的重要内容。陶渊明以独特的、富有创造性的诗文表现了晋宋之际一个知识分子对自由、自然、和谐人生的感悟和思索。陶渊明表现这些时，立足于现实生活实践，而不是超越现实；是用平凡的生活、以一个普通人的身份自抒胸臆和同他人进行平等的对话，而不是居高临下盛气凌人；是用质朴的语言，把形象、情趣和哲理融合在一起，而不是单单地着意于某一方面。正是由于上述多方面的原因，陶渊明的诗文，有助于我们体味人生珍贵的东西。人们朦胧而模糊地感到人生应当具有的自由、自然、和谐，经陶渊明的表现变得具体而明亮了，变得富有审美意味了。

自由、自然、和谐植根于人们的灵魂，是整个人类所期望的，是人们长期积累和坚持的精神追求。它们具有广泛的社会意义、哲理意义和心理意义。陶渊明的诗文表现的这些内容，有时代的印记，也有超时代的、普遍的和永久的意义。未来的社会，人们随着科技水平的发展和现代化的进升，一方面会从繁重的劳动中解放出来，能有更多的闲暇。人们会用这些闲暇去发展自我、完善自我，会享有更多的自由、自然的生活，会不断地提高人与自然、人与人之间和谐相处的水平。另一方面,科技发展总的趋势是化多为一、由繁到简,使人的活动方式不断地物化、工具化,人的精神生活会变得比较单调、比较贫乏和空虚,人们追求自由、自然、和谐的心态会淡化。上述两方面的情况都需要像陶渊明诗文这样的作品来作为补偿。从这一角度来思考,陶渊明诗文表现的对自由、自然和和谐生活的追求,始终是人们向往的理想境界,具有永久的魅力。

陶渊明的文艺思想

陶渊明的文艺思想，散见在他的一些诗文的片断中，这些片断直接谈到了文艺；另外，还体现在他的创作上。文艺思想和文艺创作，虽然是两种表现形态，但二者毕竟是相通的。

一

言志抒情是我国古代文艺思想中的一个重要问题。陶渊明对这一问题极为关注，发表了不少有关这方面的见解：

常著文章自娱，颇示己志。（《五柳先生传》）

伊怀难具道，为君作此诗。（《拟古》九首其六）

夫导达意气，其惟文乎？（《感士不遇赋》）

陶渊明在上面的言论中，虽然没有使用言志抒情这样的词语，但他所说的“示己志”、道怀和“导达意气”等，其基本含义和言志抒情是一致的，只不过是用语不同而已。

陶渊明在自己的创作实践中，始终坚持了言志抒情这一宗旨。陶渊明诗文的内容是非常丰富的，他写这些内容，都是为了寄怀示志，都是有所感而发。

陶渊明有不少诗文是触物寄怀的。在陶渊明的生活中，日月风雪，雨露云烟，山水田园，泉声鸟鸣，松菊桃柳，常常使他触目兴情，而且“情随万化移”（《于王抚军坐送客》）。心与物感，不吐不快，于是他写下了不少著名的诗篇。《时运序》云：

《时运》，游暮春也。春服既成，景物斯和，偶影独游，欣慨交心。

暮春三月，诗人身着春服，面对和美的景物，一人独游，有欣喜，也有慨叹，因而写下了这首述欣寄慨、寓意深远的篇章。春天的景象使他“欣慨交心”，吟咏成篇，而秋天的物色，也常常触发他的情怀，使他写成了一些佳作。《九日闲居序》云：“余闲居，爱重九之名。秋菊盈园，而持醪靡由。空服九华，寄怀于言。”诗又云：“敛襟独闲谣，缅焉起深情。”从这首诗的序文和诗中的“敛襟”二句来看，诗人写《九日闲居》，完全是为了寄托自己的胸怀，是为了抒写面对“秋菊满园”而引发出的“深情”。日月的运行，时光的流逝，常常引起陶渊明的感慨，他有不少诗篇是与此有关的。《游斜川序》云：

> 辛酉正月五日，天气澄和，风物闲美。与二三邻曲，同游斜川。临长流，望曾城。鲂鲤跃鳞于将夕，水鸥乘和以翻飞。彼南阜者，名实旧矣，不复乃为嗟叹。若夫曾城，傍无依接，独秀中皋。遥想灵山，有爱嘉名。欣对不足，率共赋诗。悲日月之遂往，悼吾年之不留。

诗人游斜川，遥望曾城山。眼前的景物，曾城的嘉名，深深地感动了他。他欣喜，同时又为时光的流逝而悲伤。他为了抒发自己的欣喜和悲伤，于是很快地写成了这首诗。

触物寄怀是我国古代诗歌的一个传统，在陶渊明之前，不少文人对此有明确的认识，也有不少作品属于这一类型。陶渊明继承了这一传统，同时又有自己的特点。这一特点的主要表现是：陶渊明对外在的景物，往往持有一种既留心而又无心的超然态度。在陶渊明那里，作为主观的情志和作为客观的景物，不是简单的单向的流动，而是双向感触，互相交融。试想陶渊明的“春秋多佳日，登高赋新诗”（《移居》二首其二），“登东皋以舒啸，临清流而赋诗”（《归去来兮辞》）的写作境况，试想陶渊明的“采菊东篱下，悠然见南山”（《饮酒》二十首其五）的悠然有会，是景物首先触动了诗人的情志，还是诗人的情志开始感动了景物？恐怕都不是。实际上是二者互相亲近，互相融浃。这是一种难以分解的境界。这种境界是“冥忘物我”，是以诗人的生命与外在的景物的生命相通为基础的。这一点，朱光潜先生曾有所分析：陶渊明“把自己的胸襟气韵贯注于外物，使外物的生命更活跃，情趣更丰富；同时也吸收外物的生命与情趣来扩大自己的胸襟气韵。这种物我的回响交流，有如佛家所说底‘千灯相照’，互相增辉”①。朱先生的见解是

① 朱光潜：《诗论》第十三章，正中书局 1948 年 3 月第 1 版。

非常精辟的。

在今存陶渊明的文集中,有不少作品属于缘事述怀之作。陶渊明的这类作品同他的触物寄情的作品一样,也具有言志抒情的特点。陶渊明一生所遇之事,最重要的是仕隐一事。这一事经常萦绕他的胸襟,使他难以忘怀。我们知道,陶渊明本来对仕途并不太重视,他的出仕,在很大程度上是为生活所迫。他出仕以后,对官场有了亲身的体验,体验到官场如同樊笼。他常常感到心为形役,失去了自由,常常是身在官场而心系故园,内心充满着许多痛苦。他有些作品就是缘此而发的。如《杂诗》十二首其九:

> 遥遥从羁役,一心处两端。掩泪泛东逝,顺流追时迁。日没星与昴,势翳西山巅。萧条隔天涯,惆怅念常餐。慷慨思南归,路遐无由缘。关梁难亏替,绝音寄斯篇。

诗人作官以后,多羁役之苦和时迁思家之情,但在音信断绝的情况下,他无法倾吐,只好借诗歌来抒发。

由于陶渊明把官场视为樊笼,所以他一旦离开了官场,就有一种难以抑止的喜悦。这种难以抑止的喜悦,使他情不自禁地写诗作文。这方面典型的例子是《归去来兮辞》。《归去来兮辞》写作的缘起,陶渊明在辞的序文中有清楚的说明:陶渊明本不想出仕,后来因为家中贫困,才出任彭泽令。他任彭泽令时间不长,就"眷然有归欤之情"。原因是他"质性自然,非矫厉所得",再加上他的妹妹丧于武昌,他想尽快奔赴,因而"自免去职"。在陶渊明看来,他的辞官,使自己不再"违己交病",不再"深愧平生之志",是一种非常"顺心"的事。"因事顺心",所以他写成了这篇名为《归去来兮》的辞赋。

陶渊明一生遇到的事很多,除仕隐一事之外,还有国事、家事、田园之事等等。他对所遇之事,多有感触,一有感触,就赋之于诗。他遇忧则写忧,逢喜便写喜,缘事寄怀,给后人留下了许多名篇佳作。

赠答酬和之作,在陶渊明的诗歌中占有相当大的比例。在今存陶渊明的诗歌中,明确题为赠答酬和的有十八首之多。陶渊明写这类诗歌,都是为了示志咏怀,这在这类诗歌和这类诗歌的几篇序文中体现得非常明显。《赠长沙公》云:"何以写心?贻此话言。"看来他写这首《赠长沙公》,是想借诗歌的"话言",抒写自己的心怀。"何以写心?贻此话言",指的虽是《赠长沙公》这首诗,其实完全可以用来概括陶渊明所有这一类作品。这里,我们再举他的《答庞参军》一诗为例。

关于这首诗写作的缘起，诗人在序文中有一段比较详细的交代：

> 三复来贶，欲罢不能。自尔邻曲，冬春再交。款然良对，忽成旧游。俗谚云："数面成亲旧。"况情过此者乎？人事好乖，便当语离。杨公所叹，岂惟常悲。吾抱疾多年，不复为文。本既不丰，复老病继之。辄依周礼往复之义，且为别后相思之资。

序文告诉我们，诗人有病多年，不再写作。但也有例外，这就是当他接到了好友的赠诗以后，再三拜读，"欲罢不能"。由读赠诗，进而联想到过去的深交和离别，情感满怀，因而写了这首答诗。表现了诗人对志趣相同的朋友的真挚的、难以忘怀的深情厚谊。

赠答酬和之作，在陶渊明之前就有不少文人写过，其中虽有一些写得比较成功，但也确有相当多的水平低下的应酬之作。这些应酬之作，或属文字游戏，或现阿谀奉承，大多缺乏真情实感。而陶渊明在这方面，不管是赠答诗，还是酬和诗，都是在情感充溢心胸、难以抑止的情况下写成的。因此，当我们阅读陶渊明这类作品时，我们感受到的是诗人的真胸襟。

"诗书敦宿好"(《辛丑岁七月赴假还江陵夜行涂口》)。读书是陶渊明生活中的重要内容。陶渊明从小时到老年，可以说是手不释卷。他读书相当广博，有经史，也有子集。他阅读前人的作品，常常关注的是这些作品的所言之志和所抒之情。如《读史述九章·屈贾》云："候詹写志，感鹏献辞。"在陶渊明看来，屈原和贾谊的作品都是有感而发的。屈原的《卜居》是言志之作；贾谊的《鹏鸟赋》也是感慨系之。陶渊明阅读前人的作品，还特别重视那些表现了与他切身生活体验有关的和他在现实生活中感到缺少的内容。《癸卯岁十二月中作与从弟敬远》说："历览千载书，时时见遗烈。"这些反映遗烈事迹的著述，常常使陶渊明"感发兴起"，要他搦笔写诗。在这类诗歌中，陶渊明表面上称颂的是古代的遗烈，实际上写的是他自己的胸怀。他使古代遗烈的生命复活，目的是让其成为自己生命的一部分。近似的情况，还体现在陶渊明的一些著名的辞赋的写作缘起上。比较典型的例子是《感士不遇赋》。《感士不遇赋序》云：

> 昔董仲舒作《士不遇赋》，司马子长又为之。余尝以三馀之日，讲习之暇，读其文，慨然惆怅……抚卷踌躇，遂感而赋之。

很明显，陶渊明之所以写作《感士不遇赋》，是因为他阅读了董仲舒和司马迁的辞赋以后，由他们所写的辞赋进而联想到古代像伯夷、四皓和屈原等许多"怀正志道之士”，情思难平，于是提笔染翰，写成了这篇辞赋。这篇辞赋也是借写古代士人的不幸遭遇和守志持操，来表现诗人自己“宁固穷以济意，不委曲而累己”的高尚志趣和坚贞节操。

言志抒情，不论在创作上，还是在认识上，在陶渊明之前，都有一段漫长的历史。在这方面，陶渊明有继承，但更重要的是他有创造。在陶渊明之前，尽管有许多文人的作品属于言志抒情之作，不少文人也讲言志抒情，但他们重视的往往是带有普遍意义的情志，而较少强调个人的情志，因此也难以形成个人独特的风格。而陶渊明则不同。从上面的诸多表现，可以看到，陶渊明在认识上对言志抒情的重视和在创作实践上的表现，突出的是“示己志”，是抒个人之情，表现的是他自己的鲜明的个性。梁启超先生在《陶渊明之文艺及其品格》一文中说：“古代作家能够在作品中把他的个性活现出来的，屈原以后，我便数陶渊明。”[1]梁启超先生的看法，完全符合文学史的实际。陶渊明在作品中能活现出自己的个性，有多方面的原因，其中重要的一方面原因是他认识到文学应当“示己志”，并且能自觉地加以贯彻。坚持文艺的言志抒情，而又能有自己的鲜明的个性，是一种难以达到的境地，而陶渊明继屈原之后成功地达到了。

二

如果说对文艺特点的认识，陶渊明特别重视的是言志抒情的话，那么，对文艺作用的看法，陶渊明则主要强调它的娱悦作用。这在他的生活、读书和创作实践等方面，都有突出的表现。

陶渊明对文艺有浓厚的兴趣。他爱好绘画，曾撰有《扇上画赞》。他从少年到老年，常常以琴书为伴。他“少学琴书”（《与子俨等疏》）；青年时“委怀在琴书”（《始作镇军参军经曲阿作》）。他退隐田居以后的生活，在很大程度上已经审美化、艺术化了，而在他审美化、艺术化的生活中，弹琴读书等文艺活动是一个重要内容。这一点，他在自己的诗文中多有述及：

> 衡门之下，有琴有书。载弹载咏，爰得我娱。（《答庞参军》）
>
> 欣以素牍，和以七弦。（《自祭文》）
>
> 息交游闲业，卧起弄书琴。（《和郭主簿》二首其一）

---

① 梁启超：《陶渊明》。

他有时也和自己的亲朋和子孙一起弹琴尽欢：

亲戚共一处，子孙还相保。觞弦肆朝日，樽中酒不燥。缓带尽欢娱，起晚眠常早。(《杂诗》十二首其四)

陶渊明好饮酒，这是人们经常所称道的。其实，他对文艺的兴致，往往并不亚于他对酒的爱好。在日常生活中，陶渊明像对待酒那样，把文艺也作为能给他带来乐趣的好朋友。

写作诗文是陶渊明生活中的重要组成部分。陶渊明写作诗文，常常是基于娱悦。《五柳先生传》说："常著文章自娱……酣觞赋诗，以乐其志。"《饮酒序》说："余闲居寡欢，兼比夜已长，偶有名酒，无夕不饮。顾影独尽，忽焉复醉。既醉之后，辄题数句自娱，纸墨遂多。辞无诠次，聊命故人书之，以为欢笑尔。"陶渊明上面的两段自述，非常坦率地道出了他"著文章"、"赋诗"的目的，是为了"乐其志"，是为了"欢笑"。陶渊明的写作，有时也是为了与自己的亲友同娱乐。《乞食》云：

谈谐终日夕，觞至辄倾杯。情欣新知劝，言咏遂赋诗。

又《答庞参军》云：

我有旨酒，与汝乐之。乃陈好言，乃著新诗。

陶渊明辞官田居以后，虽然"息交以绝游"，与官宦很少往来，但因为他有"有德不孤"、"同道相乐"的情操，所以他并不孤独。他有不少好邻居和好朋友。陶渊明喜欢同他们交往，他们也愿意亲近陶渊明。陶渊明同他们，彼此相助相慰，一起游赏，共话桑麻，有时也为他们赋诗作文，与他们一起演奏和歌唱。陶渊明这样做，是为了自乐，也是为了乐人。

前面曾经谈到，读书是陶渊明生活中的重要内容。陶渊明读书，不仅从中受到了感兴，使他借以写作寄怀，同时也是为了娱悦。对前人的作品，陶渊明常常是以一种娱悦的心态去接受，去欣赏。陶渊明爱读儒家的经书，也喜阅经书之外的"异书"。但他是诗人，不是学究。他"好读书"，但多是从兴趣出发，"不求甚解"(《五柳先生传》)。《六经》是儒家的经典，有多少文人或以敬畏的心情去拜读，或把它当作升官晋爵的阶梯去作烦琐的章句训诂，而陶渊明虽然也重视《六经》，但从他的"少年罕人事，游好在《六经》"(《饮酒》二十首其十六)，"谈谐无俗调，所说圣人篇"(《答庞参军》)等有关诗句来看，他是以一种喜悦的心情，以一种"游好"的态度去阅读《六经》的，是以一种审美的娱悦去观照《六经》的。他对《六经》是这样，对其他作品更是这样。《读山海经》十三首其一云：

既耕亦已种，时还读我书……微雨从东来，好风与之俱。泛览周王传，流观山海图。俯仰终宇宙，不乐复何如？

诗人耕种之余，在屋外微雨绵绵、好风吹拂的良辰美景中，在屋内以悠闲的心情阅读《山海经》和《穆天子传》等“异书”，多么惬意，多么快乐！

陶渊明不仅自己常常以娱悦的心情去欣赏前人的作品，而且有时也和邻居一起这样做。他乐己也乐人。他移居南村以后，“邻曲时时来，抗言谈在昔。奇文共欣赏，疑义相与析”（《移居》二首其一）。陶渊明和邻居阅读一些奇妙的文章，有时也有疑义，也要辨析。但这种辨析，不同于一些文人的咬文嚼字和烦琐考证，而是用一种“欣赏”的态度，相互讨论，彼此补充。在这里，“奇文”成了他们智力游玩、心理松弛的对象。在这里，没有干枯的说教，有的是“微言解颐”的趣味。在这里，没有尊卑高低的区别，有的是兄弟般的和谐。

文艺的娱悦作用，常常表现为多层次。一般来说，有感官的，有心理的，还有精神的。这三个层次有联系，也有区别。[①] 陶渊明所追求的，主要不是悦耳悦目、感官层次上的娱悦，而是心理层次和精神层次上的娱悦。

陶渊明一生虽然旷达，但也常常感到“人生实难”（《自祭文》），有许多人生的悲剧感受。为了淡化自己的忧伤，化忧伤为快乐，他常常借助于文艺：“悦亲戚之情话，乐琴书以消忧”。（《归去来兮辞》）在这方面，他用文艺来消除痛苦同他用饮酒来化解痛苦是近似的。另外，陶渊明往往在高兴时也赋诗弹琴。他高兴时赋诗弹琴是为了使自己的兴致得到充分的抒发。他在《游斜川序》中所说的“欣对不足，率共赋诗”就证明了这一点。文艺本来具有心理补偿的作用。这种作用的产生，主要是由于人的感情体验有局限性，而文艺可以打破这种局限性。陶渊明高兴时赋诗弹琴，也是为了打破这种局限性，使自己的情感得到补偿。因此，从心理层次上看，陶渊明用文艺来娱悦，是一种发自内心的纯真的娱悦。这种娱悦，对忧伤是一种消解，对欣喜是一种增值。这种娱悦，安慰了他的生命，增长了他的生命。一般来讲，文艺在心理层次上的娱悦，有待升华到精神层次上。陶渊明正是这样。从精神层次上看，陶渊明用文艺来娱悦，陶冶了他的节操，净化了他的灵魂，坚定了他对真、善、美的追求和对假、恶、丑的鄙弃。他从先贤那里，汲取了“忧道不忧贫”、洁身自好的操守；他企羡老庄所崇尚的自然和淳朴；他从“哲

---

① 参阅狄其骢等《文艺学新论》，山东教育出版社1994年第1版，第156～160页。

人"那里承受了农耕稼穑的人生之道而躬耕不止。凡此种种，都说明他在很大程度上从文艺那里得到了精神上的支柱和快感。与此相联系的是，陶渊明用文艺来娱悦，有两个特点尤其值得我们重视：

首先，陶渊明虽然重视文艺的娱悦作用，但不像古代的一些统治者和文人那样，把文艺作为放荡纵欲的工具；也不像一些隐居山林的士人那样，对文艺，以遗世逍遥为旨归。陶渊明的乐乎文艺，没有流于放纵，没有视文艺为纯粹的玩物。他的乐乎文艺坚守了自足自律的界限，保持了自己高尚的情操和廉洁的人格。他的乐乎文艺，既有超越世俗的精神，也有合乎人伦的、现实的内容。所以陶渊明的乐乎文艺，能为许多人所赏识、所接受，能启发人们去寻找娱悦同达理修道的契合点。

其次，重情趣，重体悟，不计得失，不拘细节，不拘形式。他兴之所来就吟诗，就作文，完全忘怀于得失。他"好读书，不求甚解"，重视的是作品中蕴涵的思想情感和自己思想情感的交融与共鸣。当他"开卷有得"时，便"欣然忘食"(《与子俨等疏》)。他爱好音乐，但与一般人不同。《晋书·陶渊明传》载：

> 性不解音，而畜素琴一张，弦徽不具，每朋酒之会，则抚而和之，曰："但识琴中趣，何劳弦上声！"

上面的记载表明，陶渊明对音乐不像一般人那样拘谨，那样追求落实，而是用一种玄虚的、审美的情趣去体悟。他对音乐是这样，对其他艺术也是这样。

重视文艺的娱悦作用，在创作实践上，大致有两种走向：一种是纯粹从游戏出发，完全是为了满足感官的需要，结果写出了一些低下之作。汉武帝时的《柏梁诗》和梁代宫体诗、五代《花间集》中的不少作品，属于这一种。另一种虽然也是为了娱悦，但写出的却是传世佳作。陶渊明显然属于后一种，而且是这一种中最早的代表诗人。同是为了娱悦，写出的作品却有天壤之别。这有多方面的原因，其中最重要的是作者的生活和胸襟。陶渊明的一生，虽然厌弃官场，但他始终没有脱离社会现实生活。他不玩世，不混世。他关注人生，关注社会。他躬耕不止，与农民有密切的联系。他对下层人民的生活有比较深切的体验。他有情感，但又不为情累。他有理性的自制，能以理遣情。他人品高洁，胸襟洒落。他的高洁、他的洒落，是真的，是纯的，没有虚假，没有滓秽。他的高洁，他的洒落，能以一贯之，始终不易。他有理想，有追求，能在日常的、平凡的生活中坚守自己的理想，追求他要追求的东西。生活是创作的基础，胸襟是创作的灵魂。陶渊明有自己独特的、现实的生活经历和体验，有高洁的胸襟，有了这两方面做根基，即使为娱悦而写作，也能吐词超拔，写出有真情、有理趣，富有生命力的优秀作品。

陶渊明重视文艺的娱悦作用，在我国古代文艺发展史上，有不可忽视的意义。陶渊明之前的文艺思想和文艺创作，虽然也有尚乐的内容，但相当零星，相当微弱，很少受到人们的关注和倡导。那时人们推崇的主要是悲慨之音和穷苦之作，哀怨伤感成了文艺的基调。陶渊明在思想上对文艺娱悦作用的重视，特别是他的文艺实践，第一次打破了以悲慨伤感为基调的格局，使文艺的娱悦作用第一次比较完美地得到了显现，也使娱悦的主题，在文坛艺苑上开始占有一席之地。这一点，在当时并没有引起人们的关注，但在后来的文艺史上却产生了深远的影响。

三

文艺理想是文艺思想中的一个重要问题。陶渊明对此也有自己的思考和自己的追求。从陶渊明的言论和创作来看，他的文艺理想主要是追求自然[①]。他在《晋故征西大将军长史孟府君传》(以下简称《孟府君传》)一文中，有一段话比较集中地体现了这一思想：

(桓温)又问听妓："丝不如竹，竹不如肉。"(孟嘉)答曰："渐近自然。"

从上面桓温和孟嘉的对话来看，桓温知道欣赏音乐，听演奏弦乐，不如听吹奏管乐，听吹奏管乐，又不如听人歌唱，但不明白其中的道理。而孟嘉"渐近自然"的回答，言简意赅，揭示了其中的奥妙。"渐近自然"，虽然是陶渊明的外祖父孟嘉讲的，但由于陶渊明对孟嘉特别尊敬，对他的品行、神情和文辞都极为仰慕，而且在一篇不太长的传记中，又用欣赏的态度全面具体地引用了桓温和孟嘉有关自然问题的对话，因此，我们可以把孟嘉的自然说视为陶渊明的思想。在陶渊明的诗文中，除了上面一段文字中使用了"自然"一词外，另外还有三个地方：

及少日，眷然有归欤之情。何则？质性自然，非矫厉所得。(《归去来兮辞序》)

久在樊笼里，复得返自然。(《归园田居》五首其一)

贵贱贤愚，莫不营营以惜生，斯甚惑焉。故极陈形影之苦，言神辨自然

① 参阅袁行霈《陶渊明的哲学思考》，见《国学研究》第1卷，北京大学出版社1993年第1版。

以释之。(《形影神序》)

陶渊明在上述三个地方使用“自然”一词,虽然指的都不是文艺,但对我们理解他的以自然为核心的文艺理想,有参考作用。

陶渊明从文艺的角度使用“自然”一词,其含义是什么?陶渊明自己没有解释。根据陶渊明几个地方对“自然”一词以及与“自然”相近的词的使用,陶渊明以“自然”为文艺理想的含义,主要有以下三方面:

第一,天然的、原本的意思。在陶渊明看来,天然的、原本的事物,不论是属于自然界的,还是属于社会上的,都是美的。这种美是原在的,是自然显现的,无须人的加工。人的歌唱之所以比弹奏弦乐和吹奏管乐“渐近自然”,是因为弦乐和管乐都不是天然的,是经过加工的。而人的歌唱则不同,它是从人的喉咙中发出的。人的歌唱同鸟的叫声一样,都是自然的。陶渊明在《与子俨等疏》中说:“见树木交荫,时鸟变声,亦复欢焉有喜。”陶渊明对“时鸟变声”是那样欢喜,也是因为它是自然之声。

第二,自由的、不受外在制约的意思。陶渊明使用“自然”一词时,有时有自由的含义,上面列举的“久在樊笼里,复得返自然”中的“自然”即是。当他把“自然”一词同文艺相联系时,也有这方面的含义。这仍体现在上述陶渊明关于丝、竹、肉与自然之间的关系的认识上。在陶渊明的心目中,弹奏弦乐离不开弦乐器,吹奏管乐要依附管乐器。弦乐和管乐虽然接近自然的程度不同,但它们都要受外物的限制,而且要弦乐器和管乐器发出乐声,都要通过素有训练的乐人的演奏。这对人们来说,也是一种限制。而人的歌唱则不然,它不受外在条件的约束,人的歌唱可以使自己的情感无拘无束地得到抒发。

第三,真、朴、淳的意思。在陶渊明的诗文中,常常使用“真”、“朴”、“淳”之类的词:

此中有真意,欲辨已忘言。(《饮酒》二十首其五)

天岂去此哉,任真无所先。(《连夜独饮》)

悠悠上古,厥初生民,傲然自足,抱朴含真。(《劝农》)

羲农去我久,举世少复真。汲汲鲁中叟,弥缝使其淳。(《饮酒》二十首其二十)

上述诗句中的“真”、“朴”、“淳”的含义,都与“自然”的含义相同。陶渊明在《归去来兮辞序》中说自己“质性自然”,在《始作镇军参军经曲阿》中又说:“真想初在襟。"这里的"自然"与"真"的意思是一致的。在陶渊明看来，真、朴、淳是与伪薄和造作相对立的，所以他在《桃花源诗》中说："淳薄既异源。"又在《感士不遇赋》中说："自真风告退，大伪斯兴。"联系到文艺，陶渊明追求自然的文艺，也就是追求真实、原朴和淳厚的文艺。基于这种认识，所以陶渊明对世俗的、虚伪的文艺持排斥的态度。他"厌闻世上语"(《拟古》九首其六)。他崇敬西王母那里，"高酣发新谣，宁效俗中言"(《读山海经》十三首其二)；他向往桃花源里，"童孺纵行歌，斑白欢游诣"(《桃花源诗》)。因为他们的歌唱、他们的游诣是淳真的，是质朴的。

追求自然是陶渊明文艺思想的重要内容。陶渊明由重视文艺的言志抒情和文艺的娱悦作用，进而又提出文艺的自然说，这表明他的文艺思想已跃入了一个更深的层面。这种认识上的深化与他的生活经历有关，同时也是由于受到了先哲的思想和时代文化氛围的影响。

陶渊明少年时就把自然作为自己的人格理想。他"少无适俗韵，性本爱丘山"(《归园田居》五首其一)。《晋书・陶渊明传》说他"少有高趣，任真自得"。一个人少年的爱好，往往会影响他的一生。陶渊明少年时对自然的崇尚，涵养了他体味自然、探索自然的情趣，有助于陶冶他的气质和情操，使他从自然中吸取了灵气。在陶渊明的亲属中，有不少人也十分推崇自然，特别是他的外祖父和他的父亲。他的外祖父孟嘉一生中几乎都在追求自然的人生。这除了前面已经述及的以外，在《孟府君传》中还有不少记载：孟嘉出仕前，"冲默有远量"，"温雅平旷"，"乡闾称之"。他作官时，"色和而正"。他辞官回家，"不以为憾"，"母在堂，兄弟共相欢乐，怡怡如也"。他"文辞超卓"。他"始自总发，至于知命，行不苟合，言无夸矜，未尝有喜愠之容。好饮酒，逾多不乱，至于任怀得意，融然远寄，傍若无人"。关于陶渊明的父亲，陶渊明在《命子》中颂扬说："於穆仁考，淡焉虚止。寄迹风云，冥兹愠喜。"陶渊明的父亲追求淡虚，寄迹于风云，失意时不恼怒，得志时不欣喜，能以自然的胸襟为人处世。陶渊明对他的外祖父和父亲非常敬仰。他外祖父和父亲对自然的推崇，对陶渊明有不可忽视的影响。我们从陶渊明的身上，常常能看到他外祖父和他父亲的影子。

陶渊明虽然少年时就崇尚自然，就受到了其外祖父和父亲的影响，希望能过自然的生活，但由于他有抱负、有志向，特别是由于为生活贫困所迫，所以不得不违背自己的初衷而离家出仕。在陶渊明看来，官场和自然是不相容的。他做官时，尽管不同流合污，不趋炎附势，保持了自己的人格，但还是深切地感到违背了自然。为此,他惭愧,他痛苦,他要返回自然。于是他最终毫不拖泥带水地辞掉了官职,真正走上了归田躬耕的道路。人们对待珍贵的东西,有时是在失去了以后,才会真正认识到它的重要,而一旦重新得到了它,就会加倍地珍惜。陶渊明对自然的追求就是这样。陶渊明辞官归田以后,"复得返自然",把自然看得非常重要。他能用自然的胸怀和眼光,去看待一切,去体味一切。"山气日夕佳,飞鸟相与还"(《饮酒》二十首其五),这是自然的,是美的;"暧暧远人村,依依墟里烟。狗吠深巷中,鸡鸣桑树巅"(《归园田居》五首其一),这是自然的,是美的;"相见无杂言,但道桑麻长"(同上其二),这是自然的,是美的;"相命肆农耕,日入从所憩。桑竹垂馀荫,菽稷随时艺。春桑收长丝,秋熟靡王税"(《桃花源诗》),这是自然的,是美的。他在生活中遇到灾难时,或者是在思想上有矛盾、有痛苦时,也能很快地用自然来化解。一个人的文艺理想是他的人生理想在文艺思想上的反映,一个人的文艺活动是他整个生活的一部分。陶渊明把追求自然作为自己的人生理想,并且努力落实到生活实践上,因而他在文艺思想上把自然作为自己的理想,就是顺理成章的事了。

从思想渊源来分析,陶渊明把自然作为文艺理想,主要是受到了老庄思想的浸润。"自然"一词最早见于《老子》:"人法地,地法天,天法道,道法自然。"(第二十五章)[①]老子所说的"自然",是天然的、非人为的意思。此外,《老子》一书中还使用了与"自然"意思相近的"朴"、"淳"这类词:

> 见素抱朴,少私寡欲。(第十九章)
>
> 其政闷闷,其民淳淳。(第五十八章)

老子所谓的"朴"和"淳",指的都是原始的、自然的、淳朴的存在。这种存在与人为无关。老子之后,庄子继续倡导自然之说,并且把"自然"同"真"相提并论。《庄子·渔父》说:

> 礼者,世俗之所为也。真者,所以受于天也,自然不可易也。故圣人法天贵真,不拘于俗。

这里,庄子所讲的"真",就是自然的意思。从上面所引老庄的言论来看,"法自然"和"贵真"是老庄思想的重要内容。老庄的自然之说产生之后,不断地产生影响,特别是到了魏晋时期,随着儒学的式微,随着名教与自然两种思想的争辩,许

① 《诸子集成》第3册(以下所引《老子》、《庄子》均见此册)。

多文人都程度不同地崇尚自然之说。这表现在哲学思想上，也表现在其他方面。拿陶渊明所处的东晋来说，推崇自然几乎成了一种风尚。东晋的不少文人，从做人到游赏山水，到品味文艺，追求的常常是自然的境界。桓温和孟嘉对自然的追求，上面已经论及。这里，我们再举谢安、谢道韫、庾阐和顾恺之四人为证。《晋书·谢安传》说：谢安隐居时，"自然有公辅之望"。他做官以后，仍旧重视自然。《世说新语·忿狷第三十一》载：

王令诣谢公，值习凿齿已在坐，当与并榻。王徙倚不坐。公引之与对榻。去后，语胡儿曰："子敬实自清立，但人为尔多矜咳，殊足损其自然。"①

谢安认为，王献之为人矜持拘执，不交非类，有损于自然。这说明，谢安是把自然视为做人处事的重要原则。谢道韫和庾阐对自然的首肯，在他们描写山水的诗歌中有所展示。谢道韫《泰山吟》云：

岩中间虚宇，寂寞幽以玄。非工复非匠，云构发自然。

庾阐《观石鼓》云：

鸣石含潜响，雷骇震九天。妙化非不有，莫知神自然。

在谢道韫和庾阐的心目中，山水之所以值得观赏，是因为它们是自然所构发，是"神自然"。顾恺之对自然的重视，在他的画论中有所表现。他在《魏晋胜流画赞》中，对《小列女》这幅画提出了批评。原因是它把男人的肢体安置在女人的身上，结果是"不以自然"②。这说明，顾恺之评论绘画，把自然作为一个重要的标准。谢安等人在东晋都是颇有地位的人物，他们对自然的崇尚，会对陶渊明产生影响。前面提到的陶渊明在《孟府君传》中对孟嘉的敬仰，并且特别记述了桓温和孟嘉有关自然的对话，就是一个证明。

陶渊明虽然在思想上受到了老庄和东晋有关自然思想的影响，但他并没有停止在思想认识上，而是能把它落实到自己平凡的生活实践中。对于陶渊明来说，生活实践比在思想上受影响更为重要。因为思想上受影响，主要还是属于理性认识，而理性认识只有同自己的生活实践相结合，才会深入，才会孕发出生动的、具有生命力的内容。陶渊明正是如此。如果说，自然思想的影响对陶渊明起到了诱导作用的话，那么在生活实践中落实自然之说则使他真正体悟到自然的

① 余嘉锡：《世说新语笺疏》，第888页。

② 俞剑华、罗赤子、温肇桐编著：《顾恺之研究资料》，第25页。

乐趣，从而坚定了他遵循自然之说的信念。通过生活实践，陶渊明把对自然的追求转化为对官场的彻底的鄙弃，转化为切实的稼穑劳作，转化为对人间的淳朴和亲和的赞美，转化为随遇而乐、任真自得的生活方式。因此，陶渊明对自然的追求，显得那样的丰富，那样的实在，那样的富有个性的魅力。他的生活是这样，他的诗文也是这样。

四

我国古代的文艺思想对文艺的性质的看法，有许多见解，归纳起来，大体上有两种：一种是功利说；另一种是非功利说。功利说主要强调的是文艺的政治伦理教化作用；非功利说倡导的重点则是文艺的审美作用。综观陶渊明的文艺思想，就其主要倾向来说，显然是属于非功利说。陶渊明强调文艺的示志抒情，重视文艺的娱悦作用，把自然作为文艺理想，都具有非功利的特点。

文艺与功利问题，在我国古代一直受到关注。先秦两汉时期，以儒家为代表的传统文艺观，常常居于主导地位。儒家的文艺观，特别重视文艺的功利性。从先秦以孔子为代表的儒家的诗教到汉代的《诗大序》，强调的都是文艺的功利性，要文艺为政治伦理教化服务。本来就整个文艺来看，文艺与功利很难完全分开，文艺常常与政治伦理等意识形态纠缠在一起。从这一角度来说，先秦两汉儒家文艺观的偏颇，主要不是由于它讲了文艺的功利性，而是由于它过分地强调和夸大了文艺的功利作用。他们这样做，势必使文人只关注和表现政治伦理教化等方面的内容，而淡化了文艺表现个人的情感，忽视了文艺的审美作用。因为表现政治伦理教化等，与表现个人的情感、与审美的娱悦，二者之间毕竟存在着矛盾。两汉时期，有不少文艺作品缺乏个人的情感和独特的风格，读了之后，很少能给人以审美的娱悦，其中一个重要的原因，就是囿于儒家的文艺功利说。东汉末年以后，特别是到了曹魏和西晋时期，随着时代的发展，随着儒学的衰落和玄学的兴起与传播，儒学的伦理政教难以抑止人们的情感要求。人们开始逐渐地、不同程度地摆脱了儒家伦理政教的束缚。在文艺思想方面，许多文人不再恪守儒家要文艺服从政治伦理教化的功利观，而能在不同层面上从审美的角度来看待文艺了。文艺思想的这一转变，到了东晋又有进一步的发展。东晋的不少文人追求生活的审美化、艺术化。这种追求也反映在文艺上。陶渊明就是一个突出的代表。陶渊明已经把文艺活动看成是对污浊社会现实的一种超越。文艺活动是他走向审美的人生、理想的世界的重要途径。在陶渊明之前，虽然也有人关注过文艺的审美问题，但都没有达到陶渊明那样的地步。应当说，在我国古代文艺发展史上，陶渊明第一个真正从思想和实践的结合上，摆脱了文艺的功利性，显示了文艺的审美特点，找到了文艺作用于人的一种新的方式。

我国古代文艺思想中的功利说和非功利说，虽然同文艺都有割不断的联系，但如果从文艺的特质来思考，可以认为，非功利说更接近于文艺。陶渊明的文艺思想也证明了这一点。

由于陶渊明摆脱了功利说，所以他常常能用自由的心态去对待文艺。许多事实说明，陶渊明的文艺思想和文艺活动，既不受政教伦理的拘限，也不受功名利禄的羁绊。他没有把文艺作为宣传政治伦理的传声筒，也没把它视为猎取名利的手段。他对文艺的欣赏充满着喜悦的情趣。他写诗作文，不求耀眼的机遇，不求闻达，不欺世眩俗，不计荣辱得失。给谁看他都一样地写。文艺是自由的天地，是自由的事业。自由是文艺欣赏和文艺创作的一个重要条件。陶渊明具备了这一条件，所以他能不受世俗拘忌地去体味自然，体味社会，体味人生。他能把田园生活作为可以由自己控制的自由天地。他写诗作文，常常是随机、自发和偶然的，兴之所来即染翰，兴之所尽则搁笔。他不遏制自己，也不强所不愿。他有闲逸冲淡之怀，也有忧世悯乱之情，但少有"交战之累"。他平淡时现平淡，激烈时表激烈，都是随心所欲地抒发。陶渊明身心的自由，使他能把文艺外在的功用转化为内在的需要，使他不再像一些文人那样，把文艺作为外在的装饰，而是用它来舒展自己的心性和充实自己的生命，同时也使他的主体性和创造性得到了充分的发挥，使他写出了真淳质朴、富有鲜明个性的文学作品。当然，陶渊明的自由同其他人的自由一样，也是伴随着自律。他追求自由，但不出格，不放纵。这表现在他的生活上，也表现在他的文艺思想上。他的自律有时是自觉的、明显的，但更多的是自在的、潜藏的。他的自律源自"先师"的"遗训"、"遗烈"的情操，更重要的是源自他的生活实践。文艺需要充分的自由，但也不应忽视必要的自律。理想的应当是自由与自律的辩证统一。在这方面，陶渊明的文艺思想是否能给我们一些有益的启示？

由于陶渊明不为功利所束缚，所以他往往能用闲静恬淡的心态去对待文艺。陶渊明有时也激动，也忧愤，也痛苦，也极不平静，但他善于化解，所以他的心情更多的是闲静淡远。他"爱其静"(《时运》)。他能做到"闲静少言"(《五柳先生传》)、“心有常闲”(《自祭文》),能做到“形迹凭化迁,灵府长独闲”(《戊申岁六月中遇火》)。他的生活是这样,他对待文艺也是这样。他的不少作品是在闲静的情况下写成的。他“闲居”时写了《九日闲居》。他在“三馀之日,讲习之暇”,读董仲舒和司马迁的辞赋,有所感,写成了《感士不遇赋》。他在“园闾多暇”时,有感于张衡和蔡邕的辞赋,创作了《闲情赋》。可见,在陶渊明那里,不论是欣赏,还是创作,都有一种不浮不躁、空闲宁静的心态。这种心态对于文艺活动来说,极为重要。古今中外,许多文艺家和美学家都十分强调虚静在文艺活动中的关键作用。王羲之《答许询》说:“争先非吾事,静照在忘求。”[①]宗白华先生说:“中国有句古话,叫做‘万物静观皆自得’。‘静故了群动,空故纳万境。’”[②]在西方,叔本华曾“把美定义为审美静观的对象”,后来的斯托尔尼兹也认为审美态度就是“以一种无利害关系的(即没有隐藏在背后的目的)和同情的注意力去对任何一种对象所进行的静观。这种静观仅仅由于对象本身的缘故而不涉及其他”。陶渊明在文艺方面闲静淡远的心态同以上所述相当接近。陶渊明辞官归田以后,淡泊名利,追求闲静,常常习惯于用“无利害关系”的态度和“同情的注意力”去静观宇宙和人生,去体味周围的事物,去澡雪自己的精神。他这样做,深化了他的审美知觉,使他的审美知觉中充溢着诗情画意,使他看到的山川、飞鸟、孤松、秋菊、田舍……都超越了人们通常的视觉感受,而成了审美的对象。另外,由于陶渊明能以闲静安逸的心态去观照事物,所以当他表现这些事物时,无固无必,不追求奇特险僻的意象,也不讲究铺张和藻饰。陶渊明在诗文中运用的多是平常的、眼前的意象,使用的主要是自然质朴的“田家语”。在体制上,陶渊明没有像一些文人那样去构创长篇巨制,他写的几乎全是即兴式的短诗小赋。这些即兴式的短诗小赋,一般无须预先准备,无须苦思费神,而是静观外物,偶有感触,即刻就可以写成。

追根溯源,陶渊明非功利的文艺思想,主要是来自老庄和魏晋玄学,但他又没有受其局限。陶渊明有博大的胸怀,他在接受老庄和玄学思想影响的同时,又吸收了儒家关心社会、关心人生等思想内容,并且付诸生活实践。他热爱文艺,

---

① 逯钦立辑校:《先秦汉魏晋南北朝诗》,中华书局 1983 年排印本,第 896 页。

② 宗白华:《艺境》,北京大学出版社 1987 年 6 月第 1 版,第 364 页。“静故”二句的引号为笔者所加。

但也关心文艺以外的其他问题。他在重视文艺的审美自足这一特点的同时，又与社会、政事、哲学、伦理等，从认识到行动，都有密切的联系。他从这些联系中吸取了丰富的内容，获得了深邃的思想，使自己的情感得到了充实和升华。就这一点来讲，陶渊明的非功利文艺思想又没有完全同功利说割断联系。从文艺发展史来看，非功利文艺思想，尽管比较接近文艺的特质，使人们能够从审美的角度去对待文艺，重视文艺的娱悦作用，重视个人自身的存在，但它并不是完美无缺的文艺思想。因为它忽视了文艺综合的、多方面的作用，也不太考虑个人与社会关系的重要性。理想的文艺应当是：既要重视其审美的特点，也要注意其功利问题；既要关注个人，也须重视社会。陶渊明的文艺思想，如前所述，其主要倾向是非功利的。在他那里，文艺活动无须用功利，如用经济的或经济之外的其他手段来刺激，他是把文艺活动作为一种审美的享受来看待的，这是一方面。另一方面，也应当看到，陶渊明并没有完全超越功利。他在功利问题上，只是与那些过分强调功利的文人不同。这种不同不止表现在程度上，更重要的是他能以生活为根基，能把功利化为自己的真实思想情感，能使审美与功利融二为一。陶渊明在文学上的成功，是否与此有关？

主要参考书目

《毛诗正义》，见《十三经注疏》，中华书局1980年影印本。

《后汉书》，范晔撰，中华书局1965年5月第1版。

《三国志》，陈寿撰，中华书局1959年12月第1版。

《晋书》，房玄龄等撰，中华书局1974年11月第1版。

《晋中兴书》，汤球辑，《丛书集成》本，中华书局1983年8月第1版。

《众家编年体晋史》，汤球、黄奭辑，乔治忠校注，天津古籍出版社1989年8月第1版。

《九家旧晋书辑本》，汤球辑，杨朝明校补，中州古籍出版社1991年8月第1版。

《补晋书艺文志》，丁国钧撰，见《二十五史》刊行委员会编《二十五史补编》(三)，中华书局1955年2月第1版。

《晋书艺文志补遗》，丁国钧撰，子辰述注，见《二十五史》刊行委员会编《二十五史补编》(三)，中华书局1955年2月第1版。

《补晋书艺文志》，文廷式撰，见《二十五史》刊行委员会编《二十五史补编》(三)，中华书局1955年2月第1版。

《补晋书艺文志》，秦荣光撰，见《二十五史》刊行委员会编《二十五史补编》(三)，中华书局1955年2月第1版。

《宋书》，沈约撰，中华书局1974年10月第1版。

《宋书乐志校注》，苏晋仁、萧炼子校注，齐鲁书社1982年12月第1版。

《南齐书》，萧子显撰，中华书局1972年11月第1版。

《梁书》,姚思廉撰,中华书局 1973 年 5 月第 1 版。

《陈书》,姚思廉撰,中华书局 1972 年 3 月第 1 版。

《南史》,李延寿撰,中华书局 1975 年 6 月第 1 版。

《建康实录》,许嵩撰,张忱石点校,中华书局 1986 年 10 月第 1 版。

《北齐书》,李百药撰,中华书局 1972 年 11 月第 1 版。

《六朝事迹编类》,张敦颐著,张忱石点校,上海古籍出版社 1995 年 1 月第 1 版。

《隋书》,魏征、令狐德棻撰,中华书局 1973 年 8 月第 1 版。

《隋书经籍志考证》,姚振宗撰,见《二十五史》刊行委员会编《二十五史补编》(四),中华书局 1955 年 2 月第 1 版。

《旧唐书》,刘昫等撰,中华书局 1975 年 5 月第 1 版。

《新唐书》,欧阳修、宋祁等撰,中华书局 1975 年 2 月第 1 版。

《资治通鉴》,司马光编著,胡三省音注,标点《资治通鉴》小组校点,中华书局 1956 年 6 月第 1 版。

《史通新校注》,刘知几撰,赵吕甫校注,重庆出版社 1990 年 8 月第 1 版。

《通志》,郑樵撰,中华书局 1987 年 1 月第 1 版。

《通典》,杜佑撰,王文锦、王永兴、刘俊文、徐庭云、谢方点校,中华书局 1988 年 12 月第 1 版。

《元和姓纂》,林宝撰,岑仲勉校记,郁贤浩、陶敏整理,孙望审订,中华书局 1994 年 5 月第 1 版。

《日知录集释》,顾炎武著,黄汝成集释,秦克诚点校,岳麓书社 1994 年 5 月第 1 版。

《十七史商榷》,王鸣盛撰,中国书店 1987 年 8 月第 1 版。

《二十二史劄记》,赵翼著,王树民校证,中华书局 1984 年 1 月第 1 版。

《王国维文集》,姚淦铭、王燕编,中国文史出版社 1997 年 5 月第 1 版。

《陈寅恪魏晋南北朝史讲演录》,万绳南整理,黄山书社 1987 年 4 月第 1 版。

《陈寅恪史学论文选集》,陈寅恪著,上海古籍出版社 1992 年 7 月第 1 版。

《魏晋南北朝史论丛》,唐长孺著,三联书店 1955 年 7 月第 1 版。

《魏晋南北朝史论丛续编》,唐长孺著,三联书店 1978 年 11 月第 1 版。

《魏晋南北朝隋唐史三论》,唐长孺著,武汉大学出版社 1993 年 3 月第 1 版。

《魏晋南北朝史论集》，周一良著，北京大学出版社 1997 年 6 月第 1 版。

《摹庐丛著七种》，陈直著，齐鲁书社 1981 年 1 月第 1 版。

《五朝门第》，王伊同著，成都金陵大学中国文化研究所 1943 年版。

《东晋学术编年》，刘如霖著，商务印书馆 1936 年初版。

《两晋南朝的士族》，苏绍兴著，联经出版事业公司 1987 年 3 月第 1 版。

《中国中古政治史论》，毛汉光著，联经出版事业公司 1990 年 1 月第 1 版。

《东晋门阀政治》，田余庆著，北京大学出版社 1989 年 1 月第 1 版。

《东晋文艺系年》，张可礼著，山东教育出版社 1992 年 7 月第 1 版。

《华夏姓氏丛书·王》，王泉根著，广西人民出版社 1993 年 5 月第 1 版。

《簪缨世家》，萧华荣著，三联书店 1995 年 8 月第 1 版。

《华夏姓氏丛书·谢》，王大良著，广西人民出版社 1993 年 3 月第 1 版。

《华丽家族》，萧华荣著，三联书店 1994 年 10 月第 1 版。

《文物考古工作三十年》，文物编辑委员会编，文物出版社 1979 年版。

《出土文献研究》，文化部文物局文献研究室编，文物出版社 1985 年 6 月第 1 版。

《四十年出土墓志目录》，荣丽华编集，王世民校订，中华书局 1993 年 8 月第 1 版。

《六朝考古》，罗宗真著，南京大学出版社 1994 年 12 月第 1 版。

《汉魏南北朝墓志汇编》，赵超著，天津古籍出版社 1992 年 6 月第 1 版。

《美术考古半世纪》，杨泓著，文物出版社 1997 年 7 月第 1 版。

《论语正义》，刘宝楠著，《诸子集成》本，上海书店 1986 年 7 月第 1 版。

《老子》，王弼注，《诸子集成》本，上海书店 1986 年 7 月第 1 版。

《庄子集释》，郭庆藩著，上海书店 1986 年 7 月第 1 版。

《抱朴子内篇校释》(增订本)，王明著，中华书局 1985 年 3 月第 2 版。

《抱朴子外篇校笺》(上)，杨明照撰，中华书局 1991 年 12 月第 1 版。

《抱朴子外篇校笺》(下)，杨明照撰，中华书局 1997 年 10 月第 1 版。

《颜氏家训集解》(增订本)，王利器撰，中华书局 1993 年 12 月第 1 版。

《水经注校》，王国维校，袁英光、刘寅生整理标点，上海人民出版社 1984 年 5 月第 1 版。

《文选》，李善编，中华书局 1977 年 11 月第 1 版。

《北堂书钞》，虞世南编撰，中国书店1989年7月影印本。

《初学记》，徐坚等著，中华书局1962年1月第1版。

《艺文类聚》，欧阳询撰，汪绍楹校，上海古籍出版社1982年新1版。

《太平御览》，李昉等撰，中华书局1960年2月第1版。

《册府元龟》，王钦若等编，中华书局1960年6月第1版。

《文苑英华》，李昉等编，中华书局1965年5月第1版。

《乐府诗集》，郭茂倩编，中华书局1979年11月第1版。

《说郛三种》，陶宗仪等编，上海古籍出版社1988年10月第1版。

《全上古三代秦汉三国六朝文》，严可均校辑，中华书局1958年12月第1版。

《先秦汉魏晋南北朝诗》，逯钦立辑校，中华书局1983年9月第1版。

《陆机集》，金涛声点校，中华书局1982年1月第1版。

《陆云集》，黄葵点校，中华书局1988年8月第1版。

《搜神记》，干宝撰，汪绍楹校注，中华书局1979年9月第1版。

《郭璞集》，见张溥辑《汉魏六朝百三家集》，上海古籍出版社1994年8月第1版。

《王羲之集》，见张溥辑《汉魏六朝百三家集》，上海古籍出版社1994年8月第1版。

《王献之集》，见张溥辑《汉魏六朝百三家集》，上海古籍出版社1994年8月第1版。

《孙绰集》，见张溥辑《汉魏六朝百三家集》，上海古籍出版社1994年8月第1版。

《颜延之集》，见张溥辑《汉魏六朝百三家集》，上海古籍出版社1994年8月第1版。

《陶渊明集》，王瑶校注，人民文学出版社1956年8月第1版。

《陶渊明集》，逯钦立校注，中华书局1979年5月第1版。

《谢灵运集校注》，顾绍柏校注，中州古籍出版社1987年8月第1版。

《世说新语》，刘义庆撰，思贤讲舍刻本，上海古籍出版社1982年11月第1版。

《世说新语笺疏》，余嘉锡撰，中华书局1983年8月第1版。

《庐山记》,陈舜俞撰,见《丛书集成初编》,中华书局 1985 年新 1 版。

《刘师培中古文学论集》,陈引驰编校,中国社会科学出版社 1997 年 6 月第 1 版。

《鲁迅论中国古典文学》,厦门大学中文系编,福建人民出版社 1979 年 10 月第 1 版。

《谈艺录》(补订本),钱钟书著,中华书局 1984 年 9 月第 1 版。

《七缀集》(修订本),钱钟书著,上海古籍出版社 1985 年 12 月第 1 版。

《管锥编》,钱钟书著,中华书局 1986 年 6 月第 2 版。

《钱钟书论学文选》,钱钟书著,舒展选编,花城出版社 1990 年 6 月第 1 版。

《中古文学史论》,王瑶著,北京大学出版社 1986 年 1 月第 1 版。

《六朝文学论稿》,兴膳宏著,岳麓书社 1986 年 6 月第 1 版。

《中古文学史论文集》,曹道衡著,中华书局 1986 年 7 月第 1 版。

《中古文学史论文集续编》,曹道衡著,文津出版社印行。

《两晋诗论》,邓仕梁著,香港中文大学 1972 年 1 月第 1 版。

《王羲之研究》,山东临沂王羲之研究会编,山东文艺出版社 1990 年 7 月第 1 版。

《陶渊明诗文汇评》,北京大学中文系文学史教研室教师、56 级 4 班同学编,中华书局 1961 年 8 月第 1 版。

《古典文学研究资料汇编·陶渊明卷上编》,北京大学、北京师范大学中文系教师、同学编,中华书局 1962 年 1 月第 1 版。

《陶渊明》,梁启超著,商务印书馆 1923 年排印本。

《陶渊明研究》,袁行霈撰,北京大学 1997 年 7 月第 1 版。

《中国文学年表》,敖士英著,立达书局 1935 年 10 月第 1 版。

《文心雕龙注》,刘勰著,范文澜注,人民文学出版社 1958 年 9 月第 1 版。

《文心雕龙札记》,黄侃著,中华书局 1962 年 9 月第 1 版。

《文心雕龙义证》,刘勰著,詹锳义证,上海古籍出版社 1989 年 8 月第 1 版。

《钟记室诗品笺》,古直著,上海聚珍仿宋印书局刊行。

《钟嵘诗品讲疏》,许文雨编著,成都古籍书店 1983 年 5 月第 1 版。

《诗品集注》,钟嵘著,曹旭集注,上海古籍出版社 1994 年 10 月第 1 版。

《诗比兴笺》,陈沆著,中华书局 1959 年 1 月第 1 版。

《魏晋南北朝文论选》，郁沅、张明高编选，人民文学出版社 1996 年 10 月第 1 版。

《魏晋南北朝文学批评史》，王运熙、杨明著，上海古籍出版社 1989 年 6 月第 1 版。

《魏晋南北朝文学思想史》，罗宗强著，中华书局 1996 年 10 月第 1 版。

《文学理论》，雷·韦勒克、奥·沃伦著，刘象愚、邢培明、陈圣生、李哲明译，三联书店 1984 年 11 月第 1 版。

《赫拉普钦科文学论文集》，赫拉普钦科著，张捷、刘逢祺译，人民文学出版社 1997 年 6 月第 1 版。

《佩文斋书画谱》，王原祁等编纂，中国书店 1984 年 9 月第 1 版。

《法书要录》，张彦远辑，洪丕谟点校，上海书画出版社 1986 年 8 月第 1 版。

《历代书法论文选》，上海书画出版社、华东师范大学古籍整理研究室选编校点，上海书画出版社 1979 年 10 月第 1 版。

《历代书法论文选续编》，崔尔平选编点校，上海书画出版社 1993 年 8 月第 1 版。

《中国书论辑要》，季伏昆编著，江苏美术出版社 1988 年 11 月第 1 版。

《书小史》，陈思撰，见黄宾虹、邓实编《美术丛书》第 3 册，江苏古籍出版社 1986 年 6 月第 1 版。

《书史会要》，陶宗仪著，上海书店 1984 年 11 月第 1 版。

《中国书法史》，张光宾著，台湾商务印书馆发行。

《书学史》，祝嘉著，中国书店 1987 年 9 月第 1 版。

《中国古代书法史》，朱仁夫著，北京大学出版社 1992 年 6 月第 1 版。

《宣和书谱》，佚名撰，顾逸点校，上海书店 1984 年 10 月第 1 版。

《淳化阁帖》，上海书店 1984 年 11 月第 1 版。

《书苑菁华》(外十二种)，上海古籍出版社 1991 年 8 月第 1 版。

《翰墨志》，赵构撰，见《说郛》，苑委山堂本，上海古籍出版社 1988 年 10 月第 1 版。

《墨池编》，朱长文辑，台湾商务印书馆影印文渊阁《四库全书》本。

《墨池琐录》，杨植撰，台湾商务印书馆影印文渊阁《四库全书》本。

《增补校碑随笔》，方若原著，王壮弘增补，上海书画出版社 1981 年 7 月第

1版。

《碑帖叙录》,杨震方编著,上海古籍出版社1982年2月第1版。

《新出土中国历代书法》,西林昭一著,陈滞冬译,成都出版社1990年12月第1版。

《书林藻鉴》,马宗霍辑,文物出版社1984年5月第1版。

《云南古代石刻丛考》,孙太初著,文物出版社1983年12月第1版。

《云南碑刻与书法》,顾峰著,云南人民出版社1984年5月第1版。

《艺舟双楫》,包世臣著,见《艺林丛刊》第一种,中国书店1983年3月第1版。

《广艺舟双楫》,康有为著,见《艺林丛刊》第一种,中国书店1983年3月第1版。

《兰亭论辨》,文物出版社编辑出版,1977年10月第1版。

《历代书画家传记考辨》,徐邦达著,上海人民美术出版社1983年10月第1版。

《苏轼论书画史料》,李福顺编著,上海人民出版社1988年6月第1版。

《中国书法全集》第18、19册,刘涛主编,荣宝斋出版社1991年11月第1版。

《学界名家书法谈》,刘正成主编,荣宝斋出版社1994年12月第1版。

《历代名画记》,张彦远著,秦仲文、黄苗子点校,人民美术出版社1963年5月第1版。

《贞观公私画史》,裴孝源撰,见于安涛编《画品丛书》,上海人民美术出版社1982年3月第1版。

《宣和画谱》,见于安澜编《画史丛书》第2册,上海人民美术出版社1963年10月第1版。

《中国画论类编》,俞剑华编著,人民美术出版社1986年12月第2版。

《中国美术全集绘画编》第12册,中国美术全集编辑委员会编,文物出版社1989年5月第1版。

《诸家中国美术史著选汇》,陈辅国主编,吉林美术出版社1992年12月第1版。

《顾恺之研究》,马采著,上海人民美术出版社1958年6月第1版。

《顾恺之研究资料》，俞剑华、罗尗子、温肇桐编著，人民美术出版社 1962 年 3 月第 1 版。

《顾恺之》，潘天寿著，上海人民美术出版社 1979 年 2 月第 2 版。

《六朝画家史料》，陈传席编，文物出版社 1990 年 12 月第 1 版。

《中国绘画史》，俞剑华著，上海书店 1992 年 10 月第 1 版。

《鉴余杂稿》，谢稚柳著，上海人民美术出版社 1979 年 6 月第 1 版。

《中国画论研究》，伍蠡甫著，北京大学出版社 1983 年 7 月第 1 版。

《童书业美术论集》，童书业著，童教英编校，上海古籍出版社 1989 年 8 月第 1 版。

《艺术学与艺术史文集》，马采著，中山大学出版社 1997 年 9 月第 1 版。

《中国漆艺美术史》，沈福文编著，人民美术出版社 1992 年 5 月第 1 版。

《海外中国画研究文选》，洪再辛选编，上海人民美术出版社 1992 年 6 月第 1 版。

《中国画论辑要》，周积寅编著，江苏美术出版社 1985 年 8 月第 1 版。

《西方画论辑要》(修订本)，杨身源、张弘昕编著，江苏美术出版社 1990 年 4 月第 1 版。

《唐代诗与画的相关性研究》，陈华昌著，陕西人民美术出版社 1993 年 4 月第 1 版。

《艺概》，刘熙载著，王气中笺注，贵州人民出版社 1986 年 6 月第 1 版。

《歌德谈话录》，爱克曼辑录，朱光潜译，人民文学出版社 1978 年 9 月第 1 版。

《艺术问题》，苏珊·朗格著，滕守尧、朱疆源译，中国社会科学出版社 1983 年 6 月第 1 版。

《中国艺术精神》，徐复观著，春风文艺出版社 1987 年 6 月第 1 版。

《美学与艺术理论》，玛克斯·德索著，兰金仁译，中国社会科学出版社 1987 年 12 月第 1 版。

《中国美学史》第 2 卷，李泽厚、刘纲纪主编，中国社会科学出版社 1987 年 7 月第 1 版。

《西方美学史》上卷，朱光潜著，人民文学出版社 1963 年 7 月第 1 版。

《西方美学史》下卷，朱光潜著，人民文学出版社 1964 年 8 月第 1 版。

《西方著名美学家评传》下卷，阎国忠主编，安徽教育出版社 1991 年 4 月第 1 版。

《接受美学与接受理论》，姚斯、霍拉勃著，周宁、金元浦译，滕守尧审校，辽宁人民出版社 1987 年 9 月第 1 版。

《艺术哲学》，丹纳著，傅雷译，安徽文艺出版社 1991 年 7 月第 1 版。

《艺术史的哲学》，阿诺德·豪塞尔著，陈超南、刘天华译，中国社会科学出版社 1992 年 2 月第 1 版。

《宗白华全集》，安徽教育出版社 1994 年 12 月第 1 版。

《国故新知：中国传统文化的再诠释》，汤一介编，北京大学出版社 1993 年 8 月第 1 版。

《弘明集》，僧佑编纂，上海古籍出版社 1991 年 8 月第 1 版。

《法苑珠林》，释道世编纂，《四部丛刊》本。

《观世音应验记三种》，傅亮、张演、陆杲撰，孙昌武点校，中华书局 1994 年 11 月第 1 版。

《高僧传》，释慧皎撰，汤用彤校注，汤一玄整理，中华书局 1992 年 10 月第 1 版。

《出三藏记》，释僧佑撰，中华书局 1995 年 1 月第 1 版。

《中国历代僧诗全集》，沈玉成、印继梁主编，中国当代出版社 1997 年 1 月第 1 版。

《汉魏两晋南北朝佛教史》，汤用彤著，中华书局 1983 年 3 月第 1 版。

《慧远及其佛学》，方立天著，中国人民大学出版社 1984 年 11 月第 1 版。

《云笈七签》，张君房辑，齐鲁书社 1988 年 9 月第 1 版。

《中国道教史》，任继愈主编，上海人民出版社 1990 年 6 月第 1 版。

《中国道教史》第 1 卷，卿希泰主编，四川人民出版社 1988 年 4 月第 1 版。

《汤用彤学术论文集》，汤用彤著，中华书局 1983 年 5 月第 1 版。

《玄学与魏晋士人心态》，罗宗强著，浙江人民出版社 1991 年 7 月第 1 版。

后 记

从以前研究的情况来看，不少论著分别对东晋的文学、书法、绘画、雕塑和音乐等艺术作了相当深入、细致的探析，这是非常必要的。因为它有助于人们从艺术分类的角度，了解东晋文艺的实际。但是我们的研究如果仅仅限于这方面，又显得不足。就东晋重要的艺术家来看，他们都是通才型的人物，有多方面的知识和学养。在文艺上，他们大多是“多面手”。有些擅长文学的，在书法和绘画等艺术领域里，也有所贡献。有些长于书法和绘画等艺术的，在文学方面也做出了成绩。就整个东晋时期来看，文学和其他艺术都是当时社会现实土壤的产物，各种艺术之间往往是“你中有我，我中有你”，互相通融，互相渗透。因此，要全面地认识东晋的艺术家，要从整体上把握东晋的文艺态势和发展面貌，有必要把东晋的艺术家和多种艺术放在同一时空中加以综合研究。这样做，有助于从总体上揭示东晋各种文艺同当时的社会现实、同以前的文化积累的联系，有助于揭示东晋各种艺术之间的关系，有助于人们从整体上去体认东晋文艺。基于上述考虑，在80年代后期，我就想对东晋文艺作一点综合的探讨。此书就是我初步探讨的结果。

资料是研究的基础。为了使自己的探讨有一比较坚实的根柢，我前后用了六年多的时间，编写了《东晋文艺系年》一书。此书1992年7月由山东教育出版社出版。同年，我以“东晋文艺综合研究”为题，申报了中华社会科学研究基金项目，结果顺利地被批准了。项目被批准，对我是一种鼓励，也是一种鞭策。原打算用三年的时间完成。但是经过一段实际的写作之后，我发现我选择了一个自己很难胜任的课题。在资料方面，我虽然下了一些功夫，也想竭泽而渔，但并没有做到，掌握的资料仍是有限的，对已经接触的资料，有很多还没有消化。我对东晋的多种艺术，以前较为熟悉的主要是文学，而对书法、绘画、雕塑和音乐等，自己完全是门外汉。我是一个教师，教学是我第一位的工作。多年来，我带的国内外博士生、高级访问学者和硕士生人数较多，教学任务重，用于研究的时间自然会少一些。由于上述多方面的原因，我深深感到，要完成这样一个课题，心有余而力不足。怎么办？退却吗？不行。我坚信，课题是有意义的，而且已经立项了。再说，研究哪一个课题没有困难呢？想来想去，还是应当知难而进，不能打退堂鼓。畏难的心态没有了，研究的决心坚定了。我想像蚂蚁啃骨头那样，一点一点地啃下去。由于时间较紧，我调整了原计划。为了把我认为比较重要的、而且以前研究得不多的几个问题，能够探讨得深一些、细一些，原计划中有几个问题去掉了，只保留了现在书中的五个问题。计划调整了以后，在写作的过程中，常常是临时抱佛脚，一边继续搜集和消化有关资料，继续参阅中外的有关论著，一边写作，时断时续，最后才写成了现在这个样子。有不少作者在完成了自己的著作以后，往往感到十分轻松，我的心情却复杂得多。"天道酬勤"，"皇天不负苦心人"，经过多年的努力，毕竟有了一点结果，这使我感到宽慰。我的研究，不能说没有一点新意，但有许多问题没有涉及，即使涉及的，自己感到还不深不细，肯定还有不少疏误。想到这些，心情又相当沉重。"丑媳妇终究要见婆婆"，现在此书得以出版，有机会得到读者的批评。想到这一点，内心又产生了一种感恩批评的喜悦之情。

综合地探讨东晋文艺，对我来说，完全是一种尝试。经过几年的尝试，也有一些初步的体会。归纳起来，主要有以下几点：

第一，从研究对象来看，要注意全面和重点相结合。东晋的文艺是与外在的社会、文化、自然环境等在开放的联系中统一的、互动的文艺。从内在来看，它是一个复杂的、有机的整体，它有自己的结构。它的功能和作用也有整体性。上面这些带有整体性的内容，经由不同的形式和途径，渗透到各种艺术当中。基于上述研究对象的要求，我们作综合研究，就不能局限于一种艺术，更不能局限于某些艺术家或某些艺术作品，而应该把整个东晋文艺作为观照的对象。只有这样，才有可能从整体上把握东晋文艺，这是一方面。另一方面，东晋文艺又是文艺整体和艺术个体相统一的文艺。就现存的资料来看，东晋的文艺尽管产生在各个阶段，表现在方方面面，但东晋文艺的特点和成就，主要载体是一些重要的艺术家的艺术活动。因此，我们在对东晋文艺作全面观照的前提下，又不能平均用力，而是要抓住重点，尽量对这些重点作全面、深入和细致的分析。整体是基础，整体包括重点，但又不能代替重点。而重点又离不开整体，重点的出现和发展不能不受到整体的影响。综合研究东晋文艺，把全面和重点结合起来，可能是比较适宜的。

第二，就研究方法来考虑，应当是多元的。从根本上来说，东晋文艺离不开东晋时期的社会现实。东晋的文艺在某种意义上是文艺与社会的问题。东晋文艺的内容十分丰富，表现形式也呈现出多样化。这就决定了我们综合研究东晋文艺时，可以运用多种方法。在本书的写作过程中，我是力图这样做的。如，为了探讨东晋文艺的繁荣和演进的外在原因，我坚持运用了文艺社会学的研究方法，努力把东晋文艺置于社会现实的情境下加以探讨，探讨外在的社会现实经过哪些中介，怎样通过混融和整合，从多方面影响了东晋文艺。东晋的文艺同其他时期的文艺一样，也有一个作品——传播——接受的系统。针对这一系统，我运用了传播学和接受美学的有关研究方法，对东晋的文艺在当时的传播和效应，作了初步的探讨。历史学的计量化是本世纪下半期史学界颇为重视的研究方法。受这种方法的影响，我用计量化的方法，对东晋文艺中的可以从纵向上或者从横向上进行量度的现象，进行了分析。这种方法的运用，有助于提高论证的客观性。我在研究的过程中，一方面体会到，某种研究方法的运用，确能增添新的研究课题，能深化某些领域的研究。另一方面也认识到，一种方法如同军火库中的一种武器一样，有它的长处，也有它的局限性，只能在相当有限的条件下使用它。使用它得到的结果，也是有限的，不可能是全面的。因此，对各种方法不必厚此薄彼，对某种方法不能求全责备，也不能有过高的期望。正确的态度，应当是从实际出发，提倡方法的多元互补。

第三，综合研究，不是拼盘式的凑合，也不是把自己的视野局限在某一方面求新求异，而是把研究的对象作为一个有机的整体来分析。这就要求我们在综合研究时，应当具有整体思维和普遍联系的思想。多年来，我是按照这一思想来努力的。为了从整体上把握东晋文艺，我特别注意了两方面：一是我力求把与东晋各种文艺有关的社会风貌、经济状况、政治态势、文化氛围等外在条件和艺术家主体方面的各种因素联系在一起，把必然性和偶然性联系在一起，初步从横向上、纵向上以及从横向和纵向的交叉上论述了东晋文艺的繁荣和演进的历程及其原因等问题。二是对东晋的文艺尽量不作分门别类的论述,而是把笔墨集中在探析各种艺术发展的共性和特殊性上,集中在揭示各种艺术之间的复杂的联系上。"巧者,合异类共成一体也。"我生性愚拙。我深知我的综合研究,与"共成一体"还相距甚远。

在本书的写作过程中,我常常感到,有关东晋文艺的资料尽管很多,但真正有价值而能使用的却是有限的,再加上本书研究的对象,主要是一些有成就和有影响的文人,所以书中所使用的资料,有些地方难免重复。另外,考虑到本书虽然是一个整体,但各部分又有相对的独立性,为了使读者免于翻检之劳,书中保留了一些重要的资料。这一点,希望读者能予谅解。

本书有些部分已经在刊物上发表过。具体的题目和发表的刊物是:

《东晋文学书法绘画的相互通融》,见《艺文述林》(古代文学卷),上海文艺出版社 1996 年 11 月版。

《东晋:一个文艺繁荣的朝代》,载《文史知识》1997 年第 4 期。

《东晋文学衍变的三个阶段》,载《古代文学知识》1997 年第 6 期。

《东晋文学的衍变》,先是在韩国顺天乡大学校于 1997 年 11 月 5 日至 8 日举办的第一届顺天乡汉学国际学术会议宣读过,后又收入韩国顺天乡《人文科学论丛》第 6 辑,1998 年 8 月出版。

《东晋文艺在当时的传播和效应》一章,曾在台湾中国文化大学文学院于 1998 年 12 月 28 日至 30 日举办的魏晋南北朝学术会议上宣读过。这一章的前两部分以《东晋文艺在当时的传播》为题发表在《山东大学学报》(哲学社会科学版)2000 年第 6 期上。

《陶渊明的文艺思想》,曾在南京大学于 1995 年 11 月 14 日至 17 日举办的魏晋南北朝文学国际学术研讨会上宣读过,后发表在《文学遗产》1997 年第 5 期上。

在上述刊物上发表或者在会议上宣读的部分,其题目、内容和篇幅主要是遵照刊物和会议的要求。这次出版,考虑全书作为一个整体,对已经发表和宣读的部分作了必要的补充和修改。

一个人要做成一件事,总是离不开多方面的支持和帮助。我在写作和出版本书的过程中,尤其是这样。感谢国家社会科学基金、山东大学出版基金和山东大学"211 工程"的资助,没有上述多方面的资助,我很难确定和完成这一课题。

感谢山东大学出版社的各位,没有他们的热情帮助,这本书是不可能在近期问世的。还要感谢我的妻子张培媛,她是学园林专业的,是园林方面的高级工程师。她退休以前,繁重的工作和家务,一身任之,不以为辛劳。退休以后,本来不好的身体,又患多种疾病,但她乐观豁达,任劳任怨,继续负担了所有的家务,使我能够集中精力从事教学和研究工作。同时她还帮助我查找资料。如果没有她的襄助,这本书的写作肯定是难以完成的。在写作过程中,张晓林、张晓阳等帮我查找和抄写资料;朱思荣帮我打印了全部的初稿和修改稿;李士彪博士通读了此书的校样,校正了书中的错字,核对了引文;曲筱艺硕士和马凌硕士帮助编制索引,在此均致以谢忱。

张可礼

2000年12月于山东大学